UM AMOR SEM PALAVRAS

Rachel Simon

UM AMOR SEM PALAVRAS

TRADUÇÃO: ANA DEIRÓ

ARGUMENTO

Título original: *The Story of a Beautiful Girl*

Editora Argumento, uma empresa do Grupo Editorial Paz e Terra.
Rua do Triunfo, 177 — Sta. Ifigênia — São Paulo
Tel: (011) 3337-8399 — Fax: (011) 3223-6290
http://www.pazeterra.com.br

Texto revisto pelo novo Acordo Ortográfico da Língua Portuguesa.

CIP-BRASIL. CATALOGAÇÃO NA FONTE
SINDICATO NACIONAL DOS EDITORES DE LIVROS, RJ

Simon, Rachel
Um amor sem palavras / Rachel Simon ; tradução de Ana Deiró. -- São Paulo : Argumento Editora, 2011.

Título original: The Story of Beautiful Girl

ISBN 978-85-88763-20-3

1. Romance norte-americano I. Título.

11-11268 CDD-813

Para aqueles que foram excluídos.

"Contar nossas histórias é trabalho sagrado."

— Reverenda Nancy Lane, Ph.D.

Sumário

Parte Um

Escondendo

O pedido da noiva
1968

No final da noite que mudaria tudo, a viúva se deteve na varanda e observou enquanto a moça era conduzida à força pela entrada para carros e empurrada para dentro do sedã. A garota não resistiu, de mãos amarradas como estava, nem gritou ou chorou em meio à fria chuva de outono. Com certeza o médico e seus atendentes pensaram que haviam vencido. Eles não sabiam, enquanto as portas do carro se fechavam, o motor era ligado e o motorista conduzia-os pela encosta lamacenta da colina em direção à estrada, que a viúva e a garota no banco de trás os tinham desafiado e enganado bem debaixo de seus narizes. A viúva esperou até que as luzes das lanternas traseiras chegassem ao fundo da entrada para carros, se virou e entrou em casa. E, quando se deteve ao pé da escada, esperançosa de que eles demonstrassem misericórdia com a moça e preocupada com o paradeiro do rapaz que fugira, a viúva ouviu o ruído pelo qual o médico não estivera procurando. Era o som que sempre a ligaria àquela moça e que, para sempre, faria com que se lembrasse daquele rapaz. Era o som suave e profundo da respiração de uma pessoa escondida. Alguém desconhecido que dormia. Um bebê.

Aquele dia de novembro parecera normal, como tantos outros nos setenta anos de vida da viúva. O carteiro entregara cartas, os pássaros voaram para o sul acima dos campos e nuvens de tempestade giraram nos céus da Pensilvânia. Os animais da fazenda foram alimentados; os pratos usados e lavados; novas cartas foram postas na caixa de correspondência à beira da estrada. O crepúsculo caiu. A viúva acendeu as achas na lareira e acomodou-se na poltrona de leitura. Então, talvez trinta páginas mais adiante, as nuvens se abriram com estrondo, liberando um dilúvio que fez tamanho estardalhaço que ela olhou por cima da armação de tartaruga dos óculos em direção à janela da sala de visitas. Para sua surpresa, a chuva cascateava tão pesadamente que a vidraça parecia opaca. Em meio século vivendo naquela fazenda, nunca vira nada semelhante; mencionaria aquilo nas cartas que escrevesse no dia seguinte. Puxando o abajur para mais perto, ela baixou os olhos para o livro.

Por muitas horas, abstraiu o barulho da tempestade e se concentrou nas páginas — uma biografia do dr. Martin Luther King Jr., que poucos meses antes se fora deste mundo —, mas então percebeu que alguém batia à porta. Ela se virou. Logo depois do dia de seu casamento, quando seu marido estava fazendo a obra de ampliação da casa de um aposento para acomodar a esposa, ela havia percebido que ele nunca fazia comentários elogiosos à vista, com vastos campos, bosques de mata fechada e montanhas distantes, todos coroados pela abóbada de cores vivas do céu. Ele morava ali apenas porque a fazenda pertencia à sua família e ficava a cinquenta quilômetros, uma hora de carro, e quase na fronteira com a cidade mais próxima, Well's Bottom, onde ela era professora. Enquanto observava as paredes sendo erigidas, ela reparara em como ele havia incluído poucas janelas, e como eram pequenas, e compreendera que teria que se satisfazer com porções magras da paisagem. A porta da frente, por exemplo, era toda de madeira, sem nenhum vidro, com apenas uma única janela na parede à esquerda. Mas, naquela noite, a tempestade obscurecia até aquela vista limitada. Assim, a viúva atravessou a sala e girou a maçaneta da porta.

Inicialmente, pensou que houvesse apenas duas pessoas, um homem e uma mulher. Debaixo do telhado da varanda, o homem, um negro, olhou para ela com olhos espantados, como se não tivesse percebido que a porta em que estivera batendo tinha acabado de ser aberta. A mulher, ao lado dele, não levantou o olhar. Sua pele era clara, e ela estava mordendo o lábio. O rosto era ossudo, com sombras em cada elevação e curva das feições. Será que a mulher era tão magra quanto parecia? Era impossível dizer; estava coberta por um cobertor cinzento. Não, vários cobertores. De lã, como os das roupas de cama distribuídas durante a guerra, formando camadas de capuzes e capas. O braço do homem estava pousado de forma protetora nos ombros da mulher.

A viúva virou-se para o homem, que também usava duas coberturas para se proteger, mas não do mesmo tipo que as da mulher. Eram grandes cartazes de propaganda, um com os dizeres "carros usados", outro, "aberto até as nove". A viúva reconheceu como os cartazes de lojas de Well's Bottom. A água escorria deles como se jorrasse da lã encharcada; o piso da varanda tinha virado uma poça.

Um temor súbito fez o coração da viúva se apertar. Depois de cinco anos de aposentadoria, tinham ficado para trás, há muito tempo, os dias em que reconhecia todos os rostos de Well's Bottom, e ela não sabia quem eram aqueles dois. Ela deveria bater a porta, chamar a polícia. O rifle de seu marido estava no segundo andar. Será que tinha agilidade suficiente para correr até o quarto? Mas o olhar espantado do homem agora estava se dissolvendo em desespero, e ela teve certeza de que os dois estavam fugindo de alguma coisa. A viúva deixou escapar um suspiro. Gostaria tanto de que não estivesse sozinha. Mas eles também estavam sozinhos, e com frio e assustados.

— Quem são vocês? — perguntou a viúva.

A mulher levantou os olhos lentamente. A viúva percebeu o movimento, mas, no mesmo instante em que acompanhou o movimento — a viúva era uma mulher baixa, tinha 1m55 de altura, e a mulher diante dela era alta, embora não tanto quanto o homem —, a mulher baixou a cabeça novamente.

O homem, ao contrário, não havia reagido à voz da viúva. Mas ele havia percebido o gesto rápido de recuo da companheira e, em resposta, acariciou delicadamente o ombro dela. Foi um gesto de ternura e, mesmo sob a luz fraca do abajur de leitura que chegava à varanda, a viúva percebeu que era um gesto de carinho. Contudo, não sabia que, ao observar a cena diante de si, de algo que outrora já tinha vivido e sentido, seu rosto também revelava muita coisa que não estava dizendo.

O homem olhou para a viúva. Uma expressão de súplica dominou seus olhos, e ele levantou a mão livre. A viúva recuou, pensando que estivesse se preparando para golpeá-la. Em vez disso, ele abriu os dedos e moveu-os em direção ao interior da casa, como um esvoaçar da asa de um passarinho.

Foi naquele momento que a viúva se deu conta de que o homem era surdo.

— Ah! — disse ela, em um misto de suspiro e espanto. — Por favor, entrem.

E deu um passo para o lado. O homem pôs as mãos diante da mulher. A mulher assentiu, tomou uma das mãos dele e passou pelo umbral da porta.

— Vocês devem estar... não estão? Por favor — balbuciou a viúva, até que, enquanto fechava a porta, sua voz fina, mas firme, de professora finalmente formulou as palavras corretas. — Vamos tratar de tirar essas roupas molhadas. — Imediatamente se achou tola; o homem não podia ouvir, era surdo, e a mulher estava concentrada na luz do abajur. E, de qualquer maneira, ambos estavam de costas para ela. Juntos, avançaram devagar para a sala de visitas. Suas capas improvisadas pingavam, mas a viúva não teve coragem de dizer nada. Eles pareciam aliviados por estarem dentro de casa e interessados apenas em se manter perto um do outro.

O homem caminhava com as pernas musculosas, que se projetavam abaixo dos grandes cartazes. Era evidente que seu corpo estava habituado a trabalho braçal, embora a viúva não pudesse imaginar um bom motivo para que estivesse com as pernas de fora em pleno mês de novembro. Quanto à mulher, os cobertores se estendiam quase até o chão, e não se via nem um vislumbre de nada além dos sapatos, que pareciam grandes demais. O andar da mulher era hesitante, sua postura curvada. Cachos louros escapavam do capuz de lã, e a viúva pensou: *Ela parece uma criança.*

Como o fogo na lareira enfraquecera, a viúva tirou a tela protetora e acrescentou mais lenha. A mulher olhava fixamente para as chamas, e, enquanto a viúva observava, o rosto da mulher se encheu de curiosidade. O homem estreitou mais o braço que tinha ao redor dos ombros dela.

Havia duas cadeiras perto da lareira: uma era sua poltrona de leitura, com capas de musselina sobre os descansos de braço puídos, e outra era de madeira, onde seu marido costumava sentar para ler revistas esportivas e livros de faroeste. O sofá ficava mais para trás. *Eu deveria oferecer-lhes o sofá*, pensou ela. Mas antes que pudesse fazê-lo, eles se sentaram nas cadeiras.

A viúva recuou um passo e observou os dois. Seu marido tinha perdido a audição em um dos ouvidos antes de morrer; exceto por ele, nunca conhecera alguém que fosse surdo. E nunca conhecera ninguém que se parecesse com aquela mulher. *Eu deveria estar com medo*, disse a si mesma. Mas pensou na passagem da Bíblia, do livro de Mateus, que havia muitos anos não ia à igreja para ouvir: "Eu era estrangeiro, e hospedaste-me." Ela se afastou em direção à cozinha e lançou um olhar rápido para trás enquanto atravessava a sala de jantar. Eles ainda estavam colados um ao outro. As mãos do homem estavam no ar, gesticulando palavras. A mulher resmungou mais uma vez, o som parecendo um assentimento.

Dê-lhes alguma privacidade, disse a viúva a si mesma. Todo mundo precisa de privacidade. A maioria das crianças não seria capaz de somar 13 e 29 se alguém ficasse parado olhando por cima de seus ombros. Contudo a privacidade podia ir longe demais, como no caso de seu marido, com o coração envolto em silêncio. Ou mesmo no caso dela agora. Exceto por idas mensais ao mercado, ela ficava sozinha 364 dias por ano, a apenas um grau de distância da privacidade completa em um círculo fechado. No entanto, havia aquele um grau, o dia do Natal, quando os alunos dela, que tinham se dispersado pelo país como sementes, voltavam com filhos e netos para visitar parentes em Well's Bottom e então apareciam para uma reunião informal na casa da viúva. Sua privacidade era tão completa que quase chegava a zero. *Mas quase zero*, seu aluno John-Michael certa vez dissera, *é totalmente diferente de zero*.

A viúva entrou na cozinha e pôs a chaleira no fogo. Entretanto, ao mesmo tempo que pegava a farinha, o açúcar e a aveia de que precisaria para fazer os biscoitinhos, pensou em questões mais complexas. *Quem são eles? Por que estavam andando por aí no meio da tempestade?* Esses mistérios trouxeram de volta à sua consciência a chuva grossa, implacável. O rio entre os condados com certeza iria transbordar. Ela não conseguia nem ouvir a colher batendo a massa. Quando o tempo estava bom, ouvia muita coisa dali de sua casa. O cantar dos passarinhos. O gorgulhar distante do rio. A passagem dos raros veículos na estrada Old Creamery, oitocentos metros mais abaixo da entrada de carros de sua casa. Até a caminhonete do entregador de correspondência, com o som da rádio AM se espalhando e sobressaindo pelos campos. Mas o barulho de que mais gostava era quando o entregador parava a caminhonete em frente à sua casa, ao ver a bandeira da caixa de correspondência levantada, indicando que ali havia as cartas recém-escritas por ela, na noite anterior, para seus alunos. Em seguida, o entregador baixava a bandeira e levava as mensagens dela. Nem sempre conseguira ouvir a caixa ser aberta. Mas então Landon, um de seus alunos que adorava fazer dioramas — quando adulto se tornou um artista —, criou um pequeno farol de metal e, num belo Natal, dera-lhe de presente, e ela o fixara na caixa de correspondência com uma dobradiça de metal. Não era um farol qualquer. Quando estava abaixado, sinalizando que não havia cartas a serem recolhidas, suas janelas ficavam às escuras. Quando estava levantado, na vertical, as janelas se iluminavam e revelavam que a parte de cima do farol tinha a forma da cabeça de um homem. Seu homem-farol: era como pensava nele. Como adorava ouvir a dobradiça de metal gemer! Ela enfiou a bandeja de massa de biscoitos no forno. Então se aproximou de mansinho da porta e olhou para a sala.

A mulher estava de frente para as chamas. O homem estava se levantando da cadeira e, tirando os cartazes molhados. A viúva achou que ele os largaria no chão. Em vez disso, ele posicionou cada um deles diante da lareira. Despido daquela cobertura, revelou-se que ele vestia apenas uma camiseta e calções largos. Ou ele tinha emagrecido muito recentemente ou as roupas não eram dele.

Do que eles estão fugindo? Será que devo perguntar? Ou apenas oferecer conforto?

Ela se virou de volta para a cozinha.

A geladeira estava bem fornida. Tinha ordenhado as vacas naquela manhã e assado pão. Colhera maçãs do pomar na semana anterior e fizera manteiga de maçã. E arrumou tudo isso numa bandeja simples. Não precisava fazer cerimônia. Não comprava louça ou objetos de mesa finos desde a morte do marido, embora alguns de seus alunos lhe tivessem dado presentes desse tipo, como um jogo de chá de quatro peças e uma bandeja de prata. Ela não precisava tirar nada daquilo para usar agora. Mas, quando a chaleira apitou e o *timer* do forno tocou, mudou de ideia.

Com a bandeja de prata cheia de biscoitos, pão, frutas e queijo, ela abriu a porta da cozinha.

Na sala, o homem estava sentado, e a mulher, descobrindo-se e amontoando os cobertores descartados numa pilha ao lado da cadeira. A viúva ficou momentaneamente aborrecida — tinha pensado que o homem cuidaria dos cobertores molhados da mulher. Então a mulher, ainda com um cobertor envolvendo-a, parou e começou a fazer sons baixinhos. Dessa vez, contudo, não eram grunhidos; o tom era mais suave e mais agudo que antes.

A viúva colocou a bandeja sobre a mesa da sala de jantar e entrou na sala de visitas. Contornou as cadeiras e se aproximou das roupas molhadas, perguntando-se onde poderia secá-las. Os sons continuavam. A viúva se virou, dando as costas para o fogo, e olhou para os desconhecidos.

Escondido nas dobras mais fundas do último cobertor da mulher, havia um bebê minúsculo.

A mulher — uma mãe que acabara de parir, subitamente deu-se conta da presença da viúva — segurava a criança nos braços, protegidos pelo cobertor. O homem se inclinava para a criança. Em suas mãos havia um pedaço de pano úmido — a musselina que cobria o buraco no braço da poltrona. Os sons que a viúva pensara vir da mulher vinham do bebê, que choramingava.

O toque do homem foi delicado. Ele tinha trazido uma jarra de água da mesa da sala de jantar e, naquele momento, enfiava a musselina na jarra, molhando-a de novo. Então afastou o cobertor e limpou o corpinho que se mexia. Era uma menina, viu a viúva. Também viu que a pele do bebê era branca. O homem movia-se com a cautela de um pai, mas não era o pai daquela criança. De alguma forma, ele e aquela mulher tinham se unido, e talvez ele até tivesse feito o parto daquele bebê. Contudo, suas razões eram diferentes das de quem compartilha os mesmos genes.

— Ah, minha nossa! — exclamou a viúva.

A jovem mãe levantou o olhar para ela.

— Não! — exclamou. — Não, não, não, não!

O homem virou o rosto para a mãe, então voltou o olhar para a viúva. Ele a encarou com firmeza, embora seus olhos não demonstrassem nenhum medo. Manifestavam apenas uma nova forma de súplica.

— Está tudo bem — disse a viúva, sabendo que tudo não estava nada bem, fosse lá o que fosse. Havia um bebê. Um casal em fuga. E eles eram *diferentes*. Havia algo de *errado* com eles.

Ela deveria ligar para a polícia. Deveria fugir dali, pegar o carro e ir para algum lugar seguro. Mas sua mente ia rapidamente além desses pensamentos, passando por eles em tamanha velocidade que chegou a uma curva, derrapou e voltou no tempo.

Ela recolheu os cobertores molhados e saiu rapidamente para a varanda.

Enquanto ficava parada ali, olhando fixamente para a chuva, segurando os cobertores encharcados, pensou nele, em seu único filho, a criança que nunca crescera para ganhar um nome. Viu o médico entrando em seu quarto de hospital e seu marido, sentado na cadeira ao lado dela. Earl tinha se levantado quando o médico parou e respirou fundo.

— Deus sabe o que é melhor para crianças como essas — dissera o médico. — Ele leva para junto de Si as que têm defeitos.

— O que o senhor quer dizer com defeito? — perguntara ela.

— Ele agora já se foi — respondeu o médico. — Pode esquecer o que aconteceu.

O rosto do marido se franzira em pregas, e ele se deixara cair pesadamente na cadeira. Quando a lua subiu, naquela noite, eles embarcaram no carro naquele novo silêncio. Ele havia insistido que não pusessem nenhum nome na lápide.

Mas aquele bebê, ali dentro de sua casa, estava vivo.

Ela estendeu os cobertores sobre o parapeito para secar e tornou a entrar.

A sala estava vazia. A cozinha também. Ela levantou a voz e gritou:

— Onde estão vocês? — Eles tinham que estar dentro da casa, a porta dos fundos não fora aberta. Ela desceu até o porão e checou ao redor da máquina de lavar, da despensa, da bomba do poço. De volta ao primeiro andar da casa, abriu o armário embutido debaixo da escada. Então subiu até o segundo andar.

A porta do banheiro continuava aberta, como a deixara, as toalhas intocadas. Ela girou a maçaneta da porta do quarto. A colcha estava bem esticada sobre a cama. Os dois armários embutidos — o dela à esquerda, o de Earl à direita — não estavam ocupados, e o rifle não tinha sido tirado do lugar. O outro quarto, onde ela mantinha os livros, a escrivaninha e os enfeites de Natal, parecia imaculado.

Não, não parecia.

Ela acendeu o abajur. A prancha sobre a mesa — o mapa dos Estados Unidos que outrora ficava pendurado em sua sala de aula — estava torta.

Ela olhou para o teto. Eles deviam ter encontrado o painel acima da escrivaninha, que levava ao sótão, onde ela guardava trinta anos de trabalhos de alunos e roupas para cerzir há muito esquecidas. O homem e a mulher deviam ter encontrado o espaço de depósito no qual ela raramente se aventurava, subido, entrado e fechado o painel.

Aquelas eram pessoas acostumadas a se esconder.

Ela subiu na cadeira e, depois, na escrivaninha. Já há alguns anos vinha sentindo a dor incômoda da artrite. Ainda conseguia dar conta das tarefas da fazenda, embora com ainda menos animais, e mesmo tendo deixado tudo entregue ao abandono, exceto por uma pequena horta — isso lhe tomava mais tempo que nunca. Aquele, entretanto, não era um momento para preocupar-se com dores; puxou a corda da escada dobrável, abrindo-a até que suas pernas tocassem no chão ao lado da escrivaninha. Pôs as mãos nos degraus e subiu.

Foi preciso algum tempo para que seus olhos se habituassem à luz fraca do sótão. Então ela os viu ajoelhados, inclinados sobre a cesta de cerzir, e, dentro da cesta, ouviu o bebê.

Ela os observou lançarem olhares afetuosos para dentro da cesta; a mulher se reclinar com evidente exaustão sobre o homem, o braço dela ao redor da cintura dele, o dele ao redor do ombro dela. E eram pródigos em manifestações de amor pela criança. A viúva ficou impressionada de como aquelas duas pessoas — uma negra, uma branca — claramente dividiam esperanças e sentimentos por aquela criança, e um pelo outro. A questão da cor parecia não ter a menor importância para elas, muito menos o comportamento infantil da mulher e a surdez do homem; e, assim, embora nunca tivesse visto um casal como aquele antes, decidiu que também não tinha importância para ela. A viúva apenas se manteve parada na sombra, admirando o enorme carinho deles.

Então, por fim, compreendendo o que precisava fazer, voltou para a escada e desceu.

No quarto, abriu o armário do marido. Há muito pensava que deveria se desfazer das roupas dele. Mas tinha se habituado à maneira como um girar de maçaneta e a visão de uma camisa podiam preenchê-la por dentro, à medida que a lembrança dele, imaculada pelo sofrimento da vontade insatisfeita de ser pai, a conduzia de volta aos primeiros dias do casamento, quando ele não contivera sua ternura, nem ela seu afeto. Naquele momento, retirou uma camisa e estendeu-a na cama. Junto à bainha colocou uma calça. Também tirou do cabide um paletó. Lembrava-se de ele ter usado aquele paletó na primeira vez em que a trouxera para ver a fazenda, ela recém-chegada de Altoona para assumir o trabalho na escola. Ele tinha ficado elegante com aquele paletó.

Abriu o próprio armário. A mulher também precisava de roupas; seus trajes improvisados estavam puídos e gastos como um livro relido vezes demais. A viúva separou um vestido branco, dos tempos em que ia à igreja. Encontrou mocassins brancos, um xale e roupas de baixo. Lembrando-se do pós-parto, desencavou, no banheiro, um absorvente higiênico há muito esquecido.

Então os ouviu emergir do sótão, fechando a escada. Ela saiu para o corredor — e eles enfim ficaram totalmente visíveis. O homem devia ser talvez vinte anos mais velho que a jovem mãe, que era de uma notável beleza. O cabelo dela era grosso, sem trato, mas os ossos eram delicados, e não demasiadamente proeminentes como a viúva pensara inicialmente; as feições da mulher eram quase elegantes.

A viúva convidou o casal a entrar no quarto.

— Isso é para vocês — disse e, pelo olhar espantadíssimo da mulher, a viúva soube que suas palavras tinham sido compreendidas. A mulher gesticulou para o homem. Os dois avançaram e, sem nenhuma indicação de que tinham qualquer direito de ficar a sós, tiraram as roupas do corpo.

A viúva desceu. Ela atiçou o fogo e arrumou a mesa na sala de jantar. Eles se sentariam, como convidados de verdade, com roupas apropriadas, e fariam uma refeição decente, fossem quem fossem.

Mais tarde, a muitíssimos quilômetros dali, ela se perguntaria como poderia não ter sabido. Contudo talvez ninguém pudesse ter sabido. A fazenda dela ficava a duas horas de distância — dois condados de distância. Como podia se censurar pelo que nunca tinha visto?

Ela os ouviu sair do quarto, e, quando afinal chegou ao pé da escada, o homem e a jovem mãe estavam descendo a seu encontro. Vestidos, de mãos dadas, eram ambos de tirar o fôlego. O paletó realçava a beleza do homem. Ele parecia saudável, como um fazendeiro em dia de domingo, todo elegante e orgulhoso. Também pegara um dos chapéus do marido dela, a boina de lã marrom de que ela tanto gostava. Ficava tão bem nele. O vestido e o xale tinham realçado os encantos da mãe. Os dois estavam com o rosto radiante.

A viúva levou a mão ao peito, e eles vieram em sua direção.

— Vocês parecem saídos de um sonho.

Tum, tum, tum.

A jovem mãe se imobilizou, a um degrau do pé da escada, e reteve o homem.

A viúva deu meia-volta. *Tum.* Era alguém esmurrando a porta da frente.

Ela arquejou. Mais alto até do que a chuva, o barulho dominou o aposento. Ela olhou de volta para o casal. Os rostos deles revelavam terror.

— Não, não, não, não! — disse a mulher.

O homem não fez nada. Provavelmente sentira a violência das batidas no chão.

Tudo isso aconteceu em um instante, tão rapidamente que a viúva teve apenas tempo de virar antes que luzes de faróis fossem acesas e penetrassem na casa pela janela.

— Polícia — disse uma voz na varanda, soando mais cansada que ameaçadora.

A viúva rapidamente olhou de novo para o casal. Eles pareciam querer fugir, mas não tinham a menor ideia de para onde ir. Ela se virou rapidamente de volta para a porta.

— O que vocês querem? — perguntou a viúva, levantando a voz para se fazer ouvir acima do barulho da chuva.

— Queira, por favor, abrir a porta?

— Eu gostaria de saber por que estão aqui. — Ela estendeu o braço para trás, sinalizando para que eles ficassem onde estavam.

— Martha Zimmer?

— Correto.

— A senhora está bem, sra. Zimmer?

— Por que não estaria?

— Por favor, abra a porta.

— Eu gostaria de uma explicação.

— Não torne isso mais difícil. Estamos andando na chuva há horas e queremos apenas acabar nosso trabalho e ir para casa.

— Acredito que a Constituição me apoiaria se eu dissesse que quero saber por que estão iluminando minha porta.

— Estamos à procura de duas pessoas desaparecidas, sra. Zimmer, e estamos preocupados com a segurança delas!

— A segurança *delas*?

— Sim.

— Talvez eu tenha compreendido mal. Pensei que vocês estivessem preocupados com a *minha* segurança.

— Olhe, não queremos arrombar a porta. Se a senhora fizer o favor de abrir...

— E de onde essas pessoas que são um risco para si mesmas *e* para mim desapareceram?

— De uma escola.

— Lecionei em todas as escolas de Well's Bottom exceto o colegial. Desde quando o colégio manda policiais em vez de inspetores... e a esta hora da noite?

Houve uma pausa. Ela ouviu movimentos. Através da janela ao lado da escada, viu silhuetas contornando a varanda em direção à porta dos fundos.

— Eu fiz uma pergunta — disse ela. — De que escola?

— Da Escola do Estado.

As palavras a atingiram como uma forte rajada de vento. Ela sabia. Tinha sabido desde o início. Agora compreendia e via tudo, o nome impresso em letras maiúsculas nos cobertores pendurados no parapeito da varanda, iluminados pelos faróis: Escola do Estado da Pensilvânia para os Doentes Incuráveis e Deficientes.

Ela virou-se novamente. O casal não estava mais na escada. Antes que pudesse sair para procurá-los, a porta da frente foi aberta com um estrondo, e ela ouviu a dos fundos ser arrombada da mesma maneira. Os policiais entraram na casa — dois que ela conhecia de vista de Well's Bottom e quatro outros em que nunca tinha posto os olhos — e também um homem alto como um pé de feijão que nunca tinha visto antes e que estava vestido de branco, como um auxiliar de enfermagem. Ele devia ser assistente na Escola do Estado, o lugar que ficava atrás de muros altos, o lugar para pessoas deficientes, o lugar por onde seu marido nunca passava de carro depois que o bebê deles — depois que o filho *defeituoso* deles — nascera e morrera.

E o movimento agitado dos homens cercou-a. Eles estavam entrando em sua casa como um enxame, sem questionar sua privacidade, sem responder quando ela saiu andando atrás deles e gritando:

— Por favor, sejam civilizados! — Eles estavam vasculhando o armário debaixo da escada, a sala de visitas, a sala de jantar. Quando seguiram todos para o porão, ela voltou para a porta e olhou para fora. Com a luz forte dos faróis altos, ela podia ver até a metade da encosta de seu campo, embora não avistasse ninguém fugindo. Apenas três carros de polícia e um sedã do qual um homem saltava. Ele tinha bigodes bem aparados, vestia uma capa de chuva cara e usava o cabelo repartido no meio. O homem abriu o guarda-chuva e veio subindo até a casa.

— Pegamos a garota. — Ela ouviu uma voz dizer da cozinha.

— Onde está o garoto? — perguntou outra voz.

— Não está no primeiro andar.

— Tente no segundo.

O som de passadas espalhou-se atrás dela enquanto o homem de capa chegava à porta da frente.

— Eu sou o dr. Collins — disse ele. Sua voz era baixa e tranquila, exatamente o que ela esperaria de um médico. — Por favor, desculpe-me pela perturbação de sua noite. — Ele estendeu a mão.

Ela a apertou, ouvindo o som de pés no segundo andar e de armários sendo abertos. Sentiu um movimento bem atrás de si e virou-se. A jovem mãe era trazida à força pela porta da cozinha e para dentro da sala. Quem a segurava era o auxiliar magricela; um homem careca, de cavanhaque, com óculos de armação de metal. O rosto da jovem mãe estava tão abatido e assustado quanto no momento em que chegara.

— Mas o que está havendo, afinal? — perguntou Martha, soltando a mão do médico.

— Nada que lhe deva causar nenhuma preocupação — disse o médico —, agora que os encontramos.

— Eles fizeram alguma coisa errada?

— Eles conhecem os regulamentos. Partidas não autorizadas perturbam a ordem de nossa instituição.

Martha virou-se para a mulher. O auxiliar estava enfiando a mão no bolso do uniforme, tirando alguma coisa que parecia uma camisa de força com mangas extralongas.

— O que é isso? — perguntou Martha.

O dr. Collins respondeu:

— É para o bem deles.

O auxiliar agora enfiava os braços da mulher na camisa, cruzando as mangas sobre o peito e puxando para trás das costas.

A jovem mãe lançou um olhar rápido para Martha, com fúria nos olhos. Mas não estava resistindo a vestir a camisa, mesmo quando o auxiliar puxou as mangas bem apertadas nas costas dela e afivelou-as.

Martha se contraiu. O auxiliar, percebendo a reação dela, disse:

— A gente tem que fazer isso. Eles não aprendem nada; eles não compreendem nada. Essa é a única maneira de botá-los na linha.

— Mas deve machucar.

— Eles não sentem dor. Eles não são... Olhe, se ela soubesse distinguir o certo do errado, não teria roubado essas roupas da senhora.

— Eu *dei* as roupas a ela.

— Uma gentileza e uma generosidade desnecessárias — disse o dr. Collins.

— Eu ficaria feliz se ela ficasse com elas.

— Então — disse o auxiliar, andando ao redor da moça até ficar cara a cara com ela —, o que foi que ela disse quando a senhora lhe deu o vestido?

A jovem baixou a cabeça.

Martha sabia que a jovem mãe tinha apenas uma única palavra em seu vocabulário. Ela comprimiu os lábios, como tinha feito tantas vezes com Earl.

— Ele não está aqui em cima — disse alguém, e os policiais desceram correndo para o primeiro andar.

Ela olhou para o teto, onde não ouvia mais o som de passos. *O sótão!*, pensou ela. *Eles não descobriram o sótão! E, em momento nenhum, disseram que estavam procurando por um bebê*!

— Talvez os senhores policiais devam dar uma busca aqui fora — disse o dr. Collins. — Afinal, ele chegou aqui a pé. Ele não tem medo do mundo natural. Façam uma revista nas construções externas.

Eles correram para fora. O médico foi para o umbral da porta e ficou observando.

Martha virou-se de volta para dentro e procurou a mãe aprisionada. Encontrou-a na sala de jantar com o auxiliar. Ela queria fazer... alguma coisa. Mas o quê? Uma centena de pensamentos lhe surgiram e então se dispersaram, até que apenas um restou. Ela perguntou à mulher:

— Qual é seu nome?

A jovem mãe encontrou os olhos dela, então piscou e baixou o olhar.

— Ela é uma retardada — disse o auxiliar. — Muito, muito retardada. A única palavra que sabe dizer é "não". É tudo que o cérebro dela é capaz de registrar.

— Agora basta, Clarence — disse o dr. Collins, sem entrar na sala de jantar. — A senhora fez uma pergunta, então merece ter resposta.

Martha chegou mais perto da jovem mãe.

— Qual é seu nome?

A mulher se encolheu, mas não olhou para ela.

— Doutor, posso levá-la agora para o carro?

— Ela se chama Lynnie — respondeu o médico, de novo sem sair do umbral da porta.

— Lynnie — disse Martha, e, ao ouvi-la, Lynnie levantou as pálpebras e olhou para ela. Sim, os olhos dela exibiam a expressão idiota que Martha achava ser comum a todas as crianças retardadas. Por que ela não havia reparado nisso? Porque Lynnie estivera linda e seus olhos exibiam muita emoção.

Martha perguntou:

— E o homem? Qual é o nome dele?

Clarence explodiu numa gargalhada.

— Ele não tem nome. Ele é o Número 42.

Martha andou de modo a poder olhar para o médico em busca de uma explicação, mas ele tinha saído para a varanda e estava falando com um dos policiais que apontava mais abaixo, na entrada para carros.

Martha virou-se de volta para Lynnie, e os olhos delas se encontraram. Martha pensou ver outra emoção, uma que não tinha visto antes e que não soube identificar.

Talvez por ter percebido isso, Clarence recomeçou.

— Ela ouviu a senhora — provocou, movendo-se até estar bem ao lado de Lynnie, de frente para Martha. — O problema é que ela não tem noção do que são boas maneiras. Quando alguém dá uma roupa a você, o que você diz? — Ele empurrou Lynnie na direção de Martha.

Lynnie desviou o olhar. Martha, de início, pensou que ela estivesse sendo tímida ou humilde. Mas alguma coisa lhe disse que havia mais naquele movimento do que palavras podiam dizer. Ela seguiu os olhos de Lynnie. Eles estavam voltados para a janela na parede mais distante da sala de visitas, a janela através da qual Martha tinha tentado olhar bem no começo daquela tempestade.

A janela estava aberta. E o vulto de um homem — Número 42 — corria, afastando-se pelo campo leste, os braços dobrados em ângulo reto, as pernas rápidas e poderosas. Ele mergulhou na floresta.

Martha virou-se de volta para Lynnie. Dessa vez, a emoção dela foi clara. Era uma emoção que Martha também havia sentido, mas nunca permitira que seu rosto revelasse. Desafio.

— Você não está prestando atenção — disse Clarence para Lynnie. Ele lhe deu um empurrão na direção de Martha. — Agradeça à senhora. Dê seu grunhido mais educado.

Lynnie estava tão perto que Martha podia sentir seu hálito, mas agora Lynnie não desviou o olhar na direção da janela. Ela se inclinou de modo que seus lábios se colaram à orelha de Martha.

Martha podia sentir a respiração de Lynnie aquecendo-lhe o pescoço. Ela se preparou para ouvir a única palavra que Lynnie conhecia e que Martha já tinha ouvido. A que significava desafio.

— Esconde — disse Lynnie bem baixinho.

Martha recuou e olhou para Lynnie. Seu rosto não revelava nada.

Martha chegou perto dela outra vez.

— Esconde — disse Lynnie de novo e acrescentou: — Ela.

— O que ela disse à senhora? — perguntou Clarence. — Ela foi uma boa menina?

Lynnie continuou imóvel. Então ela virou o rosto na direção de Martha.

Martha olhou nos olhos de Lynnie. Não tinham nada de abestalhados. Os olhos dela eram verdes e bem bonitos, e, sim, *diferentes*. Mas sabiam conter as lágrimas e estavam fazendo isso nesse instante.

O dr. Collins disse:

— Vamos indo.

— Eles o pegaram? — perguntou Clarence.

— Ainda não, mas ele não vai chegar a lugar nenhum hoje. Está escuro demais, o rio transbordou, e ele só pode estar exausto. Amanhã encontrarão os rastros.

— Vai ser o dia de sorte do 42 — disse Clarence.

Ele puxou Lynnie para ir embora. Martha sentiu o hálito afastar-se de sua face e ficou parada, os olhos cravados em Lynnie, enquanto a jovem mãe era puxada pelo aposento e encaminhada na direção da porta. Por um segundo, Martha perguntou-se se teria realmente ouvido aquelas palavras. Contudo elas ressoavam tão alto em sua mente... Sabia que não tinha se enganado. Por fim, Martha recompôs-se e saiu apressada para a porta, que continuava aberta, e olhou para fora. O dr. Collins estava entrando em seu sedã. Os carros de polícia davam meia-volta. Sob a chuva que ainda caía, Lynnie era forçada a descer a escada da varanda, sem guarda-chuva.

Martha desviou o olhar para a escada dentro de sua casa e olhou para o segundo andar. Então se virou de novo para o lado de fora da porta.

— Lynnie — chamou, e, no último andar da escada da varanda, o vulto frágil, de braços amarrados sobre o peito, o vestido branco já ficando ensopado pela chuva, se deteve e olhou para trás.

Lembre-se de tudo, disse Martha a si mesma. Dos olhos verdes. Dos cabelos dourados cacheados. Da maneira como ela inclina a cabeça para um lado.

Então Martha saiu para a varanda e falou, com mais certeza do que jamais tivera na vida:

— Lynnie, pode deixar.

A escola

1968

Dando as costas à voz da velha senhora, Lynnie andou pela entrada alagada da antiga sede da fazenda, com água até os tornozelos e Clarence em seu encalço. Seu corpo ainda doía do parto. Mas essa água parecia mais limpa que a água em que chapinhara quando o vaso do banheiro entupiu e líquidos horrendos empoçaram o piso. Finalmente, depois de tantos anos de coisas tão horríveis, ela tinha uma coisa sua: um pulso no qual encontrara forças, outro pulso ao qual dera vida. Então Clarence a empurrou, e tudo lhe voltou à memória. Tudo lhe tinha sido tomado. Depois de três dias de liberdade, ela não tinha nada, nem mesmo a escolha de onde pôr os pés.

Seus braços estavam amarrados, Clarence a mantinha na linha e logo ela seria punida na Escola. *A Escola*. Era assim que a tinham chamado na frente da velha senhora. Os internos que sabiam falar se referiam ao lugar de maneira mais honesta, dizendo "esta Merda" ou "Sing Sing, a penitenciária". Por um longo tempo, na mente de Lynnie, onde formas de palavras flutuavam, às vezes encontrando uma forma física, outras não, ela havia pensado naquilo como apenas um lugar ruim. Então, quando aprendera o sinal de Buddy para a Escola — *Buddy*, disse a si mesma, falando mentalmente o nome dele com euforia —, ela achava que era perfeito: uma armadilha que se fecha e prende o animal. E sabendo que seus pés eram conduzidos de volta para aquela armadilha, Lynnie teve uma sensação perversa de que queria morder alguém. Mas não morderia. Isso só pioraria as coisas.

As portas traseiras do sedã já estavam abertas. No assento do motorista estava o sr. Edgar, o homem gordo que trabalhava para o dr. Collins. Geralmente Lynnie só o via da janela do prédio da lavanderia, enquanto empilhava roupas nos carrinhos de armazenamento. Ele estaria andando para o chalé da administração, onde, como dizia a amiga de Lynnie que entregava a correspondência, Doreen, todo mundo falava "uma porção de palavras complicadas". Agora, aproximando-se do sedã, Lynnie podia ver o cabelo do sr. Edgar. Liso, penteado com Brylcreem, trazia as marcas dos dentes do pente, como os campos conservavam as marcas do arado na lama. Ao lado dele, o dr. Collins estava debruçado sobre a ficha de Lynnie, caneta-tinteiro numa mão, cigarro na outra. Lynnie absorveu tudo isso, embora não conhecesse as palavras "Brylcreem" nem "ficha", nem "caneta-tinteiro". Ela conhecia as palavras "doutor" e "Collins", mas os internos deviam chamá-lo de "tio Luke". Lynnie, contudo, não o chamava de nada — logo depois que viera para o lugar ruim, tinha parado de falar. Tio Luke nunca percebera isso. Para ele, ela era apenas mais uma dos trezentos internos, e ele era, como dizia Doreen, quando desfilava pelos pátios, mostrando o lugar para pessoas bem-vestidas, "o tipo de pessoa que não podia passar por uma torneira de banheiro se estivesse limpa o suficiente para refletir o próprio rosto".

Tio Luke não estava nem prestando atenção nela agora, que passava por sua janela — estava concentrado em acrescentar anotações na ficha. Ela mostrou a língua para ele, embora, antes que sequer olhasse de relance na direção dela Clarence tivesse baixado a mão pesada sobre seu ombro.

— Vamos, entre — disse, o tom educado por causa de tio Luke. E então empurrara Lynnie no banco de trás do carro e batera a porta.

Ela tentou olhar para a casa da fazenda pelo vidro do para-brisa. As luzes dos faróis iam apenas até certa distância. E tudo que conseguiu distinguir foi um retângulo de luz da porta e a silhueta da senhora que tinha dito que faria o que Lynnie pedira. Lynnie tinha se esforçado muito para dizer aquelas palavras — "Esconde" e "ela" — e seu coração tinha se alegrado ao ouvir a resposta da velha senhora. Mas Lynnie não conseguia ver a janela minúscula no sótão, muito menos a orla da floresta.

Clarence embarcou pela outra porta, e Lynnie encostou na janela de seu lado. Ela tinha que fugir de lá. Tinha que encontrar Buddy. Mas não havia como sair e tudo que ela podia fazer era engolir ar. Aquilo não era bom — se eles soubessem que você estava com medo, eram mais brutos. Ela tentou pensar em Kate, a enfermeira de cabelos ruivos e carinhosa. Em vez disso, sua mente fixou-se em Smokes, o auxiliar que tinha os cachorros, e sua respiração ficou mais rápida, mais ofegante.

De modo que ela recorreu a um velho truque. Quando era pequena e seu corpo parecia frouxo, ela gostava da maneira como rolar a cabeça de um lado para o outro fazia com que as cores fluíssem como fitas. Depois que ela adquiriu o que o médico chamava de tônus muscular, ela ainda rolava a cabeça, só que com os olhos fechados, porque tinha descoberto que, quando parava, sua mente aterrissava em outro lugar e outro tempo. Era como nas máquinas de lavar: depois do ciclo, você encontra meias perdidas. Assim, à medida que o sedã ia descendo pela estrada inclinada, ela balançou a cabeça até aterrissar fora do presente.

— Você não é dona de nada aqui dentro dessa porcaria — cochichava Tonette, a primeira amiga de Lynnie —, exceto o que tem dentro de você. Então, trate de guardar bem aí dentro. — No chalé do hospital, na noite da chegada de Lynnie, Tonette apontou para a própria cabeça. Tonette era alta, negra e magra, com cabelo que parecia mola de caneta, e tinha dado a Lynnie uma tigela de gelatina. — Digo isso para que você comece com o pé direito. — Aceitando a gelatina, Lynnie não conseguiu acompanhar o raciocínio: — As coisas serão mais fáceis se você ficar na sua. — Foi só depois do que aconteceu com Tonette, um pouco mais tarde, que Lynnie decidiu permanecer em silêncio.

Clarence aproximou-se de Lynnie.

— Parece que ela perdeu peso durante a aventura — disse ele. Tio Luke e Edgar não deram nenhuma atenção. — Estou apenas dizendo ao senhor — acrescentou Clarence, levantando a voz para que eles ouvissem — para poder incluir na ficha. — Lynnie nem sempre compreendia as ações de outras pessoas, e muito menos seus motivos, embora fosse capaz de perceber que Clarence não tinha nenhum desejo genuíno de ajudá-los. Ele queria apenas que o elogiassem para seu colega, o auxiliar de enfermagem que todo mundo chamava de Smokes.

Lynnie quase ergueu os pés para dar-lhe um empurrão, mas se controlou, sabendo que ele amarraria seus tornozelos. Em vez disso, olhou pela janela. Se Buddy estivesse em meio às árvores, ela não teria que lutar contra Clarence — Buddy apenas viria correndo até o carro, abriria a porta e a salvaria. O sedã chegou à curva para entrar na estrada, e subitamente uma visão surgiu na escuridão. Era o homem do pequeno farol que ela tinha visto antes naquela noite, quando dobraram na curva daquela estrada, procurando desesperadamente por um lugar para descansar. Ela tinha tocado no braço de Buddy. Parecia tanto com aquele farol de muito tempo atrás, quando estava com sua irmã, e que tinha sido um lugar seguro. Ela uma vez desenhara para Buddy: um lugar alto e sólido na beira do mar. Ela quisera explicar a Buddy mais cedo, naquela noite, que ela soubera que eles estariam protegidos ali no instante em que vira o homem do farol. Mas estava segurando o bebê.

Clarence, seguindo o olhar dela, também viu o homem do farol. Então se virou para a frente, estendeu o braço até o outro lado do encosto do banco e tocou no ombro dela. O toque da mão dele trouxe de volta muitas coisas que ela preferia não pensar: o balde, os cachorros rosnando, o gosto de tecido. Ela se encolheu toda, ele apenas chegou mais perto. Enquanto o sedã ia passando pela floresta e outras casas, ela se perguntava: Será que Buddy estava naquele jardim? Atrás daquela árvore? Quanto tempo levaria até que eles fugissem novamente? Até que ela pudesse ter o bebê nos braços?

Como Lynnie queria esmagar Clarence com os pés, morder, contorcer-se e berrar. Mas não podia. Quando Buddy viesse para ajudá-la a fugir, ela *tinha* que estar em seu chalé habitual, eles não poderiam colocá-la na solitária. Então, apertou os pés contra o piso e cerrou os dentes. Olhou para fora pelo vidro do para-brisa, para a longa estrada campestre, na esperança de que Buddy aparecesse antes que eles atravessassem o rio.

Ela acordou quando o sedã começou a reduzir a velocidade. Ainda era noite, e ao lado deles estava o grande muro alto de pedras da Escola. Ela tinha perdido a ponte sobre o rio. Tinha perdido qualquer visão de relance que poderia ter tido de Buddy. Sentiu um vazio de desapontamento. Acima do muro de pedra, viu que a chuva tinha parado, mas, com as nuvens carregadas escondendo qualquer estrela, a garganta de Lynnie ficou ácida de tristeza. Durante o verão, Buddy ensinara-lhe que as estrelas giravam lentamente pelo céu durante a noite. Agora, sem estrelas que pudessem ser vistas, ela não tinha como avaliar quanto tempo faltava para que a manhã chegasse.

Então o relógio da torre surgiu à vista, elevando-se da colina. O relógio era tudo que uma pessoa podia ver da estrada, o muro escondia todo o resto, exceto o portão. Mas avistar o relógio não adiantou nada para Lynnie; ela não sabia ver as horas. Mesmo assim, enquanto o sr. Edgar cantarolava acompanhando a canção no rádio, Clarence fumava cachimbo e tio Luke roncava, ela olhou fixamente para o relógio. Brilhava amarelo como uma lua, e, com a chuva escorrendo por sua face, parecia estar chorando.

Só duas vezes antes ela tinha visto aquela paisagem. Há três noites, quando ela e Buddy fugiram, Lynnie olhara para trás. Lá estava ele, o relógio que iluminava todas as janelas dos chalés. Buddy tinha puxado o braço dela e feito seu sinal para que corresse. Com as mãos entrelaçadas e a confiança que ela tinha nele, os dois fugiram.

Mas houvera uma outra vez, antes de Buddy, Kate, Doreen — antes até de Tonette. Lynnie ainda era criança na época, seu eu pequenino ainda estava escondido lá dentro, como uma minúscula tigela acoplada a uma maior. Naquele momento, ela baixou a cabeça e olhou para dentro, para aquele eu menor, voltando ao tempo antes de ela ter visto aquele relógio. Ao tempo em que não tinha ideia de que muros de pedra existiam.

Naquela época, ela conhecia o mundo de sua cozinha, onde brincava dentro do armário inferior com sua irmã. Elas abriam as portas de madeira, entravam no reino das tigelas e punham formas de bolo na cabeça para servir de chapéu. A irmã conhecia muitas palavras. Ela também sabia como movê-las para cima e para baixo, numa canção. Lynnie segurava o braço da irmã e grunhia em seu pulso, sentindo as vibrações. Elas tinham uma canção favorita: "Um beijo e um queijo. Uma cesta colorida. Escrevi uma carta pra mamãe. E no caminho deixei cair."

Lynnie não sabia nada sobre chalés de refeitório. Ela conhecia salas de jantar e o espaço embaixo da mesa, onde ela e a irmã mantinham as bonecas Betsy Wetsy e olhavam para os sapatos de mamãe e de papai quando estavam sentados falando com voz séria, dizendo coisas, como "aceitar essa tragédia" e "seu futuro sem esperanças" e "nós não fizemos nada para merecer uma criança retardada". A irmã brincava de jogar Jacks, e Lynnie puxava os cordões dos sapatos de papai. Sua irmã perguntava se Lynnie sabia o que estava sendo cozinhado e então dava o nome aos cheiros: "panquecas de batatas"... "chocolate quente". Lynnie adorava cheiros. Ela adorava enfiar o rosto em casacos de lã e debaixo de camas. Ela ainda podia sentir o cheiro adocicado do chiclete da irmã. Podia inclusive se lembrar de ter encostado o rosto no peito perfumado da mãe quando ela tirava Lynnie de debaixo da mesa, levando-a ao colo, dizendo:

— Você não pode fazer isso.

Embora muitos anos tivessem se passado — anos de quartos com quarenta camas, todas com estrado de metal —, Lynnie ainda se lembrava de seu quarto. Tinha duas cabeceiras cor-de-rosa; uma para a cama dela e outra para a da irmã, "Nah-nah" — a primeira palavra que Lynnie conseguiu dizer ("Finalmente", disse mamãe, de mãos cerradas de alegria quando Hannah a chamou para o quarto, o rosto radiante) — e janelas com cortinas. Lynnie lembrava-se de um banheiro também, mas, por muito tempo, ela sentou na mesinha de trocar fraldas, enquanto papai dizia: "Já está com cinco anos e ainda usa fraldas e faz ruídos de bebê." "Por favor, não fique repetindo isso", dizia mamãe, tirando os alfinetes da boca.

Lynnie também recordava a sala de visitas. Tinha um tapete, um aquário e livros. Os livros não eram tão divertidos quanto os peixes. Nah-nah sentava no sofá e lia enquanto Lynnie se arrastava pelo chão para olhar os peixes com suas cores brilhantes.

— Ela ainda não engatinha? — perguntava Essa Tia Aqui atrás dela.

— Ela já tem seis anos — dizia Aquela Tia.

— Há anos está claro que o dr. Feschbach tinha razão.

— Ela vai engatinhar, ela vai andar — disse a mamãe.

— Ela nunca irá à escola — dizia Essa Tia Aqui.

Aquela Tia respondia:

— Pense na vergonha — e então ela sussurrava — que a irmãzinha vai sentir, depois que compreender.

Mamãe chorava. E o choro de outras pessoas incomodava Lynnie. Desabava em cima dela como uma tempestade, explodia lá dentro e trovejava até que o pusesse para fora do peito, fazendo com que se deitasse de costas, esperneasse e gritasse. Isso sempre funcionava, porque logo o choro parava. Às vezes, Nah-nah a defendia, dizendo:

— Ela não compreende.

— Só que Lynnie compreendia, sim. A maneira de se livrar de choros era espernear e chutar a tristeza para longe.

E Lynnie também ainda se lembrava de um restaurante. Naquela época, ela já sabia andar, e a família entrou, sentando-se num reservado. Os pais dela perguntaram o que ela queria.

— Búrger! — respondera com um grito, uma das palavras mais compridas que ela conhecia na época, e as pessoas ficaram olhando. E olharam de novo quando a comida não entrou toda na sua boca, escorrendo e pingando como um risco de tinta em seu rosto. A garçonete voltou à mesa com mais guardanapos. Mas não ficou olhando. A garçonete não olhou para ela.

— Queria que você desse ouvidos à razão — disse papai. Mamãe já começava a chorar, e Nah-nah disse, de repente:

— Vamos sair e ficar de mãos dadas no carro. — E as duas crianças foram e começaram a cantar Elvis no banco de trás.

Então havia aquele lugar chamado sinagoga, com vidros coloridos e uma grande sala por onde passavam para chegar a um rabino sentado atrás de uma escrivaninha, onde mamãe sentava segurando Lynnie no colo, apertada contra sua barriga grande e dura, dizendo:

— Todo mundo tem uma opinião. O senhor sabe o que meu marido quer. Por isso fui consultar livros. Dale Evans disse que o único lugar para sua filha retardada era em casa. Ela disse que a menina era um anjo. Mas Lynnie é, bem... ela nos envergonha. — Ela engoliu em seco. — Perl Buck também teve uma filha retardada, e ela disse que crianças assim ficam mais felizes entre seus pares. Mas Lynnie é minha caçulinha!

O rabino cruzou as mãos e disse:

— Creio que você se arrependerá se mandá-la embora. Vai sentir como se a tivesse exilado para um deserto.

— Obrigada, obrigada — disse mamãe, começando a soluçar. Então o peito de Lynnie começou a doer tanto que ela se jogou no chão, esperneando e chorando alto. Nesse momento, mamãe disse que sentia muito e começou a arrastar Lynnie para fora.

E ela conseguia se lembrar de um *playground*. Nah-nah em seu uniforme marrom de escoteira correra para pular corda com amigas, e Lynnie ficara na caixa de areia, desenhando com uma varinha — círculos que emendavam em outros círculos, como um brinquedo Slinky —, até que um menino veio e pisoteou todo o desenho dela. Então Lynnie voou para cima dele, distribuindo tapas. Imediatamente, mamãe veio correndo, empurrando o carrinho com os gêmeos, voando para dentro da caixa de areia, arrancando Lynnie de cima do menino, gritando com Hannah no caminho para casa por não ter cuidado da irmã.

— Admita — disse papai, naquela noite, enquanto Lynnie ficava sentada no alto da escada e Nah-nah, ao lado dela, fazendo ressoar a canção favorita delas, quando, pela primeira vez, apertava os lábios, ao segurar no pulso de Lynnie, ao segurar o braço da irmã. Mesmo assim, Lynnie ouvia papai. — Ela está com quase oito anos. Se não a mandarmos agora, vai ser assim todos os dias, pelo resto de nossa vida.

Então ela ficou sentada muito tempo no carro. Ela estava no banco de trás, mexendo na tampa do cinzeiro, para cima e para baixo, para cima e para baixo, quando Nah-nah disse, de repente:

— Aquela é a escola da Lynnie?

Lynnie levantou a cabeça e viu a torre. A construção se elevava acima de um muro de pedra, mais alta que o templo, e Lynnie sentiu orgulho. Ela estava indo para a escola, e lá era tão grande...

O carro virou numa abertura no muro e parou junto a um portão.

— Parece que deveria ter um fosso — disse Nah-nah baixinho.

Papai ouviu.

— Lembre-se de nossa conversa da noite passada — disse ele.

Mamãe disse:

— Comporte-se como alguém de sua idade, Hannah.

Nah-nah virou-se para Lynnie, que, nos olhos da irmã, viu uma expressão que nunca tinha visto antes. Muito mais tarde, depois de Lynnie ter incluído em sua mente um dicionário de palavras e de conhecimentos, lembrou-se daquele momento e soube como identificar aquela expressão. Em outros rostos, antes daquela primeira visão dos muros de pedras, ela tinha visto piedade ou medo, chacota ou desprezo. No rosto de Nah-nah, até aquele momento, ela tinha visto apenas brincadeira e afeto. Naquele momento, vira culpa.

Então um guarda abriu o portão, e eles entraram, o carro subindo pela colina em direção a um conjunto de construções. Os pais dela apontaram, descrevendo o que tinham visto na brochura e nas cartas de tio Luke: aqueles eram os chalés onde moravam os internos, um para cada classificação.

— Eles chamam de chalés? — perguntou Nah-nah. — Um sozinho é maior que minha escola.

— Este é um lugar imponente — disse papai. — Ocupa 4.800 hectares.

Havia prédios ainda maiores no centro da propriedade.

— Aqueles devem ser a lavanderia, o ginásio, as salas de aula e o hospital — disse papai. — Eles aqui são autossuficientes — acrescentou, olhando pelo retrovisor para ver Hannah. — Até plantam o que comem.

Lynnie olhou. Mais além, depois de todos os prédios, havia campos plantados com safras crescendo, pastos com vacas, galinheiros, todos cuidados por homens vestindo macacões de brim azul e camisetas cinza — "garotos trabalhadores", disse papai. Mais além, fora de vista para eles, havia um gerador que fornecia energia para a escola. Perto do gerador ficava um campo de beisebol e, depois disso, as cabanas onde moravam os funcionários, cujos salários incluíam moradia e refeições. Muito além das cabanas, do outro lado de uma elevação, ficava uma coisa que papai não conhecia, de modo que não a apontou. Só mais tarde, no dia em que resolvera parar de falar, Lynnie saberia da existência do cemitério.

Tudo era interligado por caminhos bem demarcados, e, abaixo deles, havia corredores subterrâneos que estavam lá, disse mamãe, "para não deixar ninguém sentir frio no inverno". Exceto por dois homens de uniformes brancos, um com três cachorros rosnando, não havia ninguém nos caminhos.

— Acho que eles mantêm todo mundo ocupado — disse mamãe.

— Com a escola? — perguntou Nah-nah.

— Claro — disse mamãe, embora não parecesse ter muita certeza.

— E para aprender ofícios, também dão formação profissional — acrescentou papai. — Eles ensinam os alunos a fazer tapetes e a consertar sapatos. São boas profissões para quando ficarem mais velhas.

À medida que se encaminhavam para o estacionamento, viram outra pessoa: uma mulher de branco empurrando um garoto branco numa cadeira de rodas.

— Ah, esses adultos devem ser auxiliares de enfermagem — comentou mamãe.

— Enfermagem? — perguntou Nah-nah. — Pensei que você tivesse dito que isto era uma escola.

— É um tipo diferente de escola — disse papai, a voz áspera. — Já expliquei a você.

Nah-nah olhou de novo para ela com uma expressão de culpa, e foi então que Lynnie começou a ficar com medo.

— E você, Lynnie, pare de mexer nesse cinzeiro — disse papai.

— Já estamos chegando, só mais um minuto — disse mamãe com a boca parecendo estar cheia de água.

O carro deles avançou, subindo a colina. Lynnie olhou mais uma vez para a torre e tentou compreender os ponteiros. Eles estavam virados para cima, retos, bem juntos, um em cima do outro. Como as capas de um livro que ninguém queria ler.

Clarence puxou Lynnie com violência para fora do sedã. Ela se pôs de pé, meio bamba por causa da viagem e olhou para o céu nublado, enquanto tio Luke falava com ele sobre "ser adequadamente recompensado por trabalhar horas extras". Embora ainda não visse estrelas, ela se lembrou de como, por um tempo enorme, as estrelas, para ela, não tinham sido nada além de pontinhos faiscantes. Então Buddy apontara para o céu em algumas das paisagens noturnas que ela havia desenhado, amassara um de seus cubos de açúcar sobre o papel, arrumando o pó em padrões e usando sinais para ensinar a ela os nomes das constelações: Xícara, Pena. Amanhã, quando chegasse a noite, as nuvens teriam ido embora. Eles olhariam para as estrelas juntos enquanto estivessem fugindo de novo.

Com Clarence ao lado dela e tio Luke seguindo na frente, subiram os degraus de mármore do edifício com a torre. Ele se destacava dos outros chalés, com sua porta de carvalho, o corrimão de metal dourado, cercas vivas vicejantes e janelas sem grades. Lynnie, esperando enquanto tio Luke tirava as chaves, tremeu de frio no vestido da velha senhora. Por mais que detestasse estar presa na camisa de força, nesse momento, sentia-se grata, pois a protegia do vento. Também se deu conta, quando tio Luke abriu a porta pesada, de que precisava ir ao banheiro e de que nunca usara o que ficava ali.

Ainda sentindo dor por causa do parto, não tinha certeza de que conseguiria segurar. Contudo não suportava a ideia de ter que revelar sua necessidade de ir ao banheiro; então apertou bem as coxas. Sob o vestido, sentiu o absorvente que a senhora lhe dera, um lembrete do que todo o tempo que tinha passado com Buddy lhe havia mostrado: ela era capaz de muito mais do que jamais acreditara.

Embora Lynnie não tivesse voltado ao escritório dele desde seu primeiro dia ali, tudo parecia igual: a escrivaninha para Maude, a secretária; o tapete persa; as poltronas Windsor; o relógio de pêndulo; e, de um dos lados, a porta de madeira do escritório de tio Luke. Também tinha o mesmo cheiro: couro, tabaco, livros. Lynnie inspirou fundo, apreciando os aromas, enquanto tio Luke tirava um cigarro de uma cigarreira de prata e olhava para Clarence, para que ele se tocasse. De maxilares cerrados, Clarence acendeu o cigarro com seu isqueiro. Então tio Luke deu as costas para ambos e pegou o telefone. Lynnie ouviu uma campainha tocar em outro lugar e, com aperto de prazer na garganta, se deu conta de que era bem pertinho — talvez até fosse a do A-3, o chalé de Lynnie. Se realmente fosse, talvez Kate estivesse lá, e Lynnie estaria salva.

Kate, como a maioria dos funcionários, trabalhava muitas horas extras. Havia coisas demais a fazer, com apenas um auxiliar para quarenta internos. Talvez por isso o pessoal da equipe tivesse uma tendência para a crueldade no trato com os internos e entre si, embora, felizmente, alguns fossem diferentes. Os melhores até traziam petiscos de casa, mostravam fotos dos filhos, ignoravam os apelidos malvados — "Larry Gancho de Canhota", "Mr. Magoo", "João Choramingão", ou o que tinha sido inventado para Lynnie, "Não-não". Eles até tentavam desenvolver as habilidades de um interno.

Fora isso que Kate fizera. Cinco anos após a internação de Lynnie — e que o teste de Q.I. a classificara numa categoria de retardo mental moderado, alocando-a em um chalé com outras débeis mentais —, Kate reparara que Lynnie não estava apenas empurrando o esfregão quando fazia o trabalho de faxina, parte do tratamento. Ela fazia desenhos nas lajotas com o esfregão, as bolhas de espuma rebrilhando como crescentes iridescentes sob a luz. Kate relatou isso a um psicólogo, que ordenou que um novo teste fosse feito, e então Lynnie foi promovida para o chalé das retardadas mentais leves. Ali conhecera Doreen, uma garota baixa e loura, de olhos puxados como uma chinesa, cuja cama com estrado de metal ficava cinquenta centímetros acima da sua. Um pouquinho depois disso, quando Kate violou o regulamento e trouxe lápis de cera para a sala de recreação, ela observou que Lynnie desenhava cavalos — orgulhosos cavalos azuis com crinas verdes esvoaçantes.

— São tão bonitos, docinho — dissera Kate e arranjara para que Lynnie fosse à sua sala no chalé das funcionárias. Kate disse a todo mundo que era para que Lynnie ajudasse com o serviço, mas, na verdade, era para que Lynnie pudesse sentar à escrivaninha e desenhar. Kate tinha blocos de desenho e lápis de cor em suas gavetas. Quando a jovem chegava, a funcionária trancava a porta e destrancava a gaveta, e, depois que Lynnie saía, ela guardava os desenhos na gaveta e passava a chave.

Mais abaixo, na colina, atenderam a chamada.

— Estamos aqui — disse tio Luke. — Venha buscá-la.

Ele desligou o telefone. Então abriu a porta que dava para seu escritório, passando por Clarence, que estava sentado, sem nem um olhar, e fechou a porta.

Os lábios de Clarence apertaram-se de raiva. Se Lynnie não tivesse ouvido dizer que o amigo dele, Smokes, era irmão de tio Luke, não teria compreendido. Tio Luke nunca deixava ninguém vê-lo favorecer seu irmão e Clarence. Mas todo mundo sabia que era isso que acontecia, porque Smokes e Clarence podiam fazer qualquer coisa. Eles eram os únicos com cachorros. Eles eram os únicos que cheiravam a álcool. Eles eram os únicos que...

Lynnie se virou para a janela. Ela tinha algo melhor em que pensar: Buddy com o bebê no colo e rindo; Lynnie sentindo um carinho que nunca sentira antes quando segurava o bebê em seus braços.

A porta se abriu. Ela deu meia-volta.

Kate!

Lynnie deixou escapar um som de alegria, mas se conteve para não correr a seu encontro.

Kate olhou para Lynnie com um sorriso triste. Quando Kate viera trabalhar ali — depois que outra mulher roubou-lhe o marido —, era curvilínea, usava uma maquiagem e vestidos com saias rodadas e muito coloridas. Com o passar do tempo, ela engordou, deixou de usar maquiagem e começou a fumar. Ela ainda bordava o casaco do uniforme, embora agora usasse saias cinzentas ou marrons e um colar com uma cruz de ouro. Também demonstrava exaustão. Em seus olhos, Lynnie tinha certeza de que podia ver a Kate pequenina.

— Faça uma entrevista cuidadosa — dizia tio Luke. — Nós não temos ideia do que ele fez com ela.

— Quarenta e dois é tão cavalheiro — respondeu Kate. — Ele não faria nada.

— Se ele fosse tão digno de confiança — retrucou tio Luke —, não teria nos armado essa.

Kate não disse nada enquanto tio Luke prosseguiu, passando a dar-lhe instruções sobre o que fazer com Lynnie. A jovem se virou e viu o olhar de Clarence cravado nela. Ela fechou os olhos e comprimiu os lábios.

Então Lynnie sentiu uma mão sobre seu braço, e ela e Kate seguiram para a porta. Ouviu atrás de si:

— Para mim parece que valeram as horas extras, doutor.

A porta se abriu, e ela saiu.

As nuvens tinham se dissipado, e as constelações contemplavam a Terra das alturas. Lynnie olhou para o céu e os nomes lhe voltaram à memória. Ali estava Pônei. Mais abaixo, perto do horizonte, estava Xícara. E logo acima estava a que ela mais amava: Pena.

Lynnie apoiou-se em Kate, e elas andaram juntas. Passaram pelas salas de aula que nunca eram usadas, pelo ginásio com aros enferrujados e teto embolorado. Atravessaram para o caminho seguinte. A colônia dos meninos ficava logo abaixo, na colina à esquerda; a das meninas, à direita. Às vezes, ela ouvia os garotos arrogantes batendo uns nos outros, fazendo coisas vulgares. Naquela noite, estavam silenciosos como a lua.

Por fim, Kate deu um aperto mais forte em torno dela.

— Eu estava tão preocupada com você — disse.

Lynnie encarou Kate. Sentiu uma vontade louca de contar a ela: *O bebê estava chegando, e nós escapulimos sem que ninguém visse, nos escondemos, e doeu, mas foi muito bom*. Ela ansiava por contar sobre o amor que sentira por seu bebê, levantando-a do chão do abrigo de bombas abandonado, onde dera à luz. Sobre o beijo de Buddy, no quarto da velha senhora, o tipo de beijo longo que só podiam dar no milharal, quando os talos de milho estavam altos o suficiente para escondê-los. Sobre descer a escada na casa da velha senhora, a polícia e Buddy fugindo para a floresta.

Mas exceto por aquelas ocasiões com Buddy nos campos de milho, sua boca tinha caído em tamanho desuso que quase se esquecera de como falar. Lynnie falava com desenhos — embora não tivesse nenhum lápis por perto. Se ao menos pudesse falar tão bem com as mãos como Buddy fazia... Mas só ela compreendia as mãos dele, e mesmo ela não era perfeita nisso.

— Apenas diga se você está bem — perguntou Kate.

Lynnie fez que sim.

— Graças a Deus. Eu estava doente de preocupação.

Elas chegaram ao chalé do hospital. Kate subiu o primeiro degrau.

— Pedi que você dormisse aqui, para que eu pudesse ter uma noite com você. Só com você.

Lynnie puxou-a de volta para baixo.

— O que há de errado?

Ela apontou para o A-3.

— Você realmente quer voltar esta noite?

É lá que ele virá me procurar, ela queria dizer, mas não podia. Em vez disso, fez que sim com a cabeça.

— Está bem — disse Kate. — Vou me meter em encrenca. Mas melhor eu que você.

Elas seguiram adiante. Passaram pelo primeiro chalé com garotas, o A-1. Depois o A-2. Finalmente, chegaram ao A-3. O tempo todo Lynnie ficou pensando como seria muito mais difícil da segunda vez. Eles tinham planejado a fuga para a hora mais movimentada, quando a equipe arrebanhava todo mundo para a cama. Ela tinha escapulido pela porta, sabendo que só notariam sua falta mais tarde. Enfiaram travesseiros debaixo dos lençóis na cama dela — Doreen ajudara mais cedo naquele dia e dissera: "Arrumei a cama como uma mãe." Agora eles estariam vigiando.

Lynnie e Kate subiram os três degraus que levavam à porta do chalé. É claro que Kate teve que lutar com a maçaneta enferrujada. Afinal, girou, e elas entraram.

O cheiro, o cheiro. Na primeira vez em que Lynnie o sentira, tentara fugir, mas o auxiliar a apanhara, e ela o mordera. Era um cheiro que lhe entrava pelo nariz, por debaixo dos olhos e por entre os dentes. Um cheiro tão difícil de respirar que alguns auxiliares fumavam para ter na boca um gosto diferente. Fazia com que Lynnie dormisse com o cobertor por cima do rosto.

Kate, se você soubesse como era bom o cheiro da noite quando encontrei o lugar certo. Eu não podia sinalizar para Buddy por causa do bebê no colo, de modo que fiz um som de alegria e colei meus lábios nos de Buddy, e ele fez sua voz subir e descer até que nos encontrássemos no mesmo som, e então mantivemos aquela nota, com o bebê entre nós, nossos corpos vibrando juntos.

Elas atravessaram o pequeno vestíbulo. Suzette, a outra funcionária do turno da noite, estava recostada, sentada à escrivaninha, com um livro aberto diante dos olhos, a boca escancarada. Suzette não apartava brigas rápido o suficiente, embora, pelo que Lynnie sabia, as garotas não brigassem tanto quanto os garotos. O único problema era se os garotos conseguissem chegar ao lado das garotas na escola. Isso só tinha acontecido uma vez. Suzette não estava de serviço naquela noite. Kate também não, e... *Ah, não lembre isso.*

Elas entraram na sala de recreação. As bancadas e as cadeiras de plástico estavam vazias. O assoalho estava sujo, esperando que as garotas o encerassem durante o turno da manhã. Até a TV estava desligada. Lynnie se lembrava de como as coisas eram muito piores antes da TV. Elas ficavam sentadas na sala sem nada para fazer a não ser contar piadas e inventar brincadeiras — ou fazer troça umas das outras e tentar roubar os poucos objetos que alguma tivesse recebido da família. As internas escolhiam um lugar e mantinham-no durante anos.

Kate sussurrou enquanto elas avançavam na direção do quarto onde Lynnie dormia:

— Você vai ser punida de alguma forma, mas vou tentar impedir que o castigo seja muito duro.

No final da sala de recreação, viraram em direção ao banheiro. Que bom.

Passaram pelas pias. Os vasos. Havia dez, todos enfileirados atrás do que pareciam ser portas de metal separadas, só que dentro não havia divisórias, de modo que uma auxiliar podia vigiar dez internos fazerem suas necessidades ao mesmo tempo. Lynnie se insinuou em direção a um deles, mas Kate não reparou. Ela continuava:

— Vamos tratar de lhe dar um banho. Direi que você cooperou e talvez eles sejam menos severos.

Kate parou junto das banheiras e, posicionando-se atrás de Lynnie, começou a desafivelar a camisa de força.

— Posso ficar e vigiar você aqui essa noite. Mas terei que ir para casa de manhã.

A camisa de força foi tirada. Kate jogou-a para um lado.

— Onde você arrumou roupas tão bonitas? Seu cabelo combina com esse vestido e faz com que você pareça Rapunzel.

Lynnie grunhiu de satisfação.

— Lamento, mas você não vai poder ficar vestindo isso. — Ela começou a desabotoar o botão de cima.

Na primeira noite, tantos anos antes, a enfermeira que a recebera dissera a Lynnie que podia ficar com suas roupas para ocasiões especiais, o que acabou por se revelar ser sempre que tio Luke trazia altos funcionários do governo para visitar o lugar, gabando-se de como o dinheiro público estava sendo bem gasto. Lynnie não sabia que, quando a escola fora inaugurada, em 1905, os internos usavam uniformes para receber as visitas, os garotos parecendo cadetes militares, as garotas empregadas domésticas. Agora todos usavam as roupas que tinham trazido de casa que, inevitavelmente, sempre eram boas e bem cuidadas porque ficavam trancadas em armários cujas chaves não eram autorizadas aos internos. Mesmo assim, por vezes, as roupas sumiam. "Ninguém tem nada que seja seu por aqui", dissera Tonette naquela primeira noite. "Nem mesmo uma escova de dentes." Ela estava certa. Toda manhã havia uma fila no banheiro enquanto todas esperavam para usar uma única escova.

Lynnie sentiu o vestido cair em seus tornozelos.

— Sinceramente — disse Kate —, gostaria de que você tivesse conseguido escapar. — Ela abriu o sutiã que era da velha senhora, elogiando-o com admiração; o primeiro sutiã que Lynnie usava na vida. O Estado recentemente aprovara verba para consertar um buraco no teto do celeiro, embora, mais uma vez, tivesse recusado a solicitação para a compra de sutiãs. Buddy fechara o sutiã para ela.

O que Kate vai fazer quando descobrir? Lynnie não tivera tido que se esforçar muito para esconder a barriga, com as roupas folgadas, grandes demais, a comida e o muito que transpirava trabalhando na lavanderia. Ela não escondera mais nada de Kate durante todos aqueles anos. *Será que ela vai ficar zangada? Será que vai contar?*

Kate estendeu os braços, enfiou os polegares na calcinha e puxou-a para baixo.

Lynnie ficou parada ali, nua, no aposento frio, com tanta coisa que ela não falara revelada.

— Santo Deus! — gemeu Kate. Ela se aproximou de Lynnie e a acolheu nos braços.

Naquela noite, Lynnie se deitou em sua cama, ao lado de Doreen, olhando, além das fileiras de leitos, para Kate, que andava, de um lado para o outro, fumando. Ela sabia que Kate velaria por ela, o que a deixava livre para dormir, sonhar e depois acordar. Seria a mesma boa noite de sono que qualquer outra — mas nesta, não sentiria medo.

Em seu primeiro sonho, ela ouve sons vindos do lado dos garotos. Eles começam agradáveis e então se tornam assustadores, com uma palavra elevando-se acima de todos os gritos e gemidos. Ela puxa aquela única palavra — Não — e treina dizê-la em sua cama; logo aquela palavra é sua.

O sonho muda como uma página virada, e então sonha estar num mundo onde aquela única palavra é tudo que ela possui. A porta se abre, ela se afasta e o balde cai. "Não, não, não, não!"

Ela acordou num pulo. *Onde... o que...* Ah, sim, está tudo em sua cabeça. Como se precisasse de uma prova, viu Kate, sentada perto da porta, observando seu cigarro.

De volta aos sonhos, Lynnie está na lavanderia, e a máquina de secar quebra. Ela empurra um latão de roupas para fora. Ali se detém diante do varal, inalando o cheiro de grama e das árvores, de campos recém-arados. Uma brisa de primavera levanta sua camisa, recordando-a de que uma coisa está acontecendo dentro de seu corpo, algo que entrara nela numa noite e que ela não pôde impedir dizendo "Não"; mas começa a compreender. Enquanto pendura a roupa na corda, ouve um motor roncando e, sobressaindo ao ruído, o som de palmas. Ela olha em volta. Um trator está se aproximando, e, no assento, está um homem negro de chapéu de palha. Ela o viu executando tarefas de faz-tudo, trazendo milho para a cozinha. Certa vez, viu-o cavando uma cova. Agora ele está sentado lá no alto, sorrindo, batendo de leve no assento a seu lado.

Garotas e garotos não têm permissão para se aproximar uns dos outros na Escola, pelo menos não quando há alguém vigiando. Ela olha ao redor. Ninguém vigia.

O homem faz sinais com as mãos. Ela compreende o que ele quer dizer. *Venha aqui para cima.* Ela larga o pote com pregadores de roupas no chão. Ele estende a mão e a puxa para cima. Ela se senta ao lado dele, que enfia a mão no bolso e puxa uma pena branca, duas, três. Ele as arruma em um buquê e dá a ela. Ela fica querendo saber como seria sentir a pulsação dele contra seus lábios.

Ela acordou. Kate estava de pé de novo. Dessa vez, Suzette estava perto dela.

— Mas você vai botar isso na ficha dela? — perguntou Suzette num sussurro.

— É claro que vou. Ela teve um bebê.

— Eu não poria.

— Um bebê. E está em algum lugar por aí. E alguém aqui dentro é responsável.

— Mas é exatamente disso que estou falando. Você quer complicar as coisas e criar um caso?

Kate não diz nada.

— Sabe o que eles vão fazer com você?

— Mas e ela?

— Elas superam essas coisas. Acontece o tempo todo com elas.

— A ponto de chegar a uma gravidez?

— Você sabe que tem um médico em Harrisburg que faz abortos — retrucou Suzette.

— Ninguém percebeu. A gravidez foi levada a termo, até onde posso dizer.

— Aposto que era do 42.

— Não era.

— Como você sabe? Ele não foi esterilizado. Vou dizer uma coisa, as instituições com programas de esterilização estavam certas. Poupou muita preocupação. É uma pena que não se use mais.

— Eu sei quando eles começaram a ficar juntos e, de acordo com minhas contas, não pode ser dele.

— Bem, que importância tem isso?

— Que importância tem isso? Alguém aqui dentro foi responsável, isso é o que tem importância. E depois... meu Deus, aqueles dois fizeram o parto do bebê sozinhos.

— O que estou querendo dizer é: que importância tem saber quem é o pai? Está bem, então não foi o 42, foi outro interno. E daí? Você sabe o que vai acontecer se eles encontrarem o bebê.

— Eu sei. — A voz de Kate soou muito triste.

— Então por que incluir no relatório? Além disso, e se a notícia de que uma interna *fugiu* e *teve um bebê* se espalhar? Eles vão querer a cabeça de Collins e de todo mundo. Onde nós trabalharíamos? Que tipos de emprego, existem por aqui para pessoas que não terminaram a escola? Ou cujos ex-maridos não pagam a pensão dos filhos como o seu? A cidade inteira vai afundar numa crise. Você quer ser responsável por isso?

— Não estou falando de economia. Estou falando de moralidade. Não podemos deixar um bebê perdido por aí.

— Você enlouqueceu.

Então Lynnie mergulhou no sono de novo, sonhando com uma fuga. Ela está correndo com Buddy pelos campos da Escola. Aqui está a escada encostada no muro dos fundos; aqui está a escada do outro lado; aqui está a maleta que ele preparou, esperando lá em baixo. Ela se vira para trás uma última vez.

Então, adiante, bosques, vales e campos. Entram numa cidadezinha. Entram num quintal nos fundos de uma casa. Buddy levanta a porta que leva a um porão escondido. Há um catre e um gerador, uma lâmpada e latas de comida e cantis. Buddy conhece tudo aquilo. É por isso que confiam nele. Eles o chamam de surdo-mudo, de retardado mental com baixo nível de intelecto, mas é apenas porque não compreendem suas mãos. Ele sacode e abre um cobertor. *Deite-se*, dizem as mãos dele.

E, em meio ao sonho de lembrança do parto, ela ouviu Kate, sozinha de novo no dormitório:

— Minha Nossa Senhora, por favor, me dê um sinal. Diga-me o que fazer.

Lynnie acordou com a intensidade do sol. Ouviu as internas se levantando da cama.

Buddy não tinha vindo resgatá-la durante a noite. O bebê ainda deve estar com a velha senhora.

— Você voltou! — Ela ouviu e virou a cabeça. Doreen estava soerguida na cama.

Lynnie tentou se virar para o lado, mas alguma coisa estava errada. Não podia se mexer.

— Eles amarraram você! — exclamou Doreen, reparando subitamente.

Lynnie olhou. Tiras de couro prendendo seus punhos e tornozelos ao estrado da cama. Ela lutou, puxando as tiras para lá e para cá, grunhindo com o esforço, mas de nada adiantou.

— Acho que estavam com medo de que você fugisse de novo — disse Doreen.

Lynnie virou a cabeça em direção à porta, com a garganta apertada de raiva. Kate não estava mais lá. O turno de Suzette também havia acabado. E Lynnie podia ouvir passos cada vez mais próximos — embora não os dos sapatos macios das garotas que trabalham na faxina vindo tirar as roupas de cama, também não os dos sapatos macios dos auxiliares do turno do dia. Eram os sons de dois pares de botas pisando duro e o arranhar de muitas patas.

Ela sabia quem era e fechou os olhos.

Caminhos menos percorridos

1968

MARTHA SENTOU-SE DIANTE DA JANELINHA do sótão, esperando para ver o amanhecer. Sempre sentira um prazer de arrepiar naquela hora do dia, depois de recolher os ovos, antes de preparar o café da manhã para Earl e ir dirigindo para a escola no velho Buick. Mesmo depois da morte do filho deles, quando sua casa caíra no silêncio, ela olhava pela janela da cozinha para ver o marido caminhando nos campos em seus primeiros afazeres, gorro de lã na cabeça, o contorno sólido de sua silhueta contra o céu iluminado, e sentia tamanha gratidão pela constância do nascer do sol que toda a dor por suas perdas tornava-se mais suave. Agora, sozinha para fazer todas as tarefas, às vezes sentia-se tão emocionada quando voltava para casa naquela hora do dia que, para se alegrar, corria para o segundo andar, abria uma das pequenas janelas e se imaginava pulando para o lado de fora, para o telhado. Passava a manhã ali, sentada no ponto mais alto, olhando para o céu. Mas, apesar de elogiar e estimular a coragem de seus alunos, a ousadia não era de seu temperamento. Na noite anterior, entretanto, depois de ter ficado sentada no sótão escuro, velando o bebê na cesta, refletindo sobre o tamanho da incumbência que lhe chegara sem aviso, sem instruções e sem duração, não conseguia pensar em nenhum outro lugar melhor do que o céu para fixar os olhos. Talvez na simples contemplação de suas profundezas infinitas — com a certeza de que não importava quanto a noite fosse escura, a rotação da Terra sempre traria o dia —, ela encontrasse uma resposta para a questão de onde esconderia aquela criança.

Martha e o bebê não podiam continuar no sótão. Era abafado e escuro e não impediria que o choro dele fosse ouvido da estrada. Além disso, crianças não tinham nada a ganhar com o isolamento. Martha lembrava-se de professores que tentavam silenciar os palhaços da turma e os alunos brilhantes, mas questionadores incorrigíveis, castigando-os com reclusão no vestiário; mas, em sua opinião, o banimento era uma perda para todos. O banido não podia aprender com os outros, e a turma era privada de questionamentos, espirituosidade e humor. De modo que, ao despontarem as primeiras cores do amanhecer, Martha já chegara à seguinte conclusão: aquele bebê tinha que ser escondido das autoridades. Mas se ficasse com ele além daquele dia — ou só os céus sabiam, além daquela semana —, o bebê teria que sair para o mundo, poder ver e ser visto pelo céu.

Havia assuntos mais urgentes que lhe ocorreram assim que o sedã desapareceu lá embaixo, na colina, e ela fechou a porta. *Estou sozinha numa casa com um bebê* — e uma geladeira cheia apenas de leite de vaca, prateleiras que nunca viram fraldas e um sótão sem vestígios de roupas para bebês. Ela sentiu um tremor e um aperto na barriga. *Não tenho a menor ideia do que estou fazendo.* Ela ajudara Earl com os animais recém-nascidos e embalara as crianças e os bebês de seus alunos, mas as tarefas básicas de dar de comer e trocar fraldas, manter limpa e vestir uma criança eram assustadoras. *E se eu não conseguir? Por que eles vieram para minha casa? Como foi que permiti que a maternidade passasse tão longe de mim? Por que permiti que a tristeza de Earl me privasse de algo tão essencial?*

Pare, disse a si mesma. *A autopiedade é um adversário muito pior do que a ignorância.* Naquele momento, ela não precisava daquelas respostas. Precisava apenas do essencial.

Assim, na noite anterior, retornando à postura de criatividade tão familiar a uma esposa de fazendeiro, respirara fundo e recuperara a compostura. Na cozinha, lembrara-se da aluna que viera de Boston, um Natal antes, com o marido e os três filhos, e que deixara uma fórmula para bebês que Martha guardara para devolver este ano. Ela a encontrou no armário e leu as instruções que alertavam sobre a necessidade de ferver as mamadeiras antes de despejar o leite. Ela revirou seus armários e estava quase pegando um pote de compota quando se lembrou de umas mamadeiras que Earl usava para os bezerros sem mãe. Ela as encheu, deixando a maior parte na geladeira, conforme as instruções, e levou uma para o segundo andar. Ali, no armário da rouparia, encontrou umas toalhinhas para usar como fraldas e toalhas maiores, que umedeceu para um banho de esponja. Essas improvisações levaram-na a passar a noite no sótão, alimentando e trocando desajeitadamente o bebê.

Agora, à medida que a luz rosa pêssego do amanhecer se tornava dourada e o bebê dormia na cesta, Martha encostou-se perto da janela. Earl fizera aquela janela especialmente pequena, mas, curvando-se com um pouco de jeito, ela podia ver o primeiro brilho do sol sobre o topo das árvores do lado leste iluminando o bosque onde o homem sumira. Ele parecera tão protetor, tão gentil. Martha lembrou-se de um dos momentos mais confusos aquela noite: o policial insistindo que Lynnie e o Número 42 tinham que ser levados presos para segurança deles, depois se contradizendo, dizendo que era a segurança de Martha que estava em risco. Segurança de quem afinal?

Um raio de sol bateu na janela. Ela nunca estivera no sótão naquela hora, nem vira como o sol nascente iluminava os vidros em forma de tijolo. Também não tinha visto a rachadura no vidro do canto inferior, seu corte diagonal formando um prisma. Ela tocou na rachadura. O vidro cedeu imediatamente, como se estivesse esperando para soltar, e uma brisa fresca varreu o ar abafado do sótão. E somente aquele pedacinho minúsculo de céu, sob a forma de um ventinho de outono, e só aquela vista de seu campo ainda molhado pela tempestade trouxeram-lhe clareza de pensamento. Então ela conseguiu dar o primeiro passo de seu dia.

Nem era um passo tão grande assim, pensou Martha enquanto descia a escada, tirava uma valise de debaixo da cama e abria o fecho. Diferente da maneira como Earl planejava com grande antecedência suas compras de sementes e a rotação de colheitas, mal chegava a ser um plano. Earl achava que o planejamento vencia o caos. Martha, entretanto, nunca compartilhara dessa certeza. Eles planejaram o quarto do bebê, e, mesmo assim, não conseguiram derrotar o caos mais cruel. Assim, ela se limitava a fazer seus planos apenas para as aulas da semana que se seguiria, ou então, depois de aposentada, para a festa de Natal. Ao se preparar para aquele novo dia, entretanto, ela tinha se lembrado de que a Escola recomeçaria as buscas, e, uma vez que não poderia deixar que eles ouvissem o choro da criança, Martha e o bebê tinham que partir.

Sua mente se concentrou no momento imediato, e Martha colocou algumas roupas na valise. Um vestido de algodão, um cardigã, uma camisola, algumas roupas de baixo: apenas o suficiente para se virarem até o dia seguinte. Talvez só aquilo não fosse bastar, de modo que acrescentou, então, mais algumas peças para usar em um segundo dia.

Ela levou a valise para seu escritório. Tinha deixado a escada para o sótão aberta, mas não foi buscar o bebê por enquanto; ainda havia muita coisa para arrumar.

Tirou as caixas com os enfeites de Natal da prateleira. Ali, como esperara, estava a coleção de bonecos de Papai Noel, anjos e elfos que uma aluna, gordinha e de bochechas rosadas, Eva Hansberry, dera de presente ano após ano. Garota tranquila, Eva tinha um armazém e mercearia em Well's Bottom com o marido, Don, e o filho adolescente. Essa loja pertencia há décadas à família de Don. Era um lugar pequeno e atravancado, onde vendiam comidas enlatadas, detergentes, xaropes e refrigerantes. Todos os anos, quando Eva recebia sua remessa de enfeites natalinos, mandava um para a ex-professora. Martha não gostava muito desses bonecos de apelo sentimental, mas os guardara só porque eram presentes de Eva, que os vestia com roupinhas de feltro e brocados que ela própria costurava. Na noite anterior, enquanto quebrava a cabeça pensando no que serviria para vestir um recém-nascido, Martha lembrara-se daquelas roupinhas.

Mas agora que as roupinhas estavam em suas mãos, ela hesitou. Que tipo de adulto seria um bebê que fosse vestido daquela maneira? Caprichoso? Religioso? Sentimental? Martha projetou um carrossel de imagens, nenhuma tinha a ver com ela, e assim interrompeu seu devaneio. Nada que acontecesse tão cedo na vida de um bebê definiria sua personalidade, e também não havia o que garantisse que qualquer um que cuidasse daquele bebê hoje fosse fazer o mesmo no futuro. Martha guardou as roupinhas na mala.

Isso feito, ela se perguntou para onde ir. Precisava de um lugar em que pudesse avaliar os próximos um ou dois dias. Também era importante conseguir mais fórmula para o bebê, fraldas, roupas de verdade... e aconselhamento sobre os cuidados com um recém-nascido. Foi então que pensou: Eva. A loja talvez não fosse o lugar ideal para um pernoite, mas suprimentos e experiência com maternidade não faltariam. A loja abria às oito da manhã, dentro de uma hora, o que coincidia muito bem com o tempo que levaria para dirigir até lá.

Martha pegou sua caderneta de endereços na escrivaninha. Havia um posto com cabine telefônica entre a casa da fazenda e Well's Bottom. Ficava na estrada Old Creamery, logo após a ponte de duas pistas que cruzava o rio. Ligar de lá, onde ela estaria em meia hora, seria bem melhor do que telefonar agora, assim tão cedo. Ela abriu a caderneta e pegou a caneta. Então o telefone tocou.

O telefone de Martha não tocava nunca, com exceção do dia 24 de dezembro, quando os alunos telefonavam para confirmar a festa do dia seguinte, e ela ficou atordoada, quase caindo da cadeira quando ouviu aquele primeiro toque. E aí ficou mais do que sobressaltada. As autoridades da Escola, talvez a polícia, já deviam estar a caminho para retomar a busca pelo Número 42.

Ou então haviam descoberto a existência do bebê.

O plano que parecera ter sido preparado de urgência subitamente se revelou absurdamente lento. Por que não partira na noite passada? Por que perdera tanto tempo fazendo a mala?

De quanto tempo ela e o bebê dispunham agora para desaparecer?

Martha jogou a caderneta na mala e cerrou os fechos.

O bebê ainda dormia no sótão. Martha pegou a cesta com cuidado. O bebê não se mexeu. O telefone tocou pela quarta vez.

Segurando firme a cesta, ela voltou para o escritório.

Sétimo toque.

Ela segurou a cesta com um braço ao redor da borda e com o outro pegou a mala. De repente, a prancha sobre a escrivaninha chamou sua atenção. Aquele mapa era seu pertence mais precioso, tão precioso quanto um retrato de família; seus alunos haviam se mudado para mais de 39 estados, e cada uma de suas casas estava assinalada com um ponto. Ela o soltou do encaixe e apressou-se em descer as escadas.

O telefone tocou pela décima segunda vez; então parou.

Ela recolheu as mamadeiras com fórmula da geladeira e uma jaqueta do cabide. O telefone começou a tocar de novo enquanto ela entrava no Buick, encaixava a cesta no assoalho do banco da frente e jogava o mapa no banco de trás. Ligou o carro, arrancou e deu a volta ao redor do campo em frente.

O caminho da garagem para a estrada estava inundado.

— Mas que diabo! — Dizer aquilo fez com que ela levasse a mão à boca. Era a pior blasfêmia em que era capaz de pensar e nunca a proferira em voz alta. Mas a palavra, agora já solta no ar, não fez com que ela se sentisse tão vulgar como imaginara. Martha pôs as mãos no volante e dirigiu para fora do caminho de cascalho sobre o terreno do campo. A lama voou pelos ares, os pneus conseguiram tração e ela começou a descer. Foi emocionante dirigir pelo campo fora da superfície apropriada. Ainda mais emocionante foi o último som que ouviu ao chegar a uma clareira entre as árvores quase no final do caminho. Era o décimo segundo toque — a segunda rodada de tentativas de fazer contato com ela — e então silêncio.

Ela saiu por entre as árvores e virou o carro na direção da estrada Old Creamery.

À sua esquerda, estava o homem do farol esperando pelo entregador do correio. Será que contaria a seus alunos sobre aquele acontecimento no Natal? Será que lhes escreveria cartas a respeito disso mais tarde naquela semana? O bebê começou a choramingar; Martha não podia pensar no futuro. Ela virou o carro, passando por galhos caídos, e rumou para leste.

Depois de alguns quilômetros, durante os quais Martha não avistou ninguém na estrada, o bebê se acalmou. Mas ela não conseguia se acalmar. Dirigia-se para a casa de uma aluna que, esperava, pudesse ajudá-la, embora sempre tivesse evitado recorrer a seus alunos para qualquer tipo de apoio. Afinal, havia a lei natural do universo. Os pais cuidavam de seus filhos, as esposas obedeciam a seus maridos. Professores orientavam seus alunos. No entanto, uma mãe acabava de confiar sua filha a Martha. Ela já havia feito o que seu marido jamais faria. Estaria realmente cometendo uma violação se recorresse a uma aluna apenas uma vez?

Tudo o que sabia era: ela começara a mudar na noite passada. Tinha subido para o sótão, sentado ao lado do bebê e pensado: *Eu sou tudo o que você tem agora*. E sentira que seu peito se abria ali onde ela nunca soubera que houvesse algo fechado. Ela se abaixara até o leito de roupas para cerzir e, quando suas mãos tocaram a pele do bebê, lembrou-se de que nunca havia tocado no corpo de seu filho. Ela ergueu a garotinha lentamente. O bebê era leve, seus olhinhos estavam fechados. Martha segurou o bebê contra o peito e sentiu o coraçãozinho batendo junto com o seu. Era um coração que esperara décadas para ouvir, e então pensou: *Que vida espera por você? Você se reunirá à sua mãe em breve? Ou você nunca saberá quem ela é? Serei eu parte de sua vida? Ou só poderei realizar o sonho dela para você se eu lhe disser adeus?* A abertura em seu peito a atraíra para o bebê, fazendo seus corações baterem no mesmo compasso. O coração de Martha era maior, mas o do bebê batia mais alto.

Agora, na esperança de ouvir alguma coisa sobre a fuga desesperada dos fugitivos da Escola, ela ligou o rádio. Ouviu as notícias, mas falavam apenas da tempestade da véspera, e que muitas estradas estavam fechadas. Ela mal prestara atenção à estrada, por isso voltou a se concentrar. Estava quase chegando a um cruzamento que dava numa via alternativa: a entrada para o posto de pedágio da estrada Scheier, uma autoestrada de duas pistas cheia de curvas e montanhosa. Mas, a estrada Scheier ia para o norte pelas montanhas por 32 quilômetros até chegar à ponte seguinte. De modo que Martha decidiu ficar na estrada Old Creamery, o caminho mais direto para Well's Bottom.

Logo, a floresta que havia ladeado a estrada durante os primeiros quilômetros se desfez em pastos e pomares, e Martha pôde ver que as áreas baixas continuavam inundadas. No rádio, vieram as notícias de esportes, e depois o noticiário. Martha ouviu até que o locutor voltasse a falar sobre a tempestade. Como eles podiam não falar nada sobre duas pessoas que haviam desaparecido? Ela desligou o rádio.

À frente, ficava a entrada para um acampamento de escoteiros, fechado naquela época do ano. Era o último marco antes do rio, e logo após tê-lo ultrapassado e a estrada começar sua longa descida, Martha finalmente avistou outro carro. Ele andava devagar, e ela pôde ver que estava seguindo outros carros. A estrada fez um declive na direção do rio, eles diminuíram a velocidade. Então todos pararam.

Ela esperou. O homem à frente desceu do carro para a estrada e ficou olhando adiante.

Ela baixou o vidro.

— Você consegue ver o que está acontecendo?

— Acho que a ponte foi levada pelo rio.

Ela deveria ter pensado nisso. Mas a ponte nunca havia sido fechada antes.

— Que diabo! — disse de novo, dessa vez sem tapar a boca.

Ela abriu a porta esperando ter aquela visão inusitada. As pessoas à frente já começavam a avançar pela estrada. Ela estava perto da última curva antes da ponte, a caminhada não seria tão grande — mas e se ela se deparasse com um policial? Martha fechou a porta e subiu o vidro da janela. Seu relógio marcava 8h10.

Podiam esperar, pensou. Já havia um caminhão atrás dela, logo, esperar era a opção mais compreensível. Foi então que ela ouviu um soluço, e, quando olhou para a cesta, o bebê abriu a boca e começou a chorar.

O pânico da noite anterior voltou, ainda que por outros motivos. O que significava aquele choro? Ela estava com fome ou precisava trocar a fralda? Estava simplesmente perturbada porque o movimento do carro havia parado? O volume do choro aumentou. Martha lembrou-se de que ela não era a mesma Martha de ontem. Sabia como segurar uma mamadeira. Sabia que podia dar os primeiros passos.

Ela disse para si mesma: *Apenas faça o que você precisa fazer, como qualquer mãe faria.*

Ela deu meia-volta com o carro, afastando-se do rio.

Dessa vez, sentia apenas ansiedade e dúvida. Não tinha nada que a orientasse além de um bebê estridente, a bagagem no carro e a estrada diante dela.

Seguiu em frente com a cabeça fervilhando. Então viu a entrada do acampamento de escoteiros fechado. Ali poderia sair da estrada. Era o que faria. Acalmaria o bebê ali.

A corrente que fechava a estrada de terra para o acampamento estava caída e ela passou por cima. Há anos não vinha ali. No entanto, nada havia mudado, e logo entrou na área de acampamento com ciprestes e suportes com toras de madeira. Eles abraçavam a margem oeste do rio com áreas para pesca e natação, e, um pouco mais abaixo, havia uma pequena barragem.

Martha alcançou a cesta e trouxe para o colo o bebê que chorava. O rosto da menina estava vermelho, e seu choro, sentido. Pelo menos agora Martha tinha uma melhor percepção de como traduzir aquele som particular; a fralda improvisada não estava molhada.

Segurando o bebê em um dos braços, Martha abriu a porta traseira, remexeu na valise e retirou uma mamadeira. Ela se sentou no carro e, com a experiência da noite anterior guiando-a, descobriu como segurar o bebê; o choro, entretanto, persistiu, e o bebê não abria a boca para pegar o bico da mamadeira. Depois de alguns minutos de terror, Martha fez a única coisa em que conseguiu pensar. Com o bebê no colo e a mamadeira na mão, ela se levantou e começou a andar devagar.

O efeito foi imediato. No primeiro trecho entre os suportes com toras de madeira, o bebê ficou quieto. No segundo, ela começou a pegar a mamadeira.

Martha decidiu continuar andando até que a criança tivesse acabado de mamar. Além do mais, estava tão bom estar ali, caminhando sob o céu, mesmo que a copa das árvores o escondessem, e no ar fresco. O cheiro dos pinheiros, dos ciprestes, da terra molhada e o ruído do bebê mamando acalmaram o coração de Martha.

Logo ela chegou perto de um píer. Era uma espécie de plataforma para mergulho, construída em um terreno mais alto, e, mesmo com a tempestade, ainda estava um pouco acima da água. Talvez nesse momento, enquanto desfrutava dessa pausa das preocupações, pudesse dar uma caminhada por ali e ver as águas revoltas embaixo. O bebê mamava fazendo pequenos ruídos de satisfação, e quando Martha chegou perto do píer, alguma coisa pendurada num poste lá no final chamou sua atenção. Ela testou as tábuas com os pés e avançou sobre a água. Quando ela e o bebê chegaram mais perto, viu que era um chapéu. Não, uma boina, bem parecida com a que seu marido usava.

Quase igual àquela que dera ao Número 42.

Ela parou. Podia vê-lo claramente. A lã marrom. O buraco de traça.

Olhou para trás, mas as toras de madeira responderam com silêncio. Ela quase gritou, mas lembrou que ele não ouviria.

Foi até a ponta do píer e recolheu a boina com a mão livre. Então a encostou no rosto. Tinha o cheiro de Earl. Ela fechou os olhos e sentiu-o a seu lado na cama, sentiu o desejo de estender as mãos e tocar nele, acariciar seu peito e olhá-lo nos olhos com tanto amor que ele veria em meio a sua névoa de tristeza e a encontraria novamente, bem à sua frente. Então tocaria no rosto dela e perdoaria o Universo por seu caos, e a perdoaria pela criança que tinham perdido.

Ela abriu os olhos. *Onde estava o homem?*

Talvez tivesse dormido em uma das margens ou subido numa árvore para fugir da água. Ela percorreu o rio com olhos. A água estava barrenta. Não via nada além de muito mais água do que as margens adiante podiam conter, correndo em direção à rede que marcava os limites da área de natação, e seguindo depois para a beira da barragem. Até então não havia reparado no rugido da barragem. Com certeza a ponte de Old Creamery ficaria fechada o dia inteiro. Todos desse lado do rio teriam que permanecer por aqui.

Ela se voltou e olhou rio acima. A visão era a mesma, não fosse por um imenso galho na água levado na direção do acampamento. As correntes eram tão rápidas que o galho passou por debaixo do píer em segundos e, em seguida, acelerou. *Ele ficará preso na rede*, pensou. Quando o galho passou, ela percebeu que a rede se rasgara. O galho caiu na borda da barragem.

Martha segurou a boina, olhando para as duas margens, à procura de vestígios do homem. Ainda dando de mamar ao bebê, deixou o píer e caminhou com cuidado, descendo a margem oeste. Não via nada, exceto os destroços indo rio abaixo: passando pela última boia para nadadores, passando pela rede rasgada, passando pela placa de PROIBIDA A NAVEGAÇÃO DE BARCOS ALÉM DESTE PONTO. Ela andou até chegar à face vertical da barragem. Como esperava, nas águas agitadas lá embaixo, o galho e os destroços flutuavam na superfície, eram sugados, submergiam e depois voltavam à tona, para cima e para baixo, presos no redemoinho. Então algo capturou seu olhar. Emergindo na superfície, ela viu um pedaço de pano escuro. O paletó de seu marido — dado ao homem. O paletó afundou, e a camisa de seu marido subiu à superfície.

Martha gelou. O Número 42 devia ter vindo para o píer na chuva, na esperança de atravessar o rio a nado e pegar seu caminho de volta ao encontro de Lynnie. Provavelmente tirara a boina e pendurara no píer, mergulhando na água durante a noite. Mas fora levado pela corrente e caíra na barragem. O redemoinho o pegara e lhe arrancara as roupas.

A rede fora instalada porque canoístas tinham caído ali e sido tragados. Alguns nunca mais foram encontrados.

O coração de Martha batia forte enquanto dirigia na única direção que podia: para oeste na estrada Old Creamery. Era impossível — o homem não poderia ter se afogado. Tinha acabado de conhecê-lo. Ela o observara olhando para aquele bebê com um cuidado capaz de vencer todos os obstáculos que ele e Lynnie foram obrigados a enfrentar para chegar até a fazenda. Contudo aquela força não fora suficiente contra a correnteza e as águas do redemoinho.

Ela tocou na boina, que estava no assento a seu lado, como se tocasse em Earl e no homem. Então levou a mão aos lábios e sentiu o cheiro dos dois homens que já não existiam mais.

Graças a Deus o bebê dormia de novo. Graças a Deus talvez ele nunca soubesse o que acontecera com aquele homem. O Número 42 ajudara o bebê a escapar para o mundo; e será que existiria uma história mais digna de lembrança? Martha talvez devesse escrevê-la quando chegassem aonde quer que estivessem indo naquela noite. Talvez devesse pôr aquela história triste dentro do chapéu e esforçar-se para garantir que, independente do que acontecesse, ambos permanecessem com o bebê.

Martha tornou a ligar o rádio. Com certeza ouviria alguma coisa sobre um corpo encontrado no rio. Embora as autoridades provavelmente mantivessem o silêncio enquanto não soubessem a identidade do homem — e, como ele estaria usando apenas as calças do marido dela, se é que ainda as vestisse, eles não conseguiriam identificá-lo. Seria só um homem que, se fosse encontrado, seria enterrado como indigente.

Martha a todo instante observava o bebê, então voltava o olhar para a estrada. Estava tudo errado. Lynnie tinha sido capturada. O 42 tinha se afogado. Ela própria dirigia na direção oposta a Well's Bottom. Já eram nove horas.

Ela deveria voltar para a fazenda.

Tinha um celeiro e um depósito. Poderia esconder o bebê em um desses lugares. Estava mesmo indo naquela direção, a menos que entrasse no desvio para o posto de pedágio da estrada Scheier — o que a levaria somente até uma ponte distante. E se também estivesse fechada?

Ela não conseguia pensar. Mal enxergava. Sentia-se como um ovo, jogado de grande altura, espatifado em pedaços espalhados por todos os cantos.

O cruzamento estava perto. Ela pensou em Robert Frost chegando a uma bifurcação de estradas que seguiam em direções opostas na floresta. Uma não era muito trilhada e, apesar de ele ter vontade de seguir pela outra, seguiu pela menos percorrida, e isso fez toda a diferença.

Ela não era poeta. Também não era uma aventureira. Nem sequer era uma mãe. Ela era apenas alguém que empenhara sua palavra em um pedido que não entendera. Pela primeira vez se perguntou: o que aconteceria se o bebê fosse encontrado?

Mas como Martha poderia correr esse risco?

Ali estavam, bem à frente, duas pequenas placas. Uma apontava a direção de sua casa, oeste na estrada Old Creamery. A outra indicava o norte, na estrada com pedágio Scheier, o caminho que nunca precisou seguir. Como ansiava voltar para casa, onde tudo era conhecido, com paredes sólidas e janelas invioláveis que a protegeriam — mas não o bebê. Agora, segurando a aba da boina, sentiu-se mais compelida do que nunca a fazer como Lynnie lhe pedira.

Ela pegou a estrada para o norte.

A Well's Bottom de 1968 mantinha grande semelhança com a Well's Bottom de 1918, quando Martha e Earl saíram da igreja onde tinham acabado de se casar rumo à fazenda dele. Pequenos negócios de família dominavam, o cinema local ainda exibia um enorme lustre, o Dia da Independência era celebrado no gramado da praça principal, os trens de carga transportavam carvão e aço e o número de nascimentos estava próximo do de mortes. Algumas diferenças ressaltavam o ano de 1968. Corriam boatos de que um novo contorno tiraria os caminhões da rua principal. Uma família chinesa abrira um restaurante. Algumas pessoas tinham aparelhos de televisão em cores, tipo console, com imagem esverdeada e ondulada. Mas os tumultos de Detroit, Newark e Los Angeles e as marchas em Washington eram acontecimentos distantes. A mudança não estava entrando aos gritos em Well's Bottom. A mudança era um mero sussurro.

Apesar disso, quando chegou à cidade, Martha imaginou ouvir aquele sussurro. Entrou no lugar mais discreto que pôde encontrar, um velho estábulo em uma das muitas passagens paralelas às principais ruas. Era meio-dia e, com exceção de duas paradas para dar de mamar e trocar a fralda, a criança continuava com os olhos fechados. Mas, quando Martha levantou a cesta, sentiu os próprios olhos se abrirem, já que de repente achava diferente aquilo que sempre vira.

Com os braços em volta da cesta, Martha passou por duas crianças enquanto percorria apressada o quarteirão para chegar à porta dos fundos da casa de Eva. Vestidas com suas galochas e capas de chuva amarelas, as crianças riam e brincavam com um cachorrinho pulando nas poças. Pela primeira vez na vida, Martha ficou tocada ao ver como elas brincavam à vontade, bem ali na rua. Martha olhou para o céu azul prateado. Em algum lugar sob aquele céu, estaria Lynnie, e, em algum outro lugar estaria o corpo do homem. Martha não vira ninguém como eles brincando em poças. Nunca reparara nisso antes.

Na porta dos fundos, estava escrito FARMÁCIA HANSBERRY — ENTREGAS. Martha entrou na varanda de madeira e apertou a campainha. Sentiu como se fosse seu primeiro dia na escola, quando ficara do lado de fora da sala de aula e ouvira, lá no final do prédio, as crianças entrando no edifício. Hoje, no entanto, não haveria "Bom dia, classe" ou mesmo "Bem-vindos à quinta série". Sentiu-se tão sem palavras quanto Lynnie.

A porta se abriu.

Eva arrumava o cabelo para trás com um rabo de cavalo quando reparou quem estava à porta. Seu rosto redondo estava mais ruborizado do que nunca e, por um momento, ela pareceu tão atarefada com suas responsabilidades e afazeres que não conseguiu identificar aquele rosto para o qual olhava. Então caiu em si.

— Sra. Zimmer?! — perguntou.

Martha abriu a boca, mas não conseguiu articular nenhum som.

— O que a senhora está... — começou, e então perguntou: — Está tudo bem?

Não, Martha queria dizer. Havia tanta coisa que não estava bem —, tanta coisa sobre a qual ela sabia tão pouco —, tantas outras que *ela deveria ter sabido* —, que ela apenas ficou parada ali, sem conseguir dizer nada.

No silêncio entre elas, a expressão de Eva contraiu-se de preocupação. Seu olhar desceu, aparentemente tentando descobrir o problema que trouxera sua antiga professora até a loja: um cotovelo ralado? Um dedo cortado? Então contemplou a cesta. Seus olhos se arregalaram.

Ela olhou para a antiga professora.

— Por favor — disse Eva —, entre.

Eva ofereceu a Martha uma cadeira à mesa de fórmica do almoxarifado, onde Oliver, seu filho adolescente, quase sempre fazia suas lições e onde uma cozinha compacta permitia-lhe servir o jantar sem ter que subir para o apartamento. Ela pôs uma chaleira no fogo, e Martha, obrigando-se a falar, contou a Eva sobre a noite anterior. Os olhos de Eva eram gentis, e, quando ela ouviu um cliente entrar na loja e desaparecer pela porta de vaivém, Martha lembrou-se por que Eva fora confidente de tantas garotas na oitava série: por seu temperamento muito amável e por ouvir tudo sem fazer julgamentos.

Martha ouviu os sinos da porta da frente. Em seguida, Eva retornou.

— Coloquei o aviso Fechado — disse e, percebendo a dificuldade de Martha, pegou o bebê de suas mãos. Olhando para o rostinho minúsculo, explicou a Martha que Don estava entregando um remédio para um casal de idosos do outro lado da cidade e que estaria de volta a qualquer momento; Martha precisaria esconder dele o bebê?

— Ele pode saber — disse Martha.

— Então posso dar um banho no bebê? — perguntou, Eva e Martha, pela primeira vez desde que ouvira a batida em sua porta na noite anterior, começou a chorar.

Eva não pressionou Martha para saber qual seria seu grande plano; procurou uma bacia grande, colocou-a na pia, e encheu-a de água. Não pediu a Martha para saber qual seria o próximo passo, enquanto ternamente lavava os últimos resquícios do nascimento. Ela simplesmente descreveu o que estava fazendo e convidou Martha a pôr as mãos na água, e as lágrimas estancaram enquanto o bebê ficava limpo.

Então, depois de ter arranjado fraldas, roupinhas de flanela e mais fórmula, Eva ninou o bebê em seus braços.

— Não sei o que teria feito se estivesse em seu lugar, sra. Zimmer.

Martha queria dizer que estava fazendo apenas o que lhe parecia certo. Mas a porta dos fundos se abriu e Don entrou. Ele era alto, barbado, com o cabelo ruivo alourado. Ele lançou um olhar confuso para Eva, que pediu que ele se sentasse, e, enquanto Eva contava a Don os acontecimentos da noite anterior, Martha pensou: *Não estou sozinha nessa situação*. Somente então, à medida que o alívio a dominava, ela percebeu como tinha estado tensa.

— Na verdade — disse Don, inclinando-se —, tive algumas experiências com a Escola.

Martha teve um sobressalto.

— Talvez a senhora se lembre de que estive no seminário. Bom — ele balançou a cabeça —, logo depois que terminei, fui trabalhar na Escola como capelão.

— Eu não sabia.

— Eu conduzia serviços religiosos, mas os funcionários raramente levavam alguém, então, depois de certo tempo, comecei a ir visitar os chalés para conversar com os internos. Aquilo me abriu os olhos... e foi perturbador. No final, não consegui mais continuar. Disse a Eva que preferia vir trabalhar na loja.

— Não foi uma decisão fácil para nós — disse Eva. — Mas foi a decisão certa.

— De modo que, aqui vai uma suposição bem informada sobre por que Lynnie quer que a senhora esconda o bebê. Algumas vezes, o governo tira as crianças de pais que não estão educando seus filhos corretamente, e essas crianças são levadas para a Escola. Elas são tratadas como todos os outros internos, o que receio, seja de maneira lamentável. Lynnie provavelmente estava preocupada que isso pudesse acontecer à filha.

Martha disse:

— Lynnie estaria por lá para ficar de olho nela.

— Eu duvido. Os bebês são isolados dos adultos. Ela talvez nunca a visse de novo.

Nunca mais ver seu bebê, pensou Martha. Seguiu-se um longo silêncio. Martha segurou a criança junto de seu peito, ninando-a da maneira como Eva mostrara. Ela sentiu o pequeno corpo tão leve, e tão quente, em seus braços, contra seu suéter. Sentia a respiração contra seu peito.

Finalmente Martha disse:

— Estou muito velha para cuidar de uma criança. Será que deveria ir à Escola e tentar tirar Lynnie de lá?

Eva e Don se entreolharam e depois abaixaram os olhos para o tampo da mesa.

— Eles nunca a liberariam para a senhora — disse Don. Ele levantou os olhos novamente. — A senhora não é parente dela, não é funcionária pública nem pessoa autorizada. A senhora não tem relação nenhuma com ela.

Martha disse:

— Mas também não posso deixar o bebê aos cuidados de uma pessoa qualquer por aqui. O que devo fazer?

Durante minutos intermináveis ninguém falou. Então Eva se levantou e andou pela cozinha com os braços cruzados. Olhando para fora, pela janela, disse:

— A senhora se lembra do que nos ensinava nas aulas de artesanato? A senhora dizia: "Sigam seu instinto. Ele lhes trará ideias que vocês nunca imaginariam ter."

Martha se lembrava de ter dito aquela frase, ano após ano, para suas turmas. Era o oposto do planejamento. Era o caminho menos percorrido.

— Nunca me esqueci daquela frase — disse Eva, virando-se. — Não que tenha me ajudado com as provas. — Ela sorriu. — Mas quando me sentava diante de uma pilha de folhas de cartolina e purpurina, lembrar dela me tranquilizava e me assegurava de que eu seria capaz de fazer alguma coisa bonita com aquilo.

Martha sorriu, apertando a face contra a barriguinha macia do bebê e sentindo aquele perfume doce. Cheirava a leite e mel. Tão bonito...

Ela levantou os olhos.

— Gostaria apenas de saber qual será meu primeiro passo.

Eva olhou para o marido e depois para Martha.

— Podemos ajudá-la com isso — disse.

Eles partiram na hora do crepúsculo. Don dirigia o primeiro carro — o Buick de Martha. Martha e o bebê seguiam atrás, no Dodge usado que Don comprara naquela tarde. O vendedor perdera os cartazes na tempestade e, além disso, com as estradas fechadas, achou que não veria clientes nem faria negócios durante dias. Então ficou muito feliz em fechar negócio com Don, sobretudo quando soube que o carro era para uma jovem família a oitenta quilômetros dali. Na retaguarda da caravana, vinha Eva na caminhonete Ford dos Hansberry, com o filho adolescente, Oliver. Ele tinha concordado em ajudar a cuidar da fazenda de Martha até que ela voltasse.

— E quando será isso? — perguntara Oliver, vestindo uma jaqueta em cima da camiseta de time de futebol americano.

— Em breve — respondeu Don.

— Daqui a algum tempo — acrescentou Eva.

— Não tenho ideia — declarou Martha.

E então todos caíram na gargalhada.

Enquanto Don comprava o carro usado, Eva copiava os nomes da caderneta de endereços de Martha. Ela também deu a Martha um curso intensivo sobre cuidados com o bebê. Depois disso, saiu correndo para ir ao florista; elas tinham chegado à conclusão de que precisavam de quatro flores.

O sol já se punha quando a caravana chegou ao limite do condado; a lua estava bem alta quando alcançaram a ponte Old Creamery, que reabrira no final do dia. Depois de cruzar a ponte, viraram para a área de acampamento.

O rio ainda transbordava das margens. Com Oliver empunhando uma lanterna, eles se dirigiram até o píer, onde Don, recorrendo à sua formação religiosa, pela primeira vez depois de muitos anos, rezou o Salmo 23, em memória de um homem cujo corpo talvez jamais fosse encontrado. Martha sentiu mais uma vez o coração do bebê batendo ao lado do seu enquanto todos diziam:

— Ainda que eu andasse pelo vale da sombra da morte, não temeria mal algum, porque Tu estás comigo; a Tua vara e o Teu cajado me consolam. — Ela compreendia que para Eva e Don aquelas palavras eram importantes. Mas não conseguia deixar de se perguntar como poderia existir um Deus se pessoas tinham tratado aquele homem daquele jeito e Lynnie tinha sido obrigada a viver num lugar como a Escola — e a criança que tinha no colo poderia estar condenada a uma vida de desolação.

Enquanto a oração ainda pairava no ar noturno, Eva distribuiu os quatro crisântemos, e Don, Oliver, Martha e Eva atiraram, cada um a seu turno, na água.

Eles se abraçaram junto dos carros e depois saíram do acampamento em fila indiana. Martha sentia-se estranhamente diferente e sabia que era mais uma vez o sussurro da mudança: ela já não era aquela que pensara ser até a noite passada.

Ela ligou a seta e, no cruzamento, seguiu para o norte. Os outros seguiram adiante, sempre em frente, com as mãos levantadas, acenando adeus e desejando boa sorte.

O homem que falava com as mãos

1968

O NÚMERO 42 NÃO SABIA QUE ESTAVAM sendo feitas orações em sua intenção naquela noite de novembro, quando Martha e o bebê tinham estado no píer com a família Hansberry e santificado sua morte com um salmo e algumas flores. Mas isso não era porque ele não podia ouvir.

Era por causa da noite anterior, quando embarcara num caminho agora seguido pelos crisântemos que acabavam de ser jogados na água e começavam sua viagem rio abaixo, rodopiando como os chapéus das senhoras que ele e Blue certa vez tinham visto de cima da nogueira-pecã durante o serviço religioso numa igreja Revival. Mais à frente das flores, a barragem esperava para agarrá-las e para tragá-las em seu turbilhão, exatamente como apanhara e tragara o Número 42, como Martha havia suposto. Mas ela não podia saber que ele já vira antes o que as barragens podiam fazer, quando Blue o levara para pescar e eles presenciaram um gambá ser tragado, incapaz de escapar. Nem podia saber que, na noite anterior, enquanto a água o afundava para a base da parede de concreto da barragem e ele era sugado por um redemoinho, seu sangue havia se eletrizado com pânico — e com propósito. Como Garota Bonita tinha aberto tão completamente seu coração, e como Pequenina lhe parecera perfeita em seus braços, ele precisava desesperadamente voltar para as duas. Entrara num frenesi de chutes e braçadas, mas já rodopiava uma segunda vez, o casaco arrancado, os botões da camisa saltando, as mangas puxadas para longe dele como um espírito que abandona o corpo. Com o peito queimando numa súplica para respirar, ele afundou de novo, num terceiro redemoinho, pensando em tudo pelo que passara e em tudo a que sobrevivera para chegar tão perto da liberdade, enfurecido com a crueldade de acabar assim. E então ele se agarrou à lembrança do gambá: ele e Blue tinham conjecturado sobre o que homens fariam se estivessem numa situação semelhante, e seguiu seu palpite. Enterrou o queixo, puxou os joelhos para o peito e abraçou as pernas — e a água o arremessou longe, como um homem bala de um canhão. Ele voou ao longo do leito do rio, com os braços ao lado do corpo, pernas para trás, o coração saltando, até que finalmente chegou à superfície — no mesmo lugar em que as três flores restantes agora subiam das profundezas.

Ele levantou os braços a fim de nadar para chegar à margem. No entanto, as correntes o impeliram impiedosamente para a frente, empurrando-o. Passou pela rede furada que marcava o limite do campo dos escoteiros. Por baixo da ponte Old Creamery. O rio se alargou e os quilômetros aumentaram, ficaram para trás rapidamente, assim como os celeiros e os *trailers*. Casas de comércio começaram a aparecer — um depósito de madeira, fábricas, moinhos, onde uma roda levantou dois dos crisântemos. E então, no instante em que o rio se abriu bem largo, ele viu, nas águas grossas e céleres a seu redor, o refúgio de uma porta flutuando.

Quarenta e dois se jogou para cima da porta de madeira. Sem fôlego, enfraquecido, incapaz de deter a velocidade do avanço, ele se agarrou à porta, passando debaixo de pontes e diques, entrando no clarão noturno de uma cidade. *Mais uma vez*, disse a si mesmo, seus pensamentos surgindo no sotaque arrastado sulista que tinha antes da febre. *Não acredito. Correndo de novo.*

Ele levou sua mente para lugares melhores. A Pequenina dormindo na cesta da velha senhora. A Garota Bonita dizendo não com a cabeça para as primeiras casas, insistindo até achar a que lhe parecia a certa. Aquele primeiro passeio de trator, quando falou com a Garota Bonita com seus sinais, e ela lentamente levantou as mãos e tentou copiar seus gestos. Por tantos anos na Armadilha, ele tinha apenas sido ignorado ou desdenhado, ou um pau-mandado. Os únicos outros que fizeram sinais para ele — um funcionário que ele vira uma única vez, e, outro homem internado lá como ele — executaram sinais sem sentido, e quando ele lhes mostrara como fazer corretamente, os olhos deles tinham ficado vazios.

Mas naquele dia no trator, a Garota Bonita observara cada gesto seu, franzira o cenho e se concentrara até abrir um largo sorriso cheio de respeito.

Mas — a tristeza daquilo fazia tremer suas entranhas — a Garota Bonita não sabia seu nome.

No lugar que ele chamava de Armadilha dos Muros de Pedra, ele tinha sido um zé-ninguém. Mais exatamente, era o zé-ninguém 42 internado no sistema. Ele não soubera disso. Mas sabia contar porque sua mãe ensinara: havia dois quartos na cabana deles, quatro direções em que o vento podia soprar, sete irmãos e irmãs, dez círculos de prata para um retângulo verde, doze casas no vale onde viviam. Depois que se viu preso na Armadilha, continuou a contar todas as vezes que o circo veio e assim chegou a 23. Depois da última estação de plantio, contava 42 respirações para ir do galpão do trator até o escritório da Gordinha Ruiva, onde a Garota Bonita estaria esperando. Desse modo, 42 era seu número preferido. Mas nunca pensara que esse pudesse ser o seu nome. Nunca tinha visto a sua ficha. Nunca lera nada. Ele nunca pusera os pés numa escola.

Ele apenas sabia seu verdadeiro nome.

Foi um nome que sua mãe lhe deu logo depois que a parteira foi embora: Homan. Ela acreditava que as coisas e as pessoas passavam a existir de verdade quando recebiam um nome e esperava que sua existência confirmada trouxesse seu pai de volta da casa de outra mulher. Mas seu jogo de palavras não funcionou e, quando chegou à idade em que lhe nasceram os primeiros dentes, ela teve que se mudar e levar todo mundo para morar com os avós e seu irmão caçula, Bludell, a quem todos chamavam de Blue. Depois da febre, quando os irmãos e, irmãs de Homan ficaram longe dele as pensando que poderiam ficar surdos também, Blue inventou um sinal para o nome do irmão. Sempre que conhecia alguém, Homan usava o sinal e, ao mesmo tempo, dizia: Ho mum. As pessoas riam muito, balançando a cabeça como se ele fosse bobo. Logo, como a Garota Bonita, Homan se tornou duas pessoas: a que havia dentro dele e que era a verdadeira, e a outra que era externa e que quase todo mundo acreditava que fosse ele.

O crisântemo solitário desceu rio abaixo. À frente, ficava uma rampa de desembarque e, acima, um armazém com janelas quebradas. Era o tipo de lugar perfeito para os fora da lei: adolescentes bêbados, soldados embarcando para a guerra com suas namoradas finalmente aquiescentes, hippies. E um homem desesperado, esgotado, arrastado pela correnteza, flutuando sobre uma porta, enquanto a noite começava a virar dia.

Homan quis fugir assim que voltou a si. Mas estava deitado de lado e, quando abriu os olhos, viu as silhuetas de um homem e de uma mulher de pé, debruçados acima dele, e sentiu algo batendo forte em suas pernas. Era o homem, ele se deu conta, que o cutucava com o pé para ver se ele estava vivo. Com o sol da manhã subindo atrás dos dois, Homan não conseguia ver seus rostos. Mas agora sabia para que lado ficava o leste, e o leste era o caminho para a Garota Bonita.

Parecia uma boa ideia dar uma avaliada nos arredores antes de fazer qualquer movimento, o que significava dar uma rápida examinada naquele casal. Blue tinha lhe ensinado essa regra quando ele ainda podia ouvir: sempre procure saber com quem você fala.

O cabelo deles e suas feições lhe diziam que eles eram brancos. A mulher era magra e tinha os cabelos ondulados até os ombros, como ele uma vez vira na televisão. Quando ela chegou mais perto, Homan pôde ver suas roupas: um casaco de pele curto, um vestidinho de bolinhas vermelhas e brancas com uma faixa vermelha, botas brancas até o joelho. O homem andou ao redor dele, como se Homan fosse um gambá que pudesse soltar um esguicho de secreção fétida, e, quando se moveu contra a luz do sol, Homan pôde ver que suas faces estavam brancas de espuma — era creme de barbear, reconheceu Homan. *O que aquele cara estava fazendo ali fora com creme de barbear no rosto? Será que as pessoas no mundo do lado de fora estavam ficando loucas?* O homem, usando jeans e casaco de couro, era tão corpulento quanto um porco recém-abatido.

A mulher se curvou ao lado de Homan. Ela era bonita, mas não chegava nem perto da beleza da Garota Bonita — que já deveria estar na Armadilha de novo esperando por ele. Homan se soergueu, apoiado em um cotovelo, enquanto a mulher olhava para o homem com creme de barbear, com os lábios se movendo. Homan mal conseguia ler os lábios de sua mãe e de Blue, de modo que não seria mesmo capaz de ler os de mais ninguém. Sua perna doía muito, e ele queria olhar para ela e entender por quê. Mas quando ia fazer isso, a mulher Bolinhas estendeu a mão para tocar na perna de Homan, e isso fez com que o homem Cara de Pudim estreitasse os olhos com desprezo. Bolinhas se virou para ele, que assentiu como se quisesse dizer o oposto de um assentimento, e, a cada movimento, Bolinhas se encolhia.

Então Pudim começou a se afastar, balançando o braço para trás como se estivesse fechando uma porta. Bolinhas continuou tocando na perna ferida de Homan, e ele viu que ela era mais jovem que a Garota Bonita. Tinha um rosto que parecia temeroso por si mesma e penalizado por ele! Ela abriu a boca para falar.

Ele balançou a cabeça com força, apontando para as orelhas.

Todo mundo ficou paralisado por um momento. Cinco respiradas inteiras se passaram.

Então Pudim voltou furioso fazendo Cara de Grito, e Bolinhas começou a falar com a cara de quem Fala com Bebê que a maioria das pessoas que ouviam fazia quando sabia da surdez de Homan. Ele esperava que eles desistissem logo. *Não deixe eles fazerem você se sentir como uma mosca sem importância,* os McClintocks costumavam dizer, *só porque você não ouve. Eles falam com você achando que são gralhas adultas falando com uma gralha bebê. Mas, na verdade, eles são uma gralha falando com um leão.*

Bolinhas e Pudim continuaram, agora falando entre eles, e Homan sentou-se. Para o lado esquerdo ficava o armazém, antes havia um estacionamento, e mais à frente estavam dispostas mesas de piquenique. Havia coisas em cima de uma delas — pareciam latas de sopa e creme de barbear. Mais adiante, máquinas de lavar jogadas fora. No estacionamento, apenas um carro velho e enferrujado, com uma montanha de roupas no assento de trás.

Ele sabia o que era aquilo tudo, apesar de não ter crescido em meio a armazéns, máquinas de lavar e rampas de desembarque. Ele crescera em campos de algodão, com banheiras e bacias de latão e fogões à lenha. Ele crescera nos bosques com Blue, aprendendo a rastrear os veados ou olhando as ruas pavimentadas do Forcado, onde começavam as casas dos brancos. A última casa colorida antes do Forcado era onde moravam os rapazes McClintocks, que tinham uma oficina de reparo de carros. Eram surdos como ele. Homan ficava por ali de brincadeira com eles, em frente à garagem, e observava a conversa enquanto falavam com as mãos. Ele e Blue costumavam trazer os peixes que pescavam no riacho.

Blue tinha explicado uma vez que as águas do riacho subiam até as nuvens e depois desciam como chuva. Muito depois, quando viu um desenho da Garota Bonita de uma torre bem alta debruçada sobre o mar, ficou admirado com a imensidão de água verde azulada, tão diferente do riacho, tão cheia daquela espuma branca e de ondas pontudas. A Garota Bonita, vendo-o tão fascinado, fez outro desenho: de uma pessoa chorando. Ela apontou para as lágrimas e depois de volta para o desenho do mar. Homan entendeu: o choro vinha do mar e voltava para o mar. Ele dobrou o primeiro desenho e o botou no bolso, depois o escondeu no celeiro, debaixo do feno.

Bolinhas e Pudim ainda discutiam, e Homan percebeu que estava na hora de fugir dali. Viu que o rio corria para o sul. Tudo que tinha que fazer era se encaminhar para o norte ao longo da margem do rio, até chegar ao píer, e depois ir para o leste. Ele não fazia ideia de quanto se distanciara, e talvez ainda tivesse que nadar um bocado contra a corrente e invadir a terra dos outros, mas ele já passara por jornadas mais difíceis antes.

Ele se pôs de pé... e sua perna dobrou como a capota de um carro fechando.

O casal deu meia-volta. Ele olhou para baixo. Suas calças estavam rasgadas e um filete de sangue escorria pela perna. Com uma explosão súbita de medo, Homan percebeu que, com uma perna ferida, teria que mancar pelos muitos quilômetros que o separavam da Garota Bonita e, naquele exato momento, não conseguia nem ficar em pé.

Mas veja só: Bolinhas estava fazendo uma cara de súplica para Pudim, e Pudim sacudia a cabeça. Então Bolinhas passou os dedos pelos cabelos bagunçados e grisalhos de Pudim, desfez o nó de sua faixa vermelha e limpou o creme de barbear dos lábios de Pudim. Os olhos dele se enterneceram. Então os dois passaram os braços de Homan sobre seus ombros e o levaram para uma mesa de piquenique.

Eles não são nenhuma ameaça, pensou Homan. *É só esperar pelo momento certo para poder partir.*

Enquanto Bolinhas voltava para o carro, Pudim sentou-se à mesa de piquenique com as latas de creme de barbear e de sopa. Ele pegou um pedaço de aço que estivera jogado ali e o fez girar de uma ponta para outra — era uma faca. Pudim espiava Homan pelo canto dos olhos para ter certeza de que ele estava vendo. Então Pudim fincou a faca direto na madeira, e ela ficou de pé no ar.

Bolinhas voltou do carro trazendo algumas coisas, com uma expressão preocupada no rosto, como os meninos que se encolhiam quando os guardas estavam por perto. Ela colocou tudo na mesa de Homan: um saco de papel, uma garrafa de vidro marrom, uma caixa branca com uma cruz vermelha na tampa. Então, tirou um sanduíche do saco, retirou a tampa da garrafa e entregou os dois para Homan. Ele hesitou. Mas ela lhe deu um sorriso, apesar de sua preocupação, e o sanduíche de fato estava gostoso. A bebida não, era gasosa e tinha um cheiro amargo como a que o guarda com os cachorros tomava todos os dias. Mas Homan estava com muita sede para parar de beber.

A garota ajoelhou-se ao lado dele e usou um pano para limpar a ferida.

Durante todo esse tempo, Pudim tomava colheradas de sopa de uma lata. Quando terminou, puxou a faca da madeira. Aquele era o sinal entre eles, Homan concluiu, porque Bolinhas largou o pano, correu para ele e sentou-se em seu colo, as pernas bem abertas, uma de cada lado dos quadris dele. Ela pegou a faca de Pudim e raspou com o gume o creme de barbear, e, entre cada raspada, limpava a faca no banco.

Homan acabou de comer o sanduíche, observando. O mundo devia ter mudado muito em 23 anos. Mulheres estavam fazendo a barba de homens — bem ali, em plena luz do dia.

Quando Bolinhas acabou, Pudim fincou de novo a faca na mesa. Então ela o beijou longamente, e ele a puxou bem junto de si. Homan desviou o olhar. Ele desejou estar bom o suficiente para pular no rio. Desejou saber onde estava ou entender mapas. O único mapa que ele tinha visto, na casa dos McClintocks, parecia mais com um esboço de um veado saltando.

De repente se sentiu exausto. Deitou a cabeça sobre a mesa, sentindo o gosto amargo da bebida em sua boca, e aquele gosto fez sua língua parecer inchada. Então, Bolinhas veio até ele, depois de deixar o recém-barbeado Pudim e fez um gesto de deitar a cabeça no travesseiro, apontando para o carro. Ele deixou que o levassem para o outro lado do estacionamento. Por muito tempo ainda, quando olhasse para trás, para aquela curva no rio de sua vida, ele não conseguiria acreditar que tinha bebido aquela cerveja inteira sem pensar duas vezes e que cedera tão rapidamente à sonolência.

O carro fedia a mofo e batata frita. Ele se lembrou de como a Garota Bonita gostava de sentir aromas e cheiros, mas só se fossem agradáveis, como o de pinhas e lilases e o cheiro do ar antes da chuva. Certa vez, ele havia colhido as flores brancas muito perfumadas da magnólia, da árvore perto do escritório da administração, e as escondera até eles se encontrarem novamente, e então pusera atrás da orelha dela.

Bolinhas jogou umas roupas no piso do carro e atirou para Homan um saco de dormir e um travesseiro.

Deite-se aqui só um pouquinho, disse a si mesmo enquanto o casal caminhava para o armazém, Pudim tirando a jaqueta e Bolinhas o casaco de pele. O sol subiu, e, mesmo assim, o casal não apareceu; ele pensou sobre como o cabelo da Garota Bonita cheirava bem com aquelas flores e como ele enterrara seu rosto naquele perfume. Quando afinal o carro andou, o sono já o havia dominado.

Ele sonhou que estava correndo.

Ele era pequeno, corria rápido pelo jardim em direção à árvore com o balanço de pneu. Seu tio Blue o alcançou, e os dois subiram juntos no balanço. Homan fez cócegas na barriga de Blue, e o riso deles fez com que balançassem bem alto para o céu. Blue era onze anos mais velho e disse a Homan que deveria pensar nele como seu irmão mais velho. E Blue foi o melhor irmão mais velho que alguém poderia ter.

A corrida seguinte do sonho de Homan foi triste. Ele tinha seis anos e viu Blue correndo para longe, para fora da cabana deles. Estava quente, úmido e chovia. Blue devia ter corrido para a estrada pela qual as mulheres voltavam das casas onde trabalhavam como faxineiras, porque ele voltou correndo com mamãe. Ela desabou ao lado de Homan com os olhos cheios de medo. Em seguida, o pano molhado foi posto sobre a testa de Homan e ele estava na mula de Blue, Ethel, e todos estavam correndo. Seu corpo doía tanto... Mamãe adentrou o hospital, voltou, apontou na direção da cidade em que o hospital aceitava negros. Quando afinal a mula chegou lá, a chuva tinha passado e a lua estava alta no céu. Mas Homan não conseguia mais ouvir o zumbido dos insetos nem a voz de sua mãe. Ele puxou Blue para perto, dizendo:

— O que está acontecendo? Não consigo ouvir nada! Inclusive, ele percebeu de repente, nem a si mesmo.

Depois disso, as pessoas riam muito dele, o que o deixava tão furioso que ele partia para o alto das árvores no jardim, chutando-as. Então, um dia, Blue pegou-o e foi até a casa dos McClintocks. Ele nunca tinha prestado muito atenção neles antes e nesse dia descobriu que os meninos também eram surdos — e falavam movendo as mãos numa língua de sinais que o pai lhes ensinara antes de chegarem lá. Dali por diante, todos os dias, ele e Blue iam montados na mula Ethel até a casa dos McClintocks, e Homan aprendeu uma língua de sinais apontando e dando pequenos golpes no ar, fechando o punho e espetando o dedo, franzindo o cenho e dando de ombros, acenando e saudando, levantando as sobrancelhas, apertando os olhos e os lábios, e inclinando a cabeça. Sua raiva desapareceu e a felicidade se instalou.

Quando a Revival chegou à cidade, toda a população foi para a igreja. Eles subiam na nogueira-pecã e ficavam espiando pela janela, do lado de fora, com as mãos nos vidros. E Homan, sentindo a ressonância das vozes da congregação, pensou que agora que seus olhos podiam ouvir e suas mãos podiam falar ele não precisaria mais usar seus ouvidos.

Então, o McClintock Gorducho perguntou: *O que você acha que Deus é?* E Homan: *Ele é como as estações, certo? Do mesmo jeito que você pede às estações para acabarem com uma seca ou com uma onda de frio e, mais cedo ou mais tarde, elas acabam?* Gorducho disse: *Isso. É isso o que Deus é.*

Então. Aquela tarde.

Homan tinha quinze anos, Blue 26. Eles estavam na oficina dos McClintocks, jogando conversa fora ao redor do carro em que estavam trabalhando. Ethel mastigava o almoço em seu saco de ração. Os garotos comiam bolo de melaço. Wayne Sullivan passou dirigindo seu grande carro novo — depois voltou, mais devagar. O pai dele era o sr. Landis, o branco que era dono da sapataria e morava com a esposa na casa do Forcado onde mamãe fazia faxina. A mãe de Wayne era outra mulher do sr. Landis, Velma Sullivan, que tinha a pele tão clara que você nunca imaginaria que ela era de cor. O sr. Landis a sustentava e ela morava numa casa própria que ficava à beira do Forcado com Wayne. Agora

Wayne estava passando pela oficina dos McClintocks pela terceira vez. Os amigos estavam junto, e ele acendia e apagava os faróis para chamar a atenção dos McClintocks. Até que arregalou muito os olhos e colocou a língua para fora. Os amigos dele coçaram debaixo dos braços, abrindo e fechando a boca como animais.

Realmente belo comportamento para um garoto rico, sinalizou McClintock Mais Alto.

Gorducho explicou: *Ele apenas está zangado porque sua namorada nos trouxe o carro dela ontem.*

Então ele está zangado mesmo é com ele, acrescentou McClintock Dentuço, apontando para Blue, *porque ele deu uma carona a ela para voltar para casa na mula enquanto o carro ficava aqui para consertar.*

Homan sentiu a velha raiva de chutar árvores voltar. Disse a si mesmo para ignorar Wayne e poderia ter conseguido se Blue não tivesse gritado alguma coisa. Homan só podia imaginar o que tinha sido, mas a expressão no rosto de Blue dizia que era um nome feio para gente ruim. Talvez algo como "Bunda de porco".

Então Wayne freou o carro e, antes que Homan se desse conta, o bando inteiro estava tirando bastões de beisebol da parte traseira do carro, saltando e batendo com os bastões no carro em que os rapazes estavam trabalhando. Bem no para-brisa! Nos faróis! Os rapazes tentavam detê-los. Foram empurrados no chão. Blue ficou tão furioso que deu um encontrão em Wayne, derrubando-o também. Os McClintocks, pondo-se de pé, caíram na gargalhada — *Isso vai ensinar a ele a não se meter a besta.* Wayne armou uma careta para Blue enquanto se levantava, apoiou o bastão no ombro e tirou a poeira da roupa. Ele se virou para ir embora. Cravou os olhos em seu carro. Mas pouco antes de alcançá-lo, se virou de volta, bem diante da mula, que comia. Então ele levantou aquele bastão e bateu com toda força na cabeça de Ethel.

Com um grito que Homan pôde ver, Blue saiu correndo atrás do carro. Mas era depressa demais.

Naquela noite: Blue chorava na cama deles, Homan tremia de raiva.

Ele sempre se lembraria de como, na manhã seguinte, quando ele e Blue foram à casa de Wayne, a madressilva estava em flor. Eles não tinham nenhuma arma. Eles não tinham nenhum plano.

O carro reluzente estava parado bem na frente da casa de Wayne.

Homan, cheio de raiva, correu para o carro, abriu a porta da frente e sentou no lugar do motorista.

Blue, pelo vidro do para-brisa, lançou-lhe um olhar que dizia: *O que você está fazendo?*

Homan sorriu como quem diz: *Você vai ver.* Blue esmurrou o capô. Mas Homan apenas seguiu em frente e fez o que os McClintocks tinham lhe ensinado a fazer. O carro começou a andar. Ele pisou fundo no acelerador, ganhou velocidade e então saltou para fora do carro. O carro sem motorista saiu da calçada, atravessou o gramado e bateu de frente na parede da sala de visitas.

Ele sentiu o chão tremer com o impacto. Os olhos de Blue se arregalaram de satisfação — e depois de horror. A porta da frente estava se abrindo, a srta. Velma saía vestida em seu roupão e Wayne atrás dela.

Blue fez um dos únicos sinais que sabia. *Corra.*

Homan correu para fora do ângulo de visão da casa deles, sentindo Blue em seu encalço. Ele correu até o fim do quarteirão. Sabia que Blue estava ficando para trás. Queria que ele corresse mais depressa, mais depressa — *como eu!*

Ele se virou rapidamente para certificar-se de que Blue estava lá.

Blue estava três casas mais para trás — estendido no chão. Sem se mover. Um buraco vermelho em seu peito. Wayne não estava em lugar nenhum por perto. Era o sr. Landis quem estava lá, de pé ao lado dele. Aparentemente passara a noite com a srta. Velma e trouxera a espingarda. E agora estava desviando o cano de Blue, olhando para o fim da rua, vendo os olhos de Homan, levantando a arma...

Homan correu.

Ele desceu o quarteirão seguinte. Então saltou uma, duas, cinco cercas, de quintal para quintal. Passou voando por bosques, por um lago, atravessou fazendas de plantação de tabaco e córregos. Correu como se seus pés estivessem em chamas. Blue estava morto. Eles procurariam Homan. Mamãe perderia o emprego. Mamãe nunca mais poderia aceitá-lo de volta. Não lhe restava mais nada a fazer senão fugir.

Ele correu o dia inteiro e a noite inteira. E o dia e a noite seguinte inteiros. Correu atravessando cidades e depois correu atravessando estados cujos nomes não sabia. Correu debaixo de chuva, calor e neve. Correu por muito tempo depois de ter dado a essa época de sua vida um nome: a Corrida. Ele correu e correu até que eles o apanharam em Well's Bottom, um lugar onde ninguém acreditava que mãos podiam falar.

Ele sentiu o carro parar. Agora era noite, mas Homan não usava relógio e não sabia ver as horas. Ele tentou inclinar a cabeça para ver as estrelas. O céu estava carregado de neblina.

Sentiu a porta se abrir. Lá estava Pudim, indicando com o polegar que Homan deveria saltar.

A perna dele ainda doía, mas conseguia ficar de pé. O dia ficara frio, de modo que, enquanto olhava ao redor, enrolou o saco de dormir em volta dos ombros. Havia prédios de tijolos colados uns nos outros, ladeando ruas sem árvores. As lojas estavam fechadas com as grades abaixadas. Uma ponte ferroviária cruzava mais acima, alguns quarteirões adiante. Era uma cidade, compreendeu. Por que eles tinham parado ali? E por que Bolinhas estava sentada no capô, passando os dedos nas pontas do cabelo, enquanto Pudim mexia no bagageiro do carro e tirava alguma coisa? Mais um casaco de pele, viu Homan, quando a mala foi fechada. De pele de coelho. Ele se lembrava de ter encontrado em certa ocasião um coelho do lado de fora de um celeiro e tê-lo pegado e levantado para que Garota Bonita pudesse acariciá-lo. Isso a fizera sorrir.

Pudim estava se comportando de uma maneira muito estranha, apalpando o casaco como se alguém já estivesse vestindo-o e ele estivesse verificando o caimento. Então deu o casaco a Homan.

Foi gostoso vestir o casaco, com o forro acetinado contra sua pele e um pelo muito macio por fora. Nunca tinha usado um casaco de pele e sentiu-se elegante e sortudo, apesar de o casaco ser pequeno demais para que os botões chegassem às casas. Fechou a frente do casaco com as mãos.

Então Pudim fez um gesto na direção de alguma coisa no final da rua.

Era um terreno cercado por uma grade, com caminhões cinza e laranja estacionados em fileiras bem arrumadas e com um pequeno prédio no centro. A cerca era de malha de ferro corrugado com rolos de arame farpado no topo.

Ele olhou para Pudim com uma pergunta no rosto. Pudim apenas acenou com a mão, incitando Homan a avançar. Homan lançou um olhar para Bolinhas, que ainda estava sentada no capô, olhando para lugar nenhum. Talvez eles estivessem dizendo que ele estava livre para ir embora, e ele quase riu de alívio. Mas Bolinhas tinha sido boazinha com ele, de modo que bateu palmas para sinalizar um adeus.

Pudim ergueu os braços. Suas narinas se alargaram, as sobrancelhas franzidas numa expressão feroz, e ele começou a falar. Bolinhas baixou a cabeça, respondendo para seu colo. Então ela saltou da capota do carro e veio andando na direção de Homan.

Ele não conseguia compreender o que estava acontecendo. Pudim estava apontando o dedo para ela, e ela se virando para Homan, fazendo gestos de comer, apontando para o prédio. Ele não estava mais com vontade de rir, queria correr. Então Homan pensou na faca de Pudim. Se Homan não fizesse o que ela queria, o que aconteceria com ela?

Bolinhas segurou o braço de Homan, e ele permitiu que ela o levasse adiante, em direção ao estacionamento de caminhões. Logo ela acelerou o passo, olhando por sobre o ombro para ver Pudim. Então ela se virou de volta e esfregou a barriga, como se para mostrar a Homan como a comida depois da grade seria boa.

No portão, ela levantou a mão e girou o segredo de um cadeado de painel. O portão se abriu. Ela entrou com Homan. O estacionamento não estava bem iluminado, e ele não sentiu cheiro nenhum de comida. Homan sentiu a mão dela largar seu braço e se virou. Ela estava correndo para fora do portão, trancando-o depois de sair.

Ele se atirou contra a cerca. Mas por mais que a sacudisse, não conseguia sair.

Pudim estava encostado no carro, apontando para o prédio. Homan olhou para Bolinhas. Ela desviou o olhar. Então enxugou o rosto, deu-lhe as costas e afastou-se.

Ele não conseguia acreditar que, tão pouco tempo depois de conseguir fugir da Armadilha, estivesse em um terreno sem nada, exceto caminhões estacionados e um prédio solitário. Nada de comida. Nem sequer luzes.

Então ele viu um homem baixo postado atrás da porta de vidro do prédio. O homem usava colete e óculos pequenos, e abriu a porta e convidou Homan a entrar. Se Homan entrasse, poderia ter problemas. Mas o que faria ali fora? E o sujeito era menor que o menor guarda na Armadilha. Se Homan tinha conseguido vencer a água da barragem, podia derrubar e imobilizar um coitado insignificante como aquele no chão. E talvez também conseguisse alguma coisa para comer.

Ele entrou no prédio e viu um aposento com um balcão e uma caixa registradora. Sem acender a luz, o homem gesticulou para uma porta, então um lance de escadas. Homan seguiu na frente, satisfeito por haver uma janela no vão da escada permitindo que entrasse a luz de um poste na rua. Olhou pela janela enquanto passava. Entre os caminhões e a cerca havia mato. Em um ponto, havia apenas terra batida.

No andar de cima, havia um quarto com um sofá e uma mesa. Sobre a mesa estava um prato com um cachorro-quente.

Ele deu um passo em direção à mesa. O homem o agarrou pelo braço e o puxou para trás, parecendo aborrecido. Homan fez um gesto de súplica. O homem disse alguma coisa, e Homan deu de ombros. Finalmente o homem curvou os dedos, imitando pernas de aranha. Homan se deu conta de que ele queria dizer: *Me dê.*

Dar a ele o quê? Era Homan quem esperava receber alguma coisa.

Homan recuou. O homem estreitou os olhos. Homan recuou mais.

O homem atacou, de novo agarrando o casaco de Homan, enfiando as mãos por baixo, vasculhando. Homan sentiu o forro ceder e o homem recuar. Nas mãos dele, havia um pacotinho.

Homan compreendeu: *o casaco era como um envelope*. O homem só queria o que havia dentro.

Então o homem enfiou um envelope de verdade na mão de Homan e empurrou-o na direção da escada. Ele desceu o mais depressa que pôde, correndo pelo escritório e para o estacionamento.

Bolinhas estava esperando do lado de fora da cerca de malha de ferro corrugado. Ele correu para ela, sorrindo, acenando com o envelope nas mãos, pronto para finalmente partir em seu caminho de volta para Garota Bonita.

Mas agora Bolinhas estava fugindo, e uma luz piscando atraiu sua atenção. Ele olhou em volta. Três carros de polícia desciam a toda velocidade pela rua em direção ao estacionamento.

Ele correu. Liberando os braços, enfiou o envelope no forro do casaco e correu. Não na direção do portão, onde os policiais estavam saltando dos carros, mas para os fundos do estacionamento, onde pulou para o degrau mais alto do maior dos caminhões. De lá se virou para olhar. Os policiais avançavam em leque para o estacionamento. Ele não podia deixar que o mandassem para a prisão em Edgeville. Nem mandá-lo de volta para a Armadilha. Não podia permitir que o prendessem por qualquer razão que fosse que estava fazendo com que Bolinhas e Pudim fugissem com o carro naquele momento.

A porta do caminhão estava destrancada. Não deu trabalho nenhum ligar o motor, nem pisar no acelerador e dirigir para a cerca. Tampouco saltar do caminhão pelo outro lado e vê-lo prosseguir e arrebentar a cerca.

A polícia saiu enlouquecida atrás do caminhão. Ele correu para o lado oposto, ao redor da lateral do prédio. Correu para o trecho de terra batida ao lado da cerca, caiu de joelhos e cavou freneticamente.

Então se meteu no buraco. Por um segundo, pensou na Garota Bonita empurrando o bebê para fora. Arrastou-se para a frente, avançou pelo buraco, agarrou a terra do outro lado.

E então saiu. Correndo pelas ruas, a respiração queimando em seu peito, a pele suada.

Adiante viu um trem de carga passando pela ponte, exatamente igual a tantos outros que vira durante a Corrida. Ele ainda podia fazer aquilo, apesar de não ter mais quinze anos.

Subiu às carreiras para a ponte do trem. *Você não pode permitir que ninguém dobre você*, Blue costumava dizer quando alguém os tratava mal. *Se não permitir que dobrem você, você vence.* Um último impulso e ele estava acima do trem. Um último salto e ele caiu sobre um vagão de carga fechado. Ele apertou o corpo contra o teto.

O trem ganhou velocidade até passar disparado pela cidade, alto, acima das ruas. Ele não sabia que lugar estava deixando. Também não sabia para onde estava indo. Ele sabia apenas que tinha que voltar, e tinha que fazê-lo logo.

Na carruagem de Cinderela

1968

MARTHA OUVIU UMA LOCOMOTIVA APITAR ao longe antes de abrir os olhos. O som foi tranquilizador, do mesmo modo que o som da respiração perto de sua orelha. A respiração, afinal, tinha que ser a de Earl; e como ela se sentiu contente por estar perto dele de novo! Lentamente, contudo, se lembrou de que Earl não dormia a seu lado há anos e que sua fazenda não ficava nem um pouco perto da passagem de um trem. Então os aromas desconhecidos tornaram-se aparentes: um cheiro de cabana rústica, de sabonete floral, de lustra-móveis. Ela se virou na cama, estendeu o braço apalpando os lençóis em busca de Earl, sentindo na boca um gosto de acidez adocicada. Ela não tinha doces em sua despensa — mas então se lembrou de ter pegado e chupado duas balas azedinhas na tigela do hotel. O braço chegou à beira do lado oposto dos lençóis; a cama estava vazia. Mas, afinal, alguém estava respirando. E subitamente ela viu tudo de novo: a mala, o percurso de carro até Well's Botton, a jornada rumo ao norte pela estrada de pedágio Scheier, a placa na frente do hotel de seu aluno Henry, a campainha no balcão da recepção.

O bebê.

Ela se sentou na cama. A luz do sol lançava sombras de árvores nas persianas da janela. O bebê estava no berço de vime que Eva Hansberry lhe havia dado e que Martha montara quando elas chegaram ao hotel, na noite anterior, às três da manhã. Enquanto montava o berço ao pé da cama, pensara em como nunca tinha ficado acordada até tão tarde, muito menos trocando a fralda de um bebê. Tinha inalado o perfume amadeirado de uma lareira no saguão da recepção, a dois corredores de distância, e ouvido o farfalhar das árvores nas montanhas lá fora. Tinha espiado por trás das cortinas, mas a noite estava escura demais naquele canto do estado de Nova York para que se pudesse ver qualquer coisa. Então, com o bebê finalmente dormindo,

Martha vestira a camisola, abrira a cama com a manta e se deitara. O sono tinha vindo tão depressa que, quando o choro do bebê a acordara mais tarde, havia descoberto que não tinha nem puxado a manta para se cobrir. O relógio da mesinha de cabeceira marcava 5h10. Ela tinha corrido para o bebê preocupada por ter também deixado de cuidar dela e ficara aliviada ao ver que o choro era apenas porque ele queria uma mamadeira. Na hora de alimentá-lo de novo, às 6h50, a escuridão estava começando a se dissipar e o cheiro de café e ovos pairava no ar, vindo da sala de jantar; sem condições de ir até lá, ela caíra no sono novamente. Agora, embora o sol estivesse forte, ainda não se sentia pronta para encarar o mundo.

Entristecida pela ressurreição e seguida perda de Earl, Martha olhara rapidamente para o relógio da mesinha de cabeceira. *9h15!* Como isso era possível? Martha nunca gostou de levantar tarde; ela concordava com Earl que "ficar até tarde na cama" era sinônimo de indolência. O relógio do hotel tinha que estar errado. Ela consultou seu relógio de pulso. Inacreditavelmente marcava a mesma hora que o da mesinha.

Então seguiu para o pé da cama e ajoelhou-se junto ao berço de vime. Earl estava morto, mas o bebê já lhe era familiar. Martha pôs a mão em concha na cabeça pequenina e acariciou os cabelos finos e macios. O rostinho do bebê parecia mais cheio de pequenos detalhes a cada vez que Martha olhava, do mesmo modo que livros revelavam novos significados a cada releitura. Agora, à luz da manhã suavizada pelas persianas, as faces do bebê pareciam mais ativas, os lábios, em constante movimento. Martha chegou mais perto. O corpinho minúsculo também convidava a infinitas releituras; pela primeira vez, Martha viu o bebê levar o punho aos lábios e então chupar, como se o punho fosse uma mamadeira. Martha lembrou-se de Eva dizer que o bebê precisaria de uma mamadeira mais ou menos a cada duas horas; e aos poucos se deu conta de que ela não estava analisando um romance clássico e muito estudado, mas observando um simples pedido de uma mamadeira. Veja só que coisa. Bebês pediam para comer mesmo quando estavam dormindo.

Rindo de seus pensamentos profundos, Martha abriu o isopor que Eva enchera de mamadeiras e que Martha, depois de fazer o *check-in* no hotel, havia enchido de gelo, separando uma mamadeira cheia sempre que dava outra, para que não estivesse gelada na hora da mamada seguinte. Ela pegou a mamadeira do balcão da pia, enfiou os braços por baixo do bebê e, com ele no colo, sentou-se na cama.

Enquanto enfiava o bico da mamadeira entre os lábios rosados e o bebê sugava, Martha considerou como, apesar de todos os novos detalhes que ela a todo instante descobria naquele rosto, já havia muito que conhecia de cor. A pele era clara; o rosto tinha forma de coração; os olhos eram próximos um do outro. O nariz era arrebitado e ligeiramente grande, com um entalhe pronunciado abaixo das narinas. Os lábios erguiam-se como a crista de uma onda; o queixo era minúsculo como a ponta de um triângulo; as espirais das orelhas eram sinuosas como correntes. Martha teve que rememorar em voz alta cada um dos passos seguintes — dar palmadinhas nas costas até ele arrotar, trocar a fralda, depositando a fralda suja no recipiente que Eva lhe dera. Ela ficou satisfeita pelo fato de não precisar de instruções para contemplar um rosto de bebê.

Levantando a criança no ombro, ninando-a para que adormecesse de novo, Martha abriu as persianas. Raios de luz penetravam em meio às coníferas e aos pinheiros, e ela conseguia ver uma lasquinha de céu azul porcelana. Ficou parada ali olhando, dizendo a si mesma que precisava decidir o que fazer com o bebê. As opções lhe pareciam tão obscuras quanto as lembranças do balcão da recepção. Quanto tempo ela poderia ficar naquele quarto? Será que deveria dar o bebê a alguém mais preparado para a maternidade? Enquanto a respiração da criança se tornava mais regular e profunda à medida que adormecia, Martha lutou com perguntas sem resposta. Então pôs a menina de volta no berço e, com alívio, mais uma vez voltou sua atenção para aquele rostinho. Era um prazer enorme contemplá-lo, e enquanto examinava os detalhes delicados, ela se lembrou de uma crença que tivera quando era professora. Existiam dois tipos de alunos que gostavam da biblioteca: aqueles que devoravam um livro depois do outro e aqueles que saboreavam o mesmo livro repetidas vezes. Alguns professores viam os primeiros como leitores intrépidos, os últimos como leitores inseguros, enquanto Martha achava que velhos confortos, ao encorajar a paciência, conduziam a descobertas. Agora, contudo, Martha via aqueles leitores repetitivos de uma maneira diferente. Consciente de que estava prestes a se comportar de maneira totalmente inabitual ao voltar para debaixo da manta no meio da manhã, ela se deu conta de que não era o fato de reler que levava a novos *insights*. Era o próprio leitor ao reler — porque, quando uma pessoa está mudando no íntimo, inevitavelmente há novas coisas para ver.

O som que não era do bebê, era de alguém batendo à porta, acordou Martha na manhã seguinte.

Ela se levantou. As batidas pararam. Ela olhou para o berço, que estava banhado pela luz do amanhecer. O bebê ainda dormia. *Que criança tranquila e boazinha*, pensou Martha, então riu de si mesma por presumir que soubesse do que estava falando. As batidas recomeçaram.

Do outro lado, veio uma voz de homem:

— Sra. Zimmer?

— Já vou abrir — sussurrou ela.

Martha calçou os chinelos e atravessou o quarto. Então se deu conta de que vestia a mesma camisola do dia anterior e que não estava pronta para receber visitas. Encabulada, entreabriu a porta, permitindo apenas que sua cabeça fosse vista.

Henry estava ali no corredor. Ainda pensava nele como seu aluno, mas ele não tinha mais dez anos. Henry era um homem, de peito largo e cabelos escuros. Mesmo depois das aventuras a respeito das quais tinha lido nas cartas dele e ouvido em primeira mão no Natal passado, quando ele e sua esposa tinham lhe contado que comprariam um *resort* a ser reformado no estado de Nova York, Henry ainda parecia o aluno enérgico que tinha sido. Ele ficou postado diante de Martha, segurando teatralmente uma bandeja na palma da mão e sorrindo.

— Serviço de quarto — anunciou Henry em tom bem-humorado. — Com os cumprimentos da casa.

Martha sorriu, embora não fizesse nenhum movimento para abrir mais a porta. Ela desejava muitíssimo fazê-lo; o perfume de bacon, ovos e torradas subindo de uma travessa de prata coberta, lembrou-lhe que não comia desde que tinha embolsado as azedinhas, quando chegara ao hotel. Contudo ela não estava habituada a ser vista de camisola.

— Que gentileza a sua, Henry. Mas não é necessário.

— *Au contraire* — disse Henry. — Quando sua professora favorita aparece no meio da noite e seus filhos ficam todos animados com a ideia de enchê-la de perguntas sobre como era papai quando criança, mas ela, que está com a sobrinha-neta, não aparece para as refeições e abre a porta durante um dia e meio... Diga-me se não ficaria preocupada de que ela estivesse morrendo de fome.

Como Martha poderia ter pensado no bem-estar de alguém se ela não tinha pensado nem em si mesma?

— Você tem razão. Acho que perdi a noção do tempo.

— Fiquei dizendo a Graciela: "Vamos até lá ver como ela está, levar uma refeição para ela, blá-blá-blá", mas Graciela ficou me dizendo para deixar a senhora em paz, e eu dizendo que nós deveríamos fazer alguma coisa...

— Desculpas se causei preocupação.

— Preocupação? Este é o prato mais saboroso do cardápio do café da manhã. É claro, não precisa ficar trancada no quarto, sabe. Meus filhos estão logo ali abaixo, no corredor — ele indicou a direção com a cabeça, e Martha ouviu risadinhas — e o que eles não dariam para sentar a seu lado na sala de jantar...

— Não estou vestida para isso.

— Venha como estiver. Pode pedir qualquer coisa do cardápio. E Gracie passará seu pedido na frente de todos os outros. Não que haja alguma competição. Ainda temos que trabalhar para conquistar nossa clientela. — Ele deu de ombros de uma maneira comovente. — Temos atrações de todo tipo. Meus filhos. A pintura que estou fazendo na sala de jogos. Meus filhos. A máquina de lavar ao lado da piscina. Eu por acaso sou um marido moderno e sei que fraldas sujas se acumulam rapidamente.

Como se não fosse constrangedor o suficiente ser apanhada de camisola ali, ela não havia sequer pensado em lavar as fraldas. Com certeza o quarto já devia estar cheirando mal, e não podia dizer nada.

— Graciela me pediu para dizer que ela também ficaria muito feliz em ajudar a senhora com seu trabalho habitual por aqui. Trabalho de pintura não é realmente o departamento dela, sabe como é. De modo que, se a senhora quiser ficar no quarto, me dê as fraldas sujas, ela cuidará delas, e deixaremos a senhora em paz. Nós sabemos que terá que ir para a casa de sua irmã brevemente, mas até a hora em que tiver que partir, gostaríamos de praticar nossa hospitalidade.

Martha mais uma vez ficou sem palavras, embora por um motivo diferente. Ela quase tinha deixado passar a referência anterior à sua "sobrinha-neta", mas naquele momento se lembrou. Duas noites atrás, quando tinha chegado ao hotel, estivera tão cansada, tão ansiosa para acomodar o bebê, que quando Graciela, com os desalinhados cabelos castanhos longos até a cintura e os olhos castanhos sonolentos, viera responder à campainha na recepção, Martha inventara uma história improvisada, arrepiando-se ao ver com que rapidez podia inventar mentiras. Dissera que sua sobrinha-neta estava tendo problemas do tipo que gente jovem tinha naqueles dias — sendo bastante vaga para sugerir a necessidade de discrição — e que, enquanto sua sobrinha-neta estivesse recebendo cuidados, ela levaria o bebê para a casa de sua irmã. Henry e Graciela não sabiam que Martha não tinha irmãs. Eles sabiam apenas que seu marido havia morrido e que ela não tinha filhos. Pela reação de Graciela — interesse pelo bebê, ajuda até que chegassem ao quarto 119, nenhuma pergunta —, Martha soubera que a mentira tinha colado.

— Eu gostaria da ajuda com as fraldas. Quanto à comida, o que você tiver aí na bandeja será ótimo.

— O que a senhora quiser, sra. Zimmer.

— Vou botar as fraldas sujas do lado de fora mais tarde. Você se importaria de deixar a bandeja aí junto da porta?

— Nós viemos preparados para lhe oferecer o luxo de comer em seu quarto. — Ele moveu o pé e um garotinho sem os dois dentes da frente empurrou um carrinho coberto por uma toalha, para o lado do pai.

Martha sentiu seu rosto se abrir no sorriso conhecido de professora, aquele que emoldurava sua face a cada mês de setembro, quando os novos alunos se acomodavam em suas carteiras e viravam os olhos para a frente. Era um sorriso fácil como o abrir de uma porta que inspirava aqueles do outro lado a entrar.

— E quem é este? — perguntou Martha.

— Ricardo — disse o menino, meio tímido, meio assertivo.

— Como você é prestativo, Ricardo — elogiou ela.

Ele deu uma risadinha.

— Eu sou bom com o pincel pequeno também.

— Eu sou boa com o rolo! — gritou uma voz de menina de algum lugar fora de vista, logo abaixo, no corredor.

— Espere sua vez, Rose — disse Henry, a voz indulgente.

— Eu gostaria de dar mais para você fazer, Ricardo — disse Martha —, mas seria muito bom se deixasse o carrinho e a bandeja aí do lado de fora. Depois levo de volta, pode deixar.

— A senhora vem jantar mais tarde? — perguntou Ricardo.

Henry respondeu:

— Ela ainda não sabe, Ricky.

Ele pareceu estar com vontade de dizer mais alguma coisa. Então se controlou e resmungou para Ricardo e seus irmãos escondidos que se lembrassem de que o cliente tem sempre razão. Pai e filho puseram a comida na mesa de rodinhas e se afastaram, seguindo em direção a um bando de crianças subitamente tagarelas.

Martha não tinha ideia de que estava tão faminta até puxar a mesa para dentro do quarto. A refeição era pura comida caseira — ovos mexidos, pão fresco, geleia, bacon e deliciosos bolinhos que Graciela devia ter aprendido a fazer quando menina, no Peru. Martha saboreou cada mordida.

Então seguiu para o berço. O impulso de ficar eternamente olhando para o bebê fez com que Martha se sentisse encabulada, contudo não conseguiu resistir a sentar no chão e a tocar as bochechas redondas como maçãs e irresistivelmente macias. O bebê se sobressaltou um pouco, depois relaxou, e Martha reparou em como as mãozinhas tinham se levantado em punhos cerrados dessa vez. *A capacidade de cerrar as mãos em punho aparentemente é instintiva*, concluiu, pensando sobre as maneiras como aquilo fora empregado no decurso da história. Ela tocou no minúsculo punho, desejando poder impedir para sempre que aquele bebê tivesse conhecimento de guerra — e então o bebê abriu a mão e agarrou o dedo mindinho de Martha. Martha deu uma risadinha; o bebê estava segurando o dedo *dela*. Espantoso. *Uma pessoa vem ao mundo com um punho... e a capacidade de agarrar*, pensou. *Sim, nós somos feitos para lutar uns com os outros, mas também para abraçar. Como somos criados de maneira inteligente!*

Então Martha se lembrou de Earl desviando o olhar quando eles passavam por uma igreja. *Criados*, pensou de novo. Ela própria nunca tinha pensado muito em como somos criados e se queria recomeçar a frequentar a igreja.

Contudo havia tanto para ler naquele rosto perfeito, cujos traços tinham vindo de lugar nenhum. Não, cada traço tinha vindo de uma mãe — que fugira de um lugar tão cruel, que queria esconder seu bebê. Este bebê também tinha vindo de um pai — que não era o homem chamado pelo número. Será que o pai era outro interno? Talvez um com apenas uma tênue compreensão do que havia acontecido entre ele e Lynnie? Talvez um que a amasse, mesmo que ela não o amasse? Embora talvez ela não tivesse nem sequer gostado dele. Talvez ela tivesse sido...

Não, Martha não se permitiria pensar naquilo.

Ela rapidamente passou para outras questões, talvez ainda mais difíceis. Se a perfeição do rosto daquele bebê pudesse ser interpretada como prova da existência do divino, o que a imperfeição de um corpo ou de uma mente defeituosos provava? Era um argumento contra a existência de um poder maior, como pensara Earl depois que eles tinham enterrado o filho? Ou um argumento que afirmava que, se um ser supremo existia, ele podia errar?

O bebê afrouxou o aperto, e a mão de Martha libertou-se.

Martha andou pelo quarto, passando a mão no cabelo. Seria insensato mergulhar em um abismo espiritual. Ela tinha coisas demais para pensar e mal dispunha da energia necessária para preparar um banho. Na esperança de desviar seus pensamentos para a direção a que estava acostumada, abriu a gaveta da escrivaninha e tirou um papel e uma caneta. Abriu o caderno de endereços, à procura de alguém para quem pudesse escrever uma carta. No entanto, os correspondentes que receberiam bem questões teológicas não poderiam lidar com as preocupações imediatas dela e vice-versa. Além disso, Martha não estava preparada para revelar sua atual situação. Ela largou o caderno de endereços, ouvindo o assoviar do vento e a respiração do bebê. Então colocou o papel diante de si. Pegou a caneta. E quando a tinta fez sua primeira marca, ela se viu escrevendo uma carta para uma pessoa com quem nunca tinha se correspondido antes. Usando o belo estilo literário que, ao longo de anos, havia ensinado a seus alunos, Martha escreveu: "Caso eu não esteja mais por aqui para contar, aqui vai a narrativa de como você começou sua vida no mundo."

— Sra. Zimmer?

— Ah — exclamou Martha, sobressaltada, levando a mão ao peito.

Ela se virou para a porta, páginas de escritos sob suas mãos. O quarto estava escuro de novo.

— Lamento incomodar a senhora — dessa vez era Graciela, a voz mais suave que a de Henry e com um leve sotaque espanhol —, mas a senhora precisa de uma visita.

Martha abriu a porta. Graciela estava de calças compridas e blusa de gola rulê, com uma bandeja nas mãos.

— Ficamos preocupados quando a senhora não desceu para o jantar. Preparei uma refeição gostosa para a senhora. Também trouxe fraldas limpas.

Será que Martha tinha ouvido um leve tom de irritação na voz de Graciela? Afinal, ela tinha várias crianças para cuidar e um hotel para administrar. É claro que estaria aborrecida por Martha não estar respeitando os horários da casa. Que grosseria de Martha.

— Lamento muito ter deixado vocês esperando.

— Nós apenas estávamos preocupados com a senhora.

Felizmente o bebê começou a chorar.

— Se me dá licença — disse Martha, virando-se para o quarto. — Se importaria de deixar a...

Ela sentiu a porta se abrir enquanto Graciela entrava no quarto.

— Por favor. Eu sei o que a senhora está sentindo. Ninguém deveria ter que fazer isso sozinho. — Ela seguiu a passos firmes para o berço e disse, espiando a menina: — *Hola*, pequenina. — Então colocou a bandeja nova no carrinho. — Eu vou cuidar dela enquanto a senhora come.

— Não posso...

— Pode sim. — Graciela chegou mais perto e pegou o bebê no colo.

Martha ficou mortificada, parada ali de camisola. Seu cabelo devia estar imundo. O quarto devia estar um pavor.

Graciela entrou no banheiro para trocar a fralda molhada. Aliviada por ter alguém assumindo o comando e sem condições de resistir, Martha sentou-se para jantar.

— Vamos sair para uma caminhada hoje — disse Graciela certa manhã.

Já fazia seis dias, ela vinha fazer uma visitinha quando ela e seus cinco filhos passavam o aspirador no corredor do andar em que Martha e o bebê estavam hospedados. Graciela levava as fraldas sujas e trazia mamadeiras. Henry, ocupado com a reforma, aparecia três vezes por dia com bandejas de comida. Martha não tinha pedido esses serviços, e, no entanto, estava muito grata; se deixada para virar-se por conta própria, mergulhava num buraco de perguntas sem fim, sono sem fim e num transe de contemplação do bebê no berço. Com uma semana de idade, o bebê já ficava olhando para ela.

— Uma *caminhada*? — perguntou Martha. — Estamos nas montanhas, quase em dezembro.

— Podemos andar dentro do *resort*.

— Gosto de ficar no quarto.

— Nós levaremos o bebê. A senhora precisa fazer o sangue circular nas veias.

Ela gesticulou para o lado em direção ao corredor. Graciela tinha vindo com um carrinho de bebê.

O alívio anterior de Martha por ter alguém cuidando dela cresceu ainda mais em seu peito. Ela pôs um dos dois vestidos que havia trazido e penteou o cabelo. Então acomodou o bebê dentro do carrinho.

— O *resort* é um zigue-zague — disse Graciela, virando o carrinho para a direita à medida que elas saíam do quarto de Martha. Havia um tapete gasto no chão, e painéis de lambri surrados cobriam as paredes. — Estava caindo aos pedaços quando o compramos. — Ela deu uma risada. — E ainda está.

Mas enquanto Graciela avançava empurrando o carrinho, o corredor pareceu um lugar maravilhoso. Martha tinha a sensação de ter estado no quarto a vida inteira.

— Descendo por uma das pontas, por onde a senhora entrou, fica o saguão da recepção. A lareira é a construção mais antiga do *resort*. Estamos pensando em oferecer *marshmallows* assados na lareira nas noites de sexta-feira. É uma das ideias de Henry para atrair gente. — Graciela botou seus lindos cabelos para trás das orelhas. — Ali fica a sala de jantar, ele ainda vai pintar. Também teremos um salão de jogos. Henry tem uma porção de ideias para tornar o *resort* disputado.

Elas ziguezaguearam, entrando em outro corredor. Aqueles eram prédios separados que tinham sido ligados.

— Seguindo por ali — Graciela acenou com o braço —, fica um lindo lago. Foi por causa dele que escolhemos este lugar. — Ela prosseguiu, baixando a voz. — Quando Henry apareceu com a ideia de deixarmos nossa vida no Brooklyn, tenho que confessar que brigamos durante meses. Ele dizia que poderíamos encontrar um lugar onde as crianças pudessem correr soltas, eu pudesse montar minha roda de oleiro, nosso filho Alonso pudesse tocar sua bateria sem incomodar os vizinhos. Então viemos ver este hotel. — Ela deu uma ligeira gargalhada, como se recordando aquela primeira visita, então disse, com a voz mais alegre: — E enquanto andávamos por aqui, ele via um sem-número de possibilidades, e então me mostrou o lago. Bem, naquele momento ele me convenceu.

Martha olhou para Graciela com admiração e surpresa. Aquele casamento não era a sóbria conspiração de coexistência que Martha tinha vivido. Graciela e Henry eram bastante diferentes, sim, e nem sempre concordavam um com o outro, contudo se ajudavam até conseguirem dividir os mesmos sonhos.

Elas passaram por um corredor com a tinta descascando, e enquanto Graciela falava da quantidade de trabalho que eles tinham pela frente e como ela simplesmente tinha fé de que tudo daria certo, Martha se perguntou como responderia se Graciela a pressionasse sobre a duração de sua estadia. Uma semana já era mais tempo do que sua mentira teria justificado. Quanto mais poderiam ela e o bebê ficar por ali?

De volta ao quarto 119, Graciela disse:

— A cozinha fica por ali. A senhora pode fazer as próprias refeições se quiser, mas seria um prazer enorme se viesse comer conosco. E *você também* — disse ela para dentro do carrinho.

Martha enfiou a chave na fechadura.

— Você e Henry estão sendo muito gentis.

— É bom poder ajudar alguém. Mas — disse Graciela — eu tenho uma pergunta.

Martha sentiu sua mão apertar mais a maçaneta.

Graciela enfiou a mão no bolso da saia e retirou um envelope. Martha viu que estava endereçado ao hotel e que tinha um carimbo do correio de Well's Botton. Também reconheceu a letra, embora não conseguisse situá-la. *Ah, não*, pensou, embora fosse improvável que a Escola pudesse tê-la encontrado.

Graciela disse:

— Um de seus outros alunos nos escreveu.

Certo. Martha tinha se esquecido. Estivera tão desesperada com o bebê que tinha se esquecido completamente do plano. Agora tudo lhe voltou à mente. Tinha sido ideia de Eva escrever cartas para os alunos de Martha. Não todos, é claro. Apenas os poucos de quem era mais íntima, os que eram ou tinham se tornado grandes apreciadores do tempo que passaram nas aulas dela. O punhado que teria mais probabilidade de oferecer ajuda — entre os quais Henry. Aquela carta ajudava a explicar por que Graciela e Henry tinham sido tão generosos por tantos dias.

— Quando recebeu a carta? — perguntou Martha.

— Logo depois que a senhora chegou.

E eles não disseram uma palavra.

— É um bocado solitário viver aqui no meio do mato — disse Graciela, sua voz assumindo um tom saudoso. — Estamos aqui há um ano e a senhora é uma de nossas únicas hóspedes. Eu adoraria que ficasse por tempo indeterminado.

— Estou muito... Obrigada. — Martha estendeu a mão para o carrinho, então se lembrou de perguntar: — O que mais disse Eva?

— Ela disse que não deveríamos fazer perguntas.

Eva era mais do que merecedora de toda a confiança. Martha tinha sido sábia na escolha.

— Você disse que tinha uma pergunta — disse Martha. Ela pegou o bebê no colo e murmurou: — Ela é tão boazinha — na esperança de que adiasse fosse lá o que fosse que ela queria perguntar.

— A senhora está aqui há uma semana — disse Graciela —, e nós ainda não sabemos. Qual é o nome dela?

Ao final da segunda semana, Martha e o bebê estavam por conta própria se aventurando em passeios. Terminando a terceira semana, passavam seus dias no saguão de recepção do hotel, se aquecendo junto à lareira, com as crianças se revezando para pegar o bebê no colo. Ao cabo da quarta semana, Graciela sugeriu a Martha que levasse o bebê a um médico amigo deles.

— Ela precisa de seu primeiro exame médico.

Graciela dirigiu. O dia estava ventoso, com neve nas montanhas e vales, os córregos ficando cor de safira com o frio. Martha tinha vontade de levantar a criança e dizer: *Olhe para o mundo! É seu!* Em vez disso, pensou, pela primeira vez nos últimos tempos, sobre a carta que recebera de Eva. "Oliver encontrou marcas de pneus chegando até a floresta, então sabemos que um grupo de resgate está procurando o homem desaparecido. Mas as marcas de pneus não iam até a casa, o que deve significar que eles ainda não sabem do bebê." Eva não perguntava por quanto tempo Oliver precisaria continuar trabalhando, de modo que, em resposta, Martha enviara a Eva um cheque do dobro do valor que tinham combinado, adiando uma discussão sobre o tempo, ao mesmo tempo que se preocupava com a possibilidade de que o carimbo do correio pudesse resultar na descoberta de seu paradeiro.

O médico de cabelos brancos trabalhava em casa. Depois de dizer a ele que era a avó, Martha colocou a criança numa mesa de tamanho para bebê e ficou satisfeita ao ver que, apesar de a sua menina boazinha (*a sua* menina boazinha) não estar habituada a médicos, não teve problema para olhá-lo no rosto e arrulhar quando ele tocou em sua pele.

O médico puxou uma conversa agradável, principalmente por intermédio da criança.

— Você me parece tão saudável — disse ele. — Tão bem cuidada. — Finalmente, perto do final do exame, ele disse: — Será que sua avó precisa de uma certidão de nascimento?

Martha olhou pela janela para a neve.

— Preciso.

O médico disse:

— Vou precisar de duas coisas para fazer isso. A primeira é saber a verdade.

Martha olhou para ele.

— Eu sei por Henry que a senhora é uma pessoa digna de confiança, e, portanto, esta criança deve estar sob seus cuidados por um bom motivo. A senhora pode me contar. Minha carreira é uma história cheia de segredos.

Ela respirou fundo e contou tudo a ele; e quando acabou, o médico enfiou um formulário oficial impresso em sua Smith Corona e datilografou: "Pai: Desconhecido. Mãe: Desconhecida. Endereço: Desconhecido."

Então ele levantou o olhar:

— A outra coisa de que vou precisar é do nome dela.

Martha sacudiu a cabeça.

— Eu não sei.

Naquele dia, na hora do crepúsculo, Martha ficou olhando fixamente para as árvores. Apresentar-se como uma avó já lhe parecia uma traição a Lynnie. Como poderia ela ir ainda mais longe e dar um nome ao bebê?

Era terrivelmente injusto. Aqui estava Martha, tendo o dedo mindinho agarrado pelo bebê, sentindo a batida de seu coração ser acompanhada, e seu rosto olhado como se fosse o rosto do sol. Estava vestindo, dando banho e dando de comer àquele bebê. Estava se deliciando com o prazer de empurrá-lo num carrinho. Lynnie não estava recebendo nada, senão uma amarga lembrança.

Um vento curvou as copas das árvores no céu noturno, e ocorreu a Martha um pensamento: *A melhor maneira de esconder uma coisa não é escondê-la de vista, mas dar-lhe um disfarce convincente.* O fato de ela gostar e cuidar do bebê fazia com que parecesse que eles devessem estar juntos. Tornar-se a avó dele e dar nome ao bebê eram maneiras de reafirmar que deveriam estar juntos. Isso não era traição; era um ato de consciência. Amar aquela criança era a coisa certa a fazer.

No dia de Natal, quando os alunos de Martha chegaram à casa de sua fazenda e encontraram um bilhete que dizia: "Martha este ano foi fazer uma visita, voltem em 1969", Henry entrou no saguão do hotel em Nova York e disse a seus filhos, a Martha e ao bebê, que queria comemorar o feriado de uma maneira especialmente festiva. Quando as crianças perguntaram como, ele disse que lhes mostraria naquela noite.

— É o plano de papai para atrair hóspedes — disse Graciela, olhando para ele com um sorriso cúmplice. — Funciona no Central Park, então talvez funcione aqui. Mas todos nós temos que nos agasalhar bem.

À medida que o sol se punha, Martha vestiu o bebê e se preparou com camadas e camadas de roupas, e então foi se juntar a Graciela e às crianças, que tostavam *marshmallows* na lareira. Martha ainda não tinha um nome para o bebê. Contudo, quando olhou para todos, e viu tanta confiança e afeto em seus rostos, soube que ela e o bebê também compartilhavam daqueles mesmos sentimentos quando se olhavam.

Henry entrou pela porta da frente usando uma cartola e um casaco vitoriano.

— Senhoras e senhores — disse com sotaque empolado —, vamos começar a aventura. — Ele se inclinou numa reverência e tirou a cartola.

Todo mundo correu para fora, e lá, esperando na entrada circular diante do hotel, estava uma carruagem puxada por quatro cavalos. Era duas vezes mais alta que eles, com um belo desenho arredondado.

— Como a carruagem da Cinderela! — exclamou Rose, a filha mais velha. Nos arreios dos cavalos havia sininhos que tilintavam. A ideia dele, explicou com animação, sua respiração visível no ar frio da noite, era levar jovens casais na carruagem num passeio até o lago. Seria um lugar romântico para um homem fazer o pedido de casamento e para casais em lua de mel beberem champanhe. E, naquela noite, a família dele, com Martha e o bebê, seriam os primeiros a fazer o passeio.

O cocheiro segurou a porta aberta. Martha, com o bebê enfiado dentro do casacão, subiu na carruagem. Ela sentou no banco voltado para a frente. Os outros embarcaram, e Henry puxou um cobertor de pele de carneiro sobre os joelhos e o colo deles.

— Isto os manterá quentinhos — disse Henry e fechou a porta.

Henry e Ricardo subiram para o banco do cocheiro na frente.

— Eia! — disseram, sacudindo as rédeas. Os sinos tilintaram na noite.

O passeio foi lento e bonito. Graciela e as crianças apontaram a colina onde desciam de trenó, o laguinho para patinar no gelo, o lugar onde papai planejava construir um gazebo. Ela contou sobre como papai a convencera a vir morar ali naquele caminho, quando tinham falado de comprar aquela carruagem.

— Às vezes, a gente pensa que sabe o que quer — disse, abraçando os filhos —, até que vê quanto mais pode ter. — Martha observou a silhueta das árvores. Cobrindo a crista das montanhas, elas balançavam ao vento.

Ela sentiu a criança aninhar-se debaixo de seu casaco e apertou os braços, abraçando a menina e a si mesma. Quando levantou o olhar, eles tinham chegado ao lago. Aquele era o lugar, explicou Henry, onde o homem faria o pedido de casamento.

— Graciela — perguntou Martha —, como é o nome do lago?

— Nós o chamamos Julia em homenagem a tia Julia, que vem do Peru — respondeu Rose.

— Sim — acrescentou Graciela. — Mas não usamos a pronúncia do espanhol. De modo que é lago Julia.

— Lago Julia — disse Martha. — É bom.

— É *bom*? — As crianças se desmancharam em risadinhas.

Ela abriu o casacão. A criança levantou os olhos para ela com o maior sorriso que Martha já tinha visto. O cobertor de pele de carneiro não era nada. O sorriso a aqueceu de uma maneira que ela nunca sentira antes. Aquele era o amor que lhe fora tomado tantos anos atrás, finalmente devolvido a seus braços.

— Bem-vinda a seu primeiro Natal — disse ela. Tempestades poderiam vir, ela sabia. Ventos, chuva e granizo. Naquele momento, contudo, o sorriso do bebê parecia que duraria para sempre.

— Que nós sejamos sempre felizes como agora — disse Graciela.

— Que *nós* sejamos sempre felizes como agora — repetiu Martha, tocando no rosto do bebê. E então acrescentou —, Julia.

Virando páginas

1968

Finalmente, no dia de Natal, eles mandaram Lynnie de volta.

Ela não esperava voltar. Até onde sabia, seu castigo — "a dívida que Não-Não tem que pagar à sociedade", dissera-lhe Clarence com uma expressão de falsa simpatia — duraria para sempre. Afinal, ao longo de cinco semanas tinha vivido e trabalhado na Q-1, a "ala de comportamento". A Q-1 era o chalé para internos que não tinham condições de cuidar de si ou que eram considerados não cooperativos. Alguns eram mantidos em camas com grades durante o dia inteiro, a menos que uma garota trabalhando por lá, como Lynnie, levasse-os numa cadeira de rodas até a sala de recreação, onde ficava a TV. Clarence e seu colega do segundo turno, Smokes, tinham aparecido bem cedo, depois de Lynnie ter sido capturada, apenas para acompanhá-la à Q-1. Foram eles que puseram as tiras que a prendiam à cama — "para que você não possa fugir de novo", dissera Smokes enquanto desafivelava as tiras de couro, os olhos sem expressão por trás dos óculos de lentes grossas, a boca mascando um palito. Lynnie sabia que as tiras de couro eram para botá-la em seu devido lugar, mas isso não a impediu de se contorcer, e urrar, e de tentar morder-lhes as mãos.

A humilhação não tinha se limitado às tiras de couro. Quando Clarence e Smokes a levaram à Q-1, Smokes dissera:

— Você agora vai dormir em um berço, porque você é um bebê grande. — Então ele olhara para Clarence, que caíra na gargalhada.

Depois que eles saíram, Janice mostrou a Lynnie qual era seu berço, e Bull trancou à chave seus poucos objetos pessoais. Então deram a ela um esfregão seco — um esfregão com um bloco de concreto em lugar do rodilho, que ela deveria cobrir com um pano de chão e usar para passar cera nos pisos, já encerados. Ela queria atirá-lo em cima deles. Contudo se obrigou a fazer o que queriam, posicionando-se de tal modo que sempre pudesse olhar por uma janela. Ela pensava, *Buddy está debaixo desse mesmo céu e vai voltar.* Ela o imaginava aparecendo atrás da vidraça, dizendo com as mãos que eles fugiriam outra vez. Ela os via correndo pelas passagens subterrâneas, emergindo do outro lado do muro e correndo de volta para a casa da velha senhora, que lhes mostraria onde havia escondido o bebê.

Nos primeiros dias, à medida que o leite nos seios de Lynnie secava e seus braços ansiavam por segurar o bebê, o júbilo induzido por aquele filme particular que passava em sua cabeça anulava seu ressentimento pelo castigo. Mas, ao final da primeira semana, ela começou a ficar preocupada. E se alguma coisa tivesse acontecido com Buddy? E se ele tivesse voltado e não soubesse que ela tinha sido mandada para a Q-1? E se ele tivesse se perdido nos túneis enquanto tentava encontrar o caminho até ela — ou se alguém o tivesse descoberto e presumido que ele soubesse sobre o que tinha acontecido no *closet*?

A única coisa boa era que as internas da Q-1 eram divertidas. Gina explodia em gargalhadas quando eram exibidos os comerciais dos cigarros Benson & Hedges em que os fumantes sofriam acidentes que cortavam seus cigarros em dois. Tammy balançava-se para trás e para a frente ao lado do armário de lençóis, para que, quando Bull o destrancasse, ela pudesse sair correndo com uma toalha, que desfiava e transformava em um brinquedo de girar, divertindo-se. Marion fazia imitações de cada uma das pessoas mais irritantes da equipe, de tio Luke para baixo, às vezes bem debaixo do nariz delas. Apesar disso, Lynnie detestava a maneira como os funcionários não davam atenção suficiente às internas da Q-1, deixando que Tammy batesse com a cabeça contra a parede até sangrar ou que Gina ficasse deitada em suas fezes o dia inteiro. E Lynnie detestava o fato de que seu trabalho fosse tão parecido com o dos funcionários a ponto de Marion às vezes também fazer troça dela.

Mas o grande benefício da Q-1 era ficar distante de Clarence e Smokes. Durante cinco semanas, enquanto Lynnie lançava olhares pela janela, pronta para ver Buddy aparecer, ela também lançava olhares na direção da ala masculina. Lá, Clarence e Smokes, oficialmente responsáveis pelo segundo turno, mas na verdade, já que moravam na instituição, de serviço 24 horas por dia, circulavam ao redor dos chalés dos garotos sem parar. A ala masculina ficava a apenas três prédios de distância do A-3, enquanto a Q-1 ficava bem mais distante, abaixo na encosta da colina, com Janice e Bull trabalhando durante os dias e Ruthanne, à noite. Todos os três eram grandalhões, como a maioria dos auxiliares nos chalés dos retardados mais graves. Não eram cruéis por temperamento, embora fossem negligentes.

Assim, quando Lynnie acordava com as vozes de Janice e Bull, não precisava ficar em guarda, embora não se pudesse dizer que tinha tido um despertar agradável. Como era diferente do A-3, onde antes de Lynnie sequer abrir os olhos, Doreen já estava tagarelando a todo vapor, descrevendo as roupas finas imaginárias que elas vestiriam quando se levantassem. Então, quando vestiam as roupas habituais, fazendo de conta que eram estrelas de cinema, elas olhavam para a porta e viam Kate chegando para supervisionar o turno da manhã — o rosto dela aparecendo no dormitório, o jaleco branco alegrado pelo bordado, os cabelos ruivos presos no alto da cabeça.

Um despertar triste era o objetivo do castigo, Lynnie recordava a si mesma todas as manhãs. Ela tinha fugido, e uma vez que esta era a pior falta que se podia cometer, exceto por violência, a meta era privá-la do pouco que lhe dava alguma alegria: Doreen, a lavanderia, visitas a Kate. Sempre que pensava nisso, Lynnie sentia seus dentes se cerrarem, mas estava grata por eles não conhecerem suas perdas ainda maiores. Eles poderiam até ter percebido se tivessem reparado que, a cada dia que passava, Lynnie se movia mais morosamente e que a rebeldia que a levara a fugir estava sendo substituída por resignação.

Agora, na manhã de Natal, encerando o assoalho do dormitório, Lynnie levantou o olhar e viu um vulto de cabelo vermelho aproximando-se no corredor.

As mãos de Lynnie pararam de empurrar o esfregão. Seria possível que fosse Kate? Kate estivera lá apenas uma vez durante todas aquelas semanas. Ela podia ser uma supervisora, mas, mesmo assim, era obrigada a respeitar as regras impostas pelo regulamento. Ao contrário de Smokes e Clarence, que podiam circular por onde bem quisessem, até com os cachorros — graças ao fato de Smokes ser irmão de tio Luke —, Kate tinha os chalés pelos quais era responsável e ponto final. Mesmo sair à procura de um velho tear, com o qual tentara ensinar os internos a tecer certa vez, o que ela fizera numa ocasião, era contra o regulamento. Mas, volta e meia, Kate violava as regras.

E *era* Kate na porta do dormitório!

Lynnie permaneceu calada, enquanto Kate ficava parada ali por um longo minuto, no rosto uma imagem de sofrimento. Lynnie quase fez o sinal de Buddy para dizer: *Venha aqui*. Ela sentiu sua voz gemer.

Finalmente Kate recompôs o rosto de volta à expressão habitual e pigarreou.

— Alô, docinho — disse, sua voz mais rouca do que o normal. — Vim para levar você de volta para o A-3.

Lynnie largou o esfregão e saiu correndo, passando pelas fileiras de camas de grades, dando gritinhos, os braços abertos. Kate também já tinha aberto seus braços, e Lynnie atirou-se no abraço de Kate.

Que delícia. Kate tinha seu cheiro de Kate — cigarros, sabonete de gardênia e um cheiro de pele que não se encontrava em lugar nenhum, senão nela — e suas bochechas eram macias, seus seios grandes e acolhedores. Lynnie sabia que tinha em si todos os cheiros desagradáveis daquele chalé. Mesmo assim, Kate a abraçou.

Se Kate pode voltar, pensou Lynnie, sentindo o pulso no pescoço de Kate, *Buddy também pode*.

Elas se separaram. No centro dos olhos de Kate, Lynnie viu o eu pequenino de Kate, e este lhe pareceu menor do que nunca. Lynnie afastou-se de maneira a poder ver o rosto inteiro de Kate. Ela estava sorrindo, embora o sorriso fosse marcado pela tristeza. Lynnie se sentiu sorrir da mesma maneira.

— Vamos arrumar suas coisas, está bem? — disse Kate, indicando uma caixa de papelão que tinha deixado junto à porta. — Devemos estar lá com tudo arrumado antes da hora do almoço.

Lynnie estava indo embora! Agora, naquele instante! Ela deu uma rápida vasculhada mental, não para fugir, mas para encontrar Buddy em sua memória e dividir esse momento com ele. Ela o encontrou em dois tempos: ele passeava com ela pelos campos de milho, os dois estavam rindo de como o milho os escondia de todo mundo, e então ele a virou para si, tomando-a em seus braços, e deu-lhe um beijo. Ela se entregou e tudo no mundo desapareceu. O beijo durou uma vida, e, quando acabou, uma pena vermelha desceu flutuando do céu e veio pousar entre o peito deles. Ela olhou para ele, e ele para ela, e então aconteceu uma coisa que ela nunca poderia ter imaginado.

Lynnie seguiu Kate em meio às fileiras de camas com grades até seu armário, e, apesar de sentir-se mais leve do que se sentira em cinco semanas, não conseguiu imprimir animação a seu passo. Quando chegaram à cama, Kate perguntou:

— Você quer apenas ficar olhando enquanto eu recolho as coisas?

Lynnie assentiu.

Kate baixou as grades da cama, e enquanto Lynnie se sentava, puxou um molho de chaves de armário. *Alguém está fazendo uma coisa por mim*, pensou ela. Mas a alegria provocada não bastou para afastar tanta tristeza.

A porta do armário estava amassada e empenada. Com dificuldade, Kate conseguiu abrir, e Lynnie olhou para o interior do armário.

Enfiados ali estavam seus tesouros. Lynnie arquejou, lembrando-se, enquanto Kate respeitosamente colocava cada um sobre a cama. Bem em cima estava o vestido branco da velha senhora, ainda delicado como teias de aranha. Abaixo do vestido, emboladas, estavam as roupas que Lynnie trouxera de casa — um vestido de crinolina, um par de calças com bainha um pouco abaixo do joelho, um short, uma blusa, um par de sapatos tipo boneca de verniz preto e um conjunto de roupas de baixo agora pequeno demais. Depois que Kate retirou as roupas, veio a fotografia. Kate entregou a Lynnie. Era sua família antes do nascimento dos gêmeos: papai e Nah-nah diante do aquário de peixes. Mamãe ajoelhada e Lynnie sentada no chão, com as pernas estendidas diante de si, com sapatos de bebê, os olhos semicerrados, a boca meio aberta, o braço de mamãe estendido para segurar Lynnie, que não sabia se sentar sozinha. Lynnie afastou a foto para longe.

Então ela viu, no canto mais escondido do armário, o saquinho que continha seu tesouro mais estimado.

— Você quer ver se ainda está tudo aí? — perguntou Kate, e Lynnie assentiu. Kate desamarrou o saquinho e tirou os objetos preciosos um por um.

O cavalo de plástico que Nah-nah dera a ela na manhã em que partira para vir para esse lugar ruim, um magnífico cavalo azul com uma crina verde e uma pata levantada bem alto no ar. Lynnie, com frequência, pensava nele quando desenhava os cavalos nos campos, que eram difíceis de desenhar porque, a toda hora, se mexiam. Este ficava tão imóvel quanto Nah-nah, que nunca crescera na mente de Lynnie.

O cadarço de sapato que Lynnie tinha guardado certa vez quando papai trocara os cadarços de seus sapatos. Ele ia jogá-lo fora até que Lynnie se atirou em cima dele quando se levantou para ir até a lata de lixo. Parecera irritado, mas então alguma coisa havia se suavizado em seus olhos, e ele havia se abaixado e posto o cadarço na mão dela, fechando seus dedos. Aquele era o rosto dele de que gostava de se lembrar.

A pulseira com amuletos que mamãe tinha dado a Lynnie em uma visita. A cada visita mamãe chorava mais, de modo que Lynnie tinha que espernear com mais força para mandar o choro embora. Por fim, mamãe tinha vindo de óculos escuros porque seus olhos estavam muito inchados. Ela tinha dado a pulseira a Lynnie e dito: "Você poderá usar isso quando for uma moça crescida." A auxiliar tinha posto a pulseira no armário de Lynnie. Ela nunca a usara. E finalmente Lynnie tinha compreendido que mamãe não voltaria.

Ah!, e olhe: *as penas*. Cada uma lhe tinha sido dada por Buddy. Havia o buquê de penas brancas do primeiro passeio que tinham feito no trator. As plumas de cor marrom, azul e amarela, algumas com linhas pretas ou pintas castanhas, que ele lhe dava sempre que tinha que consertar alguma coisa na lavanderia. As cor de laranja que ele tinha pedido a Doreen para entregar quando suas rondas de entrega de correspondência a levavam ao celeiro ou à garagem. As penas que ele entregara com uma reverência quando viera ao escritório de Kate eram cintilantes em tons de azul, verde e roxo. E sua favorita: a pena vermelha que descera voando naquele dia no milharal. Lynnie escondera todas elas no cós de sua roupa e depois Kate, em segredo, as guardara em seu armário.

Havia uma outra coisa no saquinho. Um apontador de metal que Doreen tinha surrupiado da secretária de tio Luke, Maude. Lynnie tinha a esperança de usá-lo se algum dia tivesse a sorte de ter os próprios lápis. Kate levantara uma sobrancelha quando o apontador aparecera entre os pertences de Lynnie. Depois dissera: "Bem-feito para eles", e guardara-o no fundo do saquinho.

Mas, enquanto Kate punha de volta no saquinho essas preciosidades, não eram lápis que Lynnie queria acrescentar a elas. Não tinha havido tempo para tirar nada do bebê. Lynnie ainda tinha em si tanta coisa: a sensação do corpo dele contra o seu, o rostinho adormecido que ainda teria que testemunhar aquilo que Lynnie sabia tão bem, a consciência de que o bebê era impotente para lutar. Lynnie não possuía nem uma mecha dos cabelos da criança.

— Eu gostaria de ter podido tirar você daqui antes — disse Kate, enquanto colocava a caixa sobre a cama e começava a guardar tudo dentro dela. — Mas tive sorte de conseguir tão depressa. Acho que planejavam deixar você por aqui até o dia do juízo final.

Lynnie não sabia o que "dia do juízo final" queria dizer, embora não pedisse nenhum esclarecimento.

— Não incluí nada no relatório — prosseguiu Kate. — Fiquei com medo de que eles fizessem algo pior com você. E comigo. — Ela fez uma pausa. — Você sabe, eles fazem maldades conosco se tentamos nos fazer ouvir para defender vocês.

Lynnie sabia. Anos antes, ela tinha ouvido o caso de um auxiliar que havia chegado ao trabalho certa manhã e tinha reparado em um interno apontando para os pés, que estavam ensanguentados e inchados, e, apesar de o garoto se recusar a contar o que acontecera, o auxiliar sabia que alguém não devia ter gostado de alguma coisa que ele fizera e, por vingança, tinha lhe pisoteado os pés. O culpado poderia ter sido qualquer pessoa — não havia trancas nos chalés, e, entre os funcionários do segundo turno, ninguém controlava nem tomava conta de nada. O auxiliar relatou o ocorrido ao supervisor. No dia seguinte, ele encontrou fezes em seu casaco, e, à noite, seu Ford foi arranhado com pontas de chave. Ele se demitiu na hora e teve que se mudar para Elmira para encontrar outro emprego. O interno teve os pés engessados. Ninguém jamais descobriu quem os havia esmagado.

Kate olhou para o aposento cheio de camas com grades.

— Eu me lembro de quando isso aqui era um berçário. Havia tantos bebezinhos, mandados para cá semanas depois de nascerem. Pelo menos isso acabou. — Ela se calou um momento. — Doreen chegou quando era bebê, sabia?

Lynnie assentiu. Ela tinha ouvido dizer que os pais de Doreen eram famosos — uma atriz glamorosa e um celebrado dramaturgo — e que a tinham trazido para cá com uma semana de vida. Eles nunca apareciam, de modo que nem mesmo Doreen sabia se aquilo era verdade. Um dia, depois de ver a foto da família de Lynnie, Doreen tinha reunido coragem para perguntar a Maude se ela tinha uma foto de família em seu arquivo. Maude disse a ela que os arquivos não eram da conta dos internos. Então, de manhã, Doreen começara a brincar de fazer de conta. Cada camisa era um vestido de baile; cada par de calças, meias de náilon. O apelido que os auxiliares inventaram para ela era "Siamesa Metida a Princesa". Doreen preferia "Bridget Bardot".

Uma auxiliar veterana tinha contado a Lynnie sobre o berçário. O pessoal vivia tão exausto com o excesso de trabalho que desciam as fileiras, trocando fraldas uma atrás da outra, quer o bebê precisasse ou não. O mesmo acontecia na hora de dar de mamar. A funcionária comparou o serviço ao trabalho em linha de produção de fábrica, só que com salário melhor.

Quando Lynnie pensava em todas as tragédias que podiam ocorrer se alguém soubesse de seu bebê, as histórias do berçário lhe vinham à mente. Mas havia coisas piores do que ser criado no Q-1.

— Pronto, está feito — disse Kate, fechando a caixa. — Podemos ir. — Ela consultou o relógio e acrescentou, a voz séria. — É claro, eu *estou* adiantada.

Assim como no caso do "dia do juízo final", Lynnie não sabia o que "adiantada" queria dizer. Ambas as coisas tinham a ver com tempo, embora para Lynnie o tempo fosse desconcertante. Além de não saber ver as horas no relógio, ela não compreendia calendários e muito menos história. De modo que, exceto pelo que Buddy lhe mostrara sobre as estrelas e pelo que sabia sobre estações, não tinha noção de tempo. Tempo era algo que ela considerava pertencer a outras pessoas. Era por isso que elas sabiam medir o tempo, e Lynnie não.

Foi por isso também que não questionou a pressa de Kate ao receber de Jannice a ficha de Lynnie e apressou a interna em direção à porta. Elas estavam "adiantadas", o que significava, ao que parecia, que tinham que ir embora rapidamente. Se bem que Lynnie se perguntou por que Kate não seguira pelo caminho mais rápido — o caminho principal — quando saíram. Em vez disso, Kate seguiu pela rampa que descia inclinada para o chão, levando ao túnel. Por vezes, os internos eram conduzidos pelo túnel para atravessar a propriedade em dias de neve ou chuva. Também era bom como esconderijo, motivo pelo qual ela e Buddy fugiriam por ali quando ele voltasse. Mas Kate não precisava se esconder, e o dia estava quente para a época de Natal. Ainda assim, Kate abriu a porta do túnel, e Lynnie entrou.

Os corredores subterrâneos eram feitos de concreto, iluminados por lâmpadas descobertas. Lynnie não gostava dos trechos escuros, por isso, depois de sair da rampa, ficou contente de ver logo uma lâmpada. Ali era preciso ter coragem. Buddy mostrara sua coragem quando eles correram pelo túnel, e isso lhes valera a liberdade. Tonette também demonstrara coragem quando seguira pelo túnel para ter uma conversa secreta com a enfermeira. Exceto que a coragem de Tonette não lhe valera de nada.

Quando Kate segurou Lynnie no final da rampa, disse:

— Há uma coisa que sempre me pergunto, Lynnie. Você ficou fora por três noites. Morri de preocupação o tempo todo. Eu sabia que você estaria em segurança com o 42, mas o mundo tem muitas coisas que ninguém pode controlar. Mesmo pessoas muito espertas e capazes como ele. — Kate as fez virar por um corredor à direita. — Tenho ordens de não falar com você sobre o que aconteceu. Mas foi por isso que trouxe você aqui. Disseram-nos que você vai se esquecer de tudo assim. — Ela estalou os dedos. — Mas você não esqueceu, não é?

— Não.

— Imaginei que não. — Ela se calou um momento. — Você quer continuar pensando nisso?

Lynnie balançou a cabeça, concordando com entusiasmo.

— Eu também gostaria de pensar nisso, se soubesse em que deveria pensar.

Lynnie não conseguiu entender de que Kate estava falando. Esta era uma das diferenças entre funcionários e internos: eles falavam por meio de enigmas. Às vezes, eles mentiam — embora não uma mentira como não falar. As mentiras deles não diziam respeito a esconder quem eles eram. Diziam respeito a esconder o que eles sabiam.

Kate respirou fundo. Então disse:

— Quero ajudar você. Só que não posso se não souber o que aconteceu. Olhei em sua ficha — ela indicou a pasta que trouxera do Q-1 —, mas as folhas daqueles dias foram arrancadas. Portanto, Lynnie, se formos para meu escritório essa tarde, você poderia desenhar para mim o que aconteceu quando fugiu?

Lynnie pensou em Tonette. Ela pensou em como, depois que tudo aconteceu, eles disseram que Lynnie podia ir ao cemitério para se despedir dela. Lynnie tinha ido com algumas das auxiliares, e tinham todos ficado lá no cemitério, vendo um homem cavar a sepultura de Tonette. Se Lynnie soubesse ler, perceberia que as lápides ao redor deles não tinham nomes, apenas números, indicando a ordem em que as pessoas tinham morrido, e que Tonette era a 672ª pessoa a morrer. Mas tudo que Lynnie conseguia compreender, enquanto os jovens funcionários baixavam o corpo de Tonette à sepultura e o pastor louro lia uma prece — e ela não conseguia parar de chorar —, era que Tonette tinha tentado se fazer ouvir e agora estava ali. Lembrando-se do que ela e Nah-nah tinham feito quando o avô delas morrera, Lynnie enxugou os olhos, abaixou-se e colocou uma pedra sobre o túmulo.

Fora então que decidira parar de falar.

Elas chegaram a uma porta no topo da rampa.

— Você pode pensar e decidir com calma — disse Kate. — Vou lhe procurar depois do almoço, certo?

Durante todo o almoço, Lynnie pensou a respeito do que Kate queria. A sala do refeitório estava muito barulhenta, como sempre. Houvera uma época em que o silêncio era imposto à força, mas o pessoal ficara reduzido, esparso demais para manter o controle, e, além disso, todo mundo estava entusiasmado com o filme que passaria naquela noite. Geralmente eram exibidos filmes uma vez por semana. Hoje era um dia de festa, e por isso teriam um filme a mais.

A sala do refeitório também estava como de hábito de outras formas. Este par de amigas aqui, aquelas três ali. Lynnie sentou-se com Doreen e Betty Lou, embora não gostasse de Betty Lou, com aquela voz grossa e frases ofensivas. Antes da fuga, Lynnie tinha decidido que estava farta de aturar Betty Lou, mas não tinha tomado nenhuma atitude. Não podia arriscar que alguém percebesse no que ela estava pensando.

Agora, contudo, pensar era só o que podia fazer. Será que devia contar a Kate o que tinha acontecido? Kate achava realmente que Lynnie deveria, e Lynnie nunca a havia desapontado deliberadamente. Ela também tinha infinitas provas de que Kate defendia seus melhores interesses: nunca falara a ninguém sobre os desenhos de Lynnie, nem sobre o saquinho dos tesouros, tampouco sobre as horas secretas no escritório com Buddy. Se Lynnie fosse revelar a verdade a alguém, seria a Kate.

Mas Lynnie se lembrava da última vez em que vira Tonette. Um dia, quando Lynnie estava saindo da sala de recreação, outra interna tinha lhe dado um empurrão. Com o nariz ensanguentado, foi levada para o chalé do hospital, onde vira Tonette. Depois que o nariz de Lynnie foi tratado, Tonette veio até junto dela e cochichou:

— Está vendo aquela enfermeira? — Ela apontou. Então Tonette disse: — Ela veio para cá do hospital de Scranton. Não é uma alma doentia como Clarence e os outros. Eu vou contar a ela o que vi. — Isso contrariava os conselhos da própria Tonette.

— Por quê? — perguntara Lynnie, duas palavras que desde então seus lábios nunca mais haviam pronunciado.

— Porque aqui acontecem coisas que não deveriam acontecer. — Ela fechou os olhos por um momento, depois os abriu. — Sei que vou me arriscar, mas a coisa está se tornando pessoal. — Lynnie não tinha nenhuma ideia do que ela queria dizer. Tonette disse:

— Depois do jantar essa noite, vou dizer a eles que tenho que voltar para cá para trabalhar. Então vou sentar com ela e vou contar tudo.

Lynnie disse:

— Tenha cuidado.

Naquela noite, Lynnie adormeceu pensando em Tonette indo procurar a enfermeira e imaginando se, no dia seguinte, as coisas estariam diferentes. E estavam: o pessoal da equipe parecia tenso na hora do café. Ela não ouviu mais nada por dois dias, e então a notícia se espalhou. Uma interna chamada Wanda, que tinha um gênio terrível e que estivera atirando a mobília pelos ares e espancando qualquer um que se aproximasse, tinha sido posta na solitária. E quando Tonette fora apanhada falando com a enfermeira, também foi posta na solitária — na mesma cela em que Wanda estava esperando para estraçalhar qualquer coisa e qualquer pessoa em pedacinhos. A história acabou por ultrapassar os muros, e tio Luke disse aos jornais que tinha sido um acidente; que os funcionários não sabiam que Wanda estava naquela cela. A polícia tinha vindo investigar, mas ninguém do quadro de funcionários quis falar, e Tonette também não podia mais falar. Ela já estava no cemitério.

Naquele momento, Lynnie olhou para o outro lado do refeitório. Kate estava limpando comida do rosto de Gina. O toque dela não era bruto como o de alguns dos outros, e ela conversava falando com Gina enquanto limpava. Quando Kate recomeçou a dar de comer à interna, ela levantou o olhar e percebeu Lynnie olhando. Então sorriu. Não um sorriso triste-alegre. Um sorriso de Kate de manhã. Um sorriso que dizia: *Estou feliz por ver você.*

Lynnie disse para si mesma: *É só a Kate.* Então parou de pensar em Tonette. Contudo ela sabia, enquanto comia seu almoço, que abaixo de seus motivos para não querer contar havia uma coisa ainda pior. Ela não havia se permitido pensar naquilo desde que tinha inventado a história a Buddy. E, com o sorriso de Kate do outro lado da sala, não se permitiria pensar naquilo agora.

Então Lynnie desenhou.

Kate manteve-se ocupada na escrivaninha. O rádio estava ligado baixinho, com um homem que cantava *And I think to myself, what a wonderful world...* Embora Lynnie gostasse daquela canção, naquele dia ela mal a ouviu. Estava entretida demais com seus azuis e roxos, que usava para o céu noturno, e envolvida demais com os cinza e os brancos, que usava para o muro. A escada era marrom. Ela e Buddy eram silhuetas negras, correndo, fugindo.

— Foi o que pensei — disse Kate quando Lynnie acabou. Ela olhou para o desenho por um longo tempo. Então perguntou: — O que aconteceu depois? — Ela empurrou uma folha de papel em branco na frente de Lynnie.

Lynnie olhou para o papel. Não tinha se dado conta de que Kate queria mais. *Havia* mais. Mas quando ela havia desenhado lembranças para Buddy, tinha usado apenas um único desenho de uma única cena. Ela nunca tinha desenhado "O que aconteceu depois?".

Kate esperou. Ela desligou o rádio para ajudar Lynnie a se concentrar. Então tirou um livro de uma estante. Nah-nah tinha lido livros, e, como os dela, esse também tinha ilustrações.

Kate sentou ao lado de Lynnie à escrivaninha.

— Este livro conta uma história usando desenhos — disse ela —, e cada um conta a parte seguinte da história. — Ela virou página após página. O livro era sobre um pato amarelo chamado Ping, que morava em um barco com sua família de patos. Um dia ele foi enganado e levado a entrar no barco de um desconhecido, onde usaram uma cesta de cabeça para baixo para prendê-lo. Ele ficou triste, e parecia que nunca iria escapar. Então um garotinho o libertou e Ping encontrou o caminho de casa.

Anos atrás, Lynnie não havia compreendido o que percebeu naquele momento: um livro não era uma coisa que você podia abrir em qualquer pedaço e depois virar as páginas para uma outra parte qualquer. Você tinha que abrir na frente e seguir adiante, seguindo uma página depois da outra, cada uma acrescentando à anterior, e a história ficava mais emocionante a cada página. Era da mesma maneira que o milho crescia da semente que era plantada na primavera até as fileiras altas que escondiam você no outono. Uma história crescia.

Entendendo algo que nunca estivera claro antes, Lynnie desenhou. Ela desenhou o abrigo antibomba. Desenhou o bebê nascendo. Desenhou o roubo dos cartazes na chuva. Desenhou eles dois correndo pela ponte Old Creamery. Depois desenhou os dois seguindo por uma estrada com muitas árvores. Então os desenhou parando na estrada com a caixa de correspondência com o homem do farol. Desenhou a velha senhora convidando-os a entrar.

— E então? — perguntou Kate. — O que aconteceu depois?

Lynnie fez mais um desenho. A velha senhora estava na porta de sua casa. O bebê — visto através da janela do sótão — estava dormindo na cesta. Número 42 estava correndo para o meio da floresta. O sedã afastava-se da casa.

Kate segurou o último desenho e o examinou com muita atenção. Então ela se virou para Lynnie.

— Você deixou o bebê lá porque queria protegê-lo?

Lynnie fez que sim.

— Por quê? Você não conhecia a mulher.

Lynnie procurou entre os outros desenhos. Puxou o que tinha o homem do farol.

Kate olhou para ela.

— Não estou entendendo.

Lynnie queria contar a Kate sobre o mar. Sobre aquela ocasião em que ela e Nah-nah tinham estado numa praia, muito longe de mamãe e papai, e da festa a que eles tinham ido, quando papai tinha dito para Nah-nah: "Está um dia tão bonito, Hannah. Por que você não leva Lynnie para um passeio?" Ela queria contar a Kate sobre a tempestade que caiu de repente e como elas estavam bem longe na praia. Sobre como tinham corrido até a grande torre alta e encontrado uma porta e subido por uma escada redonda, redonda, redonda. E chegado ao topo. E como foram até a janela e olharam. E olhado para a tempestade lá fora. E Nah-nah dizendo: "Agora ela não pode nos apanhar. Estamos aqui em cima, e você está segura comigo."

Lynnie tinha desenhado a torre para Buddy uma vez, empoleirada à beira do mar. Ele tinha olhado para a água por muito tempo, tentando descobrir o que era. Ela desenhou para ele uma imagem de uma pessoa chorando e apontou para o mar. Ele tinha dobrado o desenho e guardado no bolso.

Mas Lynnie não podia contar nenhuma dessas lembranças para Kate.

Kate disse:

— Bem, eu não entendo, mas você quer que eu dê queixa de alguma parte disso?

Lynnie fez que não com a cabeça.

— Preferia que você dissesse sim, Lynnie.

Lynnie sacudiu a cabeça com mais força.

— Ah, Lynnie. — Kate suspirou e olhou pela janela. — Por que *não*?

Lynnie olhou para o alto.

Kate perguntou:

— Você acha que o bebê poderia passar pelo que aconteceu com outros bebês aqui? Os que ficavam no berçário?

Lynnie olhou para ela por um longo tempo. Então sentiu alguma coisa acontecer em seu íntimo. Já tinha acontecido uma vez antes, bem ali, naquele escritório, quando Buddy balançara os braços como se estivesse embalando um bebê no berço, então perguntara com o rosto *O que aconteceu?* Ela havia parado por um minuto e então feito exatamente o que faria se Kate algum dia lhe fizesse a mesma pergunta. Lynnie tinha apontado pela janela para o chalé dos garotos, os que tinham invadido o A-3 naquela noite meses antes.

Quem?, perguntou Buddy com as mãos.

Então ela tinha desenhado os garotos atacando o chalé num enxame, no escuro, a luz fraca demais para que ela visse.

Enfurecido, Buddy tinha sacudido as barras da janela no escritório de Kate. No dia seguinte, ele tinha começado a planejar a fuga deles.

Será que ela devia fazer aquilo de novo? Uma vez que uma página foi virada, será que pode ser virada de volta para trás? Não. Ela era a nova Lynnie. Sabia como era ouvir uma mentira. Kate perguntou de novo:

— Foi por isso que você deixou o bebê com ela, não foi?

Lynnie baixou os olhos e assentiu.

Mas ela tivera que mentir, pensou Lynnie quando Kate a levou para o chalé comunitário, onde os filmes passavam. O sol estava se pondo, e Lynnie avistou Clarence e Smokes com os cachorros do lado de fora quando as luzes se acenderam. Geralmente, ela se sentava longe da janela, mas, naquele dia, tinha chegado tarde. Lynnie tentou prestar atenção no filme, que era sobre uma mulher que cantava e podia voar ao segurar um guarda-chuva. Doreen sentou do outro lado da sala e bateu com os pés para trás e para frente. Betty Lou gritou que era estúpido. Mas Lynnie ficava a todo momento virando-se para a janela. Era difícil evitar estando tão escuro ali dentro e com Smokes e Clarence postados do lado de fora, debaixo de uma lâmpada, Clarence fumando seu cachimbo, Smokes enrolando a guia de um dos cachorros ao redor do punho. Então ela se deu conta de que Smokes estava atiçando um cachorro para avançar em Clarence. Clarence, parecendo assustado. Smokes ria.

— Maricas. — Ela o ouviu provocar. — Maaariiiicass.

Clarence parou, então foi em direção ao cachorro, que arreganhou os dentes... e ele golpeou o cachorro na cabeça. O cachorro recuou, se encolhendo e ganindo. Clarence bateu as mãos, mostrando que o trabalho estava feito. Smokes tirou um chapéu invisível em sinal de aprovação.

Ela tivera que mentir. Não podia abrir um guarda-chuva e deixar que ele a levasse embora pelos ares.

Logo tudo voltou à rotina. Ouvir Doreen até ela pegar no sono, ficar olhando o relógio da torre para adormecer e pensando em Buddy voltando e carregando-a para a escada. Ele teria que carregá-la, porque, a cada dia que passava, ela se sentia mais entorpecida. Suas pernas não queriam se mover, seus braços tinham dificuldade na lavanderia, e sabia que era por causa da espera. Ela se lembrava de ter sentido o mesmo entorpecimento depois da primeira visita da mãe, quando Nah-nah não viera junto e mamãe dissera que ela não viria, e que tio Luke dissera que assim seria melhor para todo mundo. Lynnie lembrava-se de mais entorpecimento depois, quando percebera que a mãe nunca mais voltaria. Desde então, Lynnie se perguntava o que era pior: o adeus repentino que você sabe que é um adeus ou o longo adeus que você tem que adivinhar. Agora, depois de um adeus repentino ao bebê, ela estava começando a se preocupar, à medida que as nevascas se tornavam mais fortes e as estrelas brilhavam com a claridade do auge do inverno, diante da possibilidade de Buddy ser um longo adeus que ela teria que adivinhar.

Kate fazia uma coisa chamada rezar, e Lynnie sabia que isso era para pedir favores. Kate uma vez tinha tentado explicar Jesus Cristo e Maria. Então Lynnie se lembrara de ter ouvido falar sobre Deus, que não tinha nome. Ele tinha uma canção, que a mãe dela cantava quando acendia as velas todos os invernos, e a família comia moedas de chocolate embrulhadas em papel laminado dourado, e Lynnie ganhava um pião engraçado para rodar. Mas Kate não cantou aquela canção, e Lynnie não sabia o nome de Deus. Logo isso significava que ela não poderia rezar.

Em vez disso, Lynnie pensou nas imagens que vieram depois das páginas que ela já conhecia. Imaginou desenhos do bebê na fazenda com a velha senhora. O bebê estaria começando a sentar, ficando de pé e, algum dia, até correria. Ela tentou ver a cor dos olhos do bebê ou do cabelo. Será que seriam da cor dos dela? Ou seriam... Não. A criança *tinha* que ser parecida com ela. A criança *tinha* que ser feliz. A criança *tinha* que fazer amigos que cantariam com ela, tinha que montar em cavalos azuis e verdes, brincar com bonecas Betsy Wetsy.

Ela também fez essa brincadeira de imagens com Buddy, embora só conseguisse vê-lo dirigindo o trator, consertando máquinas, dando penas a ela. As páginas não se desenhavam para ele.

Assim, Lynnie ficou apreensiva quando Doreen veio procurá-la um dia no escritório de Kate. Lynnie tinha acabado de desenhar o passado que ela *conseguia* ver. Penas de todas as cores enroscando-se no ar como fumaça.

Kate estava trancando os desenhos na gaveta quando Doreen entrou, com seu saco de correspondência a tiracolo no ombro, e disse:

— Alguém está procurando por Lynnie.

Kate imediatamente fechou a porta.

— Do que você está falando?

Doreen explicou que ela tinha acabado de vir do escritório principal. Uma mulher corpulenta, de cabelos castanhos presos num rabo de cavalo, tinha aparecido e dito a Maude que queria visitar Lynnie.

— Maude perguntou se ela era da família, ela disse que não. Maude disse que era contra o regulamento, e ela foi embora.

— Lynnie — disse Kate —, você sabe por que essa mulher queria ver você?

Lynnie sacudiu a cabeça, mas sabia que tinha alguma coisa a ver com sua fuga.

Kate agradeceu a Doreen e, depois que ela saiu da sala, abriu a gaveta. Ela folheou os desenhos. Não havia nada parecido com aquela mulher neles.

Ela se sentou e cruzou as mãos sobre a escrivaninha. Então disse:

— Sei que você não quer que eu conte a ninguém, e eu disse que não contaria. Mas Lynnie, estou terrivelmente preocupada com o bebê. Você tem um bebê lá fora no mundo. Seu bebê. Essa mulher pode saber de alguma coisa sobre ele.

Lynnie olhou para Kate. Talvez aquela mulher conhecesse a velha senhora. Talvez Lynnie pudesse ficar sabendo de alguma coisa sobre o bebê. Talvez Lynnie pudesse até descobrir qual a cor do cabelo do bebê.

— E estou pedindo, estou suplicando. Deixe-me descobrir por que ela quer falar com você.

Lynnie pensou por muito tempo. Mesmo que não pudesse estar com o bebê, poderia saber de coisas sobre ele. Poderia desenhar as páginas que nunca veria.

Não. Não podia.

Ela desviou o olhar.

Kate pôs os dedos na mão de Lynnie até ela encarar seus olhos.

— Sei que você está lamentando a perda — disse Kate. — Mas tenho que lhe pedir uma coisa. Por favor, seja honesta comigo, e respeitarei seus desejos. — Ela respirou fundo. — Você quer que eu procure seu bebê?

Lynnie não pensara nisso.

— Diga apenas que posso procurar — prosseguiu Kate. — Procurarei a casa da senhora e me certificarei de que o bebê está bem. Contarei a você tudo o que quer saber e nunca direi nada a mais ninguém.

Seria maravilhoso. Lynnie poderia desenhar as páginas que faltavam. Ela poderia saber se tinha salvado o bebê. Poderia saber se tinha salvado sua *filha*.

Porém, se eles descobrissem, as páginas não ficariam nada parecidas com o que Lynnie imaginara. Elas ficariam como Tonette depois que Wanda acabou com ela. Ficariam como o animal depois que os cachorros acabaram com ele. Ficariam como o que Lynnie tinha visto nos olhos dele naquela noite.

Lynnie baixou a cabeça e mirou fixamente o farol. Com a velha senhora o bebê estaria a salvo. Ela olhou de volta para os olhos de Kate. Então virou para outra página, uma página que ansiava tanto não virar.

— Não — respondeu Lynnie.

O grande desenho
1969

Finalmente, depois de cinco meses, um lugar onde poderia descansar.

Homan não conseguia acreditar em sua sorte. Uma cabana projetava-se do fundo de um penhasco rochoso. Parado em meio à relva na altura do joelho, morrendo de frio sob um vento tão forte que fazia as árvores mais jovens se curvarem, olhou fixamente para a cabana à luz do crepúsculo. Uns três metros de altura, duas janelas e uma chaminé, era uma visão espantosa naquele lugar sem ninguém e sem quaisquer construções. Há meses ele vinha dormindo ao ar livre, encolhendo-se debaixo de um cobertor que roubara de um varal de roupas, desejando que os botões do casaco de pele de coelho não ficassem tão longe de suas casas. Se ao menos ele tivesse o peito mais estreito. Se ao menos ele não tivesse perdido a camisa e o paletó da Doadora de Teto no rio, quando ir para onde estava a Garota Bonita era tão simples, apenas seguir para leste. Mas o peito dele era largo, aquelas roupas estavam perdidas e o trem o levara para oeste.

Ele tivera o primeiro gostinho de sorte depois das quarenta noites iniciais, quando encontrara uma sacola de roupas em um bosque. Depois disso, embora ainda passasse os dias longe das casas, lojas e carros, olhando por cima do ombro para ver se a polícia estava atrás dele e surrupiando qualquer coisa para afugentar a fome, pelo menos seus dentes não estavam batendo, exceto durante a noite. Quando o frio ficava violento demais, ele se aventurava a entrar nas cidades, procurando garagens vazias, casas com lugares escondidos debaixo das varandas. Ele detestava o nascer do sol, quando sua situação o acordava sobressaltado. Entretanto, também amava o nascer do sol, porque era quando ele as via, bem ali, em sua mente. Garota Bonita de pé no meio do milharal, o cabelo esvoaçando sob a brisa. A Pequenina num berço, já estendendo a mão para tocar em seu rosto. Imediatamente antes de ele se levantar de um salto e começar a correr de novo, levantava as mãos. *Bom dia, garotas bonitas*, sinalizava. *Voltarei assim que puder*.

Naquele momento, largou seu cobertor que fizera de sacola no chão, junto com tudo que continha — seu guarda-roupa de achados e perdidos, frutinhas, uma vara de pescar e uma lança que construíra para capturar refeições, uma tenda, um canivete e um cantil esquecido em um acampamento — e foi abrindo caminho em meio à relva alta.

Quando chegou à porta da cabana, pressionou as palmas das mãos contra a madeira, na esperança de sentir as vibrações se houvesse alguém lá dentro. A porta não tremeu, de modo que olhou por uma janela e depois pela outra. Não havia nenhum movimento lá dentro, apenas o reflexo das estrelas começando a aparecer como um cubo de açúcar esmagado. Ele esperou por um momento, reunindo coragem. Então estendeu a mão para a maçaneta e cautelosamente abriu a porta.

Com a lua como única luz, Homan podia ver alguns metros do interior da cabana. Havia uma cadeira virada, uma mesa com um pé quebrado e uma lareira de pedra embutida numa parede. Sobre a cornija havia o brilho de papel laminado de um maço de cigarros e uma caixa de fósforos. Talvez o fumante estivesse apenas esperando para pular em cima dele. Mas a cabana tinha o cheiro embolorado de umidade de uma casa há tempo esquecida. Segurando a porta com o pé, agarrou aqueles fósforos e acendeu um.

O aposento ficou claro. As paredes eram cobertas de prateleiras empoeiradas. O assoalho estava descoberto e ervas cresciam por entre as ripas de madeira. E a parede mais afastada não era a rocha do penhasco. Parecia penetrar *dentro* da rocha. Ele viu um lampião pendurado em um gancho e o acendeu. A quarta parede era uma caverna.

Levantando o lampião, girou com a luz para certificar-se de que estava sozinho. Não havia ninguém. Ele se virou de volta para a caverna. Estava vazia, exceto por uma cama feita de galhos. Não havia cobertores, nem travesseiros, não havia nenhum velho grisalho lançando-lhe olhares malignos. Se ao menos tivesse encontrado um lugar assim quando o bebê estava para nascer, em vez de um porão num quintal. Nesse caso, eles nunca teriam sido postos para correr. Nunca teriam andado quilômetros debaixo de chuva — nem passado todos aqueles meses sem ver um ao outro.

Com o lampião erguido, ele correu para buscar sua sacola de cobertor. Só depois que fechou a porta e enfiou a cadeira debaixo da maçaneta foi que se deu conta de que sua sorte era ainda maior do que imaginara: nas prateleiras, havia latas de peixe e pacotes de carne-seca. Homan comeu até não poder mais, depois se deitou na cama ainda vestido, escondendo-se na caverna atrás de pedras, para o caso de alguém forçar a porta e entrar. Relaxando pela primeira vez em tempo demais, ele caiu num sono profundo.

Depois de fugir do estacionamento de caminhões e da polícia que descia em enxame, Homan não planejara ficar sozinho por tanto tempo, simplesmente para acabar encontrando refúgio numa caverna.

Em vez disso, quando havia saltado para o vagão de carga em movimento, tinha ficado cheio de esperança de que voltaria rapidamente para a Armadilha. Tudo o que tinha a fazer era manter o medo afastado até que eles parassem numa plataforma, então pegar uma carona em um trem de carga de volta para a cidade que tinha acabado de deixar e encontrar o caminho até o rio. Não seria simples, mas era capaz de fazê-lo. Ele *tinha* que fazê-lo. Assim, naquela noite, com a barriga para baixo e as correntes de vento inflando o casaco de pele de coelho e suas calças, tinha mandado o medo para longe ao pensar nela. A Garota Bonita entrando às escondidas no celeiro certa tarde, onde sorria enquanto ele a ensinava a ordenhar as vacas. Garota Bonita no escritório da Ruiva Gordinha, onde ela enfiara o rádio no bolso dele para que pudesse sentir as vibrações, e os dois mexendo os pés numa dança lenta. Garota Bonita com ele no milharal, no que ele chamaria de Dia da Pena Vermelha.

Finalmente, ainda agarrado ao trem, Homan tinha virado a cabeça. Não sabia dizer quanto tempo ficara deitado ali, mas as estrelas eram as de pouco antes do amanhecer e a paisagem era de campos.

Ele se deu conta de que mais uma vez estava em fuga. Entretanto, não sentiu nada semelhante à raiva que o dominara tanto tempo atrás, no final da última Corrida, quando os portões da Armadilha tinham se fechado. Furioso com a polícia, com o juiz e, sim, consigo mesmo — *Você foi apanhado por ter falado seu nome! Você nunca mais vai falar com a boca!* —, ele tinha passado meses lutando e atirando coisas longe. Aquele lugar não era para ele! Não era nenhum retardado! Seus ataques de raiva só lhe serviram para fazer com que fosse posto no prédio com os garotos mais violentos e com uma enfermeira que o alimentava com um xarope que fazia seus pensamentos ficarem confusos. Desesperado por alguma coisa, qualquer coisa melhor, ele se lembrou de como Blue havia lutado contra a crueldade no mundo. *Eu não deixo nada me dobrar*, costumava dizer. *Não gente que pensa que é melhor que eu. Tenho coisas a fazer, e sou seu irmão mais velho e o mais alto, e nada vai me impedir de fazer o que quer que seja.* Mesmo em meio à neblina em sua mente, Homan compreendeu: Blue encontrara seu lugar no mundo ao dar-se ao outro. Era irritante para Homan considerar a possibilidade de fazer isso com babões e batedores de cabeça. Mas ele tinha que recuperar a clareza mental.

Assim, um dia ele viu que o Baixote metia um murro em qualquer um que passasse por perto, mas não começava antes que seu guarda favorito tivesse ido embora, à noite. Pouco antes da troca de turnos, Homan começou a chutar uma bola para o Baixote. Levou algum tempo até que Baixote se importasse, mas então a bola fez com que ele se esquecesse do guarda e as sessões de pancadaria se tornaram menos frequentes. Logo Homan começou a se perguntar quem mais precisaria de uma ajuda. Ele assumiu a tarefa de trocar as fraldas do Homem Como Uma Árvore. Descobriu como levar Cabeça Rodopio para o jantar: postar-se ao lado dele e então rodar e rodar exatamente como o outro fazia, até que Cabeça Rodopio saísse de seu círculo de rodopiar. Um dia, Homan ajudou Faz-Tudo Barriga Grande a consertar uma janela emperrada. Não demorou muito e começou a receber privilégios.

Dar, ele descobriu, deixava-o orgulhoso. E o orgulho deixava-o mais ousado para fazer as coisas para que tinha jeito — desentupir canos, lubrificar dobradiças, dirigir o trator. E trabalhar bem fazia com que ganhasse mais privilégios. Finalmente ele se tornou quase tão livre quanto um Preso para o Resto da Vida podia ficar. Isto é, até Garota Bonita crescer e tornar-se mulher e ele querer ficar ainda mais livre.

A luz da alvorada subiu através da janela da cabana, e, como sempre, Homan procurou "eus" de seus sonhos. Garota Bonita estava penteando os cabelos com os dedos, o rosto levantado para o céu, sorrindo, enquanto botões de flor caíam de uma árvore. A Pequenina, crescendo rapidamente, engatinhava debaixo da árvore, arrancando trevos. Apesar de Homan estar longe de ter certeza do que havia acontecido, disse a si mesmo que a Pequenina estava nas mãos seguras da Doadora de Teto. Contudo, quando via Garota Bonita nas manhãs, ele imaginava a Pequenina com ela, e então fazia sua saudação de bom-dia para ambas. Naquele dia, Homan lembrou-se de que não teria que se levantar de um salto e sair correndo. Numa cabana com a porta trancada, podia se permitir ficar deitado enquanto lhe agradasse.

Por muito tempo, tinha namorado a ideia de ficar na cama, desde os tempos em que ainda estava em Edgeville e deixava para trás sua meninice. Ele acordava pensando sobre uma mulher estar na cama com ele, e a parte de baixo de seu corpo ficava toda incendiada. Ele ficava com vontade de cuidar daquilo e era o que fazia, nas raras manhãs em que seus irmãos, irmãs e mamãe saíam e que Blue estava fora com Ethel. Tinha se esquecido daquele luxo na Corrida, quando acordava com os olhos dardejando e o coração disparado e tinha que tratar de levantar-se e partir. Como passara a invejar todos os homens que podiam trancar suas portas. Ele os via através de suas janelas, abraçando suas mulheres, beijando seus lábios, o pescoço, desabotoando as camisas, baixando a cortina. As coisas eram ainda piores na Armadilha. Se os guardas apanhavam um garoto fazendo coisas consigo mesmo, batiam em seus dedos com um cinto.

Mas nenhuma mulher tinha atraído seu olhar em muito tempo. Mesmo Garota Bonita, no início, não havia provocado aquele efeito nele. Quando a vira pela primeira vez, ela era bem jovem, e ele estivera cavando uma sepultura, e o que o fizera prestar atenção nela não tinha sido seu longo cabelo louro e o rosto aberto e franco. Tinha sido a maneira como ela havia chorado enquanto o caixão baixava à cova. Depois daquilo, tinha passado a reparar nela do outro lado do refeitório, andando pelo terreno: nunca era mandona ou colérica, tinha uma amiga e visitava a guarda ruiva. Não sorria muito — e, quando sorria, era como a luz do sol. Só depois que ela cresceu, ficou alta e adquiriu as curvas e o andar de uma mulher foi que se deu conta de que ela era tão bonita por fora quanto por dentro. Então, todas as manhãs, ele pensava nela. Mas depois que soube que havia um bebê dentro dela, e que ela sofrera quando os garotos tinham feito o que fizeram, decidiu esperar até depois que eles estivessem livres.

Naquela manhã, na caverna, ele tinha uma porta trancada. E assim se permitiu parar de esperar.

Na manhã depois de escapar de Pudim e Bolinhas, ele acordou agarrando-se ao teto do vagão à medida que o trem sacolejava e diminuía a velocidade. O sol aqueceu suas costas. Ele estendeu o braço ao lado do corpo, baixou os dedos e olhou. As sombras estavam curtas, o que significava que era perto do meio-dia e que se esconder seria mais difícil. Contudo, tinha que encontrar um trem voltando. Ele ergueu o tronco apoiado no cotovelo e levantou.

Estava numa plataforma. À esquerda, havia um prédio onde circulavam homens de uniforme. À direita, havia vagões de trem, depois um gramado e colinas. Se ele conseguisse manter-se fora da vista dos homens, tudo daria certo.

Como nenhum dos homens olhava em sua direção, ele se sentou. Seu corpo estava enrijecido e cansado, mas precisava relaxar, e, quando se esticou, sua perna ainda doía. Também estava com fome, uma vez que não comia desde o estacionamento de caminhões. Então se lembrou do envelope que o homem tinha enfiado no bolso de sua jaqueta. Não deveria perder tempo olhando o que era, só que era grosso como um sanduíche e talvez fosse exatamente isso. Ele se virou para o lado de modo a não ser visto e puxou o envelope do bolso.

Dentro, havia papéis de seda amarrados com barbante. Ele desfez o nó e a decepção o dominou como o cheiro de um ovo podre. Era apenas uma pilha grossa de retângulos verdes. Dinheiro. Ele se lembrava de os clientes pagarem os McClintocks com dinheiro, mas nunca o usara. Homan folheou a pilha e viu que cada pedaço de papel tinha o retrato de um homem. Alguns eram barbados, outros não; alguns eram fortes e outros eram magros. Talvez dez placas de prata não valessem tudo aquilo. O que equivalia ao quê? De quantas placas daquelas você precisaria para pagar um motor novo, ou a lavagem de um carro, ou um hambúrguer?

Ele enfiou o dinheiro de volta no envelope e o empurrou bem fundo no bolso do casaco.

Então tornou a se sentar e olhou para os vagões de trem estendendo--se às suas costas. Não viu nenhuma escada para descer. Virou para a esquerda, examinando as extremidades do teto em busca de alguma coisa em que pudesse se agarrar. Nada. Virou para a direita. Ali, na altura do teto, estavam os sapatos bem engraxados de um homem.

Homan não levantou os olhos. Ele sabia que o homem devia ter subido ao teto do vagão, talvez depois de gritar. Homan se virou depressa para o outro lado e viu, lá embaixo, na lateral do trem, outros homens subindo. Homan virou novamente e olhou. O homem tinha uma vara de couro nas mãos.

Corra!

E lá se foi ele correndo pelo teto do trem. Em filmes de caubói que tinha visto na Armadilha, achara isso emocionante. Mas fazer? O estômago dele estava contraído, suas pernas rápidas como raios. Ele poderia cair entre os vagões! Eles poderiam ter uma espingarda! Homan se forçou a não olhar para trás. Saltou de um vagão para outro, dois, três seguidos. Então se atirou para fora do trem. O chão subiu rapidamente, e Homan caiu com tudo. Uma dor nova apareceu na batata da perna, a dor antiga deu uma fisgada no joelho, e ele voou correndo pela fileira de trens. Sabia que era veloz, e ficou feliz por isso, e desejou com todas as suas forças que não precisasse ser.

Mas agora, finalmente, poderia tomar o caminho de volta, disse ao rosto de sonho dela naquela manhã, antes de sair da cabana com sua lança para capturar almoço. As pernas dele há muito tempo que precisavam sarar, seus ossos descongelar, sua barriga se encher — e agora poderiam. *Apenas aguente firme até eu descansar um pouco*, garantiu a ela. *Agora não vou demorar*.

Contudo, à medida que percorria curvas cada vez mais largas saindo da cabana, à procura de caça, ele se perguntava como encontraria o caminho de volta. Blue o ensinara a caçar. Vagabundos durante a Corrida o ensinaram a pular em trens, Homan ensinara a si mesmo a roubar galinhas de fazendas. Mas como sairia de um aqui desconhecido para chegar a um lá distante? Os trens agora não eram seguros, e, para usar ônibus, precisaria saber lidar com dinheiro. Ele tinha visto os Viajantes de Dedo na TV, mas como poderia ele dizer alguma coisa a um motorista? E como era o nome da cidade onde ficava a Armadilha? Como era o nome da Armadilha?

Mas espere. Havia um coelho ali, a alguns metros de distância. Ao contrário dos dois últimos, não estava de olho nele, de modo que, se fosse rápido, conseguiria seu almoço. Homan apertou a mão ao redor da lança. O coelho percebeu quando a lança avançou voando no ar, mas ela o acertou antes que o bicho pudesse correr.

Satisfeito, Homan foi buscar sua refeição. O que estava fazendo, preocupando-se com a volta? Nem por um minuto desde que tinha se separado de Garota Bonita e da Pequenina se permitira chorar. Tinha cometido erros, quanto a isso não havia dúvida, e fora parar tão longe da plataforma que poderia muito bem estar em Edgeville. Ainda por cima tinha roupas. Tinha abrigo. Comida.

Homan fez uma fogueira. Talvez ainda não pudesse imaginar como encontraria o caminho de volta depois que tivesse descansado, mas, enquanto segurava o coelho sobre as chamas, pensou em como havia encontrado o almoço exatamente no momento exato. A cabana também aparecera justo no instante em que precisava dela, e o trem, e a terra solta no estacionamento de caminhões. Talvez os 38 anos que passara nesta terra não tivessem sido uma grande sequência como ele sempre supusera. Talvez fossem mais que isso. Pois sua jornada torta também não o levara aos McClintocks, a Baixote, e — ele então olhou para ela, com o vapor da lavanderia tomando conta do ambiente, as mãos dela seguindo as dele, falando o sinal dele para o nome dela — a Garota Bonita?

Ao longo dos muitos dias que se seguiram, enquanto cuidava de si para recuperar o vigor, Homan pensou que talvez, quando se está abrindo o caminho na vida, isso apenas *parecesse* uma absoluta desordem e confusão, do mesmo modo que, se uma mosca anda por cima de um dos desenhos de Garota Bonita, tudo o que pode ver é verde, depois azul e então amarelo. Só se subisse voando no ar, antes que o golpe fosse dado, veria que as cores pertenciam a um grande desenho, com o verde para esta parte da ilustração, o azul e o amarelo para outras, cada cor estando exatamente onde deveria estar. Será que era isso que a vida era?

Parte dele revirava os olhos por pensar numa coisa tão idiota. Por qual motivo, se ele devia ser dominado pela febre, começar a Corrida e ser apanhado no laço da Armadilha, teriam as catástrofes apenas continuado a aparecer? Mas parte dele parava para raciocinar. E se os momentos, bons e ruins, tivessem que existir? E se *houvesse* um grande desenho? Será que isso significava que existia um Grande Artista?

Uma semana se passou. O corpo dele começou a ganhar carne. Mais uma semana se passou. Os hematomas começaram a sumir.

Na terceira semana, ele não se sentia muito seguro quanto àquela nova ruminação. Contudo estava tão seguro de si mesmo que, uma tarde, decidiu que, no dia seguinte, cairia na estrada de novo e de alguma forma começaria a seguir o caminho de volta para a Garota Bonita. Isso significava que tinha duas tarefas. Uma era tratar de esconder certas coisas, de modo que tirou as botas, pegou o canivete e o dinheiro e cortou bolsos secretos em todos os pontos da bota que cederam sob a pressão da lâmina. Então enfiou o dinheiro ao redor de seus pés. Agora podia jogar fora o casaco de pele de coelho.

Tarefa concluída, precisaria ir mais longe do que fora antes e fazer um levantamento das possibilidades de partida. Tinha chegado à cabana vindo do sul e encontrado um rio largo quando seguira para oeste. Assim, naquela tarde, caminhou para o norte, até que finalmente chegou ao alto de uma crista rochosa.

Abaixo, havia uma grande construção larga e amarronzada e, além dela, gramados, ruas e casas. Ele se agachou e espiou por entre os arbustos. De um lado do prédio, havia um estacionamento com ônibus amarelos; do outro, um campo cercado por arquibancadas cheias de gente. Enquanto Homan espiava, rapazes com calças e camisas da mesma cor saíram correndo do prédio, seguidos por outro grupo com roupas combinando. O primeiro grupo se espalhou em leque pelo campo, e foi então que ele se deu conta de que estava agachado acima de um campo de beisebol. Na Armadilha, os guardas jogavam beisebol, e, depois que Homan ganhou privilégios, passou a jogar com eles. Mas nunca tinha assistido a um jogo de verdade de um assento de primeira fila.

À medida que o primeiro batedor se encaminhava para a base inicial, Homan se lembrou de quando jogava, de seu taco acertando a bola no ar. Suas pernas levando-o de base em base. Desejou poder estar lá embaixo, no campo, naquele momento. O arremessador atirou a bola, e Homan decidiu que, mesmo podendo não estar lá embaixo, podia fazer de conta que estava — e imaginar que Garota Bonita estivesse assistindo. Então se levantou e arremessou uma bola de faz de conta no ar. Balançou os braços imitando o batedor, e, quando a bola passou voando pelas bases, abriu os braços o máximo que podia, como o jogador do campo externo, movendo as pernas para cima e para baixo, até bater com o punho cerrado na palma da outra mão enquanto a bola alcançava a mão enluvada do jogador. O público explodiu em aplausos, e Homan, junto com a Garota Bonita de seu sonho, também. Durante as entradas seguintes, ele derrubou batedores e roubou bases. Então, no meio de uma jogada, avistou uma coisa do lado de fora do campo. Além das ruas, das lojas e das casas havia uma ponte de cimento que cruzava um rio. Então ele bateu palmas ali, naquele momento, para o que acabara de ver. Como estava claro o caminho que seguiria no dia seguinte. Que perfeição sua caminhada tê-lo trazido até ali. *Viu só?*, fez ele para Garota Bonita. *Eu disse que voltaria, e vai ser assim.*

Naquela noite, já vestido para a partida do dia seguinte, ele se deitou na caverna, em sua cama improvisada, sorrindo para a escuridão. Homan não apenas se sentira mais próximo de acreditar que realmente existisse um Grande Artista — ele tinha *esperanças* de que *existisse*. Porque assim, não importava quantas provações fosse ter que encarar em sua jornada de volta, elas seriam mais fáceis de enfrentar.

Mas quando Homan acordou, ainda era noite. Inicialmente, pensou que a excitação de partir o tivesse despertado cedo demais.

Ele passou os olhos por seu saco, pronto para ir. Moveu os dedos dos pés, sentindo o dinheiro dentro das botas. Então, querendo ver as estrelas, voltou o olhar na direção das janelas.

O vidro explodiu para o interior do aposento. Homan rolou para trás do pedregulho mais no fundo da caverna, a respiração ofegante. E eles entraram pela janela. Será que teriam gritado antes? Eles se aproximaram rapidamente, de lanternas acesas, encontrando-o, puxando-o e pondo-o de pé com um tranco. Ele havia recuperado as forças, de modo que podia brigar, empurrando um para o outro lado da cabana, arremessando o braço para acertar outro. *Por que isso teve que acontecer essa noite?*, perguntou a si mesmo pouco antes de um deles agarrá-lo pelos braços e imobilizá-los às suas costas. *Porque não tem nenhum grande desenho, seu estúpido idiota.* A luz machucou-lhe tanto os olhos que ele se sentiu cego. *Desculpe-me, Garota Bonita, mas parece que vou ter que entrar numa segunda Corrida.* Então os punhos deles caíram com violência sobre seu corpo.

Cúmplices
1969

Com os desenhos de Lynnie no assento a seu lado, Kate dirigiu pela ponte Old Creamery. Os desenhos eram seu mapa. Ela os tinha tirado da gaveta trancada, sabendo que Lynnie não queria isso. Mas Kate não tinha escolhido aquele tipo de trabalho apenas porque precisara de um emprego quando seu marido a abandonara por outra mulher e não tinha coragem para ser garçonete, nem flexibilidade de horário em meio a suas obrigações de criar os filhos para cumprir turnos numa fábrica, nem as economias necessárias para fazer um curso de cosmetologia. Tinha ido parar ali por causa de uma transformação nela mesma. Naqueles primeiros meses depois que seu marido partira, chorara muito, dormira muito e tivera pensamentos de vingança. Então havia acordado uma bela manhã percebendo que não havia protegido seus três filhos do temperamento do marido, por ter estado presa demais ao próprio sofrimento. Saindo em busca de orientação, voltara à igreja e se dedicara a reparar seus erros cuidando de outras pessoas. Fora então que se candidatara ao emprego na Escola. Logo ficou tão apegada aos internos que, mesmo em meio a toda a dureza das condições e à desilusão, acreditava que aquele era o trabalho para o qual nascera. Ela sabia que algumas de suas colegas tinham outras motivações e que, embora gostassem de fumar um cigarro com ela e comessem um bolo juntas nos aniversários, achavam que Kate era uma criadora de casos por tratar os internos como tratava. Kate, contudo, achava que seu trabalho era um ato de penitência. Ela com frequência pensava no Evangelho de são João, quando Jesus dizia: "O meu mandamento é este: Que vos ameis uns aos outros, assim como eu vos amei." Também pensava no Evangelho de são Mateus: "Digo-vos que, quando o fizestes a um destes meus pequeninos irmãos, a mim *o* fizestes." Kate ensinava aos filhos que todas as pessoas — do veterano perneta que tocava órgão na igreja ao velho gago que cuidava da sala das caldeiras na escola primária, e às próprias crianças — mereciam gentileza. Assim, como podia Kate não tentar descobrir o máximo que fosse sobre o bebê, mesmo que Lynnie lhe tivesse pedido para não fazê-lo?

Mas Kate não se sentia nada honrosa enquanto prosseguia pela estrada Old Creamery. Ela sentia remorso, por ter permitido que quase quatro meses tivessem passado desde que Lynnie havia ilustrado sua fuga. Por algum tempo, dissera a si mesma que partiria para a ação assim que conseguisse uma folga em seu horário tão sobrecarregado por horas extras. Então ontem, enquanto dirigia de volta para casa saindo depois de cumprir um turno de trabalho de dezesseis horas, admitira para si mesma que havia motivos menos nobres para seu atraso. Suzette tinha razão: se Kate trouxesse a história à tona, provavelmente perderia o emprego. De modo que, por meses, ficara deitada na cama à noite, olhando para as manchas de infiltração no teto, preocupada com o aparelho nos dentes de Melinda, as chances de Jimmy de entrar na faculdade, e não pensando em encontrar o bebê.

Na véspera, contudo, os funcionários da Escola ficaram no maior falatório com um boato de que os pais de Doreen estavam estreando um espetáculo na Broadway. Parecia implausível que duas celebridades que apareciam com tanta frequência nos jornais — uma das mais fotografadas estrelas de cinema e um prolífico e respeitadíssimo dramaturgo — pudessem ter uma filha que nunca era mencionada na imprensa, de modo que Kate há muito tempo presumira que toda a conversa sobre os pais da interna não passasse apenas de rumores. Mas, naquele dia, se sentira interiormente pressionada de maneira tal que não sabia explicar. Aquilo era algo que lhe acontecia de tempos em tempos e a respeito do que ela fazia piada com as colegas chamando de intuição. A verdade era que acreditava que fosse a mão de Deus. Então pedira a uma amiga da sala dos arquivos que lhe emprestasse a chave, e, na noite anterior, na escuridão, depois de seu segundo turno de trabalho, entrara lá.

O armário que continha a pasta de Doreen ficava perto de uma janela. Kate puxara a ficha e a levantara para ler à luz da torre do relógio. E não dera outra, lá estavam os nomes citados nos boatos. Pobre Doreen. Tinha uma família que possuía quatro casas, dois Oscars e um Pulitzer.

Mas tudo que Doreen possuía era um telefone quebrado que encontrara no lixo e escondera debaixo da cama.

Kate refletiu: *Preciso descobrir se a filha de Lynnie está bem. Se não estiver, farei por ela o que alguém deveria ter feito por Doreen: garantir que nenhum mal lhe aconteça.*

Naquele momento, enquanto acendia seu quinto cigarro desde que atravessara a ponte Old Creamery, viu uma placa de sinalização na estrada logo adiante. Dali a 1,5km chegaria ao desvio para o posto de pedágio da estrada Scheier, uma estrada de cuja existência havia se esquecido no início daquela viagem. Será que deveria seguir direto na estrada Old Creamery ou fazer o desvio?

Ela olhou para os desenhos a seu lado. O que tinha a ponte continuava em outro com duas figuras — e o bebê — correndo por uma estrada ladeada por florestas. Mas havia florestas tanto na estrada que rumava para o norte quanto na que rumava para oeste. Se ao menos aquelas páginas não tivessem sido retiradas da ficha de Lynnie... Quem dera Kate tivesse coragem de confrontar Clarence. Não que Clarence fosse se revelar prestativo; em certa ocasião, rira de Kate ao saber que ela tentava ensinar alguns dos internos mais habilidosos a usar o tear.

— Como se isso fosse dar algum jeito neles — desdenhara.

Kate tivera vontade de dizer, *Não é por esse motivo que estou fazendo isso. É para que eles possam fazer alguma coisa interessante com seus dias.* Em vez disso, não tinha dito nada, como não dissera nada a respeito de sua busca. Dessa vez, contudo, seu silêncio não era por temor de ser considerada tola ou ingênua. Era por medo de revelar o segredo de Lynnie.

Apagando o cigarro, Kate resolveu arriscar um palpite e ficou na estrada Old Creamery.

Ela virou as páginas para a ilustração seguinte. Aparentemente, a casa da velha senhora tinha uma caixa de correspondência com uma estranha decoração. Kate diminuiu a marcha do carro e foi procurando. O que faria depois que encontrasse o lugar que procurava? Desde a noite anterior, rezava pedindo uma inspiração sobre o que diria à senhora. A resposta viera: falando com autoridade, diria que trabalhava na Escola e que tinha vindo não para tomar a criança de volta, mas para descobrir se alguma assistência era necessária. Desse modo, a velha senhora não ligaria para o dr. Collins nem para a polícia. Entretanto, o que faria se a senhora dissesse que *sim*, que precisava de ajuda? E se ela entregasse o bebê a Kate? A presença súbita de um bebê em sua casa sem dúvida faria as más-línguas tagarelarem em toda Well's Bottom. Kate devia ter perguntado ao padre Geoff o que fazer. Talvez ele conhecesse um lar distante da cidadezinha onde a criança seria bem-recebida, ou uma agência de adoção discreta. Mas, por algum motivo, Lynnie queria que o bebê ficasse com a senhora e não que o bebê pudesse ser rastreado de volta até ela. Entregar o bebê a algum casal ou a uma agência exigiria o envolvimento de Kate, e mesmo que o padre Geoff fosse cuidadoso, haveria uma ligação que podia conduzir a Lynnie. Talvez o bebê estivesse bem onde estava. Kate esperava que sim.

Kate dobrou numa curva e lá estava ela: a caixa de correspondência com a tal decoração. Um farol. Era isso mesmo, ela viu, checando no desenho. O farol estava abaixado, não mais esperando a passagem do correio, ao contrário do que tinha feito Lynnie, que o tinha capturado tão bem, desenhando até a fachada, que Kate disse em voz alta:

— Você é realmente um espanto, docinho.

Ela virou na entrada para carros e seguiu pela estradinha de cascalho.

O local também se parecia muito com o último desenho. Campos de ambos os lados da estradinha. Ao final, havia uma casa simples com uma varanda e janelas pequenas.

Então, no momento em que Kate estacionava na frente da casa, viu uma coisa que não estava nos desenhos de Lynnie. Enfiada na terra diante da varanda, uma placa de madeira dizia: VENDE-SE.

Kate saltou do carro. Embora a primavera tivesse chegado, o vento soprava forte. Ela fechou melhor o casaco. Através da janelinha, viu peças de mobília. Bateu na porta, mas o vento estava forte demais para que ouvisse o som de passos. Por isso continuou batendo até achar que era suficiente.

Ela pôs as mãos em concha e acendeu um cigarro. Desceu da varanda.

Lá estava a floresta para onde Número 42 tinha fugido. Kate olhou para a mata, sabendo que, onde quer que ele estivesse, há muito tempo já estava bem longe dali. Ela pensou em como tinha se sentido vazia quando seu marido começara a ficar fora de casa até tarde, na fábrica de sapatos. Vazia, porém ao mesmo tempo consumida pelo pavor, dando-se conta de que alguma coisa, e não o trabalho, era a razão de ele ficar fora até tarde. Mas ela tivera meses para acostumar-se à ideia de ele não estar em casa, até aquela noite horrível em que a força conhecida surgira dentro dela: estava na hora de *saber*. Kate deixara as crianças com uma vizinha e fora com o carro até a fábrica. O supervisor ficou surpreendido ao ouvir que o marido de Kate tivesse falado de hora extra — há séculos que eles não faziam hora extra, dissera — e com clareza cada vez maior ela dirigira por todas as ruas de Well's Bottom, mais e mais depressa, em busca do carro dele. Finalmente o encontrara estacionado diante do apartamento de Jeanette Dory — e vira seu marido ajudando Jeanette grávida a descer a escada.

Aquilo foi mais do que terrível. Contudo, olhando para aquela floresta, Kate pensou em quanto deveria ser pior para Lynnie, que tinha perdido seu primeiro e único amor — e bebê — em uma noite.

Kate deu a volta na casa. Viu um celeiro, um galinheiro e um depósito. Olhou para cima, para o segundo andar da casa. Não havia nenhuma luz acesa em lugar algum.

Você só tem a si mesma a culpar, pensou enquanto voltava para o carro. Não, ela podia culpar a pessoa que alterara os arquivos. Podia culpar seus cobradores de dívidas, os dentes acavalados de Melinda, seu medo de Jimmy ser convocado. Também podia culpar a si mesma por ter concordado com Lynnie que o bebê teria uma vida melhor — qualquer que fosse — se ninguém na Escola descobrisse.

Kate manobrou e começou a descer a estradinha de cascalho, rezando. "Pai", disse, "por favor, cuidai desta criança, onde quer que ela esteja. Entrai em seu coração para que ela possa Vos encontrar nos tempos que estão por vir."

A neve começou a cair mais pesada. Kate ligou os limpadores de para-brisa e o rádio e ficou agradecida com a improbabilidade de cruzar com outros carros na volta para Well's Bottom. Então imaginou entrar em casa, olhar para si mesma no espelho e em encarar Lynnie amanhã. Não haveria nenhuma acusação nos olhos dela, embora a consciência de Kate fosse pesar para sempre.

Kate chegou à estrada e só então acendeu os faróis. E foi aí que o avistou: um rapaz diante da caixa de correio. Suas mãos pareciam estar tirando a correspondência. O Buick dele estava estacionado no acostamento da estrada, o motor ainda ligado, com a porta do motorista aberta. Ele olhou para os faróis dela. Era um adolescente, vestia uma jaqueta de uma universidade de Well's Bottom.

Ela desligou o rádio, fazendo com que ouvisse o dele. Devia ser por isso que agora olhava para ela tão assustado: não a ouvira chegar.

Ela baixou a janela.

— Posso falar com você? — perguntou.

— A senhora está aqui para ver a fazenda? — Pela voz, ele parecia esforçar-se para parecer confiante.

Ela olhou de relance para os desenhos, e então de volta para ele.

— Estou tentando encontrar a senhora que mora aqui.

O rosto do garoto assumiu uma expressão fria.

— Sou o zelador. Não sei de nada, apenas que ela quer vender a fazenda.

— Sabe onde ela está?

— Já disse. Apenas cuido da propriedade.

— Você deve saber de alguma coisa.

— Eu juro, realmente não sei.

— Então para onde — perguntou ela, apontando — vai levar essa correspondência?

Ele olhou para as mãos. Então olhou para ela.

— Não tenho nenhum interesse em causar problemas — disse Kate. — Apenas quero saber ... — Ela apertou os lábios e passou os dedos na cruz de seu cordão. — Eu apenas quero saber se ela está bem.

— Está muito bem, tanto que quer vender a fazenda.

Kate olhou para a neve que caía. Pensou no que Lynnie queria. Mas aquela era a única chance que Kate teria. Se não fizesse nada agora, passaria o resto da vida ardendo nas chamas da culpa.

— Não — disse Kate —, quero saber se *ela* está bem.

O rapaz olhou para ela com cara de quem não tinha entendido.

Ela suspirou.

— O bebê.

Oliver conduziu Kate à farmácia Hansberry e, durante as três horas seguintes, enquanto uma inesperada nevasca de primavera fazia a neve se acumular até ficar alta do lado de fora da porta dos fundos, Kate e

Eva conversaram. Elas tomaram dois bules de chá à medida que a tarde se transformava em crepúsculo. Quando afinal Kate se levantou, elas tinham tomado uma decisão. Não contariam a Lynnie o que acontecera ao bebê e não pediriam a Martha que trouxesse o bebê de volta. Seriam mensageiras que traziam notícias apenas uma para a outra, e apenas com duas mensagens — se o bebê estava bem, e se Lynnie mudara de ideia. Se o bebê tivesse algum problema, ou se Lynnie tivesse mudado sua posição, quebrariam os votos de segredo; porém, de outro modo, estariam fazendo a coisa certa. Elas apertaram as mãos, depois se abraçaram. A neve ainda caía quando Kate saiu para a viela. Ela enxugou os olhos, endireitou os ombros cheia de determinação e saiu apressada pela noite.

Parte Dois

Indo

Descobridor de Samaritano

1969

O BANCO DE TRÁS DE CARROS DE POLÍCIA estava começando a ficar um bocado conhecido.

Lá estava ele, o odor que sempre recebia Homan a cada chegada: uma mistura de cigarros, couro, suor e café. Como Garota Bonita detestaria aquela combinação. Como era manhã — uma manhã fresca numa terra plana de arbustos e relva —, também havia cheiros de rosquinhas doces, o que fazia sua barriga se contrair de fome. Homan deu um soco na coxa enquanto sentava ali, furioso. *Cinco vezes em carro de polícia! Cinco vezes você não esteve alerta o suficiente ou se descuidou porque estava com fome demais! Agora lá vai você de novo.*

Homan cruzou os braços sobre o peito e olhou fixamente para a grade que separava o banco de trás, relanceando seu reflexo no espelho retrovisor. Que figura. O cabelo como uma ovelha tosquiada, a pele suja, a camisa respingada de comida, sujeira e preocupação, os olhos desvairados; sacudiu a cabeça desgostoso. Talvez fosse mesmo melhor que Garota Bonita só estivesse com ele em pensamento.

Homan tentou se acalmar enquanto o carro avançava. Tinha feito o que podia, exatamente como das outras vezes. Tinha levantado as mãos e até tentado o que prometera a si mesmo que nunca mais faria depois que chegara à Armadilha — tinha ousado usar a voz. Até onde se lembrava, dissera: "Eu sou surdo!" Os policiais tinham se entreolhado enquanto ele dizia e repetia aquilo uma porção de vezes até que, afinal, começaram a compreender alguma coisa — e então não o tinham arrastado para uma Armadilha nem o enfiado atrás das grades ou sequer verificado se era um homem procurado. Aleluia, teria pensado e se alegrado, se não soubesse que isso seria idiotice.

Mas Homan não soubera, da primeira vez. Naquele momento, lembrou-se de como começara, enquanto o carro de polícia descia por aquela rua principal, passando por pessoas que cuidavam da vida e de coisas que ele nunca conheceria — andando de mãos dadas com uma namorada na frente de todo mundo, comprando um jornal, entrando numa mercearia. Tinha sido por ficar observando o dia a dia que ele fora enfiado naquele primeiro carro de polícia. Pensara estar escondido enquanto assistia àquele jogo de beisebol da crista do morro. Mas alguém devia tê-lo visto fingindo que jogava como os jogadores e tido alguma ideia perversa. Como Wayne Sullivan, só que a bordo de uma picape.

Agora, olhando pela janela, Homan não ficou surpreso ao ver que o carro em que estava seguia em direção à delegacia de polícia. Seu coração bateu mais forte. Se só fizessem com ele o que os outros policiais tinham feito, estaria seguro. Homan prendeu a respiração.

Daquela primeira vez, os rapazes que o tinham espancado na caverna o levaram para uma delegacia de polícia. Quando pararam lá, Homan tivera a presença de espírito de espiar por cima da borda da caçamba e vira os rapazes falando com um policial. Pela maneira como o rapaz apontava para seu rosto — machucado pelo soco de Homan —, ele concluiu que era acusado de ter agredido o garoto. *Este mundo não está de cabeça para baixo?* Ele se imaginou contando a Garota Bonita. O policial encaminhara-o para dentro da delegacia, e Homan se perguntara o que seria pior — seus hematomas e ferimentos da briga ou seu pavor.

Eles o puseram sentado em um banco, e homens se aproximaram, fazendo Caras de Grito. Um lhe entregou papel e lápis. Outro colocou um desenho diante dele. Pelas riscas sinuosas, Homan soube que era um mapa, só que parecia uma luva, não, um veado em pleno salto. Uma senhora lhe trouxe um sanduíche e um refrigerante, ele comeu o sanduíche mas deixou de lado o refrigerante, lembrando-se de Bolinhas e de Pudim. O tempo todo o pavor não o deixava. Ainda estava com suas botas, onde guardava o dinheiro, e aquilo lhe deu confiança. De alguma forma, contaria tudo isso a Garota Bonita em pessoa — e brevemente. Daria um jeito. Finalmente, dois homens sem uniforme levaram-no para um carro sem luzes de polícia. Eles o puseram no carro e dirigiram.

Foi mais um caso de não compreensão numa longa cadeia de não compreensões. A noite caiu, e eles continuaram dirigindo. Ele não conseguia ver muita coisa, exceto lagos e árvores. Eles chegaram aos arredores de uma cidade. Então abriram a porta e puxaram Homan para o frio.

Estavam diante de um lugar com as janelas iluminadas. Entraram. O lugar cheirava como o prédio da lavanderia na Armadilha, e ele sorriu, pensando em Garota Bonita. Também era quente ali, com as máquinas batendo a roupa. Quando ele se virou para os homens, viu que tinham saído. Correu atrás deles apenas para ver o carro já tomando a estrada.

Ele estava livre! Mas, observando as lanternas traseiras do carro desaparecerem, entendeu. Eles o tinham trazido para longe, muito longe da última cidade, e então o largaram como um saco de roupa suja.

Isto já tinha acontecido repetidas vezes. Homan encontrava novos lugares para servir de esconderijo, conseguia arrumar roupas novas e dava um jeito durante semanas. Então alguém o avistava, um incômodo de um surdo desalinhado que parecia maluco, e ele era posto em um carro e levado embora, de novo. Certa vez, eles até o embarcaram em um ônibus, entregando a passagem ao motorista. Garota Bonita e Pequenina contavam com ele. Homan ainda as via em sua mente todo dia de manhã. Garota Bonita embaçando o minúsculo espelho de maquiagem da Gordinha Ruiva e desenhando o rosto dele com o dedo; Pequenina espirrando espuma em uma banheirinha cheia de brinquedos — mas dar um jeito parecia ficar mais longe a cada dia.

Passaram então pela delegacia de polícia. Ele soltou a respiração. Eles prosseguiram e saíram da cidade, entrando numa terra marrom toda entrecortada por cercas. Eles apenas continuaram dirigindo. O gado pastava ao longe. Máquinas em longos suportes pareciam pássaros e bicavam a terra sem parar.

Depois de muito tempo, o carro parou diante de uma casa de rancho solitária, e um homem e uma mulher brancos saíram. Eles tinham cabelos grisalhos, roupas engomadas e rostos sorridentes sem ser acolhedores demais. O homem abriu a porta de Homan. Homan sentiu-se sujo e fedido ao lado de Cabelos Grisalhos, e não conseguia imaginar por que eles o estavam convidando para entrar na casa deles. Mais tarde, Homan se recordaria daquele momento como o início de um dos capítulos mais desconcertantes de sua vida até então. Agora, contudo, estava apenas grato por entrar na casa, sem nem por um instante se perguntar o que lhe pediriam em troca.

Imediatamente, Homan ficou maravilhado com a maneira de como o tratavam. Pela primeira vez na vida, tinha um quarto só seu, com uma escrivaninha, uma cômoda e uma cama. A cômoda estava cheia de calças bonitas e camisas sociais, macacões, camisetas brancas, pijamas, meias e até cuecas. A comida era de três refeições completas por dia, com Mulher Grisalha cozinhando-a gostosa e quentinha. Eles não usavam Caras de Grito. Eles o tratavam como se fosse um de seus outros três hóspedes. Só pediam que ele cuidasse dos porcos no quintal.

Os Grisalhos também pediam alguma coisa de seus outros hóspedes. Um tinha a pele da cor de barro, uma trança preta e uma constituição atarracada. O outro era magricela, cheio de espinhas e louro. As tarefas deles eram acompanhar o Marido Grisalho quando saía de carro para inspecionar as máquinas que bicavam a terra lá nos fundos, sentar-se para assistir aos pregadores na televisão com os dois Grisalhos e passar as tardes lendo um livro, o mesmo que, quando chegou, Homan encontrou à sua espera numa pequena valise marrom sobre a colcha de sua cama. Era um livro gordo com capa de couro e páginas de bordas douradas e tinha ilustrações de um homem velho de barba grande erguendo um cajado no ar enquanto um rio recuava, um barco partindo debaixo da maior chuvarada, entupido de animais, e um garoto disparando uma atiradeira. Ele achava que era a Bíblia. Os garotos McClintocks tinham lhe contado histórias da Bíblia — o milagre dos peixes e dos pães, o Bom Samaritano. Talvez aquelas fossem outras histórias, mas como poderia ele saber? Homan guardou o livro na valise, empurrou-a para debaixo da cama. Assim, durante as tardes, quando todo mundo se sentava à mesa da sala de jantar com o livro, ele ia para a garagem, que era repleta de tesouros, como TVs quebradas, velhas máquinas de venda automática e estantes tronchas. No chiqueiro e na garagem, era quente de derreter, mas, com os porcos, uma caixa de ferramentas e os rostos de sonhos de suas garotas, ele ficava muito bem.

Homan imaginou que os dois rapazes tinham sido acolhidos como ele, talvez cada um em seu momento de grande necessidade. Mas eles sabiam ler e ouviam. Quando ele estava mexendo nas coisas na garagem, costumava olhar pela janela e ver os garotos assistindo atentamente aos pregadores e falando com os Grisalhos, com o livro aberto diante deles. Eles até conduziam as orações antes das refeições, quando todo mundo se dava as mãos. Homan ficava o tempo todo perguntando-se se os Grisalhos esperariam que ele se juntasse, mas os Grisalhos o deixaram entregue às ideias. *Esse estado de coisas*, pensou, *não é nada mau.*

Apenas uma coisa lhe dava arrepios: por vezes, quando ele entrava, apanhava os Grisalhos trocando um olhar estranho. Também havia conversas na hora do jantar, com olhares rápidos sendo lançados em sua direção. Parecia que o preço que tinha que pagar por aquela vida de luxo era permitir que falassem a respeito dele. Homan podia suportar isso até descobrir um jeito de partir.

Partir era o problema. Ele não estava em um lugar onde pudesse se esconder atrás de prédios ou pular em trens de carga em movimento. Estava numa terra com uma longa estrada e uma casa solitária. Carros e caminhões passavam em velocidade de vez em quando, mas como poderia agarrar um veículo passando daquele jeito? Não havia sinal de trânsito nem placa para parar até onde podia ver. Ele poderia apenas sair andando sob o sol escaldante, mas policiais o tinham trazido para aquele lugar, e parecia muito provável que o trouxessem de volta.

Homan considerou a possibilidade de roubar o carro do Marido Grisalho. Costumava sentar na garagem e ficar mexendo na direção. Apesar de ser diferente dos carros na casa dos McClintocks e na Armadilha, não era nenhum mistério. E, apesar de ele não ouvir outros carros nem poder pedir informações, seria fácil fugir. Exceto que, cedo ou tarde, as coisas poderiam dar errado. E se a polícia o apanhasse roubando, acabaria preso antes de abraçar Garota Bonita.

Então, certa manhã, os Grisalhos puseram-no junto com os outros rapazes no carro e dirigiram pela longa estrada, indo muito longe, até chegarem a uma encruzilhada com uma lanchonete, uma mercearia, um posto de gasolina e um vasto campo sem nada. Uma luz vermelha piscava acima do ponto onde as estradas se cruzavam. Eles estacionaram no campo vazio. Um grupo de homens já estava lá, e logo chegou um caminhão de cimento com o misturador girando e um outro com blocos cinzentos. A equipe de trabalhadores se reuniu ao redor do Marido Grisalho, que levantou um megafone. Então eles começaram a trabalhar para construir alguma coisa, e esperava-se que Homan ajudasse no trabalho. Homan não tinha ideia do que eles estavam construindo, mas viu, à medida que derramavam cimento para fazer o chão, que seria tão grande que facilmente poderia abrigar os circos que visitavam a Armadilha. No dia seguinte, eles voltaram lá, e também no outro. Tornou-se o trabalho dele construir as paredes com os blocos pré-moldados. Homan também ajudou a colocar o telhado, passar a fiação elétrica para as luzes e os encanamentos para um banheiro, e — isto o deixou perplexo — construir um palco. O mistério daquele prédio e os confortos da casa dos Grisalhos fizeram com que deixasse de lado a ideia de fuga imediata.

Então um dia, depois que ele e os outros trabalhadores tinham arrumado fileiras de cadeiras dentro do prédio, tornou-se mais claro. Pouco antes do pôr do sol, ele e alguns outros foram mandados para o telhado para trabalhar, e, de lá, ele viu, deitada, esperando para ser erguida, uma imensa cruz. Enquanto Homan ajudava a levantar a cruz, pô-la de pé e depois segurá-la enquanto os outros a firmavam na base, olhou para baixo, onde a luz vermelha piscava, marcando o encontro das duas estradas. No posto de gasolina do outro lado, dois rapazes estavam postados, com mochilas aos pés, de polegares erguidos, e um motorista de caminhão nas bombas de gasolina acenou para eles. Eles levantaram suas mochilas e entraram na cabine do caminhão, e lá se foram todos pela estrada.

Certo. Viajantes de Polegar. Ele tinha visto isso na televisão. Era isso o que teria que fazer.

Voltar à encruzilhada não seria difícil, uma vez que passavam por ali todos os dias. Escapulir e ir para o posto de gasolina é que seria difícil — e então conseguir que um motorista o levasse sem que ele precisasse falar.

Alguém acendeu um holofote. A cruz se iluminou, e Homan saiu do foco de luz, olhando para a equipe reunida abaixo. Era um belo quadro, todo mundo aplaudindo. Então Homan olhou para o outro lado da estrada, para os caminhões. *Aquela é nossa solução, Garota Bonita*, pensou. Que belo quadro era aquele também.

No dia seguinte, pela primeira vez, os Grisalhos, Garoto da Trança e Garoto Magricela vestiram-se com roupas finas. Marido Grisalho vestiu um terno, Esposa Grisalha botou um vestido, colar de pérolas e meias de náilon, os rapazes puseram camisas passadas a ferro e gravatas. Homan tentou fazer o mesmo, mas eles sacudiram a cabeça fazendo que não e indicaram que não era para acompanhá-los. Homan não conseguiu acreditar. Finalmente ele estava pronto, e eles agiram como seus irmãos e irmãs, deixando-o sozinho.

Depois da refeição, Homan foi se refugiar com os porcos. Pela janela, observou todo mundo embarcar no carro, levando suas maletinhas com os livros, e, à medida que se aproximavam da estrada, Homan correu atrás deles. Mas foi inútil. Ele ficou parado na estrada, vendo a picape avançar em direção ao horizonte. Então foi até a casa e chutou as paredes laterais. Ele se meteu entre os varais de roupa nos fundos e arrancou calças, camisas e lençóis. Isso fez com que se sentisse melhor, e não só por achar que revidava à altura. Cada murro que dava fazia com que sentisse como todo aquele trabalho de construir a igreja tinha lhe desenvolvido os músculos.

Entrou de volta na casa batendo a porta. Homan podia sair andando e ir embora dali. Devia! Apesar de, enquanto andava de um lado para o outro na cozinha, olhando para os guindastes bicadores, admitir para si mesmo que não queria ficar de novo sem teto, à mercê das circunstâncias, sujo e assustado, desesperado por uma cabana empoeirada. Homan precisava partir, mas se esperasse até que o levassem de novo àquela luz vermelha piscante, ao menos conseguiria viajar em um caminhão, talvez até com suas roupas novas e alguma comida. Tinha apenas que encontrar uma sacola para encher de provisões. Não, já bastava de sacolas. Usaria a maleta que vinha com o livro.

A maleta ainda estava debaixo de sua cama. Homan encheu os braços de comida da despensa e seguiu pela sala de visitas. Lá, viu a televisão ligada, com um pastor falando, como sempre. De que adiantava deixar uma televisão ligada para um homem surdo? Homan começou a sair...

Então alguma coisa atraiu sua atenção. Aquele programa não parecia absolutamente ser o programa habitual. Aquele programa tinha lugar em uma sala enorme, com montes de gente ocupando as cadeiras. Homan conhecia aquelas cadeiras. Conhecia aquela sala. Aquelas eram as paredes que ajudara a emboçar. O palco. E no palco um pregador com um terno branco estava diante de um microfone, fazendo uma Cara de Grito, levantando os braços no ar. Estava tão exaltado que o cabelo quicava em sua testa. Homan se sentou no sofá. O Pregador do Cabelo Quicando andava pelo palco, o suor escorrendo pelo rosto. O palco parecia um bocado imponente. Homan fora obstinado na tarefa de lixar e pintar e se sentiu contente com isso. Imaginou a Garota Bonita sentada a seu lado, olhando para ele com orgulho. Homan cruzou as mãos atrás da cabeça e pôs os pés na mesinha em frente ao sofá.

Então reparou em homens empurrando uma rampa na frente do palco. Aquilo era estranho. O Pregador do Cabelo Quicando estava fazendo um sinal de *Suba aqui* para uma garota no corredor. Ela estava numa cadeira de rodas, empurrada por uma mulher. A multidão virou-se para elas, e os olhos da garota e da mulher brilharam.

A mulher — a mãe da garota, ao que tudo indicava — empurrou a garota rampa acima até entrar no palco, e o Pregador do Cabelo Quicando pôs as mãos na cabeça da garota. A boca do pregador se mexeu. A mãe estava chorando, e a plateia, rezando. A garota olhava bem nos olhos do pregador.

Então o Pregador do Cabelo Quicando atirou os braços para trás, afastando-os da garota, e fez uma grande Cara de Grito. A garota se levantou da cadeira! Homan não conseguia acreditar no que seus olhos viam. A garota deu um passo na direção do pregador. A mãe dela pôs a mão no peito, as pessoas choravam por toda a sala, e então... e então... a garota chutou a cadeira de rodas para longe e saiu saltitando pelo palco. A plateia sorria radiante, chorando, batendo palmas, rezando. A garota girou como uma dançarina. Pregador do Cabelo Quicando estava levantando os braços. A multidão se pôs de pé.

Homan olhou fixamente para a televisão. *Nenhuma garota que precisa de uma cadeira de rodas vai saltar de pé subitamente e se tornar uma bailarina! Talvez a Bíblia tivesse milagres como o dos peixes e o dos pães, mas aquilo era uma enganação. Não importava o que o Pregador do Cabelo Quicando dissesse ou quanto ele atirasse os braços, pernas que não se movem não se consertam sozinhas sem mais nem menos. Do mesmo modo que olhos não se consertam, nem cérebros, nem...*

E um arrepio o sacudiu à medida que compreendeu.

Na manhã seguinte, Homan acordou e viu o rosto de sonhos de Garota Bonita a seu lado no feno do celeiro e Pequenina engatinhando em cima deles. Contemplando-as, ele teve certeza de que seu novo plano estava absolutamente correto. De modo que se sentiu preparado quando Esposa Grisalha lhe entregou roupas bonitas para vestir.

Homan foi para seu quarto para vestir a camisa social e as calças bem-passadas e retirou a maleta, agora cheia de utensílios, comida enlatada e mudas de roupa. Deixou o livro debaixo da cama. Deixou também os sapatos que eles lhe tinham dado e calçou as próprias botas, recém-engraxadas. Quando saiu de maleta na mão e se posicionou ao lado dos garotos também bem-vestidos e com suas maletas, os Grisalhos sorriram, sem perceber, em nenhum momento, que alguma coisa estava errada.

Todos embarcaram no carro, e, quando iniciaram o caminho pela estrada longa, Homan viu um problema que não considerara. Garoto da Trança estava sentado de um lado, Garoto Magricela do outro — como guardas. Homan batucou com os pés e bateu com as mãos nas coxas. Todos falavam entre si, percebeu, e provavelmente a respeito dele. Toda aquela conversa a seu respeito certamente era um plano maior para levá-lo até aquele pastor.

Homan olhou para os joelhos e sacudiu a cabeça. Bem, ele fugiria, e ponto final.

Então seus olhos pousaram sobre a maleta, encaixada entre seus joelhos, e Homan sentiu uma pontada de culpa. Lá estava ele, mais que pronto para retribuir a hospitalidade oferecida com um roubo e sumiço. Eles poderiam estar levando-o para fazer um papel de idiota, entretanto, estavam fazendo apenas o que acreditavam ser correto, o que fazia deles, de longe, pessoas muito melhores do que todos os imprestáveis com quem havia cruzado ao longo dos anos. Também tinham sido muito decentes, dando-lhe de comer, dando-lhe uma cama limpa, não lhe dirigindo olhares perversos. *Talvez você deva isso a eles*, pensou. *Talvez você deva apenas entrar naquela igreja e fazer o que eles querem*. Além disso, e se eles soubessem de uma coisa que Homan não sabia — e se o pregador *tivesse* o poder de recuperar sua audição?

Homan não imaginara recuperar a audição desde que conhecera os McClintocks. Naquele momento, pensou neles conversando, pelas mãos carnavais de histórias. Homan se lembrou também do dia da igreja Revival, quando todos eles tinham subido a árvore e se encostado nas janelas e então a cantoria e as palmas e os gritos e os sermões tinham dançado através da vidraça e penetrado na pele deles. Não tinha sentido falta da audição depois daquilo. Bem, havia ocasiões em que ansiara ouvir a voz da Garota Bonita, e, com certeza, queria ouvir as primeiras palavras de Pequenina. E não havia como discutir que agora não estaria metido em tamanha encrenca se os desconhecidos pudessem entender sua fala. Mas e se recuperar a audição o fizesse esquecer como se ouve com os olhos, a pele, o nariz e a boca? E se a audição que ele recuperasse fosse ruim, como uma imagem de televisão?

Homan viu a igreja pelo vidro do para-brisa. Enxugando a palma das mãos nas calças, teve esperanças de que estacionassem no terreno bem na frente, que ficava a apenas um salto, um passar por cima e um pulo da encruzilhada e dos caminhões que estavam no posto de gasolina. Então eles avançaram, e Homan viu que o estacionamento da frente era reservado a pessoas de bengalas, andadores e cadeiras de rodas. Os Grisalhos foram para o estacionamento de trás, que ficava terrivelmente longe do posto de gasolina. Homan teria que se permitir ser levado para dentro — e, se fosse rápido de raciocínio, encontraria um lugar para esconder sua maleta e assim, quando eles não estivessem olhando, trataria de fugir.

Eles entraram no fluxo de gente passando pelas enormes portas da frente, e, tão logo estavam dentro da igreja, os Grisalhos e os rapazes detiveram-se para apertar as mãos de outras pessoas que pareciam conhecer. Homan queria escapulir, mas alguém sempre dava um jeito de estar a seu lado. Finalmente, depois do que se revelou ser infindáveis saudações, achou que teria sua oportunidade. Seus vigias não seguiram diretamente para os assentos. Foram ao banheiro e ele teve que ir junto.

Havia fila no banheiro, o que significava que precisariam estar ocupados com seus assuntos antes que Homan pudesse escapar. Ele examinou os outros fiéis, perguntando-se eles o segurariam se os rapazes lhes pedissem. Era difícil dizer. A maioria parecia gente abastada, como os Grisalhos, e bem-vestida, como os rapazes. Alguns também tinham diferenças: um velho usava os óculos escuros dos cegos, um rapaz andava com muletas presas aos punhos. Homan olhou para seus guardas. Na frente dele, Garoto da Trança olhava fixo para o espaço. Magrela tinha ido até o espelho para pentear o cabelo. Homan não estava sendo vigiado.

Aquela era sua chance, talvez a única no dia inteiro. Homan deu um passo...

E alguma coisa roçou na parte de trás de seu braço. Homan se virou. Atrás dele havia um garoto adolescente numa cadeira de rodas. Acima das calças azul-marinho e da camiseta branca para fora da calça, tinha o cabelo negro mais comprido do que qualquer outra pessoa ali e revelava uma esperteza alegre nos olhos de cílios longos. Ele estava olhando para Homan e mexendo os lábios, e, quando fez um movimento com o braço para cima, típico das pessoas com audição ao falar, ficou claro que sua doença afetava os braços e as mãos. De jeito nenhum Homan perderia sua chance por causa daquele garoto. Homan gesticulou apontando para as orelhas e sacudiu a cabeça fazendo que não. O garoto arregalou os olhos, então balançou a cabeça, e Homan recuou afastando-se. Mas o garoto estendeu a mão de novo, o punho numa braçada de nadador no ar. Então ele levantou a bainha da camiseta e fez um gesto, e Homan entendeu: o garoto estava no banheiro para esvaziar a bolsa que o ajudava a fazer suas necessidades, e não podia fazê-lo sozinho.

Homan sacudiu a cabeça. Não ele. Não agora. O garoto fez uma cara esperançosa, e Homan levantou a mão espalmada para enfatizar: Não. Dava para ver que sua oportunidade não duraria muito tempo e ele olhava para o outro lado do banheiro: Garoto da Trança entrava num cubículo, Magricela examinava uma espinha. Homan já estava dando de ombros em sinal de desculpas quando seus olhos se voltaram de novo para aquele menino, a esperança se desfazendo em desapontamento. E Homan se lembrou. Ele estava na Corrida, indo de uma pessoa para outra, numa estação de trem, tentando pedir a alguém para lhe comprar um bilhete. Tentou falar, fazer mímica, implorar — e todo mundo olhava para ele com medo ou passava apressado, até que ele ficou tão furioso que empurrou um baixotinho que ria dele no chão e fugiu correndo por uma porta lateral. Como poderia Homan *não* ajudar? Era apenas um moleque e uma vez. Com o Garoto da Trança atendendo a um chamado da natureza e o Garoto Magricela lustrando seu sapato, poderia conseguir, Homan sabia ser ligeiro — tinha esvaziado muitas bolsas na Armadilha. Ele largou sua maleta e fez um gesto apressado em direção a um mictório. O garoto empurrou a cadeira, atravessando o banheiro, e começou a puxar o cinto elástico. Quando não conseguiu mais, Homan fez o que já tinha feito um milhão de vezes: tirou o tubo, esvaziou e arrumou a bolsa de volta as roupas do garoto no devido lugar. O garoto levantou os olhos para ele com gratidão. Provavelmente Homan era o primeiro Samaritano que soubera o que fazer.

Cumprida a tarefa, Homan girou a cabeça — bem a tempo de ver o Garoto da Trança sair de um cubículo e Magricela dar as costas para os espelhos. Com a garganta apertada, Homan virou-se de volta para o moleque, que estava, surpreendentemente, examinando o aposento com um estranho sorriso enviesado. Isso fez Homan olhar melhor para aquele menino. O garoto tinha uma revista de histórias em quadrinhos saindo do bolso de seu blazer. Sardas salpicavam suas faces. Ele cheirava a menta e a chocolate.

Então o garoto virou o rosto para Homan, balançou a cabeça na direção do resto do aposento, e rapidamente, de modo que apenas Homan pudesse ver, revirou os olhos. Homan deu a primeira gargalhada em não sabia quanto tempo e também revirou os olhos.

Foi tão bom encontrar uma alma gêmea que Homan quase não se importou de voltar para o vestíbulo com seus guardas, e, enquanto eles o escoltavam para dentro do recinto para o serviço religioso, Homan deixou seus pensamentos voltarem a Baixote e Cabeça de Rodopio. Enquanto seguia pelo corredor na direção dos Grisalhos, segurando a maleta da fuga abraçada na frente do peito, Homan lembrou-se de como era bom e tinha gostado de ter amigos. O moleque — Descobridor de Samaritano, como Homan o chamou — devia ter sentido a mesma coisa: ele tinha estendido a mão para Homan antes de se separarem e apertado os dedos nos de Homan em cumprimento.

O dia se alongou interminavelmente.

Espremido entre Magricela e Trança, com a maleta enfiada debaixo da cadeira, como eles tinham feito com as deles, Homan imaginou que os caminhões que vira quando chegaram já tinham partido há muito tempo. Tentou fazer pela força de sua vontade com que mais caminhões viessem para substituí-los. Depois tentou fazer os garotos irem embora.

Então dois homens musculosos de ternos empurraram a rampa pelo piso até o centro do palco, e, enquanto a fixavam no lugar certo, os garotos se levantaram e gesticularam para que Homan fizesse o mesmo. Por um momento ele considerou a possibilidade de ficar em sua cadeira, mas a teimosia só criaria uma cena. Além disso, a probabilidade de escapar seria maior se estivesse de pé — mesmo se tivesse que deixar a maleta para trás. Só quando eles o escoltaram, de mãos vazias, em direção ao corredor foi que Homan viu quanta gente já havia lá, de muletas e cadeiras de rodas e bengalas e com companheiros de todas as idades e tamanhos. Não ter nenhum pertence era a menor de suas preocupações. Já havia muita coisa bloqueando seu caminho.

Os garotos saíram da fileira de assentos para a longa fila diante da rampa. Os outros esperançosos se separavam com acenos de cabeça amistosos, e ele e os garotos foram ocupar um lugar a apenas algumas cabeças do palco.

O homem na frente da fila tinha encaixado um braço ao redor dos ombros de uma mulher e puxava a perna — totalmente coberta por gesso — rampa acima, e Homan soube que teria pouco tempo para examinar o que o cercava. Virou para a esquerda, depois para a direita, observando as fileiras intermináveis de assentos ocupados abrindo-se em leque em direção às paredes distantes e às portas laterais. Uma pena que ele estivesse tão perto da frente, pensou, virando para trás. Como imaginava, Magricela estava posicionado bem atrás dele, com a fila longuíssima estendendo-se para trás até onde a vista de Homan alcançava. A igreja era tão difícil de atravessar quanto um rio.

Então um movimento atrás de Magricela chamou sua atenção: uma mão acenando à altura de sua cintura.

Descobridor de Samaritano! Apesar do coração desanimado, Homan abriu um sorriso, e Descobridor de Samaritano o acompanhou. Mas havia mãos na cadeira de rodas de Sam, e, quando Homan levantou os olhos, viu duas mulheres de cabelos escuros, olhando para o palco cheias de expectativa. Exceto por uma ser mais gorda que a outra, as duas tinham os mesmos traços e eram muito parecidas com Sam. Entretanto, o garoto não prestava nenhuma atenção nelas, e quando os olhos de Homan encontraram os dele de novo, Sam gesticulou para o palco e sacudiu a cabeça.

Homan balançou a cabeça em sinal de concordância. Então se virou e viu que a luz do holofote no palco agora estava acesa e iluminava um homem cego. Ele tinha tirado os óculos e estava andando com passadas hesitantes, deixando óbvio que não via melhor do que antes. Por que uma pessoa se submeteria a passar por aquilo? Será que ele realmente acreditava que podia ver? Ou será que ele queria apenas fingir para agradar seu acompanhante?

Um homem de muletas subiu cuidadosamente pela rampa. Homan era o seguinte na fila.

Ele varreu com os olhos o imenso salão, e embora não conseguisse encontrá-los, sabia que os Grisalhos estavam assistindo. Desejou não ter enchido a maleta com coisas roubadas. Desejou poder retribuir a hospitalidade deles com sua cura. Entretanto, agora via que a maioria das pessoas ali queriam tanto ser curadas que fariam qualquer coisa. Garota Bonita não tinha lhe pedido que se curasse. O rosto dela se iluminava sempre que o via, exatamente como era. Se ela não se importava com curas, e ele não tinha certeza de que queria ser curado, nem pensar em fingir. Quando chegasse sua vez — no palco, sob a luz do holofote, na televisão transmitida em todo o país —, ele seria o maior fracasso da vida do pregador.

O homem desprendeu ambas as muletas dos braços e atirou-se longe. Uma caiu no palco, outra lá embaixo, no pé da rampa.

Homan devia ter fugido na hora do banheiro. Garoto da Trança e Magricela o teriam perseguido, talvez o tivessem derrubado perto dos caminhões, mas isso teria sido melhor do que se tornar o palhaço do dia. Bem, ele seria apenas o primeiro. Teria companhia quando Sam também fosse um fracasso.

Homan encontrou os olhos de Sam, que olhava fixamente para ele, com as narinas infladas de ressentimento. Ele lançou um olhar para Magricela, que confabulava com as mulheres atrás da cadeira de Sam. Em seguida, Homan viu Trança puxando-o para o lado, e as mulheres empurrando Sam.

Tudo aconteceu tão depressa que Homan não teve tempo de se perguntar o que estava acontecendo. E não precisava — Sam ficou olhando para Homan enquanto passava, os maxilares rígidos, os olhos molhados. Homan estendeu o braço em solidariedade, e as mãos deles se tocaram. Então Sam e as mulheres subiram a rampa.

A luz do holofote iluminava o palco enquanto o Pregador do Cabelo Quicando punha as mãos na cabeça de Sam. Homan virou-se para trás, vasculhando a multidão, na esperança de que alguém estivesse vendo o que ele via no rosto de Sam. Mas todo mundo estava rezando, e quando ele se deu conta de que não havia nada que pudesse fazer, decidiu que, apesar de nunca ter rezado antes, começaria naquele instante. Faria isso com as mãos, falaria bem ali na frente de todo mundo. E, assim, fez sinais determinados e rápidos.

Por favor, Grande Artista, rezou ele. *Isto é, se é que está por aí. Sam é apenas um menino. Tire-o de lá e me ponha no lugar dele. Não tem problema se eu ficar parecendo o maior palhaço do mundo. Também não me importo se Cabelo Quicando é verdadeiro e se eu ganhar alguma coisa que não tenho certeza de que quero.*

As mãos do pregador voaram para longe do menino.

Sam ficou sentado em sua cadeira, encarando o pregador.

Respirou uma vez. Respirou duas. Cinco.

E então...

A mais corpulenta das duas mulheres saiu marchando pelo palco e parou bem diante de Sam. Ele olhou furioso para ela, e, embora ela o puxasse pelos braços, ele não se levantou. Com raiva nos olhos, ela moveu a boca. Ele também, com expressão desafiadora. Ela avançou, agarrando-o pela camisa enquanto ele se desvencilhava e virava a cadeira para que ela o largasse. Com as mãos nos quadris, ela circundou a cadeira e se aproximou. Ele baixou o braço para o chão, agarrou o punho da muleta jogada ao alto, e a levantou diante de si como um aríete. Chocada, ela se afastou. O pregador pareceu confuso. Sam cravou os olhos em Homan.

E subitamente Homan soube o que deveria fazer.

Empurrando Trança para abrir caminho, Homan subiu correndo a rampa, agarrou a cadeira e empurrou Sam para fora do palco. Magricela tentou agarrar Homan quando eles chegaram à base da rampa, mas Homan deu-lhe um empurrão, agarrou a outra muleta, enfiou-a junto ao descanso para braço da cadeira de Sam, jogou Sam contra a família que estava atrás dele e disparou, correndo a toda velocidade pelo corredor, passando pelos outros na fila de espera, precipitando-se para além dos queixos caídos da plateia, usando as duas muletas espetadas para a frente para fazer com que qualquer um que quisesse detê-los fosse obrigado a pular para o lado. Foi emocionante driblar a multidão, abrir caminho até o vestíbulo, sair voando e correr na direção da van que Sam apontou.

Homan não sabia por que Sam estava indo embora nem para onde ele queria ir. Sabia apenas que tinha descoberto uma saída para si e Sam, porque, quando chegaram à van, Sam empurrou para Homan uma bolsinha que tinha ao lado do corpo: lá estava um chaveiro... com a chave do veículo.

Você ouviu minha prece... e me deu coisa ainda melhor!, pensou, olhando para trás, para a igreja, depois que botou Sam dentro da van e sentou-se na direção. Viu Magricela e Trança e as parentes de Sam irromperem para fora da igreja e apontarem na direção do veículo. Mas o garoto já estava gesticulando para eles saírem dali, *já*, enquanto os outros vinham correndo. Homan pisou no acelerador, Sam abriu a boca de felicidade, e eles dispararam estrada afora.

A história das palavras

1969

— Olha só, Juju — disse Martha. — Os patinhos cresceram tanto!

Martha contemplou o carrinho e acariciou os cachinhos amarelo queimado. Julia, avistando o laguinho logo à frente, bateu com os pezinhos de bebê de dez meses, cheia de animação.

— Você se lembra de quando descobrimos esse parque? Os patinhos ainda não tinham nascido. Nossa! Como é possível que já seja setembro?

Julia não podia responder, mas isso pouco importava. Martha adorava conversar com ela. Era uma criança que não dava trabalho, esperta e deslumbrante. Seu rosto tinha a forma de um grande coração, os olhos eram escuros e cheios de vida, e os cachinhos eram alegres como escrita cursiva. Julia nem sempre era alegre: sua expressão com frequência era séria e tinha menos vontade de rir do que outras crianças. Mas sempre que Martha falava com ela, Julia se abria num sorriso tão doce e confiante que Martha sentia uma leveza no peito. Entretanto, este não era o motivo por que ela falava muito com Julia. Era porque conversar, além da rotina diária de andar pelo parque, empilhar cubos, soprar bolhas de sabão e bater palmas, fazia com que elas parecessem ser uma avó e uma neta felizes como quaisquer outras. Apesar do estilo de moradia ainda incomum, cuidando da casa desocupada de seu aluno Landon, em Maplewood, Nova Jersey, Martha tinha certeza de que desde que elas continuassem a viver de maneira discreta — e como havia demonstrado ser necessário, elusiva —, ninguém desconfiaria de nada.

Na beira do laguinho dos patos, Martha sentou no banco habitual. Pela primeira vez, chegara ao parque antes de Ivamae e Betty. Tinha estado tão preocupada com o que poderia acontecer mais tarde naquele dia, quando Landon finalmente voltaria de sua casa de veraneio, que dirigira de Maplewood até ali depressa demais. Eram apenas 10h40. Martha olhou para a orla do parque, procurando as amigas. *Suas amigas.*

Ela sorriu sozinha. Seus alunos tinham adorado conhecer a história das palavras — como, se você fosse rastrear a origem da palavra "pijamas", voltaria atrás no tempo e faria a travessia do oceano, chegando à Índia e à Pérsia. Ou como o "alô" tinha sido inventado por Alexander Graham Bell a fim de que as pessoas tivessem alguma coisa a dizer quando atendessem o telefone. "A linguagem que nós usamos", assinalara para eles, "nos mostra a história". E quando lembrava como era a Martha do último setembro, não havia nenhuma sugestão da palavra "amigas" naquela terra.

— Matilda! — Ela ouviu.

Ela se virou. Ivamae e Betty vinham andando em sua direção, empurrando os carrinhos com as crianças. Martha acenou.

— Eu sabia que você chegaria aqui cedo — disse Ivamae, a voz tão grave como o gospel que ela cantava aos domingos. Audrey, a menina de quatro anos de quem cuidava, saltou do carrinho e correu para Martha, chamando:

— Dona Matilda! — Betty veio atrás, com Lawrence, de três anos, chupando o dedo.

— É claro — disse Betty, o sotaque irlandês ainda carregado. — Ela está nervosa.

Martha abraçou Audrey.

— Você trouxe seu pão hoje? — perguntou a garotinha.

— Trouxe.

— Posso dar um pouco para os patos?

— Pode. — Martha enfiou a mão na bolsa pendurada no carrinho de Julia e tirou uma bisnaga de pão fresco. Então disse às amigas. — Bem, é um dia importante, mas tenho esperança de que tudo vá dar certo.

— Eu estaria nervosíssima. Quando maridos voltam depois de trabalhar o verão inteiro no exterior, eles podem aparecer com ideias estranhas na cabeça.

Ivamae disse:

— Uma vez vi um marido dizer à esposa para parar de trabalhar. Depois disso, ela não precisou mais de mim e tive que arrumar outro emprego.

Martha respirou fundo para não revelar que Landon não tinha esposa e que nunca diria tal coisa. Mesmo assim, ela também sabia que, como artista bem-sucedido e acostumado a ter silêncio e tranquilidade, ele poderia achar a presença de uma velha e um bebê uma intrusão. De fato, era possível que elas tivessem que deixar a casa dele e, com isso, aquele parque e aquelas amigas.

Os patos agora se aproximaram. Martha deu um pedaço de pão para Audrey, que o picou em pedaços e atirou aos patos.

— Eles gostam do pão da senhora, dona Matilda — disse Audrey. — Eu também.

Betty, sentando-se no banco, disse:

— Meu ex gostava do pão quando eu fazia.

— Isso é que é homem perfeito para você — disse Ivamae, também se sentando. — Ele gosta do pão que você assa, o que não o impede de correr atrás de outras mulheres.

— De qualquer maneira, eu não o queria mais lá em casa.

— Teria sido muito melhor para você se o tivesse posto para fora antes. É sempre melhor quando é você quem toma a decisão.

Martha adoraria participar da conversa contando detalhes de seu casamento, de sua situação de vida, de sua autobiografia inteira. Mas temerosa de se enganar quanto à capacidade delas de guardar segredos, tinha se conformado em manter uma amizade discreta, que, com frequência, se resumia a ouvir e murmurar palavras de solidariedade. Isso parecia satisfazer as duas; afinal, ela era uma mulher idosa cuidando de uma criança, do mesmo modo que elas, e elas gostavam de sua companhia.

Não que Ivamae e Betty pensassem que Martha fosse uma babá. No primeiro dia em que tinham se encontrado, na primavera, ela tinha apresentado a mesma mentira que havia usado com Henry e Graciela, e depois Landon. Naquele dia, enquanto começava a tentar se situar nas ruas de Maplewood, tinha encontrado aquele parque num bairro próximo, South Orange. Quando levara Julia em direção a um banco, vira duas mulheres de sua idade, uma negra e uma loura, ambas de cabelo branco e com carrinhos de bebê. Ela ficou conversando com Julia enquanto as duas mulheres estavam sentadas rindo em um dos bancos e as crianças com elas davam de comer aos patos. Então, ao empurrar Julia adormecida em direção ao Dodge, ouvira uma voz grave dizer: "Que bela criança você tem aí!" Martha tinha se virado para olhar para elas e a mulher de aparência irlandesa dissera: "Bom comportamento é traço de família?" Mais tarde, Martha compreendeu que aquilo havia sido a deixa para ela dizer que Julia não era parente sua e que Martha era babá. Mas tendo sido iniciada apenas muito recentemente na arte de mentir, ela lançara mão da mesma saída antes usada. "Ela é filha de minha sobrinha-neta" — e então optara por enfeitar um pouco a história — "como ela trabalha em Manhattan, e o marido dela teve que ir ao exterior para tratar de negócios, ela precisava de alguém que ficasse por aqui." Betty dissera: "Está recuperando a velha forma?" Martha tinha afastado os cachinhos de Julia com a mão. "Não tive filhos. Para mim tudo isso é novidade." Ivamae tinha lhe oferecido um saco de balas. "Volte amanhã", dissera Betty enquanto Martha se servia. "Nós lhe ensinaremos o que precisar." Ela havia voltado, e as instruções delas tinham começado onde as de Graciela haviam parado. Era como se houvesse uma linguagem secreta de mães que nenhuma mulher conhecia até se mudar para uma terra distante. Betty disse:

— Nós deveríamos dar mais esperanças. Talvez nada vá mudar.

— Estou na esperança de que eles queiram que eu fique.

As três amigas tinham trazido seus almoços e, enquanto comiam, Martha desejou esperançosamente que Landon quisesse que ela ficasse. Ele havia sugerido em seu último telefonema de Cape Cod que ela não precisava se apressar em partir, acrescentando que tinha vários trabalhos encomendados e que passaria a maior parte de seu tempo no ateliê, onde trabalhava com metal. Martha tinha medo de que ele pudesse mudar de ideia depois que tomasse ciência das perturbações criadas por uma criança.

As três amigas acabaram de almoçar e amassaram o papel de embrulho. Não seria bom se Julia pudesse crescer com Lawrence, Audrey, Ivamae e Betty? Martha tirou Julia do carrinho, abraçou-a no colo e olhou para o laguinho. *Qual é a história da palavra "coração"? Qual é o futuro da palavra "meu"?*

Enquanto fazia a curva para entrar na avenida South Orange, com Julia adormecida no banco de trás, Martha pensou no quanto se sentia à vontade ali. E, como aquela área era cara, trabalhar na casa de alguém com certeza era o ideal. Dali a não muito tempo, elas disporiam de mais dinheiro. Eva tinha escrito dizendo que achava que logo encontraria um comprador para a fazenda, e Martha sempre poderia voltar a lecionar. Contudo lecionar só depois que Julia estivesse no jardim de infância, e para isso ainda faltavam quatro anos. *Quatro anos*. Martha apertou o volante. Ela já estava com 71 anos, e todos os dias, enquanto Ivamae e Betty falavam de dores nos joelhos ou do medo que tinham de fraturas nos quadris, Martha tinha que reconhecer que ela também teria que começar a ir mais devagar. Parecia que estava numa corrida: a liberdade de Julia *versus* a própria saúde. Ela se lembrou do que Henry dissera quando fechara a mala do Dodge e correra para a janela do motorista para despedir-se na primavera anterior: *Tudo vai dar certo, sra. Zimmer*. Ele tinha razão, como o verão demonstrara, de modo que Martha apenas tinha que acreditar e ter fé que as próximas horas e os próximos meses — se Deus quisesse, ela não queria ser ambiciosa, mas também os próximos anos — também lhe demonstrariam isso.

Ela tinha plena consciência, contudo, de que Henry tinha oferecido suas palavras otimistas apressadamente enquanto ela partia de seu hotel. Naquele momento, enquanto dirigia pela avenida Wyoming em direção à casa de Landon, Martha se recordou daquele momento terrível. Os primeiros meses da vida de Julia, quando tinham ficado no hotel, tinham sido em partes iguais de brincadeiras e de aprendizado de como criar uma criança. Martha escrevia cartas regularmente, às vezes para uma Julia mais velha, às vezes para o punhado de alunos para quem Eva escrevera quando tudo acontecera — pedindo-lhes que enviassem a correspondência para Eva, que então a enviava num envelope de papel pardo para o hotel. Henry também precisava de ajuda no trabalho, de modo que, em algumas tardes, quando Julia estava dormindo, Martha ficava na recepção. No final da primavera, Martha já tinha escrito um número suficiente de cartas para Julia para que Graciela desse a ela uma caixa para correspondência — uma caixa de madeira de vinte centímetros quadrados forrada de feltro e entalhada com flores, animais e plantas. A tampa de cima tinha dobradiças, e sempre que Martha punha uma carta dentro dela, e as dobradiças rangiam alegremente com a alegria de um filhote de passarinho sendo alimentado, e Martha pensava: *Mesmo que eles — sejam lá quem possam ser — venham para levar Julia embora, ela terá minhas palavras de apoio.*

Então veio um domingo de maio — Dia das Mães, por irônico que possa parecer. Ela não deveria pensar naquilo, disse a si mesma, passando de carro pela reserva florestal onde com frequência levava Julia para dar de comer aos gamos. Entretanto, se aconteceu uma vez, podia acontecer outras e ela não poderia se permitir esquecer.

Martha, depois de ter ajudado as crianças a fazer um bolo para Graciela, tinha voltado com Julia para o quarto 119 para descansar até a hora do jantar. Ela se deitara vestida com um daqueles vestidos que trouxera da fazenda e estava semiadormecida quando ouvira o som de passos se aproximarem correndo da porta, seguidos por um bater insistente.

— Sra. Zimmer? — Era Graciela.

No momento em que abriu a porta, Graciela entrou correndo e fechou-se no quarto.

— Tem um homem lá na recepção procurando pela senhora.

Martha deu um passo para trás.

— Quem?

— Ele disse apenas que se tratava de assuntos oficiais.

— *O quê?*

— Ele se recusou a explicar o que isso significava. Disse que só falaria com a senhora.

— Ele não deu nenhuma indicação?

— Ele disse... ele disse que a senhora tinha informações sobre o paradeiro de uma pessoa desaparecida.

Martha forçou-se a manter o olhar firme, evitando olhar para Julia.

— Ele...ele era da polícia?

— Não estava de uniforme, mas disse que era de uma escola.

— *Uma escola?*

— Não faz nenhum sentido. Uma pessoa desaparecida, uma escola. A senhora está aposentada.

— O que você disse a ele?

— Que a senhora estava fora e que ligaríamos para ele quando a senhora voltasse. Ele disse que tinha vindo de muito longe e que pegaria um de nossos quartos para esperar. Nós não podíamos dizer que estávamos lotados. O estacionamento está vazio.

— Ele está em um dos quartos?

— Ele está na recepção. Queria fazê-lo partir, mas Henry disse que deveríamos contar para a senhora antes de tomar qualquer decisão.

Martha finalmente tinha se virado e olhado para Julia, a linda Juju, dormindo no berço de vime. Em seguida, tinha se sentado no canto da cama e posto a mão no peito do bebê.

— Ai, meu Deus.

— Ele deve estar enganado. A senhora não sabe nada a respeito de uma pessoa desaparecida.

Martha assentira. Acariciara o vestidinho de Julia e segurara as mãos minúsculas nas suas. Afinal olhara para Graciela.

— Temos que partir — disse. — Pode nos ajudar?

Elas partiram imediatamente. Henry, sem fazer perguntas, apenas as levara para fora por uma porta de fundos, enquanto Graciela cuidava da recepção e o homem no saguão olhava para o relógio. Então, depois que Henry assumira o trabalho de Graciela, ela telefonara para Landon. Já em Cape Cod, ele dissera que Martha podia usar sua casa em Maplewood durante todo o verão.

Não continuará assim para sempre, disse a si mesma enquanto entrava pela estradinha de serviço. Contudo, apesar de não ter nenhuma ideia de como havia sido encontrada, se empenhara a fazer tudo que pudesse para permanecer escondida. Assumiria um nome falso para se apresentar àqueles que já não a conheciam. Pararia de usar endereços de remetente quando escrevesse para Eva.

Naquele instante, quando Martha estacionava na casa em Maplewood, o Jaguar de Landon já estava na frente da garagem, que ele havia convertido em ateliê para trabalho de escultura em metal. *Por favor, diga que podemos ficar*. Mas elas partiriam se fosse preciso.

Martha carregou Julia para dentro pela porta dos fundos. O aroma de macarrão e molho picante dominava a cozinha, e um jazz vinha da sala de visitas. Julia fez sons curiosos. Elas seguiram pelo corredor, passando pelas malas de Landon que ainda esperavam para ser levadas para o andar de cima, passando pela mesa onde Martha deixara a correspondência dele. Alguns envelopes tinham caído no chão e permaneciam lá.

Martha olhou para a bagunça. Será que ela conseguiria viver com uma pessoa tão desleixada?

Elas entraram na sala de visitas. Landon, de suéter e calças pretas, estava sentado numa poltrona, segurando o telefone com o ombro e com uma carta na mão. Os olhos dele avistaram as duas paradas sob a arcada. E ele acenou.

— Preciso desligar — disse ao telefone.

Martha sentiu o perfume da colônia de Landon do outro lado da sala. Tinha se esquecido do cheiro. Gostara muito da fragrância na noite em que ele voltara àquela casa para dar-lhe a chave, mas agora o cheiro parecia fora de lugar, naquele lar de leite quente, molho de maçã e sanduíches de queijo grelhado. Julia se debateu nos braços de Martha, que rapidamente a levou para o cercado na sala de jantar. Martha estava sentada no chão, dando à Julia sua boneca favorita por cima da grade do cercadinho, quando ouviu Landon desligar o telefone e chamar:

— Sra. Zimmer!

Ela se virou quando entrou na sala de jantar. Foi quando ele viu direito Julia.

— Como ela cresceu! — exclamou, olhando para baixo. *Eu era assim*, pensou Martha. Agora ela se abaixava para ficar na mesma altura que a criança. Landon não iria fazer isso, logo Martha se levantou.

— Sra. Zimmer — repetiu ele —, é um prazer ter a senhora cuidando de minha casa esse verão.

— O prazer foi nosso.

— Mas, ah, olhe, olhe. — Ele estendeu uma carta para ela. — A senhora viu isso?

— O que é?

— É da Fundação Rosato. Ganhei a bolsa deles para mestrado em Arte Americana! Cinquenta mil dólares por minhas contribuições à arte!

— Que maravilha!

— Estou nas nuvens. — Ele deu uma pequena pirueta. — Mas tem um porém, embora não vá significar nada para a senhora. E para esse bebezinho lindinho.

— Um porém?

— Tenho que fazer algumas apresentações para o público a fim de que as pessoas possam ver o que um escultor que trabalha com metal faz. Mas eles virão diretamente para meu ateliê. Vocês nem saberão que estão aqui.

— Tenho certeza de que não.

— Ah, e terei que receber alguns aprendizes. Será coisa de curto prazo. Vocês não vão ficar esbarrando em desconhecidos dentro de casa.

Ela se obrigou a sorrir.

— Sei que deve ter estado se perguntando se poderia ficar, por isso vou encurtar a conversa. Fique! Fique!

Ela se abaixou para o cercado.

— Você ouviu o tio Landon? Ele é um homem tão bom.

— Ah — exclamou Landon —, o macarrão!

Ela o observou sair correndo para a cozinha e, só depois que ele estava fora de vista, ela se virou para Julia.

— O que vamos fazer agora? — perguntou.

Naquela noite, Julia demorou séculos para adormecer, mas Martha pouco se importou. Por mais que gostasse de Landon, aquilo não estava certo. Porém, não conseguia imaginar como recusar o convite dele. Na sala de aulas, Martha não tivera nenhuma dificuldade de encontrar palavras, o que era totalmente diferente fora da escola. Mesmo com Earl — *especialmente* com Earl — era mais fácil abrir mão de suas asserções, opiniões e mesmo preferências e submeter-se às dele. Nunca tinha ocorrido a Martha questionar se era falta de coragem dela para declará-las ou se achava que ele era mais importante que ela; ela tinha apenas se tornado hábil em segui-lo. Agora estava em um período novo em sua vida. Será que lhe poderiam ocorrer aquelas palavras que nunca tinham ocorrido antes?

Na esperança de que uma resposta se lhe apresentasse, Martha desceu e encontrou Landon na sala de visitas, bebendo vinho. Ele disse:

— Tem chá na cozinha para a senhora.

Depois que se acomodou no divã, com a xícara de chá ao lado, Martha ocupou-se fazendo tricô enquanto ele lhe contava os bons momentos de seu verão. Ela se perdeu nas histórias dele em Cape Cod até que, pouco antes de ela acabar seu chá, ele voltou ao tópico.

— Como é, sra. Zimmer — perguntou ele —, de repente ter um bebê para cuidar?

Ela olhou para as plantas. Julia adorava as plantas que tinham flores.

— O que quero dizer é: tudo isso é como havia pensado que pudesse ser? Se é que algum dia pensou nisso?

Ela olhou para o fio de lá em suas mãos e começou um movimento metódico.

— Eu estava sozinha há muito tempo. Quando meu marido era vivo, eu me sentia confortada pela presença dele. Apenas ouvi-lo em um outro aposento era agradável. — Ela deixou de fora o que não tinha sido agradável, embora agora, pensando no prazer que passara a sentir todos os dias, se lembrasse do descontentamento que outrora nutrira. — Está tarde — disse. — Desculpe-me. Estou falando besteiras.

— Não. Por favor, continue. Exceto por uma oportunidade que foi para o espaço, eu não sei se algum dia terei alguém de importante em minha vida, quanto mais um filho. É constrangedor admitir.

— Não fique constrangido. Eu estou em sua casa. Com uma criança.

— Então também não fique constrangida.

Ela tricotou por algum tempo.

— Acho que posso dizer que ter Julia perto de mim me devolveu o sentimento de ter uma presença em minha vida, ainda que diferente da que perdi.

— O que quer dizer?

Ela parou de tricotar e fechou os olhos.

— Mesmo aqui na sala de visitas, sinto como se pudesse ouvi-la respirar através do teto. Com meus olhos fechados, posso vê-la dormindo no berço, o rosto dela tão tranquilo sob a luz da rua que passa pelas cortinas. Também sinto que ela sabe que estou aqui. E isso é...muito gostoso. — Ela abriu os olhos.

Ele se serviu de mais um copo de vinho.

— Quer um pouco?

Ela sacudiu a cabeça.

— Meu marido era abstêmio.

— Perdoe-me. Mas ele não está, bem, morto?

— Certos hábitos ficam arraigados.

— Estou vendo. Aos setenta anos ela decide viver com a filha da sobrinha-neta e abandona o único lar que conheceu durante a maior parte de sua vida. Isso é arraigado com concreto.

Ela se permitiu uma pequena risada.

— Vamos lá, sra. Zimmer. Viva um bocadinho. — Ele tirou uma taça da prateleira e segurou a jarra de vinho acima dele.

— Só um dedinho?

— Está bem.

Ele serviu um copo inteiro.

— Então aqui tem mais do que o suficiente.

Ela não tocava em álcool há cinquenta anos e lhe pareceu ridículo fazê-lo naquela situação. Embora, para sua surpresa, o vinho estivesse delicioso. *Earl não está aqui.* Tomou um segundo golinho. *Julia está aqui. Landon está aqui. E eu estou aqui. Seja lá quem eu for.*

Ela descansou o copo vazio, consciente de que já se sentia meio tonta. Não era um sentimento que desejasse ter, mas amenizava o constrangimento de estar sentada ali com um rapaz que abrira sua casa para ela. Ela pegou seu tricô. Foi preciso esforço para mover as mãos.

— Posso perguntar uma coisa? — disse Landon. — Não é obrigada a responder. Ela não é sua sobrinha-neta, é?

A despeito de si mesma, Martha sorriu para seu tricô. Então recuperando o controle do rosto, levantou a cabeça e disse:

— Diga-me por que você tem duas casas, Landon.

Ele passou a mão pelo cabelo.

— Algumas pessoas são inquietas. A senhora se lembra de como eu sempre queria apontar meus lápis? Fazia isso pelo menos umas dez vezes por dia apenas para poder olhar para fora.

— Eu me lembro.

— Quando comecei a vender obras em galerias, eu queria ter um segundo lugar onde pudesse me retirar. A senhora sabe, meus pais se mudaram para Nova Jersey antes de eu ir para a faculdade, e essa casa era um pouco perto deles, e eu não posso falar pela senhora, mas não consigo me ver perto de certas pessoas. Mas, ao mesmo tempo, não queria me desfazer daqui, de modo que comecei a sair nos verões, a alugar casas em diversos lugares na costa. Então fui visitar um amigo em Cape Cod e decidi comprar uma casa lá.

Martha ouviu Julia fazer um ruído enquanto dormia.

— A senhora precisa dar uma olhada nela? — perguntou Landon, excessivamente preocupado.

Ela sacudiu a cabeça.

— Esse é o barulhinho que ela faz quando está tendo um sonho bom. No início, fiquei me perguntando como poderia distinguir se ela estava tendo um sonho ou um pesadelo, mas depois se tornou fácil.

— A senhora ama Julia de verdade, não é?

Ela assentiu, de cabeça baixa, e sentiu os olhos se encherem de lágrimas.

Landon disse:

— Tive uma ideia. Minha casa em Cape Cod fica vazia o inverno inteiro. Como lá é uma daquelas cidades agitadas o ano todo, tem aquecimento na casa. E privacidade. A senhora poderia ficar lá, em vez de aqui.

— Isso é... Isso é muito generoso.

— Como eu disse, quando conversamos em maio, é bom poder fazer alguma coisa por uma pessoa que foi tão importante em minha vida. Além disso, acho que há alguma coisa acontecendo com a senhora, sra. Zimmer.

— Como assim?

— A senhora parece menos... ah, detesto dizer isso, mas vou dizer. A senhora parece menos solitária.

Ela perscrutou o rosto dele.

— Na escola, a senhora estava sempre alegre. E também naquelas festas de Natal. Mesmo assim, havia momentos em que uma outra expressão tomava conta de seu rosto, Uma expressão triste. Distante.

Será que toda a luta dela fora tão visível? Como poderia ela esconder Juju se não conseguia nem esconder a si mesma?

— Foi por isso que eu fiz o homem do farol para a senhora — prosseguiu ele. — Eu queria que tivesse companhia.

— É mesmo? Não sabia disso.

— Mas agora não tem mais aquela expressão. E está vestindo calças e blusas, não vestidos o tempo inteiro. E seu cabelo está diferente. Não está preso.

Ela se sentiu corar.

— Às vezes, com Julia, pentear e passar a ferro não é conveniente.

— A questão é, a senhora parece menos triste. Acho que isso tudo, seja lá o que for, é bom para a senhora.

Ela olhou para ele.

— Mesmo sem que você saiba o que é, Landon?

Ele tomou um último gole.

— Apesar de eu não saber. E também não preciso saber.

E assim, em um dia de outubro, quando as folhas estavam no auge do colorido, Martha e Julia estacionaram numa entrada para carro na cidade de Harwich Port, em Cape Cod.

Tinha sido difícil dizer adeus a Ivamae e a Betty, especialmente em meio a uma nuvem de desonestidade: ela dissera que a família de sua sobrinha estava se mudando e que fora convidada a acompanhá-los. Ela manteria contato, prometeu; e será que lhe podiam dar alguns retratos para ela levar como lembrança? Então pegou o carro e foi embora tremendo de pesar. Quanto tempo poderiam elas continuar vivendo assim? Será que Martha algum dia poderia ter não apenas amigos, mas amigos que conhecessem a verdadeira história de sua vida?

A casa de Landon ficava numa rua transversal afastada da estrada principal, a estrada 28, e ficava bem alta acima do mar. Como as casas vizinhas, a casa de dois andares de telhado de telha cinzenta tinha a entrada na lateral e um pequeno jardim ao lado com gramado, arbustos de hidrângeas, cedros e canteiros sob as janelas, hibiscos crescendo ao longo de toda a cerca dos fundos — e uma vista de um calmo estreito de Nantucket. Martha abriu a porta do carro e tirou Julia, quase inebriada pelo ar salgado.

Ela balançou o bebê.

— Olha — disse —, nossa nova casa.

Ela olhou ao redor. Nenhuma das outras casas tinha luzes nas janelas.

— Bem — disse Martha —, nós realmente precisamos de privacidade. Temos apenas que nos certificar de que a privacidade não se torne solidão.

Ela examinou a rua mais abaixo. Uma das casas tinha uma escada de mão chegando ao segundo andar. Um homem estava descendo a escada, um Golden Retriever fielmente esperando na parte de baixo.

— Juju — disse Martha —, você acha que a gente deve?

Julia olhou para o rosto de Martha, estendeu as mãos e bateu de leve nas bochechas da senhora. Era um dos muitos hábitos dela, e sempre fazia Martha rir, o que acabava fazendo Julia rir também.

É sempre melhor quando você pode tomar as decisões por si mesma, dissera Ivamae.

— Isso mesmo — disse Martha. — Nós podemos fazer novos amigos. — Ela fechou a porta do carro e deu um cheirinho no rosto de Julia. Então elas saíram para ir conhecer o homem com o cachorro.

Fantasma

1970

Sam bateu no painel do carro com a vareta e apontou para um ponto mais adiante no acostamento da estrada, o qual Homan já havia avistado.

Ele adquirira um bocado de prática em identificar Viajantes de Dedo nos meses que passaram juntos. Ter uma terceira pessoa por perto significava mais um indivíduo na van, o que despistava a polícia, à procura de um garoto branco em fuga com um homem negro. Uma terceira pessoa também significava mais braços para ajudar Homan a lidar com Sam e sua cadeira de rodas na entrada de campings ou para subir escadas altas demais para a rampa portátil que mantinham no carro. E também mais um companheiro para se divertir com eles. Mas, mesmo quando estavam apenas os dois, a vida com Sam era sempre muito divertida. Tão divertida, pensava Homan, à medida que se embrenhavam mais naquela terra sem nuvens e de montanhas de rocha vermelha, que às vezes até afastava a mente de pássaro longe do ninho do problema de encontrar o caminho de volta para casa.

Aqueles Viajantes de Dedo eram diferentes de todos os outros que conheceram antes. Para começar eram dois, e depois eram garotas. Mas talvez fossem tão divertidas quanto o rapaz de cabelo comprido que os convidara para passar a noite na casa de sua família, ou o andarilho de cabelo grisalho que lhes comprara feijões em uma barraquinha de beira de estrada ou os homens de todas as idades e cores que os acompanharam em toda sorte de maravilhas: um deserto de areias brancas, casas entalhadas em penhascos, um gigantesco cânion vermelho, laranja e amarelo mergulhando num rio. Que aventura poderiam ter com aquelas duas?

Homan estacionou no acostamento, as garotas agarraram as mochilas e correram na direção da van. Eram muito mais moças do que ele e um pouco mais velhas do que Sam. A loura alta usava uma camiseta azul sem mangas e uma saia púrpura. A de cabelo castanho e baixinha fazia um estilo caubói, com um colete vermelho por cima de uma camisa branca e calça jeans.

Como todo mundo, ficaram surpresas quando abriram a porta lateral. Na frente da van havia um banco de motorista, e do lado do passageiro, os trilhos que mantinham a cadeira de rodas de Sam presa no lugar. A parte de trás da van não tinha assentos, apenas uma espreguiçadeira fixada no assoalho, um colchonete de espuma tipo caixa de ovo estendido, a rampa portátil e as roupas deles. Homan se inclinou para o lado para abrir a janela de Sam. Sem saber o que Sam estava dizendo, imaginou que não devesse ser mais que: *Sejam bem-vindas, moças. Meu nome é Sam, e este é meu amigo, ele é surdo e eu não sei o nome dele. Nós fazemos algumas coisas diferentes. Aquela cadeira me ajuda a não ficar tempo demais sentado nesta, e vocês podem usá-la à vontade porque gosto de ser o copiloto. Ou se acomodar no colchonete de espuma, que é onde eu durmo. Apenas fiquem à vontade e me digam para onde querem ir. Nós não estamos indo a nenhum lugar específico, de modo que iremos para onde quiserem.*

Homan olhava por cima dos ombros de Sam e via a expressão das garotas tornar-se divertida, algo que sempre acontecia quando Sam falava com mulheres. O garoto tinha o tipo de atitude amável e o jeito fofo de menino, com os cabelos pretos e grossos, o sorriso esperto e os olhos azuis prontos para uma piscadela. Sendo assim, não era de espantar que a loura estivesse se desmanchando em risadinhas quando atirou a mochila para dentro da van, exalando um perfume de morango. A amiga entrou depois, com a mochila no ombro e braceletes de contas no punho. Morango se jogou na espreguiçadeira. Pulseira de Contas sentou-se no colchonete.

Homan ficou esperando. Sam, sem dúvida, perguntava como chegar ao lugar aonde aquelas Viajantes de Dedo queriam ir. Morango encontrou uma caneta e desenhou no próprio braço — talvez um mapa —, então se inclinou para a frente e o apoiou nas coxas de Sam. Ele passou o polegar sobre os riscos de tinta na pele e, quando ela se recostou, fez o gesto que ele e Homan tinham inventado logo no início, um dos poucos que podia fazer com facilidade, levantando as mãos no ar e indicando pela distância entre elas quão longo seria o caminho a percorrer. Este percurso seria curto; mas quanto — até de tarde? Até o dia seguinte? —

Homan não sabia dizer. Desejou que Sam conhecesse seus sinais. Mas o garoto mal podia dobrar os punhos, seus cotovelos não se mexiam muito, e, exceto por um polegar, seus dedos serviam mais para mostrar do que para agir. Era por isso que Sam usava a vareta para apontar, uma caneca com alça para beber e uma espécie de tipoia de couro com a qual segurava os utensílios de comer. Contavam mesmo com os rostos e alguns gestos largos das mãos para se comunicar. Homan guardava para si seu desapontamento. Era o preço que tinha que pagar para estar com Sam. Bem, isso e o medo de ser preso, dessa vez, por sequestro. Homan pintou a van branca de marrom e Sam se livrou de seu terno azul-marinho. Se isso não fosse suficiente e fossem pegos, ir para a prisão por ter roubado um carro seria, por comparação, o menor de seus problemas.

Morango naquele momento se recostou, sorrindo como um gato que acaba de comer, e, enquanto Sam gesticulava para a estrada adiante, Homan sentiu aquela queimação, agora conhecida, arder em seu estômago. Podia acontecer a qualquer momento — durante uma risada com Sam, admirando uma vista bonita com um Viajante de Dedo, bebendo um refrigerante de laranja — e subitamente Homan desejava que Garota Bonita estivesse ali, e então se lembrava de que ela não estava. Não poder prever quando a sensação viria era ruim, mas o pior era o que acontecia toda manhã. Garota Bonita estaria esperando por ele do mesmo jeito que no dia em que ele ficou perdido pela primeira vez, só que agora ela estaria do outro lado de uma janela. Às vezes, ela estaria desenhando e olharia para o vidro. Às vezes, estaria tirando a Pequenina de uma cadeira alta e olhando para fora. Ele se aproximaria, saudando-as, *Bom dia, garotas bonitas*, uma vez após a outra. Mas elas apenas continuariam olhando pela janela sem vê-lo. *Como descobrir o caminho de volta?*, Homan perguntava a si mesmo quando abria os olhos. Então, absorvia a imponência da vista, ou o fato de ver o seu amigo deitado no colchonete de espuma, e se questionava: *Será que é errado querer se divertir até descobrir um jeito?*

Homan bateu os nós dos dedos contra o estômago para empurrar a queimação lá para baixo. Então, pôs as mãos no volante e dirigiu.

Naquele primeiro dia com Sam, já há tantos meses, enquanto Homan se afastava a toda velocidade da igreja, com Sam movendo os braços como um regente de orquestra, os dois, às gargalhadas, entraram e saíram de estradas por um tempo enorme, na esperança de despistar quaisquer perseguidores. Finalmente, depois de um caminho um bocado tortuoso e percebendo que ninguém os seguia, Sam gesticulou para que Homan estacionasse, então abriu o porta-luvas, tirou sua vareta e desdobrou uma página. Pelo desenho cheio de riscas complicadas, Homan sabia que era um mapa, e ver aquilo o angustiou e o perturbou ainda mais do que a perspectiva de ver luzes vermelhas girando e piscando. Ele já estivera perdido tantas vezes seguidas que achava impossível entender os mapas, e Sam não sabia como lhe dizer onde estavam. Além disso, Homan não tinha ideia da distância percorrida desde que estivera no quarto da Doadora de Teto, onde pusera um anel de faz de conta no dedo de Garota Bonita enquanto Pequenina dormia na cesta. Ele apoiou a cabeça contra o volante em desespero.

Logo depois, Sam lhe deu uma cutucada com a vareta. Homan olhou para o lado e viu o garoto encarando-o com preocupação. Sam esperou alguns instantes, então apontou para uma sacola de papel no chão.

Dentro dela havia uma montanha de barras de chocolate embrulhadas em papel prateado e azul. Sam gesticulou para que Homan pegasse uma, tirasse a embalagem e colocasse o doce entre seu polegar e o dedo indicador. Enquanto mastigava, Sam balançou a cabeça para que Homan pegasse uma barra para si. Homan hesitou. Exceto pelos que encontrara em latas de lixo, nunca comera doces sem ser nos circos da Armadilha. Sam, com uma espetadela em seu queixo, deu o estímulo que faltava para Homan desembrulhar uma barra e cravar os dentes nela. Por um momento, o gosto de chocolate e menta varreu para longe seu desespero.

Homan tornou a entrar na estrada, seguindo as direções que Sam apontava. Não tinha ideia de para onde Sam queria ir, mas, sem ter nenhuma melhor sobre qual deveria ser o próprio caminho, Homan apenas dirigia, aproveitando ao máximo o fato de estar no comando de um veículo. Encontrou os sinalizadores de lanternas traseiras. Descobriu como funcionava o isqueiro. Tentou ligar os limpadores de para-brisa e em vez disso acionou um esguicho de água. Alguns quilômetros depois, Sam chamou a atenção de Homan para outro saco, este cheio de chicletes. Sam enfiou um na boca e soprou uma bola imensa. Homan tentou, mas não sabia como fazer, então Sam lhe mostrou. Depois de algumas tentativas, logo estavam soprando bolas cor-de-rosa juntos.

Muitos quilômetros depois, Homan também tentou ensinar uma coisa a Sam. Ele pôs uma barra de chocolate no colo. Então apertou os dedos uns nos outros formando algo parecido com um bico, aproximou-os da boca, fez um movimento de mastigar e estalou os lábios — seu sinal para doce. Sam olhou com curiosidade, então Homan repetiu o gesto, apontando para a barra de chocolate. Lentamente, o rosto de Sam pareceu se iluminar. Homan moveu a mão de uma maneira que sugeria que Sam deveria imitá-lo. Mas Sam só conseguiu fazer uma parte do movimento antes de sacudir a cabeça.

Da autoestrada passaram a uma rua principal. Seguiram em baixa velocidade por alguns quarteirões até que Sam apontou para uma vaga de estacionamento e Homan parou a van. Estavam na frente de um prédio de aspecto sério com escadas de pedra. Não era uma casa — graças aos céus. O que era?

Sam gesticulou para os degraus de pedra. É claro: precisaria de ajuda para entrar no prédio, o que não seria um problema, uma vez que Homan já havia ajudado Homem Como Uma Árvore a subir escadas muitas vezes. Homan posicionou a rampa portátil e tirou Sam da van. Então, com Sam de costas para ele, Homan o puxou na subida da escada atravessando a grande porta de vidro.

Eles entraram em um grande aposento frio, com piso de pedra, pé-direito alto e balcões que chegavam à altura do peito. Embora Homan nunca tivesse entrado em um antes, soube que estavam em um banco.

Dirigiram-se ao balcão onde uma senhora olhou para Homan, que baixou a cabeça na direção de Sam. Ela se inclinou para vê-lo e Sam falou com ela. Em seguida, o garoto gesticulou para que Homan tirasse alguma coisa da bolsa presa por uma corrente ao seu cinto. Era ali que ele guardava a chave da van, mas agora Homan pegou uma carteira e um livro fino e entregou ambos à senhora. Ela deu um papel para ser assinado — com a caneta, como com o chocolate, entre o polegar e o indicador — e também um envelope de dinheiro.

As coisas estavam ficando interessantes.

A parada seguinte foi numa daquelas lojas que vendem de tudo. Os corredores se estendiam diante deles entre prateleiras altas como milho no campo, só que em vez de vegetação havia lençóis e pratos, aventais e detergente e qualquer coisa útil, todas embaladas e dobradas com as etiquetas de preço penduradas. Eles avançaram pela loja, com Sam usando sua vareta para mostrar a Homan o que deveria pôr no carrinho: álcool para fogareiro, cantis, uma panela, pratos, uma faca de acampamento, uma lanterna, isqueiros, um colchonete de espuma tipo caixa de ovo para Sam, um saco de dormir para Homan, cobertores, travesseiros. De modo que aquele dia não seria o último dia deles juntos. Homan quase bateu palmas em sinal de contentamento.

Em seguida foram a um brechó. Lá, provaram camisas, jaquetas, sapatos e calças, os dois diante de um espelho, comentando com caras e bocas as escolhas um do outro. Sam gostava de jaquetas de couro, camisetas com guitarristas de cabelo comprido, calças tipo pijama com elástico na cintura. Homan, que nunca escolhera suas roupas, não conseguia se decidir, e deixou por conta de Sam a compra: um terno xadrez verde e vermelho com uma camisa social amarela. Eles também compraram um isopor e uma velha espreguiçadeira.

A última parada foi numa mercearia. Homan já tinha visto lojas como aquela, mas nunca entrara em uma e ficou, de repente, atordoado. Sam então escolheu pelos dois: pão, frios fatiados, batatas fritas, pudins, refrigerantes e guloseimas. Depois Sam apontou para uma prateleira de revistas. As que ele queria estavam no alto e tinham uma capa de papel pardo cobrindo a frente. Quando Homan as pegou, deu uma espiadela por trás do papel. Todas tinham fotos de mulheres quase explodindo de suas roupas de baixo. Homan lançou um olhar para Sam, com uma sobrancelha erguida. Sam fez sua cara de anjo e os dois caíram na gargalhada.

Então seguiram no carro por muito tempo, o céu passando do dia para a noite. Finalmente, Sam fez um gesto indicando que deveriam seguir por uma estrada secundária até que, longe da casa mais próxima, pararam e saltaram. Estava frio, por isso Homan fez uma fogueira e cobriu Sam com cobertores. Eles comeram e tudo estava delicioso. Então, depois aconteceu uma coisa extraordinária. Enquanto estavam saboreando a sobremesa, Sam moveu suas mãos para cima e para baixo com uma expressão questionadora e apontou para o pudim. Era a primeira vez que Homan via aquele gesto, mas entendeu o que Sam queria dizer:

Mostre-me o sinal para isso. Estarrecido, Homan fez o sinal para pudim. Sam assentiu, então fez a pergunta de novo: *chiclete, lua, fogo*. Homan sinalizou e sinalizou, sentindo alguma coisa dentro dele, como brotos novinhos de planta saindo do solo.

Ele mostrou a Sam truques que tinha aprendido na Armadilha. Pegou a tampa da garrafa de refrigerante e a fez desaparecer em uma mão e aparecer na outra. Depois, desfez o laço do cordão do sapato e o refez usando apenas uma das mãos. Então Sam teve uma ideia — uma forma elegante de travessura. Eles pegaram uma sacola de plástico transparente em que viera uma jaqueta. Então torceram os arames das etiquetas de preço e os enfiaram nas pontas da sacola. Puseram a tampa da garrafa cheia de álcool para fogareiro na cesta feita com os arames e tocaram fogo. A sacola plástica subiu no ar. Enquanto eles riam com espanto e admiração, a sacola subia alto e mais alto, cintilando com as estrelas, flutuando no céu aberto. Era um fantasma alegre que só eles podiam ver, um explorador que navegaria para sempre.

Mostre-me o sinal para isso, pediu Sam quando a sacola já estava fora de vista.

Homan quase respondeu *sacola* ou *céu*. Mas, em vez disso, apontou para o garoto e sinalizou uma palavra que, por tanto, tanto tempo, não havia se permitido pensar. *Amigo*, sinalizou. *Meu amigo*.

Agora, meses depois de terem lançado o fantasma e meio dia depois de terem pegado as garotas Viajantes de Dedo, Homan dirigia a van para as colinas, na direção do que se deu conta ser uma casa.

A noite havia caído. Sob a luz externa que inundava os quatro, Homan viu veículos estacionados na grama entre a entrada para carros e o passeio na frente da casa. A casa era comprida, com um telhado achatado, e havia luz em todas as janelas, por onde se viam pessoas circulando em todos os cômodos. Não era a primeira festa a que ele ia com Sam, mas foi a maior e a mais distante. Eles tinham dirigido para o interior das montanhas para chegar ali, serpenteando em meio aos abetos, sob o voo de pássaros de grandes asas.

As garotas estavam risonhas e cheias de vida, e, assim que Homan estacionou, Pulseira de Contas saltou da van. Morango a seguiu e começou a rodar como uma bailarina. Correu em direção à casa, então se virou. Àquela altura, Homan havia saltado da van e Pulseira de Contas — que tinha oferecido muito mais ajuda do que a outra — auxiliava com a rampa. Morango saltitou de volta, falando enquanto Homan ajudava Sam com a cadeira de rodas. Quando as rodas tocaram o solo, Morango fez uma mesura. Então Sam pôs as palmas de suas mãos nas rodas e avançou pela passagem até a casa. Ela o seguia, executando uma dança lenta e flutuante ao seu lado.

Homan se virou para Pulseira de Contas, que observava a amiga e sacudia a cabeça. Ela virou-se para Homan, o rosto amistoso, mas não de flerte, e inclinou a cabeça indicando que seguissem em frente.

Não foi tarefa fácil passar pela multidão e entrar na casa. Homan e Pulseira de Contas abriram caminho com os ombros até chegar a uma sala cheirando a suor, cigarros, cerveja, água de colônia e algo que parecia mofo. Ele podia sentir uma vibração de batidas pelos pés e soube que devia haver música tocando. Corpos vestidos com roupas curiosas e bem coloridas se apertavam uns contra os outros, dançando e conversando.

Como era um dos mais altos no aposento, Homan avistou Sam facilmente entre o bolo de gente abrindo caminho para a cadeira de rodas. Morango estava ao lado dele, e Sam falava com todo mundo que se virava, fazendo o gesto de inclinar a mão para indicar que queria uma bebida. Homan se moveu em meio ao aperto de gente beliscando comida e bebendo cerveja e, sempre que olhava para trás, encontrava Pulseira de Contas seguindo-o. Ele estava com um grupo, pensou, enquanto os quatro se moviam em meio à multidão. Estava num grupo com um rapaz bonitão e duas moças lindas, e se sentiu sorrir. Chegaram a um aposento lateral e lá se enfileiraram, esperando pela bebida cor de âmbar, e Sam pediu a Homan com movimentos das mãos para pegar a caneca na sacola de pano pendurada no encosto da cadeira. Ninguém pareceu se incomodar que Homan não pegasse uma caneca para si. Todo mundo se comportava como se ele fosse dali.

A casa com certeza devia ser de um homem rico. Tinha assoalhos da cor de ferrugem e peles de animal presas nas paredes. Longos sofás macios se espalhavam pelo enorme salão, que também tinha uma grande TV colorida e um toca-discos com enormes caixas de som — as fontes, Homan descobriu, da vibração que sentia nos pés. A cozinha tinha bancadas verdes, uma mesa transparente e duas geladeiras. Os corredores conduziam a três banheiros, cada um mais espalhafatoso do que o outro, e quatro quartos, um com uma cama que se mexia como uma bolsa d'água. Homan imaginou andar por aquela casa com Garota Bonita ao seu lado, seu braço ao redor do ombro dela, o braço dela ao redor de sua cintura, ambos de olhos arregalados.

Então, o grupinho foi para uma varanda nos fundos que tinha vista para uma piscina de formato oval. Imediatamente, Morango saiu correndo em direção à água azul. Algumas pessoas estavam dentro da piscina, com os pés se movendo de um lado para outro enquanto se seguravam em brinquedos flutuantes e as bebidas eram apoiadas no trampolim. Morango se virou para a varanda e sacudiu o braço na direção deles, chamando-os. Sam fez um não rápido com a cabeça, e dessa vez não abriu seu sorriso de conquistador. Morango fez um beicinho, mas ele não cedeu. Também se recusou a encarar Homan, e, enquanto a cadeira se afastava rapidamente, Homan perguntou-se se mergulhar numa piscina seria o motivo de Sam estar naquela cadeira.

Ele e Pulseira de Contas seguiram Sam por um terraço que cercava a parte de trás e a lateral da casa. Morango veio correndo para junto deles, sacudindo o cabelo e rindo, e no momento em que Sam recuperava o sorriso o grupo chegou a um pátio com trepadeiras crescendo sobre uma cerca de treliça. As trepadeiras exalavam o cheiro de bolor que Homan sentira de imediato. As pessoas no pátio viram Morango e acenaram, então ela e Sam seguiram adiante.

Homan sentiu um toque em seu braço. Pulseira de Contas estava olhando para ele com uma expressão de incômodo nos olhos. Ela fez um gesto com a cabeça na direção da casa.

Sam e Morango estavam falando com as outras pessoas no pátio, e todos os rostos estavam cheios de prazer.

Homan se sentou em um banco, à direita de Morango. Pulseira de Contas sentou-se ao lado dele, numa cadeira de vime, parecendo insatisfeita. Sam falava para uma plateia e as pessoas ouviam, as cabeças apoiadas nas mãos. Ele estava contando uma história. Talvez uma história sobre mergulhar numa piscina.

Homan sentiu uma cutucada no braço.

Morango estava lhe oferecendo um cigarro. Na Armadilha, o chefão fumava cigarros que tirava de uma cigarreira. O guarda com os cachorros mascava tabaco. O guarda magricela fumava cachimbo. Homan, enojado só de pensar em parecer com eles em qualquer aspecto, recusou o cigarro com um aceno.

Então Morango fez uma coisa que ele não tinha visto fumantes fazerem. Pegou o cigarro de volta, tragou e o passou para outra pessoa, que fez o mesmo. Homan compreendeu, depois de observar, que era o cigarro e não as trepadeiras que dava ao pátio aquele cheiro. Aquilo não era tabaco. Mas se fosse mofo as pessoas não estariam passando o cigarro de mão em mão, todo mundo dando uma tragada, até Sam, os dedos segurando o cigarro como tinham segurado o chocolate e as canetas. Só Pulseira de Contas o passou adiante sem levá-lo aos lábios.

Se Garota Bonita estivesse ali, pensou ele, iria querer ficar naquele pátio com aquelas pessoas fumando? Ou preferiria se afastar com ele para uma festa a dois, como vira outros casais fazendo enquanto andavam pelo terraço? Ele se imaginou com ela lá fora na grama, fazendo os sinais dele, rindo — e então a consciência de que era possível que nunca mais tivesse a oportunidade de estar sozinho com ela, em seu mundo particular, onde a vida, apesar de toda sua amargura, era sempre doce, se abateu sobre ele como se pela primeira vez, acompanhada da queimação no estômago.

Ele queria acabar com aquela queimação, fazê-la desaparecer. Queria se levantar e correr da festa, para depois da luz, e encontrá-la lá esperando por ele. Queria segurar a mão dela e trazê-la aos lábios, então apontar para o alto, para as estrelas, os dedos deles entrelaçados, como tinha feito na Armadilha. Mas estava naquela festa, e ela estava longe, muito, muito longe. Ele estava ali com pessoas que não o estavam ignorando, nem zombando dele, nem o enganando, mas agindo como se ele fosse uma delas. Se não podia estar com ela, poderia pelo menos tentar se enturmar.

Quando o cigarro voltou, ele aceitou.

Mmmm. Quente e apimentada e muito mais agradável do que ele havia esperado, a fumaça entrou em sua boca, desceu pela garganta, para dentro do peito e através da barriga, descendo pelos braços e pernas, até os dedos das mãos e dos pés. Parecia que sua respiração o estava levantando e levando-o para um lugar particular. Parecia que seu sangue vibrava com nova vida.

Alguém tirou o cigarro de suas mãos. Homan fechou os olhos e se sentiu como se fosse um balão, subindo na noite. Não era mais um homem que estava tentando voltar para casa. Era um momento com o poder de eternidade. Homan era um mundo que não queria girar. Homan se sentiu brilhante e vasto como as estrelas.

Homan abriu os olhos e todo mundo estava rindo. Não dele, mas de como ele devia parecer idiota, com tanto prazer no rosto, e outro cigarro já passava. Ele se recostou e tragou tão fundo quanto podia.

Mmmm, pensou ele, sem entregar o cigarro. *Mmmm. O relaxamento.*

No entanto, na manhã seguinte, era Sam quem havia mudado.

Homan se deu conta disso quando eles deixaram Morango e Pulseira de Contas numa outra casa, numa cidade empoeirada cheia de casas pequenas. Um cachorro abriu com o focinho uma porta de tela e veio correndo pelo quintal de terra para recebê-los, e enquanto lambia o rosto de Morango Homan perguntou-se se ficariam por ali algum tempo. Mas depois que Sam acenou um adeus distraído pelo para-brisa e Homan e Pulseira de Contas trocaram um último olhar, Sam fez o gesto de dar a partida.

Homan apertou o acelerador e dirigiu pela cidadezinha até a autoestrada. Quando olhou para Sam, o garoto estava de olhos fixos para a frente. Quando ofereceu um chocolate do saco, Sam negou com a cabeça. Quando viu Viajantes de Dedo, Sam fez um gesto de seguir em frente.

Ao meio-dia, estavam fazendo uma coisa que não tinham feito antes: Sam, de mapa no colo, dava instruções a Homan com o propósito de ir para algum lugar.

Durante o dia e meio que se seguiu, Homan dirigiu. No início, eram só longas estradas sem nada, exceto o deserto cáqui e marrom, cidadezinhas ocasionais com *trailers* servindo de casas e cidades em que luzes coloridas brilhavam como joias. Normalmente, teriam entrado nelas e ido ver o que havia de bom. Dessa vez, apenas seguiram adiante, mesmo quando entraram na floresta de mata cerrada, serpentearam por montanhas de rocha branca salpicada de preto e seguiram em velocidade por uma estrada que margeava um penhasco, da qual viram um lago tão longe lá embaixo que parecia ser o fundo do mundo. Apenas por paradas tarde da noite em áreas de acampamento, eles se mantiveram no rumo. Eles *tinham* um rumo. Quisera Homan saber qual era.

Mas ele sabia, assim que os dois deixaram Morango e Pulseira de Contas para trás, por que Sam tinha mudado. Na noite anterior, na festa, depois do Relaxamento e de terem comido, todos foram para o quarto com a cama de colchão que balançava ao toque. Morango se deitou e Sam quisera ir também, de modo que Homan teve de o ajudar a sair da cadeira. Pulseira de Contas abrira um cobertor no chão, e ela e Homan se deitaram, seus corpos separados. Finalmente ele estava na casa de um homem rico, deitado tão perto de uma mulher que podia sentir o cheiro da noite ainda preso à pele dela. Ele olhou para a cama. Morango estava deitada de lado, o braço de Sam no quadril dela, ela estava movendo a cabeça como se estivessem se beijando. Homan se virou para Pulseira de Contas e sentiu uma descarga elétrica percorrê-lo. Ainda que não fizesse nada e Pulseira de Contas tampouco, ele se sentia aliviado.

Um pouco mais tarde ele acordou, como sempre acordava por causa de Sam. O garoto não conseguia se virar sozinho, de modo que Homan havia se habituado a acordar no meio da noite para virá-lo para o outro lado. Com Pulseira de Contas adormecida, Homan se sentou no escuro e olhou para a cama.

Sam estava deitado. Morango estava sentada no pé da cama, de costas para Sam, gesticulando, e Homan viu os lábios dela se movendo. O rosto dela parecia zangado ou triste, e ela a todo instante se virava para Sam, depois dava as costas para ele. Só quando ela se levantou foi que Homan se deu conta de que a garota estava só de roupas de baixo. Ela pegou o restante das roupas e saiu correndo.

Homan se levantou e atravessou o quarto até a cama. Sam estava deitado de lado, virado de costas para ele. *Bom*, pensou Homan, *pelo menos não está deitado de barriga para cima*. Então, deu a volta na cama para ver se seu amigo estava acordado. Sim, mas ele estava olhando fixo para o vazio, as faces molhadas. Ele fez um movimento com as mãos, só que não era um movimento para se comunicar com Homan; era para segurar o próprio rosto. Seu cotovelo, entretanto, não se dobrava o suficiente, então Homan o fez para ele. Depois sentou-se na beira da cama, passou a mão nas faces do amigo, e enxugou suas lágrimas.

Homan se perguntou para onde ele e Sam estariam indo agora, naquela longa jornada, após deixar Morango e Pulseira de Contas. Para o norte, ele compreendeu, e depois, quando saíram da estrada que dava a volta no penhasco e entrava em uma vasta área plana de pântano, para o oeste. Homan dirigiu e dirigiu, tentando não adiantar o futuro com perguntas nem voltar para trás, para seu despertar naquela manhã, quando pensara novamente na janela do sonho com Garota Bonita. Ela estava fazendo cócegas na barriga da Pequenina, e as duas nunca olhavam para o vidro da janela. Naquele momento, manteve os olhos voltados para a frente deixando Sam a sós com seus pensamentos e, embora não quisesse, ele sozinho com os seus. Em algum ponto Homan viu aviões voando em formação. Mais tarde, vieram casas, depois, cidades. Cada uma maior do que a anterior. Homan desejou poder perguntar para onde estavam indo. Desejou que Sam pudesse ler todos os seus sinais. Desejou realmente acreditar que existisse um Grande Artista no céu que pudesse dizer por que Garota Bonita não tinha se virado para ele, mesmo que ele tivesse batido e batido na janela do sonho.

O dia estava ensolarado quando chegaram à ponte que levava à cidade das colinas.

Era uma ponte de dois níveis, eles estavam no de cima, e, enquanto dirigia, Homan observava. Água brilhante se espalhava até perder de vista. Atrás deles, navios cargueiros deixavam o porto e de um dos lados se avistavam duas ilhas. Seria esse o mar que Garota Bonita desenhara para ele no papel que havia deixado no celeiro? Homan olhou para Sam, mas o amigo continuava do mesmo jeito havia quase dois dias: olhando fixo para fora, o semblante tenso, a boca franzida. Homan voltou a olhar para a estrada, ansiando que Sam se alegrasse. Passaram por um túnel e, quando chegaram ao outro lado, compreendeu que estava atravessando a água para chegar a uma cidade. Não, não podia ser o mar, não com uma cidade tão perto. E era uma cidade como nenhuma que Homan já tinha visto, uma cidade de colinas e neblina e casas de cores bem vivas se estendendo para cima e para baixo pelas cristas dos morros como se fossem balas coloridas.

Saíram da ponte e seguiram para ruas movimentadas. Sam apontou para a direita, Homan obedeceu. Passaram por prédios comerciais, depois por casas e apartamentos. Passaram por pessoas de todos os tipos nas calçadas: brancas, negras, chinesas, crianças, gente de meia-idade, velhos, mulheres de vestidos curtos, homens de ternos, soldados de uniforme. Então, em meio à multidão, viu Garota Bonita. Como era possível? Ele reduziu a velocidade, olhando com atenção. Sam gesticulou para que acelerasse, mas Homan tinha que ter certeza. Lá estava ela, andando em meio aos outros. Ele pisou no freio e estava a ponto de parar quando se deu conta: aquela pessoa era baixa demais, o cabelo era escuro demais — não se parecia absolutamente com Garota Bonita. Ele acelerou, cheio de um sofrimento renovado. Subiram pela encosta de um morro tão íngreme que, bem lá no alto, Homan se perguntou se haveria um sopé. Então desceram, passando bem no meio da neblina, e Homan lançou um olhar para Sam, pensando, *Você tem que voltar para mim. Você é tudo o que eu tenho agora.* Até que Sam bateu com o polegar no descanso de braço.

E eles entraram numa rua de residências que se estendia por um morro muito íngreme. As casas pareciam com as casas mais bonitas em Edgeville, aquelas em que moravam as pessoas ricas. Só que eram ainda mais bonitas e pintadas de cores mais vivas — azul, roxo e branco. Algumas tinham pequenas árvores nos pequenos jardins de frente. Cada uma tinha uma imensa escadaria que subia da calçada até a porta.

Sam apontou para uma casa e Homan parou na frente. Ele se virou bem a tempo de ver Sam respirar fundo.

Homan também respirou fundo. Seria uma dificuldade subir toda aquela escadaria. Para começar, a rampa não se encaixaria direito na calçada com toda aquela inclinação. Depois, não parecia correto que Homan tivesse que carregar todo aquele peso para uma pessoa que não estivera sequer olhando em seus olhos. Mas Homan sabia como era ser engolido pela infelicidade, e como, quando isso acontecia, você precisava ter alguém ao lado. Da maneira como, depois da febre, Blue estivera ao lado dele. Da maneira como Homan agora queria que Sam voltasse para ele.

Então descobriu um jeito de posicionar a rampa para chegar à calçada. E ajudou Sam a sair. Trancou a van, levantou a cadeira de Sam pela parte de trás. Um degrau. Dois, três.

Eles teriam um trabalho de cão para descer depois, pensou Homan à medida que subiam cada vez mais alto. O esforço fazia com que ele suasse muito, esperava que fossem ficar naquele lugar por bastante tempo, relaxando, dormindo em camas confortáveis... e olhando para fora e admirando a vista. De trás da cadeira ele podia ver a vista, a terra descia bruscamente de onde eles estavam a uma extensão de água prateada que parecia não ter fim. Barcos a vela flutuavam na superfície. Pássaros voavam ao alto. Será que *aquilo* era o mar? Ele só poderia saber se sentisse seu gosto. Mas era bonito. Ele sacudiu a cabeça para afastar aquela palavra do pensamento. Então fechou os olhos e se lembrou dela sentada no escritório, desenhando aquele desenho. Lá estava: a torre de um lado, o mar do outro. Sim. A palavra estava certa. *Bonito*.

Finalmente: o último degrau.

Ofegante, com a pele grudenta de suor, Homan virou Sam para a porta. O garoto tinha uma expressão grave no rosto, e Homan subitamente teve um mau pressentimento.

Sam apontou para a fechadura, depois para o bolso de Homan, onde tinha guardado as chaves. Homan tirou o chaveiro do bolso, e Sam mostrou a chave certa.

A chave entrou com facilidade na fechadura e Homan sentiu a tranca girar. Quando tocou na maçaneta, viu que ela já estava girando. Alguém dentro da casa sabia que estavam lá.

A porta se abriu.

Um homem alto de óculos apareceu diante deles. Pareceu desconfiado por uma fração de segundo, como se não tivesse ideia de quem eram aquelas pessoas com a chave da sua casa. Então seus olhos deram com Sam e seu rosto se dissolveu em alívio. Ele abriu a boca, e dentro da casa Homan percebeu movimento. Por entre cadeiras elegantes, um tapete branco e quadros nas paredes, corria uma mulher, com lágrimas escorrendo pelo rosto. Ambos pareciam ao mesmo tempo assustados, zangados e radiantes — a mesma mistura de sentimentos que ele viu no rosto de Sam. À medida que a mulher corria para a porta e se atirava aos braços de Sam, Homan a reconheceu como uma das mulheres que estavam com o garoto na igreja.

O homem agora estava encarando Homan, e quando afinal a mulher parou de abraçar Sam ele olhou para Sam com Cara de Grito. O garoto pareceu gritar alguma coisa em resposta, mas o homem continuou e a mulher também começou a gritar. Estavam todos falando ao mesmo tempo. Deviam ter reconhecido Homan como a pessoa que saíra correndo com Sam da igreja. A mulher agora estava com o rosto vermelho e o homem vinha para fora, e, apesar de Sam fazer o melhor que podia agitando os braços para mantê-lo longe, o homem agarrou a parte de trás da cadeira, girou e começou a empurrar Sam para dentro da casa. Sam ficou de frente para Homan, também com Cara de Grito, só que não era dirigido a Homan. Era um rosto de fúria e resistência. O homem empurrou com mais força e então Sam foi para dentro da casa.

Sam girou a cadeira e enfrentou o homem e a mulher, gesticulando para Homan e depois para si mesmo. O homem e a mulher não lhe deram nenhuma atenção. O homem estava puxando a chave da porta da frente e enfiando o chaveiro no bolso. A mulher sacudia a cabeça em negativa. Sam suplicava. Havia lágrimas por todos os lados.

Então o homem enfiou a mão no bolso e tirou a carteira. Tirou todo o dinheiro que tinha e abanou a mão, mostrando a Sam, que sacudiu a cabeça, fazendo que não, mas o homem apenas saiu para a soleira da porta, disse alguma coisa e enfiou o dinheiro no bolso da jaqueta de Homan.

Tudo aconteceu muito depressa.

O homem agora estava recuando. Homan olhou para além dele, para Sam, tentando compreender.

Os olhos de Sam estavam cheios d'água. Mas quando seu olhar encontrou o de Homan assumiu uma expressão diferente. Uma expressão que era mais forte que raiva, mais poderosa que súplicas. Uma expressão que dizia: *Me desculpe*.

Então a porta foi fechada na cara de Homan.

Ele ficou parado ali por muito tempo. Não era possível permanecer parado ali, tendo perdido seu único amigo.

Finalmente, Homan desceu tropeçando até a van, olhando de volta para a casa várias vezes, depois deu alguns passos. A porta se manteve fechada.

Na calçada, olhou fixamente para a van. Tudo o que tinha estava trancado dentro dela. As roupas novas. O saco de dormir. A comida.

Homan foi até a van e esmurrou a lateral, sem parar. Não havia como entrar. Não havia esperança para ele. Homan urrou sem ouvir e sem se importar que a polícia finalmente o encontrasse. Esmurrou a van até que seus punhos começaram a sangrar.

Então correu. *Pássaro longe do ninho*, pensou desgostoso, correndo morro acima para uma rua movimentada. Correu sem olhar para os sinais de trânsito ou para os carros. Bateu de frente num homem que passeava com um cachorro e caiu. Levantou-se e correu sem se importar. *Você não é nada além de um fantasma.*

E então, quando não conseguiu mais aguentar, parou ali, onde estava, na entrada de um posto de gasolina, e se deixou cair ao chão. Homan não conseguia mais se convencer a sair do sofrimento. Não tinha ninguém para quem tivesse que ser forte. E, finalmente, chorou. Chorou com soluços profundos, a cabeça abaixada, as palmas das mãos apertadas contra os olhos. Chorou tão forte que a dor jorrou de seus olhos. Homan chorou até que se sentiu como o mar.

Hora de contar histórias

1973

— Olhe, vovó! Encontrei um Y! — disse Julia apontando para a calçada.

Martha olhou para o amigo Pete, que caminhava um pouco mais à frente naquela manhã fresca em Cape Cod, no porto de Harwich, com seu cachorro *golden retriever* ao lado. Pete deu uma olhada para trás, para Martha, com uma expressão curiosa, como se dissesse: *Do que ela está falando?* Martha sorriu e examinou a rua diante deles, com suas casas revestidas de madeira e os altos olmos. Com certeza por ali havia o graveto fino que chamara a atenção de Julia, que estava com quase cinco anos.

— Ela gosta de procurar por letras — disse Martha. Embora Pete também fosse avô e já estivesse na casa dos setenta, sua expressão deixava claro que continuava não entendendo. E por que deveria? Exceto por ter levado um jantar para elas quando retornaram à casa de verão de Landon na semana anterior, Pete não as via desde que haviam deixado Cape Cod dois anos e meio atrás. Ele não sabia que no último verão, quando Martha alugara um apartamento de um aluno seu, John-Michael, na Filadélfia, ela ensinara o alfabeto a Julia. Agora já era setembro e Julia via letras por toda parte.

— Posso levar para minha coleção? — perguntou Julia olhando para Martha. A luz realçou reflexos louros nos cachos castanhos de Julia, e Martha achava esses cabelos os mais lindos que já vira. Julia preferia os cabelos lisos que via na TV, e chamava os seus de crespinhos. Martha disse que ela poderia ter os dois, bastava usar uma faixa no cabelo; no alto da cabeça, o cabelo ficaria liso e o resto cairia numa cascata de cachos. Julia concordara com a ideia, como concordava com quase tudo.

Martha disse:

— Vamos ver.

Ela largou a mão de Julia. A menina saiu pulando na frente, em seu vestido verde, casaco de camurça branco e sapatos de verniz tipo boneca, deixando-a mais elegante do que a maioria das pessoas na cidade, que preferia andar de jeans e casacos leves. Pete e Martha também estavam vestidos informalmente. Embora aposentado, Pete ainda usava as camisas de flanela e calças cáqui que tinham lhe servido muito bem quando era carpinteiro; e Martha usava o que havia se tornado seu traje habitual: calças compridas, casaco de veludo e tênis.

Segurando no alto seu troféu, Julia voltou para o lado de Martha e agarrou sua mão.

— Não é um Y muito grande — disse Martha olhando para o graveto.

— Mas é uma maiúscula — anunciou Julia. — E as maiúsculas são muito melhores que as letras pequenas.

— São mesmo? — perguntou Pete. — Posso ver? — Ele examinou o graveto. — Bem. É melhor *mesmo*.

— Até Rodney sabe que é melhor — disse Julia apontando para o cachorro. — Não é Rodney?

— Ruff.

Todos riram. Eles haviam se conhecido quando Julia tinha onze meses, logo no primeiro dia em que as duas chegaram a Cape Cod. Pete havia acabado de consertar o acabamento da casa de Gary, deixando-a pronta para a transferência do filho para Denver. Quando Martha viera ao encontro dele e de seu cachorro, Pete abrira um sorriso, e durante os oito meses que se seguiram fora o comitê de boas-vindas delas. Pete tinha sido criado em Cape, construído casas durante décadas e era bom com indicação de lojas, livrarias e clínicas médicas. O homem e o cachorro as visitavam toda semana, Pete saltava do jipe assobiando quando chegavam. Martha lhe dissera como se sentia agradecida por ele ter olhado por elas, apesar de estar com a esposa internada numa casa de saúde e ir visitá-la todos os dias. Ele dizia: "Estou apenas sendo um bom vizinho, Matilda." Então, na semana anterior, quando ela e Julia retornaram, acrescentara: "Faz muito tempo, e as crianças crescem depressa." Ele a olhara bem nos olhos, e foi então a vez de Martha dizer: "É tão bom rever um velho amigo." Martha não acrescentou que estava começando a ficar cansada de cultivar novas amizades apenas para depois ter que ir embora. E quando lhe disse que estavam indo para a biblioteca para a hora da contação de histórias e ele pediu para acompanhá-las, Martha ficou muito feliz.

— Você sabe por que as letras são maiúsculas e minúsculas? — perguntou Julia. — Porque as minúsculas são letras bebê. Letras maiúsculas são adultas. Elas cuidam das letras minúsculas. Como uma família.

— Você não disse que as maiúsculas eram melhores? — perguntou Pete.

— As maiúsculas *são* melhores. Elas sabem dirigir, fazer manteiga de maçã, assar pão e costurar. Elas sabem tudo! A única coisa que as letras bebê sabem é isto — levou os dedos até os olhos como se estivesse examinando uma pedrinha —, só esse bocadinho. — A menina voltou a segurar a mão de Martha.

Como Martha gostava de segurar a mão de Julia! Antes era pequenina como uma noz, agora estava do tamanho de uma folha de bordo. Quem dera Martha conseguisse segurar o tempo com tanta firmeza quanto estava segurando aquela mãozinha.

— O que é aquilo? — perguntou Julia. — Aquele pássaro bicando a árvore.

— Ele se chama pica-pau.

— Já ouvi falar disso. O Pica-Pau. — Ela deu uma risada imitando a risada do personagem do desenho animado. — E aquele ali, Pete? O passarinho vermelho ali em cima?

— Aquele é um cardeal.

— É bonito.

— Ele também é diferente da maioria dos outros pássaros — disse Martha.

— Porque ele é vermelho?

— Em parte, sim. Mas os cardeais são também um dos únicos pássaros que...

Martha parou. Se dissesse "ficam juntos a vida toda", poderia estimular uma conversa sobre papais e mamães, e isso já fora bem difícil alguns meses antes, quando Julia lhe perguntara sobre os dela. Martha tinha sido apanhada de surpresa quando enxugava a menina depois de um banho. Com cautela, tentando falar o mínimo possível, Martha dissera que os pais de Julia tinham morrido quando ela era bem pequena.

— Eles amavam muito você, foi por isso que me pediram... por isso eles queriam que alguém adotasse você. Queriam alguém que tomasse conta de você para sempre e que lhe amasse tanto quanto eles.

E Julia dissera:

— Então nunca verei meu papai e minha mamãe? — Martha a puxara contra si num grande abraço, esperando que ninguém que a ouvisse inventar aquelas histórias tentasse preencher as lacunas.

— Eu estou aqui, Juju — dissera.

Então, vendo o pássaro vermelho voar para um galho e começar seu alegre gorjeio, Martha explicou sobre outra rara característica dos cardeais.

— A maioria das vezes o cardeal macho canta canções muito complicadas e a fêmea não canta nada. Mas algumas vezes quando o macho canta, se a fêmea que ele quer atrair está por perto, ela também começa a cantar a mesma canção ao mesmo tempo. Então fica fácil para eles se encontrarem. E eles cantam a música mais bonita que você já ouviu.

— Você está falando sério? — perguntou Pete.

— Sim. Chama-se canto de acasalamento.

O cardeal estava cantando, mas não houve resposta para seu canto.

— Ele está sozinho — disse Julia finalmente.

Eles dobraram a esquina da biblioteca.

— Chegamos, Juju.

— Olhem o que peguei — disse Julia mostrando a eles os quatro gravetos que recolhera: Y, I, T e V. — Dá para escrever alguma palavra?

— Acho que não — disse Pete.

— Aposto que dá para fazer uma palavra boba — disse Julia. Como ooga-booga. — Ela riu. — Vovó, você guarda para mim no seu bolso? —Ela entregou as letras que não formavam nenhuma palavra e correu pela calçada de tijolos para a porta da biblioteca.

Martha olhou para Pete e disse:

— Você não precisa entrar se não quiser.

— Não posso visitar Ann antes das três horas. É para fazer esse tipo de programa que serve a aposentadoria.

— Hora da contação histórias? — perguntou Martha com um sorriso.

— E depois padaria — disse, e depois fez um gesto com a cabeça para a biblioteca. — Vamos entrar?

Mas por quanto tempo mais ela teria que manter aquela farsa?

Martha teve que se questionar enquanto ela e Pete procuravam por cadeiras para adultos na sala de livros infantis. Julia acomodou-se numa cadeirinha, e uma espécie de normalidade se instalou ao redor deles:

crianças pequenas chupando os dedos, outras se esforçando para parecerem mais velhas, mães fazendo sinais para os filhos e filhas se comportarem, os irmãos e as irmãs mais velhos pelos cantos folheando livros sem ilustrações. A cena só poderia ter sido mais normal se Martha fizesse parte dela.

Enquanto esperavam que a contadora acalmasse as crianças, Martha se perguntou quantos adultos ali estariam guardando segredos. Até a entrada de Julia em sua vida, ela pensava que poucas pessoas se dedicavam a enganar os outros, mas agora que era uma delas, se dava conta de que, mesmo sem saber, por muito tempo fora membro honorário daquele grupo. Só que contara suas histórias apenas para si mesma, contos de que levava uma vida rica e plena de satisfação. Não que não sentisse que havia alguma coisa fora do lugar. Martha sabia disso a cada vez que estendia a mão para Earl na cama e ele se virava para o outro lado, ou quando olhava para o céu pelas pequenas janelas e pensava em seu filho, enterrado sem nome em sua sepultura. Essa frustração, entretanto, era tão insondável que nunca chegara a ser elevada ao nível de um pensamento. Somente quando encontrou Henry e Graciela foi que lhe ocorreu que por décadas havia precisado chorar. Será que alguma das pessoas sentadas ali também sentiam aquele nó na garganta?

A contadora levantou e mostrou o primeiro livro do dia. Julia deu um sorriso rápido, depois assumiu uma expressão séria, como se aquele livro fosse a coisa mais importante do mundo. *Ela será uma boa aluna*, pensou Martha. *Tenho que fazer tudo que estiver ao meu alcance para poder assistir a isso.*

Sem virar a cabeça, Martha olhou de soslaio para Pete. Ele estava sentado com as mãos grossas, calejadas, cruzadas no colo, a aliança de casamento como único adorno. Pete era uma pessoa que vivia honestamente. Mostrara isso a ela quando trouxera a sopa de mariscos para o jantar, na noite anterior. Depois jogara cartas com Julia e então, mais incrível ainda, lavara a louça enquanto Martha colocava Julia na cama e lia uma história para ela. Depois que a menina dormiu, Martha preparara chocolate quente para os dois, eles se sentaram, conversaram e olharam o horizonte enquanto a lua subia na noite.

— O Parkinson de Ann se agravou — disse ele quando Martha arriscou perguntar. — Ela não consegue mais falar. Cada vez que vou vê-la, fico arrasado.

Martha ficou calada. Com Earl, seu silêncio se instalara por humildade e brandura. Mas com seus alunos e novos amigos esse silêncio era devido ao segredo. Ela também chegara à conclusão nesses últimos anos de que esse silêncio abria espaço para as palavras de outras pessoas, o que era importante para quem precisava ser ouvido. Pete era uma dessas pessoas.

Ele se sentou arrumando as pequenas peças do jogo americano. Então, disse:

— Nós costumávamos fazer tudo juntos. Ela cuidava do negócio durante o dia, eu ajudava à noite, e depois que Gary saiu de casa nós saíamos de barco. Agora saio com Rodney. É como se eu estivesse substituindo uma antiga porta de carvalho por uma dessas portas feias de compensado de madeira que fazem por aí. Você continua com uma porta, mas é só o que você tem.

Martha assentiu. Ele continuou.

— Todos por aqui dizem que sou o marido mais leal que já conheceram. Ora... é difícil dizer isso, espero que você não se importe com o que vou dizer. Eu me acostumei com a ausência dela. Durante muitíssimo tempo não conseguia suportar aquela situação. Mas agora eu digo: "Então, Pete, o que vai ser o jantar?" Você se acostuma a viver de outra maneira.

Ela queria dizer que se perguntava se algum dia se acostumaria a viver como "Matilda". Queria dizer que Earl tinha passado anos sem nunca contar a ela tanto quanto Pete acabara de contar. Queria dizer que nem *ela* nunca dissera tanto a *si mesma* — até que se tornara uma Martha diferente.

Será que Pete está sentindo um nó na garganta?, perguntou a si mesma enquanto a contadora de história iniciava um jogo de bater palmas. Não porque estivesse mentindo para si mesmo, mas por não ter mais uma porta de carvalho?

— O que houve? — perguntou ele percebendo o olhar de Martha.

— Nada.

— Você tem certeza?

— Bom, eu... só estava preocupada com Rodney.

Ele apontou para as janelas da biblioteca. Lá estava o cachorro do lado de fora, as patas dobradas, olhando para dentro da sala.

— O melhor amigo do homem — disse com um sorriso. Ela se permitiu rir.

Duas jovens mães se voltaram para eles, e ela percebeu que rira justo no momento em que as palmas cessaram. Foi tão embaraçoso quanto se tivesse sido pega passando cola no meio de uma prova.

Ela levou a mão ao rosto, mas por baixo espiou Pete e o viu sorrindo gentilmente para ela. "Shh", fez ele silenciosamente, de modo brincalhão, movendo apenas os lábios.

À medida que o ar salgado ia ficando mais gelado e as folhas ficavam orladas de dourado, Pete se tornou uma companhia bastante regular nas idas à biblioteca. Martha ansiava tanto por aquelas manhãs que muitas semanas se passaram antes que percebesse que agora poderia fazer algo que há muito tempo tinha vontade de fazer.

Desde aquelas primeiras horas cambaleantes no hotel de Henry, Martha fizera perguntas a si mesma que não compartilhara com ninguém, e que muito menos se sentira preparada para responder. Um dia, depois de Julia ter corrido para a sala da biblioteca, Martha perguntou a Pete se ele se importaria de ficar com a menina, pois precisava procurar por um livro na seção dos adultos. Iria só folhear, acrescentou, tentando fazer seu pedido o mais casual possível, até espontâneo. Martha não queria que ele soubesse que havia reservado vários livros, alguns tinham até sido encomendados de bibliotecas distantes, outros já estavam esgotados.

— Só se formos à padaria depois — dissera Pete sorrindo.

Naquele dia, e ao longo de muitas outras semanas, enquanto Pete e Julia ficavam na sala das crianças, Martha lia.

Suas leituras levaram-na através da história de instituições, sobre suas origens como hospícios de indigentes, onde pessoas com deficiências eram recolhidas e abrigadas com outros rejeitados da sociedade, como órfãos e criminosos, e aos lugares horríveis que as instituições se tornaram; enormes instalações onde milhares de indivíduos não tinham nada para fazer e onde uma ausência crônica de investimento significava edifícios decrépitos, um mínimo de pessoal capacitado, atendimento médico precário, imundície e abuso. Ela voltou a pensar em Lynnie, tão bonita em seu vestido branco, tão feliz ao lado do Número 42. Então Martha tentou imaginar como ela estaria agora.

Alguma coisa tem que mudar, pensava Martha no final de cada sessão na biblioteca, quando Pete e Julia esperavam perto da entrada do setor dos adultos acenando para ela. Martha fechava os livros e se levantava atordoada.

As folhas já caíam das árvores e Martha pensava constantemente nos horrores que tinha lido e há quanto tempo aquilo estaria acontecendo. Ela mal conseguia se concentrar em suas costuras, em sua cozinha. Algumas vezes, quando Julia assistia à televisão e se virava para olhar a avó, ao ver Martha parada segurando seu tricô sem mover as agulhas, perguntava:

— O que foi, vovó?

— Estou perdida nos meus pensamentos — dizia Martha.

— Não se preocupe — dizia Julia. — A senhora não pode se perder, eu estou aqui.

Uma dia, Pete concordou em cuidar de Julia e Martha foi procurar uma daquelas instituições. Não foi fácil encontrar, nem os funcionários do posto de gasolina local onde ela parou para se informar sabiam com certeza onde ficava. Finalmente ela encontrou e ficou por horas sentada do lado de fora, em frente à entrada de tijolos. Era muito grande e lá deveria haver muitas Lynnies. E havia muitos outros lugares como aquele em todo o país.

Por fim, foi embora, e enquanto percorria seu caminho de volta pelas estradas no campo avistou uma capela. Era muito parecida com a que Earl lhe garantira que eles nunca mais entrariam. Ela estacionou, e depois de dizer a si mesma que deveria seguir em frente, caminhou até a porta. Não estava trancada e, quando Martha entrou, sentiu a luz azul e vermelha que penetrava através dos vitrais e das velas ao longo das paredes, iluminando os bancos. Martha esperou um minuto enquanto a porta se fechava às suas costas, e quando a porta fez um estalo e ninguém apareceu, soube que estava sozinha. Andou até um banco e se sentou. No silêncio e entre luzes coloridas, folheou os hinos e os livros de orações, mas não conseguia encontrar nada que traduzisse a questão que tinha em mente. Assim, colocou a cabeça entre as mãos e esperou que as palavras de uma prece lhe viessem à mente. Ficou ali sentada por muito tempo até que finalmente veio uma questão.

O que eu, apenas uma pessoa simples, posso fazer?

Novembro já ia pela metade. Pete não aparecia já há algumas semanas, e então certa tarde ele telefonou e perguntou se elas gostariam de fazer um passeio de lancha. Julia já havia declarado várias vezes que gostaria de um passeio desse tipo. Martha então lhe disse:

— Será um prazer.

Quando passou para buscá-las, Pete parecia preocupado, mas cumprimentou-as do jeito de sempre:

— Que roupa bonita, Juju — disse observando seu vestido rosa e o colarzinho de contas. Sua voz estava pesada e tinha a barba por fazer.

— Eu não tive a intenção de sumir — disse a Martha. Levaram quinze minutos para chegar à praia de Oyster Pond, onde a lancha estava atracada.

Julia leu no casco do barco:

— *Two If By Sea*.

E então ele esclareceu:

— Ann era descendente de Paul Revere, homenageado por esse poema.

Martha entendeu o que havia acontecido.

— Eu sinto muito — disse enquanto se acomodavam no barco.

— Sente muito por quê? — perguntou Julia enquanto amarrava um colete salva-vidas em Rodney.

Pete olhou para Martha, depois desviou o olhar para a distância.

— Obrigado — disse baixinho.

Eles entraram no rio Oyster e depois passaram pelo porto Stage e chegaram ao estreito.

— Uau! — exclamou Julia, olhando ao redor. — Adorei aquilo ali! — Ela apontou para alguma coisa flutuando na água.

— É uma boia — disse Pete se antecipando à pergunta.

Julia apontou para o horizonte.

— E aquele é um veleiro bem grande.

— Veleiros são lindos, não é mesmo? — perguntou Martha.

— E eu sei o que são aquelas ali. — Julia estava olhando para um longo braço de terra recoberto por animais pretos reluzentes. — Focas.

— É isso mesmo — disse Pete.

— Parece que elas estão numa grande festa — disse a menina enquanto davam a volta numa longa praia que Pete explicava ser uma ilha. — E o que é aquilo?

— É uma estação meteorológica.

Julia abraçou Rodney e começou a apontar para o que lhe chamava a atenção e a lhe explicar tudo o que ela já conhecia — pássaros, peixes, outros barcos a distância. Depois de alguns instantes, Pete voltou-se para Martha e, enquanto Julia continuava com sua conversa privada com o cachorro, disse bem baixinho:

— O que você acha que acontece?

Martha olhou para ele.

— Do que está falando?

— Depois que partimos daqui. Dessa terra. — Ele voltou a olhar para a frente, e ela pôde vê-lo engolindo em seco. — O que você acha?

— Não sei o que acho.

— Eu também não.

Martha então, lembrando-se de alguma coisa que lera certa vez em um livro, disse para Pete:

— Mas gosto daquela história. Aquela sobre a diferença entre o céu e... — Olhou para Julia — o outro lugar.

— Conte-me — pediu Pete.

— Um homem pediu a Deus que lhe mostrasse a diferença entre os dois lugares. Deus o leva para uma grande sala onde um grupo de pessoas magras e miseráveis está sentado em volta de uma mesa cheia de todo tipo de iguarias que se possa imaginar, então Deus diz: "Este é... — e Martha silenciosamente mexeu os lábios pronunciando a palavra — o inferno". O homem observa que as roupas de todas as pessoas têm mangas de metal que não se dobram na altura dos cotovelos, e quando elas pegam a comida não conseguem levá-la à boca. Depois Deus leva o homem à outra sala e diz: "Este é o céu." Ele é igual ao primeiro, com pessoas usando roupas com mangas de metal, sentadas em volta de uma mesa repleta de comida. Essas pessoas, no entanto, estão rindo e contentes, e o homem entende a razão. Cada pessoa que apanha um alimento da mesa se vira e dá de comer à pessoa ao lado.

Pete ficou quieto por um instante. Então disse:

— Essa é uma boa história.

— É só uma história.

— Mas ajuda. Como ter você e Julia aqui.

De repente Julia gritou:

— Olhem ali! — Ela apontava para uma faixa de terra.

— Minha nossa! — exclamou Martha.

— O que é aquilo, vovó?

— Ora, é um farol.

Pete disse:

— Este é o farol de Chatham.

— Por que ele está aqui, Pete?

— Os faróis são torres que enviam luzes sobre a água para que os navios possam saber onde está a terra. Isso evita que eles encalhem.

Martha disse:

— Juju, eu uma vez tive um farol.

— Você teve?

— Não era muito grande. Era do tamanho de — ela pensou — um dos seus gravetos. Tio Landon fez um para mim há muito tempo. Eu o coloquei na minha caixa de correio.

— A caixa de correio no final de nossa entrada?

— Outra caixa de correio. Eu morava em outro lugar. Deixei o farol por lá quando me mudei.

— Ele parecia com esse vovó?

— Não, ele era único. No topo dele, onde ficava a luz, tinha o rosto de um homem.

Pete disse:

— Landon deve ter tido uma imaginação e tanto.

— Sim ele tem mesmo. Ele sempre foi muito criativo.

Julia perguntou:

— Ele lhe deu no seu aniversário?

— Não. Foi no Natal. Ele disse que estava me dando porque... eu estava muito solitária. Ele o colocou na minha caixa de correio e todos os dias, quando o carteiro chegava, mudava a posição do farol. O rangido nessa hora era o sinal de que eu teria companhia.

— Com as cartas?

— Sim. — Martha olhou para o farol.

— Isso é engraçado — disse Julia, rindo. — Um farol com a cabeça de homem.

— E era *mesmo* engraçado. E me fazia sorrir todos os dias. Aquele homem-farol funcionou.

— Como deve ser bom — disse Pete — ter alunos por todo o país. E tantos prontos para lhe fazer uma gentileza.

— Tenho muita sorte.

Então ela se voltou para ele e o observou enquanto ele olhava em frente, com as mãos no leme. Como ela escreveria numa carta para a futura Julia, ali surgiu a resposta que estivera procurando; e ali, naquele momento, sobre a água, ela se permitiu sentir o nó em sua garganta pela última vez. Então estendeu o braço e pôs sua mão sobre a mão de Pete.

Naquela noite, Martha escreveu uma carta para um de seus alunos, dividindo o que descobrira com os livros e o que desejava que ele fizesse com a informação.

Na manhã seguinte, ela e Julia andaram até a caixa do correio na entrada da casa. Enquanto caminhavam sobre os gravetos a menina lia o que via no chão. Agora que já conseguia juntar os gravetos e formar palavras, Julia achou facilmente os que formavam seu nome.

Posso ser apenas uma pessoa simples, pensou Martha. *Mas mesmo a pessoa mais simples pode fazer a diferença.*

— Você quer botar esta dentro da caixa? — perguntou Martha ao chegar à caixa de correio.

Julia pegou o envelope de suas mãos.

— Para quem vai essa?

— Você me diga — disse Martha.

Julia olhou firme para o envelope, e leu:

— John-Michael! — Então continuou: — É o meu tio que trabalha na TV!

— Isso mesmo — disse Martha.

Martha abriu a porta da caixa, Julia ficou na ponta dos pés e deslizou a carta da avó para dentro.

Uma mudança tão grande quanto um livro
1973

Lynnie ainda não tinha noção de tempo. Mas sabia, enquanto ela e Doreen desciam até o escritório de Kate, que, desde a noite em que tinha perdido Buddy e o bebê, tinha visto as folhas caírem das árvores muitas vezes. Via agora as últimas folhas caírem enquanto um vento frio as sacudia. O confete de vermelhos e marrons a fez sofrer, como fazia todos os anos. Doreen, contudo, não reparou nas folhas nem no olhar triste de Lynnie. Estava preocupada em contar as últimas notícias, que consistiam de qualquer coisa de que tivesse tomado conhecimento durante a distribuição de correspondência ao longo do dia. Tinha ouvido dois administradores debaterem uma nova diretriz sobre TVs nos chalés: seriam postas em jaulas de arame e só o pessoal da equipe poderia trocar de canal.

— Eles dizem que isso vai diminuir as brigas. É claro, você sabe o que na verdade significa. Não vamos mais poder ver "Family Feud", nem "Green Acres", nem "Vila Sésamo". Só o velho e chato "Guiding Light".
No escritório principal, ela tinha visto óculos novos no rosto da secretária de tio Luke, Maude.

— Quer saber, se você encontrasse com ela na rua, juraria que era Jackie O.

Doreen era como um programa de rádio e Lynnie geralmente gostava de ouvir. Mas naquele dia estava tendo dificuldade de se concentrar, e não só por causa da onda de tristeza criada pelas folhas mortas.

Lynnie estava a caminho do escritório de Kate, e todo outono, no dia em que as últimas folhas caíam rodopiando das árvores como hoje, Kate dava a Lynnie um novo livro. Então Lynnie se sentava à escrivaninha de Kate, virando as páginas, enquanto Kate lia a história. Livros deixavam

Lynnie assombrada. Em um único livro um elefante solitário podia encontrar uma partícula de poeira que continha um mundo inteiro — e lutar contra inimigos poderosos para salvá-lo da destruição. Um touro gentil podia ser obrigado a entrar numa arena de briga — mas ficar tão feliz cheirando as flores no cabelo das damas que era mandado para casa e para seu jardim. Os livros tinham mudanças grandes e maravilhosas. Na Escola as mudanças eram pequenas.

Como acontecera com Albert, que Lynnie agora via no estacionamento lá no alto da colina, orientando um motorista que parava numa vaga. Ele era o único interno surdo além de Buddy (*Buddy!*, Pensou ela, e seu estômago deu um salto, como um passarinho levantando voo). Albert adorava uniformes. Sempre que aparecia um homem de uniforme nos filmes semanais, ele gritava de alegria. Lynnie nunca soube por quê — os sinais que ele fazia eram diferentes dos de Buddy, que também não o compreendia. Mas, como Buddy, tinha conquistado a confiança dos chefões e recebera o privilégio de escolher seu trabalho, que era monitorar o estacionamento. Alguém também deu a ele um velho uniforme, que ele usava quando ia guiar as pessoas para estacionar nas vagas livres e limpar os carros com panos. Por tudo isso, ele agora parecia mais feliz, embora Lynnie soubesse que Albert ainda tinha que dividir com todos os internos a única escova de dentes em seu chalé.

Porém, enquanto observava Albert através da chuva de folhas, reparou numa coisa incomum: o motorista que ele estava ajudando era o dr. Hagenbuch, que tinha se demitido havia não muito tempo. As pessoas que deixavam a Escola quase nunca voltavam. Não apenas ele estava ali, como viera acompanhado por dois homens que ela nunca vira antes. Ela se virou para Doreen, mas sua amiga estava falando sem parar dos brilhos nos óculos de Maude. Lynnie olhou para o chalé das funcionárias. Talvez Kate tivesse uma explicação.

Lynnie não estava a caminho do escritório de Kate apenas para receber um livro; o livro era parte de uma ocasião festiva que Kate chamava de Dia de Lynnie, mas que ela não compreendia muito bem, uma vez que não tinha conhecimento de que era o dia em que tinha perdido tudo. Compreendia apenas que todos os anos, quando as folhas caíam, seu pesar se tornava mais intenso, e então Kate a convidava para ir ao escritório para um Dia de Lynnie e lhe dava um bolo e um livro novo e a dor diminuía um pouco. Agora Lynnie tinha quatro livros — e ultimamente Kate tinha praticado contá-los com ela, ajudando-a a pronunciar cada número: um, dois, três, quatro. Ela se perguntou por que Kate tinha parado no quatro — Lynnie gostava muito de assistir a "Vila Sésamo" e já sabia que os números iam até o dez. Então, naquela manhã, quando Kate viu Lynnie no café da manhã, ela se aproximou e disse:

— Hoje é o Dia de Lynnie! Você está pronta para dizer "cinco"?

Enquanto Doreen e Lynnie dobravam a última curva antes de chegar ao escritório de Kate, elas viram Smokes, Clarence e os cachorros se encaminhando rapidamente para a ala dos garotos. Lynnie parou por um momento, com a respiração engasgada na garganta. Como Doreen continuou andando e tagarelando sem parar, Lynnie disse a si mesma que não precisava ter medo. As moradias dos funcionários tinham sido fechadas, Smokes e Clarence não ficavam mais na Escola durante a noite e, desde que Lynnie se mantivesse na companhia de outras pessoas durante o dia, se sentia segura. Ainda sentia suas pernas e braços se enrijecerem quando os via, e ainda acordava sobressaltada à noite, de boca seca, com a respiração ofegante. Mas os sons que a despertavam não eram os que tinha ouvido tantas vezes em sua mente: homens gritando e cachorros latindo, vidro quebrando e mobília caindo, gritos ecoando no dormitório e pelo corredor para onde ela havia corrido, a palavra *Aqui!* E a maçaneta girando, *Não, não, não, não!* Agora, quando ela acordava no meio da noite, ouvia apenas roncos e gente falando enquanto dormia, e, em vez de se contrair toda em pânico, pensava naqueles três dias de liberdade. Pensava em como, depois que eles tinham se vestido com as roupas que a velha senhora lhes dera, Buddy tinha feito um círculo com o dedo indicador e o polegar e enfiado o círculo em um dos dedos de Lynnie, como se estivesse dando-lhe um anel. Então ela fizera a mesma coisa com ele, e quando ele fez um sinal para ela e um sinal para si mesmo, ela soube que queria dizer, *marido e mulher.* Às vezes, quando ela acordava durante a noite, fazia aqueles sinais para si mesma, e então conseguia dormir de novo.

— Chegamos — disse Doreen enquanto subiam a escada que levava ao chalé das funcionárias. Kate estava parada de pé ao lado da porta do escritório quando elas entraram.

— Alô, docinho — disse, abrindo os braços e Lynnie entrou no abraço dela, sentiu os braços se cerrarem ao redor dela e o cheiro de gardênia de Kate.

No instante em que Kate a levou para dentro do escritório, Lynnie viu o bolo e o livro embrulhado, ambos sobre o peitoril da janela. Quase tudo estava igual a antes — escrivaninha de metal verde, luminária, a máquina de escrever, o cinzeiro de vidro preto, duas cadeiras cinzentas com encosto de tiras de metal, o armário de arquivos com as plantas de Kate em cima e o rádio no parapeito da janela. A única mudança ocorrera no verão: sobre a escrivaninha havia agora um porta-retrato com a fotografia do novo namorado de Kate, Scott. De pé em um campo com listras brancas de giz, usando uma jaqueta grossa com um desenho de um leão, Scott era, segundo Kate, treinador de um time, o que significava que ajudava garotos do colegial a jogar melhor futebol americano. Foi mais ou menos nessa mesma época que Kate começou a ajudar Lynnie a tentar falar.

Depois de entrar, Kate trancou a porta, e como costumava fazer quando convidava Lynnie a ir ali para praticar, ela ligou o rádio. Lynnie gostava do programa das quarenta mais tocadas, e naquele momento começou uma música que ela adorava: *"Tie a yellow ribbon round the old oak tree..."*

Kate falou mais baixo que o rádio, mas alto o suficiente para que Lynnie ouvisse:

— Hoje é o seu quinto Dia de Lynnie — disse com um largo sorriso.

Lynnie tentou parecer satisfeita, embora o aperto no peito que tinha sentido durante a caminhada continuasse ali.

— E estou realmente contente de celebrar você hoje.

Lynnie forçou os lábios para cima e sentiu um pequeno sorriso aparecer no rosto.

Kate a olhou nos olhos por um momento, também sorrindo, mas os sorrisos não eram o reflexo um do outro, como num espelho. Eram sorrisos de espelho quebrado, em que não há combinação, e cada pessoa pensa em alguma coisa que a outra não pensa; elas estavam juntas e separadas ao mesmo tempo.

Então Kate disse:

— Vamos acender as velas, ou vamos praticar primeiro? — Ela estendeu a mão para o cinzeiro que estava, como sempre, vazio, exceto por uma caixa de fósforos. Antes, o cinzeiro costumava ficar cheio de guimbas de cigarros apagados. Depois que Kate conheceu Scott, as guimbas foram diminuindo até que um dia não havia mais nenhuma.

Kate pegou os fósforos.

— O que você quer que eu faça? Que acenda as velas? Ou que comece a aula?

Lynnie sabia o que Kate queria. Kate havia dito a ela:

— Você se manteve em silêncio por tanto tempo que seu cérebro e a sua boca não sabem mais funcionar juntos. Mas se você praticar, mesmo que seja só um pouquinho todos os dias, acho que vai conseguir falar de novo.

Lynnie não gostava de praticar perto dos outros — falar era tão difícil, sua boca parecia nem ser dela. A única exceção era na lavanderia, onde ela às vezes podia treinar quando todas as máquinas estavam ligadas, batendo a água, zumbindo e roncando, de modo que Cheryl e Lourdes, trabalhando do outro lado, não pudessem ouvir.

Mesmo assim, precisava se sentir mais pronta do que se sentia naquele momento. Então Lynnie apontou para os fósforos.

As chamas minúsculas se acenderam uma por uma, e, enquanto isso, Kate contou:

— Um, dois, três, quatro, cinco. — Ela fez uma pausa e acrescentou: — Você quer tentar dizer "cinco"?

Lynnie sabia que deixaria Kate feliz se tentasse. E para dizer a verdade, o bolo parecia gostoso, mas fazia com que ela pensasse nos cubos de açúcar de Buddy. Tentar falar era uma maneira melhor de afastar a tristeza. Assim ela deu de ombros e mergulhou na rotina que havia aprendido que a ajudaria a encontrar coragem. Baixou o olhar e cerrou os punhos. Então pôs um dedo contra a boca, abriu os lábios e empurrou a voz para fora.

— Ahhh — disse. Parecia fraco como um fio de algodão.

Kate, movendo os lábios e a boca lentamente, pronunciou bem devagar cada letra.

— Cinco.

— Iiiicu — disse Lynnie.

— Quase! — disse Kate. — Muito bem!

— Iiicuu — repetiu Lynnie, desta vez mais alto.

— Ótimo! — disse Kate aumentando o rádio. — Você sabe como se faz o cinco, certo?

Lynnie levantou a mão, abrindo os dedos.

— Isso mesmo — disse Kate.

Lynnie apontou para os cinco jarros de plantas na janela.

— Bom — disse Kate. — E você sabe o que Scott acabou de me ensinar? — Ela juntou os dedos levantados e gesticulou para que Lynnie fizesse o mesmo. — Isso é uma coisa que os garotos fazem quando marcam um ponto. Ela se inclinou para a frente e bateu a palma de sua mão contra a de Lynnie.

Que coisa engraçada de se fazer! Lynnie deu uma risada. Então bateu a palma da mão de novo contra a de Kate.

— Eeee! — disse.

— Outra vez?

Lynnie assentiu.

— Eeee!

E elas fizeram mais uma vez e Lynnie se sentiu muito bem por saber que estava falando algo próximo de uma palavra. Treinar falar era difícil, mas era divertido com a pessoa certa.

Ainda rindo, as duas baixaram as mãos.

— Eu sei — disse Kate —, eu me adiantei com o treinamento. Vamos comer seu bolo.

Ela tirou o bolo com glacê de baunilha do parapeito da janela e trouxe para a mesa. As flores eram de todas as cores de que Lynnie gostava — azuis, verdes, vermelhas e laranja. Ela inalou o perfume da cobertura, da cera das velinhas, o chocolate escondido dentro.

Kate disse:

— Para o Dia de Lynnie!

Lynnie soprou as velinhas, contando os números em sua cabeça à medida que cada chama se apagava.

Então rasgou o papel de embrulho. O livro escapuliu e foi parar em cima da mesa.

Ela se sentou. Na capa, o desenho de uma casa sorria para ela.

— Ele se chama *A Casinha* — disse Kate.

A casa lembrava o rosto de uma criança, com bochechas redondas e olhos grandes. Lynnie tocou na capa com os dedos, e então Kate se sentou do outro lado da escrivaninha e abriu o livro. Lynnie, sentindo um sorriso tomar conta de seu rosto, esforçou-se para dizer uma palavra que costumava usar com Nah-nah: "Iupi." Mas o máximo que conseguiu foi: "Pii".

— Você hoje está tagarela — disse Kate. — Acho que é melhor eu aumentar o rádio.

Lynnie manteve os olhos cravados na capa enquanto Kate ia até a janela e girava o botão. A canção mudou: "*You are the sunshine of my life. That's why I'll always stay around...*"

Lynnie também conhecia essa canção, e cantarolou junto enquanto olhava para a linda casinha. Distraída, nem percebeu que Kate estava demorando para voltar para a escrivaninha.

— Bem, isso é interessante — disse Kate finalmente.

Lynnie levantou a cabeça.

Kate ainda estava parada diante da janela, olhando para fora. Como ela não se virou nem continuou a falar, Lynnie se levantou e foi se juntar a ela.

Três homens vinham andando lentamente pelo caminho. Lynnie reconheceu o dr. Hagenbuch, que estava apontando para os prédios e falando. Mas não conhecia os outros: um homem jovem e bonitão com um bigode parecido com o de Burt Reynolds que ouvia e balançava a cabeça, com as mãos nos bolsos do blazer, e um homem baixo e gordinho de rabo de cavalo que usava um casacão.

— Que estranho — disse Kate. — O que está acontecendo?

Os homens pararam, olharam para o terreno em direção ao prédio do hospital e depois para cima para a torre do relógio.

Lynnie, lembrando-se do que vinha praticando, deu o melhor de si.

— Eim?

Kate se virou para ela. Lynnie apontou.

— Eim?

— Quem?

Lynnie assentiu.

Kate olhou para ela com um sorriso de orgulho, então se virou de volta para a janela.

— Você conhece o mais velho. É o dr. Hagenbuch, o dentista que eles trouxeram de Wilkes-Barre. Acho que ele se demitiu.

Lynnie assentiu. Ela também achava isso.

— Queria saber o que os outros fazem aqui. Nunca vi o sujeito grandão antes. Mas o mais jovem eu conheço. Ele é um repórter de uma emissora de TV da Filadélfia: John-Michael Malone.

Enquanto os homens ficavam parados olhando para o relógio, o gordo enfiou a mão no bolso do casaco e tirou uma coisa que Lynnie nunca vira antes. Ele a levou aos olhos e apontou para a torre.

— Caramba — disse Kate. — Eles têm uma câmera. — Ela olhou para Lynnie, seu rosto se movendo num sorriso atordoado. — Uma câmera! Você sabe o que isso pode querer dizer?

Os homens começaram a descer em direção aos chalés dos internos.

— Venha — disse Kate, saindo apressada em direção à porta.

Kate e Lynnie avançaram pela propriedade tão rapidamente quanto podiam sem atrair a atenção. A presença daqueles homens ia contra todas as regras, mas Kate estava gostando daquilo:

— Já está mais do que na hora — murmurava enquanto abria um grande sorriso no rosto. Os homens se viraram na direção do chalé de Lynnie e quando subiram a escada que levava ao A-3, Kate disse: — Ele tem mais coragem do que eu.

As duas correram para o A-3.

Enquanto a porta se fechava às suas costas, elas viram os três homens seguindo na direção da sala de recreação, onde Consuella e Hockey, os auxiliares do turno do dia, estavam sentados jogando cartas com a TV ligada em "General Hospital". As internas encaravam a TV com olhos vazios. Hockey olhou rapidamente para eles quando os homens entraram na sala de recreação. Quando o dr. Hagenbuch se aproximou dele, Lynnie o ouviu dizer:

— ...dentista... mostre as instalações a esses estudantes de odontologia... — Hockey não gostava de perder suas histórias, como ele chamava as novelas, e só fez um gesto em recusa.

— Não consigo acreditar — disse Kate.

Elas ficaram paradas no canto da sala de recreação, observando. Sem receber sequer um segundo olhar de Consuella e Hockey, os homens entraram rapidamente no banheiro e depois no dormitório.

— Espero que consigam chegar ao Z-1 — disse Kate. — Espero que cheguem ao cemitério.

Logo os homens estavam voltando pela sala de recreação. Caminhavam na direção de Lynnie, e ela viu que o rosto jovem de John-Michael Malone estava contraído numa careta, igual ao rosto dela quando tinha enfrentado aquele fedor pela primeira vez. Como tio Luke, John-Michael Malone tinha um ar de seriedade e andava a passos largos e firmes. Mas ele não estava olhando ao redor com cara de superioridade, nem estava desviando os olhos da imundície nas paredes, do buraco no teto, das internas. Ele olhava para cada detalhe, rapidamente mas com grande atenção, e em seu rosto havia angústia.

Então, John-Michael Malone começou a andar subitamente na direção de Lynnie. Ela olhou para Kate, que, observando a aproximação dele, ficou com uma expressão preocupada. Kate tocou na cruz que tinha no cordão e fez um semblante calmo. Lynnie olhou para John-Michael Malone.

Ele parou bem na frente dela e ficou olhando diretamente para seu rosto. Então disse:

— Você mora aqui nesse prédio?

— Chalé — corrigiu o dr. Hagenbuch.

— Chalé — disse John-Michael Malone sem desviar os olhos de Lynnie.

Lynnie sentiu a mão de Kate segurar a dela para lhe dar confiança.

Lynnie, ainda olhando para John-Michael Malone, assentiu.

Ele disse:

— Randy, você pode incluí-la?

O homem gorducho moveu-se de modo a ficar virado bem de frente para ela, com a lateral da câmera escondida pelo paletó aberto.

Lynnie ouviu a câmera fazer um som de zumbido. Ela viu uma coisa — um microfone — aparecer na mão de John-Michael. Então o ouviu perguntar:

— Você gosta de morar aqui?

Era uma pergunta ridícula; todo mundo odiava aquele lugar. Além disso, ninguém, exceto Kate e Doreen achavam que Lynnie sabia falar. Aqueles homens deviam desconhecer o fato de que era muda, e, se não dispunham daquela informação básica, talvez realmente não soubessem a resposta.

— Você gosta? — perguntou John-Michael Malone mais uma vez. — Você gosta de morar aqui?

Ela não precisou apertar os punhos cerrados para dizer aquela palavra.

— Não.

John-Michael deu-lhe um olhar pesaroso e disse:

— Se você pudesse sair por aquele portão agora e ir embora e nunca mais voltar, você sairia?

Ela lançou um olhar para Kate, que se virou para ela, seus olhos disseram que não fazia mal responder.

Lynnie assentiu.

E então John-Michael fez mais uma pergunta. Uma pergunta simples, e uma que Kate tinha tentado ensinar a Lynnie meses antes.

— Por quê?

Havia tanta coisa que Lynnie poderia ter dito em resposta que mesmo se seus lábios e sua língua estivessem totalmente habituados às palavras encontraria dificuldade de dizer. Contudo, Lynnie só tinha um momento, e enquanto se esforçava e lutava para reduzir sua resposta de um número maior do que ela sabia para apenas cinco, ou mesmo quatro, ela pensou nos cachorros. Os cachorros sempre com Smokes e Clarence, sempre uma lembrança daquela noite, do vidro quebrado, do balde rolando e fazendo barulho, do trapo — daquela noite, que quando acabou, e a porta se abriu, Smokes disse: "Se você contar, é isso que vai acontecer", e então tinha atirado alguma coisa macia e peluda para os cães. Em segundos eles a tinham estraçalhado.

Isso, Lynnie sabia, era o que aconteceria com seu bebê. Fora por isso que nunca contara a verdade a Buddy nem a Doreen nem a Kate.

Era por isso, não importava quantas tivesse, que ela não daria nenhuma resposta.

Ela olhou para os próprios pés.

— Ela não fala muito — disse Kate para John-Michael.

— Quem é ela? — perguntou John-Michael.

— Vocês não podem mencionar o nome dela no ar.

— Não mencionaremos. Minha produtora vai querer saber.

— Ela é Lynnie — disse Kate. — Evelyn Goldberg.

Então Lynnie parou de escutar a câmera. Quando afinal levantou a cabeça, os homens estavam saindo pela porta da frente.

Kate olhou para Lynnie com um sorriso cheio de ternura.

— Você foi muito bem, docinho — disse.

Era difícil voltar para a lavanderia e fazer de conta que era um dia normal. Aquele era, afinal, o Dia de Lynnie, em que tinha treinado dizer "cinco", assoprado velinhas, ganhado um livro novo. Tinha até visto uma câmera — não uma Brownie como a de Nah-nah ou uma Polaroid como a de papai. Mas uma câmera que iria, segundo Kate, fazer um filme, como eles usavam no cinema e na televisão.

Enquanto Lynnie retirava o último fardo de roupas da máquina de secar e o empurrava para as mesas de aço para dobrá-las, pensou no que Kate dissera enquanto trazia Lynnie de volta para a lavanderia: "Hoje vou ficar aqui até tarde. Quero estar aqui para o caso de ir ao ar." E então explicou o que significava ir ao ar, e Lynnie compreendeu: era como quando você ia ao milharal depois que o milho era colhido e qualquer um poderia ver você lá, mesmo se você estivesse olhando para outro lugar, perdida em pensamentos, esperando por duas pessoas que nunca voltariam para sua vida, caindo de joelhos, e enfiando as mãos na terra, desejando que pudesse arrancar aquelas pessoas dali.

Lynnie não sabia se ela queria ir ao ar.

Kate havia dito uma outra coisa também, pouco antes de deixá-la na lavanderia: "Você sabe, pessoas muito longe poderão ver isso e então alguma coisa poderia acontecer."

Assim, enquanto dobrava as camisas, calças e meias, Lynnie tentou imaginar pessoas muito longe olhando para ela. Será que a velha senhora seria uma delas? Será que o bebê teria seus olhos na televisão também? *Vire as páginas*, Lynnie recordou a si mesma, e tentou ver como seria a vida do bebê agora. Ela não fazia isso há muito tempo, mas agora se perguntou. Será que o bebê estava com a velha senhora, ou com outra pessoa? Será que o bebê estava crescendo e ficaria alta como Lynnie? Será que ele se parecia com Lynnie na foto de quando era criança? Será que gostava de cheiros e abraços como Lynnie gostava? Será que falava como todo mundo — todo mundo exceto ela e Buddy — com palavras saindo de sua boca?

E Buddy. *Buddy*. Será que ele veria? Ele veria. Ele tinha que ver. Ele estava há tanto tempo desaparecido, não podia ser por escolha própria. Talvez estivesse na prisão. Talvez uma tempestade o tivesse deixado sozinho numa ilha deserta. Mas se ele pudesse ver uma televisão naquela noite não poderia ser isso. Ele fugiria da cadeia, como os mocinhos fogem quando um xerife malvado os prende na TV. Ele construiria uma jangada e remaria pela água. Ele finalmente voltaria e a abraçaria.

Lynnie enfiou a mão na pilha morna de roupa limpa e apertou o nariz contra aquele calor macio, e moveu os braços bem para dentro. Eles tinham se abraçado com o bebê entre eles. Tinham colado os lábios um no do outro. Tinham cantado uma nota perfeita para dentro do corpo um do outro.

Contudo Lynnie ainda esperava, quando eles voltaram do refeitório pouco antes das seis, que a noite continuasse como sempre. Suzette estava sintonizando a televisão para ver seu programa favorito, "A ilha dos birutas". As internas do A-3 estavam se acomodando nos mesmos assentos escolhidos há anos. Lynnie foi para seu banco habitual, e Doreen se sentou, como sempre, do lado direito de Lynnie.

Então Doreen se inclinou e cochichou que estava no escritório administrativo quando a coisa mais estranha tinha acontecido. Lynnie olhou para ela, mas justo quando Doreen respirou fundo para continuar, Lynnie espiou pelo canto do olho e viu Kate entrando no A-3. Doreen também reparou na chegada dela, e ambas ficaram observando enquanto Kate entrava na sala de recreação. Ela falou um instante com Suzette, que ficou com uma cara atordoada. Kate trocou o canal e se afastou. Atrás de Suzette, ela olhou para Lynnie.

Inicialmente, todo mundo resmungou. "A ilha dos birutas" era um dos poucos programas de que tanto os funcionários quanto as internas gostavam. Para piorar as coisas, Kate tinha posto a televisão no noticiário, que era considerado mais chato do que olhar para uma parede. Mas, sentado a uma bancada estava John-Michael Malone — e Lynnie parou de observar as outras pessoas ao redor.

— Vocês podem querer trocar o canal — dizia ele diretamente para os telespectadores. — Eu peço que fiquem conosco até o final dessa matéria especial. É importante que vocês vejam a desgraça da América.

Então, à medida que a matéria começou a passar, os resmungos das internas foram rapidamente substituídos por exclamações de surpresa.

Lá estavam os portões da Escola. Lá estava Albert, indicando uma vaga no estacionamento. Lá estavam os campos, vazios, a usina elétrica, o prédio da administração. O relógio.

— Somos nós! — exclamou Barbara.

— É Sing Sing em cores! — completou Lourdes.

Lynnie sentiu o sangue latejar enquanto via seu mundo. O chalé do hospital, com Marcus em seu agasalho. O ginásio, com o piso afundado e os aros de cesta cheios de teias de aranha. Z-1, com Christopher se balançando para frente e para trás, Timmy girando. Uma entrada para o túnel. Um lago de sujeira no chão do banheiro.

E subitamente: Lynnie!

A sala explodiu:

— Lynnie! — gritaram elas. Loretta deu-lhe uma palmada nas costas.

E se Clarence e Smokes a vissem? Ela sentiu o medo se apoderar de seu rosto.

— Você mora aqui neste prédio? — disse a voz de John-Michael em *off*.

A Lynnie na televisão, com os cachos louros emoldurando seu rosto, assentiu.

Doreen deu-lhe uma cutucada do lado.

— Você é uma estrela.

Lourdes disse:

— Lynnie está pronta para seu *close*.

John-Michael, ainda fora do enquadramento, fez sua segunda pergunta.

— Se você pudesse sair por aquele portão agora, ir embora e nunca mais voltar, você sairia?

Lynnie fez uma pausa. Ela olhou para o lado — para Kate, Lynnie se lembrou. Então a imagem a mostrou olhando de volta para a câmera e assentindo.

A sala de recreação explodiu em gritos de aprovação.

Na sala dos auxiliares, o telefone começou a tocar.

— Ah, cale a boca! — gritou Suzette.

A câmera cortou a imagem de Lynnie. Agora a televisão estava mostrando outras partes da Escola, mas Lynnie não conseguia se concentrar porque outros telefones estavam tocando. Telefones em outros chalés. Telefones por toda a Escola. E todo mundo na sala de recreação estava na maior animação, gritando:

— Somos nós!

— Estamos famosas!

Ninguém mais estava ouvindo o que John-Michael dizia. Mas podiam ver: John-Michael entrando no escritório de Maude, onde ela lhe lançou um olhar curioso, e então passando e entrando no escritório de tio Luke. Este, sentado à escrivaninha, levantou a cabeça, espantado e confuso. John-Michael disse alguma coisa e os olhos de tio Luke faiscaram com desconfiança, depois com raiva. Ele se levantou. Maude entrou no escritório parecendo apreensiva. Então o sr. Edgar, o motorista grandalhão de tio Luke, apareceu gesticulando para John-Michael para que ele saísse, cobrindo a câmera com a mão.

A sala entrou em um frenesi. Ninguém sabia o que tudo aquilo significava, embora todo mundo soubesse que era alguma coisa que nunca tinha acontecido antes. Elas estavam na televisão! Tio Luke parecia um bufão! Os telefones tocavam por toda parte!

— Aaah — disse Doreen para Lynnie —, alguém vai se dar mal.

Lynnie se recostou, sentindo seu rosto virar como uma página, do medo para vibração.

Ela olhou para o outro lado da sala. Kate, se levantando da cadeira, e vindo para junto delas, o braço erguido bem alto. Lynnie fez o mesmo, e com seus rostos num sorriso de espelho, elas bateram a palma das mãos.

Então ela olhou para além do rosto de Kate, para fora da janela e para o céu noturno. O relógio ainda brilhava na torre, tentando dar ordens a todo mundo ali enquanto lançava sua luz sobre todos eles. Pela primeira vez na vida, ela o encarou em resposta.

Um beijo e um queijo

1974

É UM MILAGRE, PENSOU KATE ENQUANTO CAMINHAVA em direção ao estacionamento, o sol brilhando na neve de fevereiro. *Obrigada, meu Jesus, obrigada*, rezou ela. *Obrigada por deixar o dr. Hagenbuch tão horrorizado com a Escola a ponto de pedir demissão. Obrigada por fazer John-Michael Malone se encontrar com o dr. Hagenbuch, e por dar a eles a coragem de entrar às escondidas na Escola. Obrigada por botar no ar a matéria de John-Michael Malone transmitida para muitos estados além da Pensilvânia. Obrigada por haver uma televisão em um apartamento onde uma mulher jantava sua comida congelada, enquanto fazia bijuteria, e calhar de parar para prestar atenção ao programa e reconhecer o portão. Obrigada por dar à mulher a força que se intensificou com o passar dos dias e a levou a pegar o telefone. Obrigada por Maude atender aquela chamada e dizer à mulher no telefone que mandaria alguém checar nas fichas dos arquivos para ver se descobria se alguma Evelyn Goldberg morava aqui. Talvez Maude planejasse nunca ligar de volta, se bem que com a imprensa agora revirando tudo — e o governador finalmente vindo visitar a Escola — talvez tivesse ligado. Mas obrigada, Jesus, por Doreen estar passando para recolher a correspondência justo naquele momento e por Maude passar o pedido para Doreen, e por Doreen ter corrido não para a sala do arquivo, mas sim para mim, e me contar ofegante o que tinha nas mãos. Principalmente, obrigada pelo milagre de aquela mulher fazer a longa viagem até aqui hoje, mesmo apesar da neve e de seu "trabalho idiota e sem sentido", como ela descreveu ao telefone. É um milagre de amor.* E como Kate vinha pensando ao longo dos últimos dias, desde que Scott, de joelhos, a tinha pedido em casamento, *O amor é o maior milagre que existe.*

No estacionamento, Kate consultou o relógio: 12h15. Na hora exata, Albert estava orientando um Ford Falco até uma vaga de visitante. Embora parecesse improvável que o trajeto desde Ithaca, Nova York, pudesse ser calculado com tamanha precisão, Kate soube, apenas com um olhar através do vidro do para-brisa para a mulher alta de cabelos cacheados, que Hannah era uma mulher de palavra.

Kate acenou enquanto Hannah, que vestia um casaco bico de âncora e saia rodada, saltava do carro. Ela levou um momento para reparar em Kate; parecia distraída com o relógio da torre. Enfim, olhou para o outro lado do estacionamento. Kate, em seu casaco de matelassê e usando botas, acenou com as mãos enluvadas por causa do frio.

Elas se aproximaram com expressões opostas: Kate sorrindo e radiante; Hannah séria e embaraçada. *Ela é a irmã*, pensou Kate. *Ela não tem motivo para se sentir angustiada*. Mas Kate subitamente compreendeu: Kate tinha sido a família de Lynnie, e a Lynnie que Hannah conhecia não existia mais há muito tempo.

As duas que nunca tinham se encontrado se abraçaram.

— É tão estranho estar aqui de novo — disse Hannah, a voz fraca como um calafrio enquanto elas seguiam colina abaixo em direção ao escritório de Kate. — Pensei tanto nisso. Este lugar sempre aparece em meus sonhos.

— Quando foi a última vez que você esteve aqui?

— No dia em que trouxemos Lynnie. Nunca mais vi este lugar até que aquela matéria apareceu na televisão.

Ela emitiu um som sufocado. Seus cabelos castanhos eram cacheados como os de Lynnie. Kate sabia por Eva que a criança — não, ela precisava pensar nela pelo nome — que *Julia* tinha o mesmo tipo de cabelo. Será que Hannah reconheceria sua sobrinha se ela calhasse de entrar no banco onde Hannah trabalhava como caixa? Ou onde quer que fosse trabalhar — porque, aos 27 anos, ela continuava pulando de emprego em emprego, de acordo com as próprias palavras. Bem, não era uma hipótese provável que aquilo algum dia fosse acontecer. Hannah não sabia que tinha uma sobrinha.

— Nunca digo a ninguém que tenho uma irmã — disse Hannah enquanto caminhavam. — Mas me lembro de muita coisa. — Ela sorriu. — Nós nos divertíamos. Tínhamos uma brincadeira com chiclete, ela furava a minha bola. Tínhamos a nossa versão de esconde-esconde. Ela gostava de chupar toalhinhas molhadas e de brincar de se fantasiar. Nós adorávamos cantar. Músicas de programas e coisas da Tin Pan Alley. A que a deixava mais animada era "A-Tisket, a-Tasket". Eu costumava subir na escrivaninha e me esgoelar enquanto ela pulava na cama. "Um beijo e um queijo. Uma cesta colorida..." — Então se calou. O vento zumbia nos campos de milho vazios. O governador havia fechado a fazenda; aqueles campos nunca mais veriam milho.

Hannah suspirou.

— Meus pais nunca falavam a respeito dela. Nós até nos mudamos para que, quando meus irmãos crescessem, ninguém pudesse contar a eles. Você consegue acreditar nisso? E consegue acreditar que não questionei isso durante anos? Fazia parte das coisas que a gente aceita sem discutir. — Ela caminhou em silêncio por um minuto, então acrescentou: — Em duas ocasiões perguntei a minha mãe por que tínhamos feito aquilo. Na primeira vez, depois que os gêmeos nasceram, ela disse que nós confundiríamos Lynnie se a visitássemos. Na segunda vez, quando eu estava na faculdade, ela disse que meu pai queria nos poupar da vergonha. E o tempo todo tive que prometer que não contaria aos meus irmãos.

— Algum deles sabe que você está aqui?

— Liguei para minha mãe e contei a ela sobre o programa. Ela disse — Hannah esfregou os olhos. — Vá. Depois me diga o que viu. E então penso se conto aos seus irmãos e a seu pai.

— Foi por isso que veio? Como mensageira da família?

Hannah aqueceu os dedos com o hálito e Kate se deu conta de que ela não estava de luvas e que seu casaco estava desabotoado, como se Hannah não se interessasse pelo próprio conforto.

— Não. Vim por mim. Não posso lhe dizer o que é ter uma irmã a respeito de quem ninguém fala.

— Sinto muito — disse Kate. Ela não acrescentou que algumas famílias *tinham* vindo visitar. Não muitas, e geralmente os irmãos ficavam desconfortáveis e incomodados demais quando chegavam à adolescência. Por que dizer a Hannah que se seus pais não tivessem feito o que os médicos tinham mandado, ela talvez se sentisse diferente — mas talvez não? E por que contar a ela que quando um dos pais vinha, alguns dos internos mais solitários iam para a janela para ver se a pessoa andando no caminho era deles? Kate sempre sabia quando uma mãe estava perto do A-3, pois Barbara, Gina e Betty Lou estariam coladas na janela, chamando em voz chorosa: "Mamãe."

Ela não contaria isso a Hannah — nem o que havia acontecido certa noite, há cinco novembros.

— Chegamos — disse Kate, abrindo a porta.

Hannah bateu os pés de frio. Então olhou para Kate.

— Detesto admitir, mas não tenho ideia do que dizer a ela.

Kate pôs as duas mãos sobre os ombros de Hannah.

— Não creio que você precise dizer nada — disse sorrindo para aqueles olhos escuros. — Você está aqui.

Kate abriu a porta do escritório. Lynnie estava sentada à escrivaninha, desenhando. Ela ergueu a cabeça e olhou para Kate, então para aquela desconhecida.

— Lynnie — Kate se ouviu dizer, a voz muito distante —, esta é sua irmã.

Lynnie se concentrou.

— Nah-nah? — perguntou Lynnie, bem baixinho.

Hannah, balançando a cabeça em afirmação, começou a morder os lábios.

Lynnie se afastou da escrivaninha, se levantou e disse em voz mais alta:

— Nah-nah!

— O que eu faço? — perguntou Hannah para Kate. — Não sei o que fazer!

Mas Lynnie já estava correndo da escrivaninha e se atirando aos braços da irmã. Lentamente, Hannah abraçou Lynnie. Juntas, elas também eram dois opostos: Hannah chorando de soluçar, Lynnie rindo de alegria.

A visita foi breve. Com tio Luke temendo por seus negócios, os visitantes só tinham permissão para permanecer por uma hora, e só nos escritórios administrativos. Embora talvez, refletiu Kate, uma visita rápida fosse melhor, pelo menos para começar. Enquanto via Lynnie mostrar seus desenhos, Kate tinha plena consciência de que Hannah não compreendia o que a irmã dizia, e ela olhava para Kate pedindo que traduzisse. Hannah, que outrora fora a defensora mais ardorosa de Lynnie, estava claramente envergonhada com isso. Ela também mal sabia o que dizer, pasma com o fato de que sua irmã não só estivesse seguindo sua vida, mas também tivesse talento.

— Esses são muito bons — dizia Hannah a todo instante. Hannah também não sabia como entender Doreen, que, depois de aparecer sem aviso e ao saber que a irmã de Lynnie viera visitá-la, ab-ruptamente saíra batendo a porta do escritório. Somente Lynnie parecia descontraída, virando as páginas de seus desenhos de cavalos e milharais. Contudo, Kate sabia que as coisas não eram bem o que pareciam. Lynnie só estava mostrando os desenhos de sua pasta mais recente. Nenhum do tempo que havia passado com o Número 42 e nenhum do bebê.

Mas ela não falou nada a respeito disso quando elas caminharam de volta até o carro. Disse apenas que havia mais esperança desde que a matéria de John-Michael Malone tinha ido ao ar e que a visita de Hannah havia sido um grande acontecimento.

— O que mais pode acontecer? — perguntou Hannah.

Kate contou a ela que tinha feito uma solicitação de uma fonoaudióloga para Lynnie. Se mais professores fossem contratados, era possível que um curso de arte fosse iniciado. Que melhorias físicas provavelmente aconteceriam nos chalés. E que tio Luke poderia ser substituído.

Então Kate se calou, e não só porque Hannah não tinha quaisquer expectativas das outras coisas que poderiam mudar. Kate não queria tocar no tópico das opções de moradia, uma vez que a opção principal que geralmente vinha à mente de qualquer pessoa era a família, e Hannah já havia indicado que sua família não seria receptiva. Por um momento, Kate sentiu seu maxilar se cerrar, apesar de compreender. Aquela família, como tantas outras, passara décadas vivendo sem um filho ou filha, irmão ou irmã. Apesar de todo o mal feito, apesar de todo o sofrimento, dos silêncios e dos segredos, vidas complexas e plenas haviam crescido e ocupado o lugar da ausência. Trazer uma pessoa de volta para o lar seria criar um tumulto, não só para as pessoas da família como também para os internos. O sistema, bem ou mal, dera a eles uma existência própria, e mesmo que a família estivesse louca por seu retorno Kate sabia que Lynnie não iria. Lynnie agora era uma mulher. Com certeza não poderia abrir sozinha seu caminho pelo mundo — ela sempre precisaria de ajuda. Mas tinha que haver uma maneira pela qual pudesse viver fora daqueles muros sem depender da família.

Hannah virou-se quando chegou ao carro.

— Eu voltarei em breve — disse.

Espero que sim, pensou Kate. *Ah, eu sinceramente espero que sim.*

Kate enfiou as mãos mais fundo nos bolsos e observou Hannah sair do estacionamento. Sim, era um milagre que ela tivesse vindo. Mas Kate se dava conta de que havia esperado por um milagre maior.

Ela fechou os olhos.

— Não quero pedir demais, Jesus — rezou em voz alta, ouvindo o carro de Hannah roncar no cascalho. — Não estou pedindo que o Senhor cure todas as pessoas deficientes do mundo. Não estou pedindo que transforme a família dela em santos. Não estou pedindo que o Senhor traga o Número 42 de volta da cova, nem que traga Julia à Escola. Tudo o que estou pedindo é que o Senhor dê a Lynnie alguma maneira de ter a coisa mais simples que todos nós temos. Por favor, tire Lynnie daqui. Por favor, encontre um lar para Lynnie.

O dia da pena vermelha

1974

O SOL JÁ ESTAVA QUENTE QUANDO eles saíram da casa grande onde todos dormiam e seguiram para os campos. Homan ainda não sabia seus nomes, mas sabia que o tinham acolhido quando se vira sozinho nas ruas da cidade das colinas. Naquela manhã, como na maioria das manhãs, ele pôs um chapéu de palha na cabeça e caminhou com os dois garotos que haviam se ajoelhado ao lado dele enquanto ele soluçava na calçada em frente ao posto de gasolina, oferecendo-lhe comida, depois trazendo-o de carro para aquele lugar. Ambos eram tocadores de violão, e na frente deles agora caminhava a garota chinesa que prendia o cabelo com uma borboleta branca entalhada. Nos dias em que ela preparava as refeições, fazia comidas que Homan nunca tinha visto: sopa rala, marrom, almiscarada; arroz com verduras e suculentos cubos brancos; bananas fritas. Seus jantares saborosos eram um dos muitos presentes daquele lugar, no qual ninguém, até o momento, o pressionava para ir embora.

Borboleta Branca virou-se quando estava lá no alto e mexeu a boca, olhando para os garotos. Ela devia estar falando dele porque o olhar dela a todo momento voltava em sua direção, mas Homan não sentiu medo. Havia entre aquelas pessoas um espírito diferente de tudo que já vira antes, uma aceitação amistosa, até mesmo quando não estavam sentados na sala coletiva com as pernas cruzadas, as mãos unidas em prece. A maioria dos recém-chegados ia embora depressa, desestimulada pelo trabalho braçal ou pelo fato de duas vezes por dia ter que sentar nas almofadas, todo mundo de olhos fechados, Homan imitando os outros sem a menor ideia do que estavam fazendo. Contudo, era um alívio estar em um lugar com um teto, comida, e em que a generosidade era tão grande que ele pouco se importava com o fato de não entender. Seu único descontentamento vinha quando suas lembranças o levavam para o leste.

Os garotos a seu lado não eram os únicos músicos ali. Três outros se juntavam a eles na sala coletiva todas as noites para tocar seus instrumentos, enquanto as mulheres cuidavam da limpeza e as crianças saíam para brincar. Aquela era a hora do dia que Homan se acomodava na cadeira que todo mundo tinha concordado ser dele (*dele!*): uma poltrona amarela estofada, do tamanho de um urso, com um buraco em um braço e um tecido cobrindo o alto do encosto. A poltrona parecia a espreguiçadeira que Sam mantinha na van, embora tivesse um assento profundo, perfeito para suas pernas compridas. Ele sentia que poderia ficar para sempre naquela cadeia.

Borboleta Branca fez um gesto na direção da casa, e os dois garotos assentiram, as mãos em seus carrinhos de mão. Homan perguntou-se se tinham a intenção de mandá-lo trabalhar em casa naquele dia. Nunca sabia que tarefa teria e apenas aceitava fazer qualquer coisa que eles quisessem, fosse plantar, colher ou fazer geleia. Seria bom trabalhar dentro da casa naquele dia, uma vez que estava mais cansado do que de costume. Eles tinham ficado acordados até tarde na noite anterior, encantados com tocadores de tambor que tinham chegado de carro. Eles haviam acomodado os tambores no colo ou entre os joelhos e tocado, batendo com as palmas das mãos. Homan tinha posto sua mão no assoalho pulsante, sentindo o batuque, até que os músicos pararam e foram dormir. Mas um dos tocadores de tambor permanecera, um homem negro vestido numa camisa verde e laranja, mostrando a ele um pôster de dois homens com medalhões ao redor do pescoço e os punhos cerrados erguidos no ar. O tocador de tambor tentara explicar o pôster, mas Homan não havia compreendido. Contudo, afinal, já estava tão acostumado a não compreender que tinha encontrado um nome para a confusão e o medo que o dominavam quando sabia que estava errado e não sabia o que era certo: Inadequação.

Os garotos assentiram para Borboleta Branca. Então todos continuaram pela crista do morro e para o vale que se abria largo e verde.

Ele não tinha *ideia* de onde estava. Estava morando em uma casa grande com cerca de trinta homens, mulheres e crianças. Somente dois tinham cabelos grisalhos, e nenhum tinha as doenças que ele vira na Armadilha ou na igreja. A casa era uma fazenda onde se criavam animais e se cultivavam maçãs, alcachofras, brócolis, acelga, alface e cebolas. Algumas das pessoas eram responsáveis por fazer queijo, outras, por arrumar flores em ramos. Todo mundo fazia alguma coisa, até os dois de cabelo grisalho — um homem magro e musculoso com um casaco laranja e uma mulher aprumada com vestido esvoaçante. O Rei Laranja e a Rainha do Vestido Longo cuidavam do escritório.

Homan também descobriu mais uma coisa sobre aquele lugar, uma coisa que o fez perder o fôlego. Um dia, durante seu primeiro ano ali, um dos caminhões não queria pegar e, quando alguém abriu o capô do motor, Homan olhou lá dentro. Identificou qual era o problema facilmente e fez gestos para todos com as mãos. Não seus sinais — afinal, nunca haviam demonstrado muito interesse, de modo que logo de início desistira de tentar —, mas movimentos simples que pessoas com audição podiam seguir. Eles entenderam qual era a peça que precisava ser trocada. Então três homens entraram no carro redondo e verde como uma tartaruga e acenaram para que Homan os acompanhasse. Juntos, deixaram a fazenda e dirigiram para a cidade das colinas.

Homan sentiu, naquele percurso por estradas compridas, a mesma gratidão que tinha sentido desde que eles o encontraram caído no chão, no posto de gasolina, e teve esperança de que aquilo fosse tudo que fosse sentir. Embora houvesse uma outra emoção que aflorava de vez em quando, uma detestável demais para se dar um nome. Logo no início de suas jornadas, havia começado como uma queimação no estômago, e com o passar do tempo tinha aumentado, se incendiando cada vez que lhe vinha a lembrança de pular da janela da casa da Doadora de Teto, ser arrastado pelo rio, ser espancado na caverna. Desde que estivera ali, aquilo o tinha escaldado por dentro todas as manhãs, quando ainda via Garota Bonita e a Pequenina — embora sempre como formas meio apagadas, e nunca juntas, e nunca durando mais que um piscar de olhos. Então o sentimento tomava seu corpo e ele punha a mão sobre o rosto, na esperança de que ninguém, especialmente ele, soubesse que ele existia. E pensava, *Como você deixou que isso acontecesse, seu cabeça-dura? Você não devia ser melhor do que seu pai, que não presta? Ainda bem que eles não sabem quem você é!* Era um sentimento que queimava tanto que Homan só queria esquecer tudo o que tinha acontecido antes. E depois do jantar, toda noite, Homan se obrigava a esquecer.

No dia em que voltaram à cidade para comprar a peça quebrada do caminhão, Homan não teve esse sentimento. Em vez disso, enquanto seguiam por uma gigantesca ponte vermelha, muito mais majestosa do que a de dois níveis, Homan sentiu curiosidade ao vislumbrar a água em meio ao nevoeiro. E então, quando viraram à direita no final da ponte e dirigiram ao lado da larga imensidão de água, sentiu assombro. Homan ficou olhando boquiaberto do carro, entregando-se àquela visão que nunca pudera ter antes, apertando as mãos contra a janela. Então aquele era o lugar que tinha visto da escada da casa de Sam. Então aquele era o lugar que Garota Bonita havia desenhado. Então aquilo era o que ele tinha estado contemplando tantas vezes, quando tirara o desenho dela do esconderijo debaixo do feno. Finalmente ele estava ali: no lugar que vinha das lágrimas.

Os outros no carro repararam na atenção de Homan, e depois eles saíram da oficina, atravessaram a rua e desceram uma escada até uma praia de areia. Homan ficou parado por um momento na base da escada, respirando o ar salgado. Estava frio, com vento soprando, e Homan sinalizou para si mesmo, dando-lhe um nome — Finalmente Mar — e começou a correr. Na beira da areia ele seguiu adiante, entrou espirrando água e só parou quando a água chegou aos joelhos. Então pegou na mão em concha um bocado de água e a entornou sobre a língua. E tinha *mesmo* gosto de lágrimas. E Homan se permitiu lembrar: os lábios dela tocando os dele, o corpo dela em seus braços. Mas dessa vez não sentiu o sentimento que não tinha nome. Homan sentiu apenas seu anseio, estendendo-se tão infinitamente quanto o mar. Sentiu apenas uma maré, subindo em seus olhos.

O sol estava alto sobre os campos. Homan tirou o chapéu de palha, enxugou a testa e ficou satisfeito ao ver as crianças trazendo as marmitas com o almoço para os campos. Embora aquilo fosse incomum: a garota que veio na direção dele tinha apenas três marmitas, que ela entregou a Borboleta Branca e aos dois garotos. Então a garota fez um gesto chamando Homan para ir para a casa. Ainda sonolento por causa da noite anterior, ele a seguiu.

Quando a garota o levou para o escritório, Rei Laranja e a Rainha Vestido Longo se levantaram de suas escrivaninhas e sorriram em saudação. O tocador de tambor da véspera também estava lá, sentado à mesa no canto, fumando um cigarro e balançando a cabeça em sinal de alô. A garota foi embora e Rei Laranja indicou uma cadeira à uma mesa. Homan se sentou, e a Rainha Vestido Longo fechou a porta.

Homan na verdade não tinha passado muito tempo com o Rei Laranja e a Rainha Vestido Longo. Eles sentavam juntos à mesa grande no café da manhã e no jantar, e sentavam nas almofadas com todo mundo duas vezes por dia, mas passavam a maior parte do tempo naquele escritório, Rei Laranja no telefone, Rainha Vestido Longo com os óculos na ponta do nariz. Estavam no comando daquele lugar e nesse sentido eram como o chefão na Armadilha e a mulher ajudante. Exceto pelo fato de que o Rei Laranja e a Rainha Vestido Longo formavam um casal com anéis combinando. Eles punham as crianças nas costas e saíam correndo com elas. Rainha Vestido Longo se sentava ao lado das pessoas quando pareciam estar tristes, pondo os dedos no braço delas. Assim que Homan chegara ali, havia se enroscado numa cama no chão, de punhos cerrados, e o Rei e a Rainha foram até junto dele. Eles deviam saber que Homan era surdo, pois nem tentaram mover os lábios. Gesticularam para os punhos dele com as palmas das mãos se abrindo, então ele seguiu o exemplo deles e abriu e separou os dedos, eles se inclinaram e estenderam a mão como se ele fosse uma pessoa importante, ambos apertaram a mão dele.

Algum tempo depois, a Rainha Vestido Longo fez outra coisa. Um dia, quando Homan estava ajudando os fazedores de geleia a colar rótulos nos potes, a Rainha sentou-se a seu lado. Ela gesticulou para os rótulos, com seu desenho de um sol de cara sorridente e as marcas pretas que ele sabia serem letras, e olhou para Homan com olhos inquisitivos. Então, ele se lembrou dos testes que fizera em seu primeiro dia na Armadilha, quando apontavam para blocos de brinquedo e cronômetros e ele não compreendia as instruções. Ele falhara naquele teste e também falharia neste. Por isso, continuou com o trabalho e logo ela se afastou.

Agora depois que Homan sentou-se à mesa do canto, Rei Laranja e a Rainha Vestido Longo se sentaram um de cada lado dele. O Tambor estava sentado do outro lado e colocou um livro sobre a mesa.

O Rei empurrou o livro até que ficasse bem na frente de Homan e o abriu. Homan olhou para ele, então para Tambor, que apontou para a página. Homan olhou bem para eles, de rosto em rosto. Então Tambor pegou a mão de Homan e a colocou abaixo de uma linha de escrita. A escrita parecia rastros de passarinho — de passarinhos com patas que não combinavam. Homan olhou para Tambor.

Tambor fixou o olhar na linha de escrita e moveu os lábios. Homan desconfiava que Tambor queria que ele lesse seus lábios. Então se deu conta: *Ele quer que você leia*. Homan olhou para a Rainha, que gesticulou para que ele mantivesse os olhos na página. Homan com certeza não passaria nesse teste também, embora, se parecesse que estava tentando, talvez deixassem que continuasse morando ali. Homan franziu o cenho, olhou para a escrita e fez todo o esforço que podia. Mas à medida que olhava, os rastros difíceis de acompanhar como pegadas sopradas pelo vento, sua mente começou a sair daquela sala. Isso aconteceu apesar de seu desejo de todos os dias esquecer. Homan não conseguiu se conter, não com os rastros de passarinho na sua frente. Homan deixou aquele capítulo de sua vida, voou de volta pelos anos e foi aterrissar muito longe em sua memória.

Tinha acontecido em um dia em que o milho estava alto o suficiente para se esconderem. Ele e Garota Bonita haviam se enfiado silenciosamente pelas fileiras do milharal, e lá, protegidos de regras e guardas, tinham corrido até o fim de uma fileira, e então para a seguinte, de mãos dadas, rindo e livres. Então, finalmente pararam. Rodeados pelo milharal, tinham se aproximado, se abraçando mais do que jamais poderiam no escritório da Ruiva Gordinha. E se beijaram. Tinha sido um beijo novo para eles, profundo e demorado, os lábios dela doces e cheios. Homan sentia seu corpo ficar, ao mesmo tempo, fraco e forte, suas emoções correrem para direções desconhecidas, seus braços se cerrarem bem apertados ao redor das costas dela, os dela estreitando com força as dele. E ele quisera que o beijo durasse até o sol se tornar lua. Quisera que ela ficasse com ele até que o verão se tornasse inverno.

E então acontecera. Enquanto faziam uma pausa para olhar um para o outro, um pássaro voando acima deixara cair uma pena vermelha. Eles a viram descer flutuando, e quando veio parar entre os peitos deles, ficaram mais juntos e apertaram a pena entre eles, segurando-a como se fossem um. Eles riam de como se moviam juntos e, em sua felicidade, Homan levantara a pena e a segurara entre eles e fizera o que tinha jurado a si mesmo, no dia em que chegara à Armadilha, que nunca mais faria. Homan usou sua boca para falar.

Peh hah.

Homan não tinha esperado que a palavra saísse de sua boca. Nem esperara que significasse coisa alguma para Garota Bonita — sabia que ela não falava. Para sua surpresa, contudo, ela olhava para a pena na mão de Homan, os olhos ligeiramente mudados de amor para amor com compreensão. Então, ela pegara a pena da mão dele e, com os olhos cravados nos dele, apertara os lábios, levantara o punho dele até sua boca e deixara que ele sentisse seu hálito: *Peh*. E moveu a língua entre os dentes: *Nah*.

Homan olhava para ela com muito espanto. Ela retribuía o olhar, esperançosa. E, sem pensar, ele havia baixado os dedos até o pescoço dela e tocado na pele ali como se fosse um medalhão na concavidade de seu osso. Quando ela dissera a palavra novamente, ele sentira ainda mais. *Peh nah*. Ele deixara escapar uma risada e fechara os olhos, e ela fizera aquilo de novo uma vez depois da outra, cada vez mais alto, tão entusiasmada por saber que ele podia sentir a voz dela quanto por saber que podia falar. Então ele levantara os dedos dela até a garganta dele. Era *Peh hah*. Ela tinha feito que não com a cabeça. Certo: Era *Peh nah*. Ela assentira. *Peh nah. Peh nah*. Ele usava sua voz como não fazia havia muito tempo. Ela usava a dela. Eles tinham observado um ao outro tentar. Tinham tocado no pescoço um do outro. Tinham sentido um ao outro enquanto falavam.

Naquele momento ele olhou para Tambor. Como Homan queria estender a mão e tocar na garganta do homem para tentar adivinhar o que ele dizia. Mas Homan se lembrou dos rostos risonhos de seus irmãos e das expressões confusas de estranhos na estação de trem durante a Corrida. Ele se lembrou do momento terrível quando a polícia o havia capturado e algemado e ele acabara na Armadilha. Garota Bonita era a única pessoa em que ele havia tocado no pescoço e a quem ele se permitira dizer mais do que: "Eu sou surdo." Havia uma intimidade em tocar uma pessoa no pescoço, ou tentar falar, que ele não havia sentido com ninguém, nem mesmo com Sam. Usar sua voz com outra pessoa até que você fizesse uma palavra era como confiar naquela pessoa com um beijo.

Finalmente Tambor desistiu.

Naquela noite, como em todas as noites, Homan se sentou em sua poltrona amarela. Todo mundo achava que ele se sentaria ali depois do jantar porque o assento grande era bom para suas pernas compridas. Mas havia um motivo secreto. Embaixo da cadeira, escondido pelo tecido preto que cobria as molas, enfiado bem fundo lá dentro, estava seu dinheiro. Se eles soubessem, teriam rido, uma vez que naquele lugar eles juntavam o dinheiro de todos e compravam tudo juntos. Mas para Homan o dinheiro dele era importante não por causa do que podia comprar, mas porque era a única coisa que ele havia conseguido conservar ao longo de todos aqueles anos.

A cadeira amarela, que Homan havia posicionado bem ali no centro da sala coletiva, o abraçou. Alguém rolou a bola de plástico que ele gostava de segurar quando a música estava tocando, e Homan a botou no colo. Então, à medida que os músicos começavam a dedilhar seus violões e a bater seus tambores, Homan sentiu as vibrações chegarem através dos pés, do assento, dos descansos de braço e da bola, que ele abraçou, permitindo que o som batesse e percorresse seu corpo. Parecia que a cadeira era um barco, balançando-o com tudo o que sentia ao redor — junto com seu dinheiro, todas as lembranças e o sentimento a que ele não podia dar nome.

Homan saiu velejando, sentindo a música. E não pôde resistir — pensou em Garota Bonita. Embora não fosse uma lembrança deles juntos. Era uma imagem dela agora, na Armadilha: deitada em sua cama, olhando para a torre do relógio, esperando por um homem que nunca tinha voltado.

Não pense mais nela.

Um dos violonistas estava acendendo o Relaxamento, como fazia todas as noites. Homan levantou o olhar da bola, estendeu a mão, e levou o Relaxamento até os lábios. A fumaça subiu e entrou em sua mente como uma vassoura de chaminé e varreu para longe seus pensamentos.

Ele passou o cigarro para Borboleta Branca. Então, dobrou-se ao redor da bola, bem longe da Garota Bonita, e permitiu que a música batesse nele como uma tempestade.

Parte Três

Buscando

O desfile

1980

— Como é possível você ainda estar na cama? — Lynnie ouviu Doreen perguntar enquanto emergia dos sonhos naquela manhã de junho. — Pensei que mal pudesse esperar pelo dia de hoje.

Com o sono ainda pesando sobre os olhos, Lynnie não conseguia se lembrar a respeito do que Doreen estava falando. Tudo parecia igual: a dureza do colchão e o cheiro de alvejante dos lençóis, os resmungos e os espreguiçamentos matinais das outras internas, o odor poderoso da Escola. Na verdade, não era bem assim. Os contribuintes passaram a exigir mudanças, de modo que havia menos internos. Funcionários subitamente preocupados também estavam bisbilhotando tudo, de modo que até o fedor fora encoberto com aplicações de desinfetante. Mesmo Doreen não estava mais perto o suficiente para pôr a mão na cama de Lynnie, porque os chalés haviam ganhado divisórias que criavam quartos para seis, com cada interno tendo muito espaço ao lado da cama, bem como uma cômoda com gavetas — para as roupas. As gavetas também não eram mais trancadas, as escovas de dentes não eram mais compartilhadas, a comida não era mais uma papa e os tratamentos sob a forma de trabalho eram complementados com aulas de verdade. Na aula de arte, Lynnie aprendera a pintar, a fazer água-forte e até a fazer mosaicos.

Sempre que Lynnie pensava nessas mudanças, sentia a mesma palpitação de felicidade que tinha quando pintava as cores amarelo canário, rosa orquídea ou verde limão numa página. Mas havia uma coisa na vida que ela desejava que não mudasse: Doreen continuar a dormir no mesmo lugar que Lynnie. Ter a amiga a seu lado, tagarelando sem parar até as duas adormecerem, ajudava Lynnie a enfrentar o vazio de todas as noites, e saber que Doreen estaria lá ao amanhecer, folheando as revistas que agora tinha autorização para receber, a motivava — a despeito das imagens em sombra que ainda via sempre que pensava em Buddy e no bebê — a abrir os olhos para cada dia.

Sete anos tinham se passado desde que John-Michael Malone fizera os dominós da mudança começarem a cair na Escola, e nesse período Lynnie começara a compreender uma coisa surpreendente e ao mesmo tempo perturbadora com relação à mudança: quando a professora de arte trouxera os pastéis pela primeira vez, ou Doreen ganhara uma assinatura da revista *People*, a mudança fez o espírito de Lynnie dançar de alegria. Mas a cada vez que as camas eram rearrumadas e Lynnie enfrentava a possibilidade de Doreen ser transferida para um quarto distante, mergulhava no mesmo entorpecimento que havia sentido depois que Buddy e o bebê desapareceram. Graças a Deus Doreen sempre se manifestava, dizendo:

— Se vocês pensam que vou para outro lugar, podem reconsiderar. — Elas tinham sido poupadas do pior tipo de mudança.

— Ei — disse Doreen de novo, sacudindo o ombro de Lynnie —, você não vai se levantar?

Lynnie respondeu:

— Em um minuto. — As palavras saíram devagar e mais enroladas do que sua fonoaudióloga, Andrea, sempre assegurava que sairiam. Mesmo assim, as palavras saíam. Aprender a falar de novo tinha sido um longo processo feito de muitos passos minúsculos, cada um levando a infinitas tardes de frustração. Por sorte, todo mundo que importava para Lynnie havia se habituado com o que Doreen batizara de "Fala de Lynnie" sem dar olhares confusos e sem atropelar sua enunciação cuidadosa, e a paciência de todos encorajava Lynnie a continuar tentando. As reações das outras pessoas na verdade eram mais uma lição que ela aprendera sobre a mudança. Quando a mudança acontecia com um indivíduo, acontecia com todos ao redor — às vezes da maneira como desejava, às vezes não.

Lynnie, abrindo os olhos, observou Doreen, que estava de pé e já vestida ao lado da cama.

— Então, você vai? — perguntou Doreen. A voz dela tinha um tom suplicante.

Naquele momento, Lynnie se lembrou de que dia era. Estendeu a mão e enlaçou os dedos nos de Doreen.

— Sim, vou.

Doreen sacudiu a mão e se soltou da mão de Lynnie.

— Bem, eu não vou.

— Não fique assim.

— Não estou ficando nada — disse Doreen, sentando-se pesadamente na cama. — Só não vou. — Ela pegou o travesseiro e o atirou contra a divisória. Então, sentou-se enroscada e disse que não tomaria café, embora aquele fosse o último café da manhã que tomariam ali.

Dessa forma, não foi tão animador quanto Lynnie tinha esperado sair do A-3 para o sol do princípio do verão e ver dois auxiliares prendendo uma faixa entre dois mastros. Tampouco o coração dela se agitou quando viu de relance os caminhões do circo entrando no estacionamento — ainda controlado por um Albert uniformizado (o que ele faria de sua vida depois do dia de hoje?) — e também, dentro das jaulas com rodas, camelos, cavalos e um elefante, todos usando as mesmas selas brilhantes que ela não via desde que o circo deixara de vir à Escola, anos antes.

— Vai ser um grande dia — dissera o sr. Pennington, o novo superintendente, na sessão de cinema numa noite da semana anterior —, de modo que vamos trazer de volta os animais para comemorar.

Quem também voltaria seria John-Michael Malone com suas câmeras, sem disfarces dessa vez. Ao longo dos últimos meses, à medida que Lynnie imaginava essa manhã, tivera certeza de que se sentiria exuberante — uma das muitas palavras complicadas que ouvira Andrea dizer sobre esse dia, embora fosse difícil demais para Lynnie pronunciar. Mas a resistência de Doreen às festividades e ao evento importante pelo qual passavam refreara a exuberância de Lynnie. Doreen não tinha feito nenhum segredo sobre seus sentimentos o tempo todo, à medida que se espalhava a notícia de que a Escola finalmente seria fechada e que todo mundo seria transferido para, como dizia o sr. Pennington, "novas moradias na comunidade".

— Eu não quero nenhuma nova moradia — dizia Doreen. — Moro aqui desde que tinha uma semana de idade. Esta é a minha casa.

Lynnie compreendia, embora, como a maioria dos internos, mal pudesse esperar a hora de ir embora. Talvez porque um dia tinha conhecido o mundo fora dos muros da instituição: armários de cozinha dentro dos quais cantava com Nah-nah, bonecas Betsy Wetsy com as quais brincava debaixo da mesa, um restaurante onde tinha gritado "Búrguer!" Mas talvez fosse porque tinha passado três dias gloriosos naquele mundo e, assim, não tinha medo do que havia lá fora. Era dessa forma que Doreen chamava o mundo — *lá fora* —, cuspindo as palavras como se fossem comida podre, mas Lynnie sabia que a amiga estava apenas assustada demais para comer.

Era tão estranho fazer tanta coisa pela última vez: andar até o chalé do refeitório, ver auxiliares — não havia mais garotos nem garotas trabalhando, e os auxiliares não usavam mais uniformes — dando de comer aos internos que precisavam de ajuda. (Ninguém dizia mais "baixo nível de inteligência". Eles diziam "retardo mental severo" ou "profundo" ou "com baixo nível cognitivo".) Lynnie gostaria de saber o que aconteceria com cada um deles. Já sentia falta de Gina e de Marcus, cujos pais os tinham levado para casa. Para onde iria Barbara? Christopher? Betty Lou? As famílias deles nunca haviam aparecido. Kate dizia: "São os que têm famílias presentes que ficarão em melhor situação." Lynnie perguntara por que algumas famílias apenas desapareciam. Kate respondera: "Provavelmente existem muitas razões. Mas posso lhe garantir: alguém em cada uma destas famílias sente um buraco no coração."

— Talvez os pais de Doreen venham para o desfile — dissera Bull na noite anterior. Mas, quando Lynnie afinal acabara seu café da manhã, nem Doreen nem os pais dela tinha aparecido. Bem, Lynnie pensou enquanto deixava para trás os cheiros de *hash browns*, aquelas batatas gratinadas, e *scrapple*, o bolo de milho e porco, podia continuar a ter esperança, mesmo que Doreen dissesse que não se importava. Se Lynnie podia mudar a ponto de aprender a falar, os pais de Doreen também podiam mudar.

Lynnie tentou se concentrar em pensamentos esperançosos enquanto percorria o caminho até o escritório de Kate. Se não fizesse isso, sabia que a tristeza que sentia por perder Doreen poderia se combinar a todas as outras tristezas que vinham dos lugares pelos quais passava — o chalé onde ficara até que Kate a resgatasse, o chalé do hospital onde havia conhecido Tonette, o milharal, agora abandonado. E se ela se permitisse tanta tristeza assim, nem os animais do circo teriam importância.

Lynnie desviou o olhar daqueles lugares, obrigando-se a ver outros, mais alegres — e havia muitos. Depois que tio Luke finalmente fora obrigado a pedir demissão, Smokes e Clarence tinham ido embora. Assim, por sete anos (sete! Ela sabia dizer todos os números — de um a cem!), Lynnie pudera andar pelo terreno da instituição sozinha. Ela pudera até, depois que o regulamento afrouxara, andar por onde queria com papel e lápis na mão. Os animais da fazenda e o trator haviam sido vendidos, porque, como o sr. Pennington dizia, "havia outras fontes de renda", mas o celeiro permaneceu vazio. Ela viu o caminho que levava ao celeiro e pensou em como ficava feliz sempre que saía para uma caminhada até lá de tarde. Lynnie se acomodava ao sol, perto das portas vermelhas do celeiro, contente da vida, e desenhava pequenas histórias que via acontecerem ao redor, sobre esquilos, raposas e gansos. Hannah dizia que Lynnie era uma grande artista, e ela devia saber o que estava dizendo, porque depois de anos de empregos que a faziam torcer o nariz ao se referir a eles, abrira uma pequena galeria. Certa vez, depois de uma visita, levara consigo alguns dos desenhos e dissera a Lynnie que quando os mostrara aos clientes, eles tinham arregalado os olhos e dito: "São muito bons."

Os pais de Lynnie não tinham falado muito sobre seus trabalhos de arte, embora tivessem vindo para uma visita. Alguns anos depois de Lynnie ter encontrado Hannah novamente, seus pais vieram de avião da casa onde moravam depois que se aposentaram, no Arizona, encontraram com Hannah no aeroporto e apareceram na Escola. Eles não se pareciam mais com as pessoas na foto de Lynnie; ela os tinha abraçado mesmo assim. Com o incentivo de Hannah, ela e Lynnie apresentaram a Escola para eles, a mãe dando sorrisos tímidos, o pai pigarreando. Quando mostrou o desenho que a professora de arte pregara com tachinhas na parede — de um cavalo azul e verde, a partir do brinquedinho de Hannah, que Lynnie ainda guardava no saquinho — eles não disseram nada além de um rápido: "Bonito". Eles também a todo instante davam passos para trás se afastando dela. Lynnie se perguntava por quê, mas sempre que se aproximava, ficando na mesma distância que geralmente mantinha de Doreen ou Kate, eles recuavam de novo. Parecia que as coisas ficariam mais fáceis quando a levassem para o hotel onde estavam, mas acabou sendo difícil apenas de maneira diferente. Mamãe dissera:

"Foi errado, Lynnie", enquanto enxugava os olhos por trás dos óculos com um lenço de papel. Papai dissera: "Não tínhamos outra escolha naquela época." E então parecia que ninguém sabia o que dizer. Ela queria contar a eles sobre os livros do Dia de Lynnie e como Horton e Ferdinando e todos os outros mostraram a ela como desenhar imagens em sequência de modo que se somassem, página após página, numa história. Mas ela mal conhecia todas essas palavras, e por algum motivo sua boca estava cooperando menos do que de costume. Mesmo com Hannah estimulando a conversa entre todos como podia, Lynnie começava a se sentir como se estivesse vestindo roupas que nunca lhe serviriam. Finalmente Hannah ligou a TV, para alívio da irmã.

Ela sabia que deveria amá-los. Contudo, quando olhava para eles, não se sentia da mesma forma que com Hannah ou com as pessoas que tinha conhecido naquela Escola: Doreen, Kate, Buddy, o bebê. Ela sabia que em algum momento havia amado os pais. Mas a mudança viera para todos eles.

Assim, Lynnie via Hannah algumas vezes por ano, embora só tivesse visto a mãe e o pai mais uma vez. Isso foi alguns anos depois. Eles a levaram para o quarto de hotel de novo, dizendo que comemorariam o *Pessach*. Esperando por ela no quarto havia pessoas que Lynnie não conhecia — seus irmãos, disseram-lhe, e suas esposas. Os irmãos a abraçaram imediatamente e a soltaram com a mesma rapidez. Eles deram risadas falsas pelo nariz. Todo mundo se sentou em cadeiras e mesas portáteis, e as esposas trouxeram comidas cobertas com plástico transparente. Então todo mundo abriu um livro sem ilustrações e leu uma história em voz alta. Era sobre o faraó e Moisés deixando o povo ir, e Lynnie tentou acompanhar a história, mas metade das palavras era em outra língua. Papai ficava repetindo: "Preste atenção, Lynnie." Mamãe ficava dizendo: "Lynnie, pare de mexer nos garfos." Hannah dizia a todo mundo para parar de interromper Lynnie, que ela precisava de tempo para pronunciar as palavras. Os irmãos ficavam trocando olhares. E Lynnie não pôde comer exceto quando disseram que ela podia comer esse pedaço de *matza*, aquela colherada de *charoset*; e então quando ela comeu um pouco de *maror* teve a sensação de que uma abelha a picava no nariz. Lynnie se recostou na cadeira e fechou os olhos. Depois disso, todos começaram a brigar, dizendo coisas como: "Isso foi uma ideia idiota", "Vocês nunca perdoaram o templo por mandá-los embora por causa dela, e agora viraram devotos?" e "Não se pode recuperar o tempo perdido. O que passou passou, o que se fez está feito. Aposto que ela nem sabe o que Deus é".

— Eu sei — disse Lynnie, mas com a voz em um tom que Andrea chamaria de baixo demais, por isso ninguém ouviu. E ela sabia o que Deus era, porque O tinha visto nas noites de filme. Às vezes Ele era uma coluna de fogo que assustava as pessoas. Às vezes Ele era George Burns e era bom para as pessoas. Kate dizia que Deus tinha criado todas as coisas e amava todo mundo. Mas, como ler, estar na companhia da família e falar com facilidade, conhecer Deus parecia ser algo que só outras pessoas podiam fazer.

Ela não devia pensar em Deus agora. Devia olhar ao redor, para os lugares que nunca mais veria. Havia tantos que a faziam lembrar Buddy, cada um trazia de volta os sentimentos mais deliciosos. Essa árvore, debaixo da qual tinham se escondido na sombra e Buddy tinha esperado com paciência enquanto ela treinava desajeitadamente os seus sinais. Aquela janela, de onde ela tinha observado Buddy ir buscar uma vaca no pasto — a mesma vaca cujo bezerro ele ajudara a nascer não muito depois, um feito que a fizera saber que ele poderia ajudá-la a dar à luz também. Ah, e essa entrada de túnel: a mesma de onde ela acenara adeus enquanto Buddy corria para preparar as escadas que depois usaram para fugir.

Cada um daqueles lugares fazia com que ela se sentisse cheia de todas as cores que haviam existido, e ao mesmo tempo aprisionada pelo torpor. Ele havia desaparecido, o bebê tinha ido embora e agora era a vez de Lynnie partir. Ele nunca a encontraria quando voltasse. Ela não teria nada dele nem do bebê, exceto lembranças.

Talvez fosse por isso que, à medida que o escritório de Kate surgia à vista pela última vez, Lynnie se permitiu ter um pensamento que nunca havia se permitido. Todo aquele tempo — *doze anos* — não tinha falado com Kate sobre o bebê. Ela nem sequer havia desenhado o bebê, exceto uma única vez, naquelas primeiras semanas. Depois, ao longo de anos, Smokes e Clarence tinham estado por lá com seus cachorros, logo ela não podia se arriscar, e quando eles finalmente foram embora da Escola, ela continuara a temer o destino daquele nascimento.

Talvez, contudo, fosse hora de contar alguma coisa a Kate. Ela lhe dissera que seu novo lar seria seguro e protegido. Lynnie teria a própria chave, e os funcionários que trabalhavam lá impediriam a entrada de qualquer pessoa que não devia entrar. Se isso fosse realmente verdade — se Smokes, Clarence e os funcionários que podiam pôr o bebê dela numa Escola não tivessem como chegar a ela — então não haveria problema se falasse sobre o bebê. Não: sobre a criança. Não: sobre sua filha. Essas palavras vieram à sua mente como cometas, deixando rastros brilhantes de prazer. O bebê agora estava mais velho do que Lynnie quando viera para cá. E era carne da sua carne, sangue do seu sangue. Será que tinha o dom artístico que Lynnie e Hannah tinham? Será que gostava de cantar? Afinal, eram doze anos de viradas de páginas, para aprender — sua filha era quase uma adolescente. E agora Kate podia ajudá-la a descobrir mais sobre aquela adolescente. Ela pediria a Kate assim que chegasse ao escritório: será que ela finalmente poderia levar Lynnie à fazenda da velha senhora?

— Lynnie! — exclamou Hannah do outro lado da escrivaninha de Kate. — O grande dia finalmente chegou!

Lynnie, parada no umbral da porta do escritório pela última vez, olhou de Hannah para Kate. Hannah não deveria estar ali até o desfile começar. Mas Kate já tinha aberto o armário de arquivo e segurava uma pilha de desenhos de Lynnie, enquanto Hannah arrumava uma caixa.

— Você chegou cedo — disse Lynnie sem conseguir disfarçar o desapontamento.

— Você não se importa, não é? — perguntou Hannah, o sorriso se apagando. — Eu queria ajudar Kate.

— Tudo bem.

Mas como Lynnie poderia falar com Kate agora?

— Você está falando tão bem ultimamente — comentou Hannah.

Lynnie compreendeu que Hannah estava tentando dar um novo começo à conversa. Andrea ensinara a ela que falar era muito mais do que apenas respirar, ter volume de voz e boa pronúncia; dizia respeito a saber quando se devia ser o líder e quando se devia deixar os outros controlar a conversa. Hannah olhava para Lynnie como se o fato de ela falar fosse uma enorme façanha — algo que, como Andrea e Kate sempre diziam, de fato era. Então, Lynnie decidiu que poderia conversar com

Kate mais tarde. Não demonstraria seu desapontamento agora, em vez disso, revelaria o orgulho que sinceramente sentia.

Lynnie respondeu:

— Eu treino.

— Bem, está dando resultado.

— Quero ficar melhor.

— Vai ficar. Sair desse lugar vai fazer muita diferença em sua vida. Você vai fazer mais tratamento de fonoaudiologia. Vai aprender a fazer compras em lojas. Você vai viver como todo mundo.

Lynnie a corrigiu.

— É um lar coletivo.

— Bem, isso também é igual a todo mundo.

— Na verdade não.

— Tudo bem. Mas vai ser a sua casa. Sua, de Annabelle e de Doreen.

— Doreen não vai sair.

— Ela não mudou de ideia?

Kate disse:

— Há muitos internos que ainda querem a Escola em funcionamento. Alguns pais também.

Hannah suspirou.

— Tinha esperanças de que mudassem de ideia. Acho que é pedir muito. Eles realmente manifestaram com veemência suas opiniões nas reuniões.

Lynnie se lembrava do que Hannah lhe contara sobre as reuniões. Primeiro, os administradores queriam fazer melhorias na Escola, de modo que as reuniões tinham sido sobre obras de reparos dos prédios e instalações, treinamento dos funcionários, criação de atividades para os internos. Então, alguns pais disseram que a Escola deveria simplesmente ser fechada, enquanto outros disseram que a Escola era o lugar mais seguro para seus filhos. As pessoas logo começaram a gritar umas com as outras e advogados tinham sido chamados. Lynnie sabia disso porque Hannah tinha ido a todas as reuniões.

— Estou do lado dos que querem fechar a Escola — dizia Hannah. — Isso não significa que eu não vá me preocupar com você quando estiver lá fora, no mundo. Você é minha irmã, e me preocupo com você. — Foi assim que Lynnie soubera que nunca poderia contar a Hannah o que tinha acontecido com os cachorros, Buddy e o bebê. Também foi assim que Lynnie soube que algum dia viveria em outro lugar.

— Não sobrou nada aqui — disse Kate, fechando a gaveta do armário.

— Então acabamos — disse Hannah.

Lynnie não estava pronta para sair dali tão rapidamente. Tinha sido um lugar de tanta felicidade, como era possível que nunca mais fosse vê-lo? Então, observou o escritório: o rádio, a máquina de escrever, as plantas. Buddy esmagando um cubo de açúcar sobre seu desenho para lhe mostrar a forma das estrelas.

Hannah disse:

— Sei que é difícil. Mas você vai gostar do novo lugar.

Lynnie assentiu.

— Alegre-se, maninha.

Lynnie olhou para o chão. Lembrava-se de ver os pés de Buddy naquele piso. Tinha feito um desenho para ele de como ficariam quando saíssem, e de como usariam roupas bonitas e bons sapatos. Ela se lembrava de ter posto os sapatos da velha senhora. Fizeram com que Lynnie se sentisse uma noiva.

— Lynnie?

Ela levantou a cabeça.

— Olhe aqui. Eu fiz um presentinho para você. — Hannah enfiou a mão no bolso. — Ia esperar até que você chegasse à nova casa para lhe dar, mas talvez seja melhor agora.

— Por quê?

— Porque é uma coisa especial que você guardava nesse escritório. E sei que era aqui que você fazia seus desenhos. Então é uma espécie de lembrança, sabe?

Hannah tirou a mão do bolso e abriu os dedos.

Na mão dela estava um colar com uma corrente de ouro e um medalhão de vidro. Dentro do medalhão, protegida do ar e do tempo, estava a pena vermelha.

Lynnie estendeu a mão e passou o dedo sobre o vidro.

— É um monóculo antigo — disse Hannah. — mandei fazer uma placa e a fechei com solda.

— Hannah queria usar alguma coisa de seu saquinho — disse Kate. — As penas eram as mais bonitas.

— Por que... por que você escolheu a vermelha?

— Espero que esteja tudo bem — disse Hannah parecendo preocupada.

— Está tudo muito bem.

Lynnie pegou o colar da mão da irmã e o enfiou no pescoço. A pena veio parar em seu peito, exatamente no lugar onde a apanhara com Buddy naquele dia.

— Por que a pena vermelha? — perguntou de novo, satisfeita por Andrea não estar ali naquele momento. Ela sabia que suas palavras guardavam lembranças.

— Porque penas vermelhas são raras — disse Hannah. — Se você encontra uma, deve guardar para sempre.

Quando chegaram ao caminho na frente do chalé da administração, as câmeras já estavam ligadas e o corpulento sr. Pennington, de terno e gravata e com uma cartola de mestre de cerimônias de circo, estava em cima de uma plataforma.

— Este é um dia histórico — dizia ele ao microfone, enquanto Kate entregava a Lynnie um mastro de bandeira que tinha feito na semana anterior, um desenho da escola com os portões abertos. — O povo da Commonwealth, esse nosso povo da Pensilvânia, evoluiu e não precisa mais da Residência da Pensilvânia para Crianças e Adultos Excepcionais. Essa instituição nos prestou serviços por oito décadas e agora prestaremos homenagem a ela por uma última vez.

Lynnie olhou para os internos ao redor. Alinhados em filas de dois, três ou quatro, já estavam todos prontos para o desfile. Ali havia pessoas junto de quem se sentara no refeitório, com quem assistira a filmes no chalé de recreação e ao lado de quem dobrara roupas na lavanderia. Ali estavam os internos que podiam andar com dois pés, que usavam talas ortopédicas de metal nas pernas, que andavam de bengala, que dependiam de cadeiras de rodas. Ali estavam tantos indivíduos que ela conhecia, cada um usando seus elegantes óculos escuros, bonés de beisebol favoritos ou camisas novas para mostrar a importância da ocasião. Alguns seguravam cartazes feitos por eles próprios, outros empunhavam cornetas, pandeiros, maracás; e na frente de todos estavam os camelos, os cavalos e o elefante. John-Michael Malone fazia anotações ao lado de um homem que empunhava uma câmera, cuja lente apontava para os internos.

Doreen não estava em lugar nenhum à vista.

Então o sr. Pennington desceu da plataforma e se posicionou na frente da fila. O elefante tirou a cartola de sua cabeça e todo mundo caiu na gargalhada. O sr. Pennington agarrou a cartola de volta e gritou:

— Cinco, quatro, três — e todo mundo se juntou a ele, mesmo aqueles que não sabiam falar — dois, um. Vai! — E eles marcharam, fazendo barulho com os instrumentos, gritando vivas, acenando para os funcionários, familiares e para os repórteres à medida que passavam.

Lynnie examinou a plateia, na esperança de ver os pais de Doreen. Ela não os reconheceria, logo lhe pareceu tolice continuar. Mas, mesmo assim, olhou conforme seguiam na direção dos chalés. A plateia não era numerosa e apenas ia correndo para o chalé do refeitório, onde o desfile acabaria. De modo que era fácil ver todas as pessoas ao longo do trajeto do desfile, e foi assim que ela viu Clarence. Ele estava parado, ligeiramente afastado, de jeans e jaqueta, parecendo ainda mais magro do que antes. Ele estava ali, no dia dela. No dia em que ela tinha pensado em pedir a Kate que encontrasse sua filha.

E se ele estava ali naquele dia, poderia estar em qualquer lugar em qualquer dia.

Ela agarrou a vareta que o homem ao seu lado usava para tocar um tambor e começou a bater contra o mastro de sua bandeira. Dessa maneira não ouviria os cachorros latindo em sua cabeça, o balde rolando para longe enquanto ela suplicava.

Então Lynnie sentiu uma presença ao seu lado e se virou. Era Doreen! Entrando na fila ao lado dela!

Doreen não parecia alegre, embora também não estivesse mais como naquela manhã. Em vez disso, lançava para Lynnie um olhar de quem sabia.

— Eu também o vi — disse ela em meio à barulheira dos participantes do desfile. — E não vou deixar você sozinha lá, não importa como me sinta.

— Então você vem comigo? — perguntou Lynnie.

— Eu vou com você.

Lynnie virou a bandeira para que ambas pudessem segurar o mastro. Elas se entreolharam e levantaram a bandeira bem alto no ar, as câmeras as capturando sorrindo juntas.

Segunda chance
1983

PETE ATENDEU O TELEFONE.

Martha ficou com medo do que podia ouvir, sentada do outro lado da minúscula sala de visitas. Tinha ficado com medo até de atender, como ficava toda vez que o telefone tocava à noite quando Julia tinha saído. Martha ficava torcendo para que a pessoa do outro lado da linha fosse o treinador de basquete ou uma das amigas mais responsáveis de Julia. Mas desde que a garota completara quatorze anos, poucos meses antes, sempre que o telefone tocava, Pete erguia os olhos de seu livro para encontrar o semblante preocupado de Martha, e então se levantava para atender o telefone.

Pete não disse nada durante alguns segundos. Então:

— Sim. É aqui que ela mora.

Não de novo. Ela é uma boa menina. Não importa o que tiver feito, na verdade ela não é assim.

— Sou o avô dela — disse Pete, seu olhar agora cravado no de Martha. — Avô de consideração. Ela mora conosco.

Mais silêncio enquanto Pete ouvia. O que seria agora? Algumas semanas antes, havia sido o boletim escolar. Depois de anos a fio de notas A, Julia tinha começado a receber B e até um C. Ela escondera o boletim de Martha, resmungando que a escola ainda não os havia distribuído, até que Martha dissera: "Vou ligar para o diretor amanhã para saber o que está causando esse atraso." Julia então subitamente se lembrara de que o recebera naquela mesma tarde, embora Martha e Pete pudessem ouvi-la bater portas no quarto, abrir o armário e revirar Deus sabe o que para apanhá-lo.

Em seguida, fora um telefonema de um dos professores de Julia, que começara falando de sua preocupação com o desempenho cada vez mais apagado dela, mas que depois demonstrara evidente angústia.

— Ela costumava ser amiga do grupo dos estudiosos — disse o sr. Yelinek. — Mas desde que começou a andar com esse novo grupo...

— Que novo grupo? — perguntara Martha, o telefone virando gelo em sua mão.

Aparentemente, Julia havia começado a andar com um grupinho de garotas que usavam roupas caras das lojas mais exclusivas e rejeitavam todo mundo que não fizesse parte do time de futebol. Para ganhar a simpatia delas, Julia passou a chegar cedo à escola, a usar os mesmos tipos de suéteres que usavam e a se juntar a elas depois da escola enquanto se reuniam no rinque de patinação ou saracoteavam pelo shopping Hyannis. Durante todo aquele tempo Martha pensara que Julia chegava cedo à escola para ir a treinos de basquete e chegava tarde em casa por causa dos ensaios do clube de teatro.

Tinham se seguido conversas pouco produtivas. A seu favor, Julia admitira seus novos hábitos, embora, para desgosto de Martha — e de Pete —, sua resposta para a insistência de Martha de que ela voltasse a ser responsável e honesta tinha sido dizer, de rosto fechado e olhos deliberadamente inexpressivos:

— Vou tentar.

Então começaram as ligações noturnas. A mãe de Miranda, perguntando se Martha sabia que Julia tinha saído às escondidas uma noite depois de terem ido para a cama e andado uma hora do chalé modesto onde moravam em Chatham, Cape Cod, até a mansão imponente de Miranda, em Sears Point. Haviam incomodado toda a vizinhança com música alta, aproveitando a ausência da mãe, que ficara atendendo pacientes no hospital. O gerente do cinema, que apanhara Julia e suas amigas entrando às escondidas pela porta dos fundos. O treinador de basquete, que descobrira que ela fora a festas com cerveja liberada na praia de Hardings.

— Compreendo — disse Pete. — Ficamos muito gratos por isso, seu policial.

Policial. As entranhas de Martha se contraíram como se atingidas por um raio.

— Já estamos a caminho.

Ele desligou o telefone. E olhou para Martha.

— Foi apanhada bêbada roubando coisas de uma loja.

Julia não esboçou nem uma palavra sequer quando o policial Williamson e o chefe de segurança da loja abriram a porta da sala nos fundos. Ela estava inclinada para a frente, sentada numa cadeira de plástico, com os braços ao redor da cintura. Quando Martha se deteve no umbral da porta, Julia levantou a cabeça para ela por entre os cabelos castanhos cacheados e olhou para ela, os olhos escuros cheios de pesar e raiva. Martha se sentia enojada ao ver sua adorável Julia sob as luzes fluorescentes, consumida por desejos que não conseguia compreender, e que talvez Julia também não compreendesse. Os alunos de Martha tinham lhe contado que filhos adolescentes eram uma provação para a alma, embora Martha achasse que ela e Julia eram unidas demais para ter tais problemas. A garota também era por demais séria, como Pete havia ressaltado logo depois de terem ido ao juiz de paz e se mudado para aquela casa em Chatham. Julia estava com sete anos na época, e Martha dissera que talvez com um lar estável e a segurança de dois adultos a menina se tornasse mais alegre. Contudo, foi uma garota taciturna que se levantou a pedido do policial Williamson. Ela se pôs de pé cambaleante, sem dizer uma palavra, recendendo a álcool.

O silêncio persistiu enquanto Martha e Julia seguiam o policial pelo corredor todo iluminado, passando pelos armários dos empregados. Julia andava trocando as pernas, e Martha tentava descobrir o que fazer, perguntando-se, como havia feito ao longo dos últimos meses, se pais que tinham tido seus filhos, ou cuja adolescência tinha ocorrido apenas uma ou duas décadas antes, seriam mais habilidosos ao lidar com mau comportamento. Pete ria, dizendo que ele e Ann haviam improvisado o tempo todo.

— Criar filhos não é trabalho de carpintaria — dissera. — Pode esquecer a regra de medir duas vezes e cortar uma. Você mede infinitas vezes todos os dias.

O policial abriu a porta para a área de carga e descarga. A viatura dele estava de um dos lados do estacionamento, o jipe de Pete, em ponto morto, esperava do outro. Williamson se virou e disse para Julia:

— Como já disse, não haverá segunda chance.

Julia não respondeu, e Martha apressou-se em assegurar:

— Ela não vai precisar de uma segunda chance.

Julia entrou no banco de trás enquanto Martha se acomodava no da frente. Apesar de aquecido, o carro não inspirava nenhum conforto. As duas portas bateram no mesmo instante, e então Pete, assentindo para a garota pelo espelho retrovisor, pôs o carro em marcha.

Martha desejou que Pete se manifestasse com uma repreensão, uma pergunta, qualquer coisa. Mas o precedente já fora estabelecido há muito tempo: Pete nunca assumia o comando nem insistia que Martha educasse Julia à maneira *dele*.

Afinal, Martha disse a única coisa que podia:

— Por que, Julia?

Mais silêncio. Mais quatrocentos metros.

Martha perguntou:

— Onde você conseguiu a bebida?

— Miranda.

— Ela levou para o shopping?

— Ela tinha em casa. Nós fomos para o shopping depois.

— E foram furtar a loja?

Silêncio.

— Por que você está se rebaixando assim?

— A senhora nunca faz compras no shopping — disse Julia. — Diz que é caro demais.

— Isso não é justificativa.

— Eu precisava de um Jordache!

Pete entrou na estrada 6, seguindo em direção a Chatham.

— Tivemos sorte de o policial Williamson ter liberado você. Ele podia ter levado você presa.

— Provavelmente ele teria me levado se soubesse quem eu realmente sou.

— E quem você é?

— Quero apenas ser igual a todo mundo! — A voz dela estava pastosa, contudo seu ponto de vista era muito claro. — Todo mundo usa Jordache. Todo mundo tem televisão em cores, mesas de bilhar e grandes barcos a vela. Todo mundo sai de Cape Cod no inverno. Miranda vai para a Flórida.

— Você não pode esperar...

— E todo mundo tem pais.

A palavra ecoou no jipe aquecido, que subitamente pareceu sufocante.

— Talvez esteja na hora de contar alguma coisa a ela — tentou Pete.

Eles estavam deitados de costas na cama, os livros intocados, os abajures ainda acesos.

— Não posso.

— Não vou dizer que ela está se comportando mal porque não sabe. Mas não pode estar ajudando.

— Ela tem a nós — Martha se virou para ele. — Ela tem as tias e os tios que costumávamos visitar. Eles vêm nos visitar todo verão.

— Ela sabe que são seus antigos alunos.

— Ela já está fora de controle. O que faria se soubesse? Não consigo nem imaginar.

— Ela quer saber mais.

— Ela é muito criança.

— Quando ela terá idade suficiente?

— Não sei.

— Martha. — Ele olhou para ela com ternura. — Martha, Martha, Martha. Fiquei tão aliviado quando você me disse que seu nome não era Matilda. — Ele rolou para o lado e pôs a mão no quadril dela. — Explicou todas aquela idas e vindas. Todos os momentos em que você se afastava e ficava em silêncio.

— Você já disse isso antes.

— Eu sei. Mas não tenho certeza de ter dito a você o seguinte... — Ele a puxou com a mão e ela virou-se para ficar de frente para ele. — Quando você me contou a verdade, eu me dei conta de que você confiava em mim.

Ela se permitiu sorrir.

— Você também já me disse isso antes.

— Sim, mas não disse a você que isso também fez com que eu confiasse em você. — Ele pôs a mão sobre o rosto dela. Ela se sentiu, como quase sempre se sentia nos braços dele, uma garota de vinte anos. Ele continuou: — Depois que soube o que você tinha feito, como tinha largado tudo de uma hora para outra porque tinha dado sua palavra a uma moça desesperada, achei você a pessoa mais incrível que eu já tinha conhecido.

— Qualquer um teria feito isso.

— Não, não teria.

— Talvez *eu* não devesse ter feito.

— Você não pensa assim.

— Pensei apenas que era a coisa certa a fazer. Agora não tenho tanta certeza. Não sou muito boa mãe.

— A maioria dos pais sente exatamente isso. Sinceramente, acho que isso resume a paternidade.

Ela não disse nada.

— O que está acontecendo é temporário. Gary também fez isso. Bebia cerveja com os amigos. Você se lembra de como ele acabou com o meu carro em Falmouth? Se você não tivesse feito o que fez, pense no que seria a vida de Julia.

— Não consigo.

— Pense no que teria sido a sua vida. Ou a minha. Não estaríamos aqui, agora.

Ela passou o braço em torno das costas dele. Pete era mais robusto que Earl, e era carinhoso, franco e atencioso. Lynnie não apenas dera a Martha uma filha. Dera a Martha uma segunda chance.

E Martha, ao telefonar para um ex-aluno e pedir que tornasse pública uma história, também dera a Lynnie uma segunda chance.

— Você poderia contar a Julia o essencial. Se ela quiser saber mais e você continuar não querendo contar a ela, você pode dar a caixa com os escritos. Há cartas suficientes dentro dela, e recortes de jornal e sei lá mais o quê. Ela compreenderia.

— Não sei.

— Durma e decida isso amanhã.

— Venho dormindo pensando nisso há quatorze anos.

— Esta poderia ser a última noite.

Martha ficou deitada ao lado de Pete, olhando pela janela as nuvens passarem na frente da lua. No outono anterior, havia suspendido a mesada de Julia até que suas notas melhorassem. Depois da festa de Miranda, Martha anunciara que Julia tinha que estar em casa às nove horas todas as noites. E ela mesmo assim tinha se metido em encrenca de novo, e, pior, com álcool. Agora Martha insistiria que Julia ficasse de castigo em casa em todos os horários exceto os de aula. Será que também deveria acrescentar uma verdade complicada?

Talvez devesse. A verdade poderia mostrar a Julia que existiam pessoas no mundo menos afortunadas do que ela — e se a tempestade tivesse sido menos turbulenta naquela noite, ou se os pais dela não a tivessem escondido antes da chegada da polícia, Julia teria sido uma delas. No entanto, poderia parecer que Martha estava tão zangada com o furto na loja e com a embriaguez que queria botar Julia em seu devido lugar. A garota podia até acusar Martha de mentir ou, se Martha decidisse se arriscar e abrir a caixa de lembranças, de estar querendo elogios. E ela não estaria errada; Martha desejava intensamente que Julia visse a resposta dela ao pedido de Lynnie e sentisse, como Pete, admiração. Contudo um impulso tão egoísta parecia motivo suficiente para que o silêncio fosse mantido.

Depois de todos esses pensamentos terem girado em sua cabeça durante horas, Martha se levantou. Se não conseguia dormir, seria melhor descer e retomar a leitura de seu livro.

Ela saiu do quarto silenciosamente e fechou a porta. Com a lua encoberta pelas nuvens, não havia luz passando pela trapeira de seu quarto de costura, nem do banheiro, de modo que foi passando a palma da mão pela parede, tateando o caminho em direção à escada. Pete sempre lhe dizia para deixar as luzes acesas para evitar uma queda, e ela sabia que deveria fazer isso, pois já tinha quebrado o punho no último verão apenas ao bater um ovo contra uma tigela. Eles até planejavam passar o quarto deles para o andar de baixo. Mas por enquanto Martha queria permanecer naquele andar, arriscando-se a sofrer uma fratura de quadril apenas para se certificar de que Julia cumpriria as regras.

E qual não foi sua surpresa ao passar a mão na porta de Julia e percebê-la aberta.

Será que Julia tinha fugido de novo? Será que estava na rua à noite, naquele momento, achando-se tão inferior às suas amigas que faria qualquer coisa para se sentir pertecente ao grupo?

Com o medo incendiando o peito, Martha espiou.

Julia estava sentada na cama ouvindo música com seus fones de ouvido. A única luz no quarto vinha do amplificador, mas era suficiente para que Martha visse o cachorro deles, Reuben, também deitado na cama, com a cabeça peluda no colo dela. A garota o acariciava.

Martha entrou no quarto e sentou-se na cama. Julia, aparentemente sentindo o colchão se mover, abriu os olhos. Ficou olhando Martha um minuto. Então tirou os fones de ouvido.

— Desculpe, vovó — disse.

Martha examinou o rosto de Julia sob a luz azul do amplificador e pensou em como ela estava crescida.

— Você está pedindo desculpa pelo que fez essa noite?

— Eu fui uma idiota.

— Fico feliz que saiba disso.

— Nem gosto de vinho. Mas quando me passaram a garrafa, eu ia parecer uma boba se dissesse não.

— Julia, você não é uma boba.

— E então nós fomos para o shopping e todo mundo estava me gozando por causa da minha calça velha ridícula, e Miranda apostou que eu não teria coragem de roubar uma calça legal. Daí entrei na Filene's e... — Julia assoprou, e seus cachos se afastaram esvoaçantes de sua testa.

— Ah, Julia. Você costumava ter tão boas amigas.

— Mas Miranda e as amigas dela são as princesas da escola. E quando elas acham que alguém é bacana, todo mundo também acha. E quando começaram a me deixar ficar com elas, eu me senti... me senti tão *bem*...

— Não sabia que você se sentia mal antes.

— A senhora não compreende, vovó. Essas são as garotas bacanas. Todo mundo quer ser como elas. Então um dia — ela desviou o olhar, como se para recordar — comprei uma embalagem com quatro tipos de brilho para os lábios e levei para a escola. Depois do treino de basquete fui para o banheiro, onde elas se encontram todas as manhãs, e, justo como eu esperava, Miranda entrou. Comecei a passar um dos brilhos e estava com medo de que ela me ignorasse, como sempre, mas ela... — Julia suspirou com prazer — me pediu para experimentar um. Ela nunca tinha nem falado comigo antes. E logo Diane e Patti entraram e disseram como achavam que meus lábios estavam bonitos, e eu me senti meio, Uau!, e passei os outros brilhos para elas. Quando saímos do banheiro, estávamos todas juntas, e eu senti todo mundo olhar para mim de uma maneira nova. Foi tão maravilhoso... Não entende, vovó? Nunca tinha me sentido daquela maneira antes. Sempre me sentia desajeitada, feia e pobre. Como se eu... como se eu fosse *retardada* ou coisa parecida.

Martha prendeu a respiração. Ela queria apenas agarrar Julia e sacudi-la, fazer com que se desse conta do que acabara de dizer.

Em vez disso, bufou um pouco, dando vazão a toda fúria e exasperação que sentia e, na quinta exalação, ouviu-se dizer:

— Estou decepcionada com você. Amigas que fazem com que você não se sinta à altura delas não são amigas.

Julia não disse nada, mas as lágrimas começaram a escorrer pelo rosto.

— Vamos levar e trazer você da escola todos os dias, e você precisa melhorar suas notas. Não tem mais time de basquete nem clube de teatro. Você está de castigo exceto pelo horário das aulas. Qualquer atividade extracurricular vai ser sob a forma de trabalho. Está me entendendo?

Julia encarou Martha bem nos olhos.

— Por que nunca fala sobre os meus pais? Havia alguma coisa de ruim neles ou sei lá?

Martha se recostou. Ela sentiu seu peito ofegar, e no silêncio que se seguiu, olhando nos olhos de Julia, viu, para além da postura de desafio, do sentimento de inferioridade, dos efeitos do vinho, Lynnie. E Martha soube, como não soubera até aquele momento, por que não podia contar a Julia a história inteira. Não era apenas porque Martha queria se impedir de dar à Julia uma lição dura demais ou porque quisesse que Julia se sentisse grata por seus sacrifícios. Era porque a falta de autoestima da garota a tinha levado a fazer más amizades, a cometer pequenos crimes e, agora, a ser preconceituosa. Talvez algum dia ela ficasse pronta para a verdade, mas não enquanto pensasse de maneira tão depreciativa, tão desdenhosa, sobre pessoas que eram como seus próprios pais.

— Não, Julia — disse Martha finalmente. Ela pigarreou para afastar a raiva da voz. Então acrescentou no tom habitual suave e carinhoso: — Eles não eram maus. Eles não tinham nenhuma maldade.

— Quem eram eles? Como era o nome deles?

Martha respirou fundo.

— Lynnie. O nome de sua mãe era Lynnie.

— E meu pai?

Martha desviou o olhar, vendo-o em sua mente, e disse em tom saudoso:

— Um homem tão bonito. E Lynnie... ela era tão linda. — Então olhou de volta para Julia.

Julia estava chorando, mas um sorriso havia surgido em meio às lágrimas.

No dia seguinte, enquanto Julia estava na escola, Martha e Pete levaram Reuben para dar um passeio na praia. Eles costumavam caminhar três quilômetros por dia com Rodney. Quando afinal ele morrera e os dois compraram Reuben, o ritmo de Martha havia se tornado mais lento, de modo que reduziram as caminhadas para mais ou menos um quilômetro. Naquele momento caminhavam apenas um trecho curto pela praia.

— Quando nos conhecemos — disse Martha —, você disse que algum dia Julia partiria muitos corações. Acho que ela partiu o primeiro.

Pete olhou para ela enquanto Reuben corria na beira da água.

— Gary detestava tudo que nós fazíamos quando era adolescente. Você tem apenas que seguir adiante e um dia eles voltam a ser humanos.

— Vocês eram jovens. Vocês tinham tempo. Talvez eu não tenha.

— Eu estarei aqui e cuidarei dela se alguma coisa acontecer a você.

— Você não é mais moço que eu.

— Mas temos Gary. Ele e Jessica disseram que nos substituiriam se algo acontecesse.

— Denver fica tão longe. E ela mal os conhece.

— Vai dar tudo certo.

— Apenas me prometa uma coisa.

— O quê?

— Se, quando eu partir, ela ainda estiver... assim...

— Pare de falar assim.

— Mas tenho que pensar. Preciso pensar no que você deverá fazer.

— Ela logo vai superar essa fase.

— Não tenho tanta certeza. — Martha se virou para ele e tomou suas mãos. Deu um sorriso triste. — Apenas me prometa que não contará a ela até que esteja madura o suficiente para saber.

Pete estendeu a mão e alisou os cabelos brancos de Martha. Ela se sentia tão bonita sob o toque das mãos dele. Sentia-se tão amada em seus olhos. Sentia-se frágil e preocupada, mas segura de que sua decisão estava correta.

— Está bem — disse Pete afinal. — Prometo.

Martha subitamente se sentiu muito leve. Tudo parecia estar exatamente como devia estar. Parecia tanto com o último dia de aula na escola, quando olhava para fora pela janela e via a última criança andando de volta para casa, e então sabia que seu trabalho estava concluído.

Mostre-me seu sinal

1988

Homan não esperava por ninguém naquela manhã. Era sua folga, e ele gostava de começar seus dias de folga se espreguiçando devagar na esteira de dormir, metendo a mão dentro da tigela de cerâmica, enrolando um cigarro e inalando o Relaxamento. Então, passava o dia trabalhando em suas criações. Dessa vez, planejava testar seu novo limpador de calha, uma vara comprida com uma garra móvel na ponta. Vinha trabalhando naquilo — ou, na verdade, não trabalhando — passaram semanas e ainda não tinha acabado. O Relaxamento fazia isso, com que não se importasse de ficar o dia inteiro em sua poltrona amarela assistindo à televisão. Por sorte, o Rei não se incomodava com o aroma picante que Homan levava consigo; estava ocupado demais recebendo convidados, que estacionavam seus carros elegantes no terreno da frente, reuniam-se na sala com o chão de bambu, onde ele batia uma vareta contra um címbalo e todos se sentavam sobre os joelhos e respiravam. Quanto à Rainha, estava ocupadíssima com a papelada. E todas as outras pessoas tinham ido embora. A fazenda também tinha acabado. O Rei e a Rainha se mudaram para mais ao norte da cidade e, uma vez que Homan era um bom trabalhador, eles o levaram junto. Para Homan, pouco importava que na fazenda tivesse trabalhado como agricultor e aqui — uma espaçosa casa de madeira nas montanhas, rodeada de carvalhos e pinheiros, com esteiras sobre os pisos e esculturas de um homem gordo e careca nos quartos, onde sempre havia hóspedes indo e vindo, alguns atores que ele via na TV — fizesse serviços de zelador e de manutenção. Ainda era uma boa situação para ele. Homan trabalhava seis dias por semana e em troca tinha uma casinha nos fundos, todo o arroz e verduras que pudesse comer e nenhuma chateação por causa do Relaxamento, que ele plantava em seu jardim. *Isso é que é vida*, pensava, quando pensava. Mas não era seu hábito pensar.

O que fez com que quase ignorasse as luzes de Natal piscando no teto naquela manhã. As luzes eram um projeto que havia concluído pouco depois de se mudar para ali. Descobrindo que gostava de privacidade, tinha ficado mexendo numa campainha até que conseguira acender algumas lâmpadas de Natal, fazendo-as piscar para que chamassem sua atenção. Quando mostrara sua invenção ao Rei e à Rainha, os lábios do Rei se elevaram de admiração. Além de instalar o dispositivo em sua casinha, Homan o colocara também na casa principal para as ocasiões em que os hóspedes não deviam falar. Eles sempre ficavam suspresos na primeira vez que viam as luzes piscando ao toque da campainha, e também quando os pegava observando-o enquanto encerava o piso ou cuidava do terreno, e via em seus rostos uma expressão de respeito.

Ele se levantou da esteira e empurrou para o lado a cortina que cobria a janela.

Postados diante de sua porta estavam o Rei e uma moça. Ela se parecia com muitas das outras hóspedes — cabelo comprido, preso com um nó de tecido, calças largas que balançavam com a brisa, uma blusa solta de tecido esvoaçante. Mas era mais moça e tinha um xale marrom ao redor dos ombros.

O Rei nunca levava ninguém à casa de Homan, e, enquanto deixava cair a cortina, Homan se lembrou de ter visto algumas pessoas permanecerem lá na semana anterior, depois de encerrada a estadia. Elas tinham apontado para as luzes de Natal e depois falado com o Rei e a Rainha no escritório. Talvez o Rei tivesse decidido contratar mais empregados e a Moça do Xale fosse uma candidata. Homan perguntou-se se começaria a se deitar ao lado dela, como tinha feito com Borboleta Branca pouco antes de os amigos dela aparecerem um belo dia e a levarem embora, ou depois dela, como havia feito com Cabelo Púrpura durante alguns meses. Já fazia muito tempo que ele não se deitava ao lado de ninguém. Também fazia muito tempo que não tinha companheiros de trabalho. Homan não pensava nessas coisas há séculos e não ia começar agora.

Confuso, abriu a porta.

A Moça do Xale deu um largo sorriso para Homan, e a mão dela saiu de baixo do tecido que envolvia seus braços. Só depois que Homan estendeu a mão para ela foi que se deu conta de que alguma coisa não estava muito certa. A mão da Moça do Xale ficava no cotovelo.

Ele se imobilizou, com a mão parada no ar, e deixou que ela pegasse a mão dele.

Então o Rei fez um gesto de dirigir um volante — o sinal para irem de carro até a cidade. Ele levantou as sobrancelhas como se perguntando: *Tudo bem para você?*

Homan não tinha muita certeza. Se havia muito tempo desde que uma mulher havia dividido uma cama com ele, havia mais tempo ainda desde que vira alguém com diferenças. Ele olhou para Xale, pensando na Armadilha pela primeira vez em... ele não queria contar.

Enquanto o Rei gesticulava, apontando o carro, a Rainha atravessou o pátio da casa principal. Homan podia ver atrás dela a sala com o piso de bambu, onde a moça dos exercícios estava ensinando os movimentos aos hóspedes. O que podia ser tão importante para fazê-los ir à cidade — agora — com Xale? Homan lançou um olhar para dentro de sua casinha. Ele podia fechar a porta naquele instante e ir acender um Relaxamento. Mas voltou-se para eles. Todos tinham uma expressão de expectativa.

Eles sempre tinham sido bons para Homan.

Meio desanimado, juntou-se ao grupo.

Homan conhecia o caminho para a cidade. Eles o levavam de carro para lá algumas vezes por ano, quando precisavam de ajuda para carregar mantimentos. Certa vez tinha até sentado no assento do motorista, se lembrando de como se divertira com Sam, dirigindo enquanto soprava bolas de chiclete e Sam batia no braço de Homan com a vareta para chamar sua atenção. Mas o Rei tinha sorrido de uma maneira que dizia, *Bela brincadeira*, e Homan chegara à conclusão de que de qualquer maneira preferia viajar numa névoa de Relaxamento. Ia como passageiro nas viagens até a cidade das colinas, a cada vez vendo, à medida que desciam das montanhas, como o mundo estava mudando: mais casas, mais lojas, mais pistas nas estradas, mais carros nas pistas. Quanto mais se aproximavam da cidade, mais as coisas mudavam. Novos restaurantes apareciam, muitos deles com arcos dourados, áreas de recreação para crianças, palhaços acenando para os carros. Havia também os grandes cartazes de publicidade: um garotinho montado numa bicicleta na frente da lua; uma loura fazendo biquinho com roupas de baixo de renda e segurando um microfone; TVs gordas em que todos os programas não passavam de longos escritos em letra amarela. A cada viagem, o número crescente de mudanças o perturbava — o mundo estava girando e ele não girava com o mundo. Enquanto observava os lugares se tornarem cada vez mais cheios, o sentimento a que não poderia dar nome surgiu num lampejo dentro dele. Quando voltasse, iria enrolar um enorme Relaxamento para tentar nunca mais sair de casa.

E hoje, como se não bastasse sua inquietação, Xale estava sentada bem ao lado dele no banco de trás do carro. A Rainha a todo instante se virava para falar com ela, mas Xale apenas assentia ou sacudia a cabeça, sempre dando um sorriso tímido para Homan. Era quase como se ela não quisesse ofendê-lo por falar, embora Homan se desse conta de que pensar isso era uma gigantesca besteira. *É claro, ela é diferente como aqueles lá na Armadilha, só que lá ninguém nunca era gentil.*

Não, você está errado. E a Garota Bonita? Ela era mais que gentil. Ela...

Não comece a pensar nela. Isso é passado.

Pareceu demorar mais do que de costume para chegar à cidade, e, embora ele não quisesse, seus pensamentos sobre as pessoas na Armadilha o fizeram pensar, pela primeira vez em anos, sobre as pessoas de quem gostara e havia perdido. Blue e os McClintocks e sua mãe, Baixote e Cabeça de Rodopio. Sam. Borboleta Branca. Nenhuma tinha criado um vazio como o que sentia desde Garota Bonita e Pequenina, mas todas o deixaram com dor e sofrimento lá dentro. Homan se lembrou naquele momento de que certa vez tinha imaginado a vida como um grande desenho, mas aquela ideia tinha passado a lhe parecer uma grande burrice. De forma alguma a vida era uma criação com propósito e razão. Era só olhar para ele. Não importava quanto tivesse se dedicado a cada pessoa, quando Blue entrara no caminho da espingarda do sr. Landis, Garota Bonita fora apanhada pela polícia ou Sam tinha desaparecido atrás de uma porta fechada, aqueles capítulos em sua vida tinham chegado ao fim. Qual era o significado que havia nisso? Cada pessoa tinha que estar no controle do próprio desenho — e ponto. Mas à medida que o carro atravessava a ponte vermelha e Homan se lembrava de estar de pé na água salgada muitos anos atrás, teve dúvidas se estava de alguma forma no controle de sua vida.

Na cidade, depois de se arrastarem pelos sopés das colinas cheias de carros e bicicletas, gente jovem, vendedores ambulantes e mendigos nas calçadas, Xale subitamente se inclinou para a frente e apontou para um estacionamento. Rei dirigiu até lá, fez uma parada atrás de um prédio de um andar e, depois que Xale apontou para uma vaga, estacionou e desligou o motor. Então Rei, Rainha e Xale abriram suas portas, de modo que Homan fez o mesmo. Ele ficou parado de pé ali e observou enquanto conversavam. Xale parecia muito segura de si e à vontade naquele estacionamento. O que era aquele lugar, afinal? Ele olhou. Uma longa rampa se estendia ao longo de um lado do prédio, e um homem cego subia por ela com um cachorro. Homan olhou de volta para Xale. Ela sorriu e começou a andar na direção da rampa, e, enquanto o homem cego e o cachorro entravam por uma porta lateral, Xale gesticulou indicando que deveriam fazer o mesmo. Ela só podia estar brincando. Passar por aquela porta? E ficar aprisionado lá dentro por anos?

Homan cruzou os braços e a encarou.

Finalmente, depois que nada o convenceu a entrar, um rapaz saiu pela porta. Ele não tinha cachorro nem braços diferentes. Na verdade, parecia um daqueles cantores da TV: alto, magro, de roupas pretas e cabelo cortado como um índio, todo espetado para o alto em tufos. Xale acenou para Tufo Índio, que acenou de volta. Estranhamente, ele não usou a boca. Ele começou a se aproximar, e as pessoas que podiam ouvir ficaram balançando o queixo à medida que ele chegava perto. Será que isso podia significar...

Então Tufo Índio se deteve diante de Homan e olhou para ele de maneira amistosa. Homan se virou. Rei e Rainha estavam atrás dele, ela sorrindo, ele franzindo a testa. As coisas estavam ficando ainda mais confusas, especialmente quando os dois gesticularam para que ele olhasse para a frente. Homan viu Tufo Índio fazendo os mesmos tipos de gestos que ele fazia — dobrando os cotovelos, esfregando os dedos, pressionando as palmas das mãos para fora, passando o polegar no peito, encolhendo os ombros, fazendo círculos com a cabeça. Era emocionante ver movimentos conhecidos até que ele se deu conta de que não queriam dizer nada. Aqueles sinais eram como os que o funcionário da Armadilha tinha tentado usar com ele. Não tinham nenhum significado.

Homan olhou para Xale. Os olhos dela estavam cravados nele, embora ele não pudesse compreender por quê. Lentamente, Homan se virou de volta para Tufo Índio, que tinha baixado as mãos.

Homan olhou para um, depois para outro. Seu olhar era de expectativa.

Então Homan fez uma coisa que não fazia com ninguém desde Garota Bonita. Sinalizou uma frase inteira. *Você não está fazendo nenhum sentido.*

Tufo Índio lançou um olhar incomodado. De frente para Homan, fez mais gestos sem sentido.

Será que ele estava fazendo troça de Homan? Todo mundo parecia estar esperando por... o quê?

Por que você fazendo troça de mim?

Tufo Índio fez mais gestos.

Não sou idiota.

Homan correu para o carro, atirou-se no banco de trás e bateu a porta. Xale tinha uma cara de pau e tanto, armar uma situação daquelas para ele! E Rei e Rainha — caíram na dela! Homan esperava que eles estivessem arrependidos por deixarem que ele fosse feito de palhaço daquele jeito. Homan esperava sair logo dali e nunca mais ver Xale. Homan cruzou os braços e olhou fixamente para a frente, furioso. Só depois que alguns minutos se passaram foi que ele deu uma espiadela para fora e viu os quatro parados ali, com caras tristes. Como se fossem *eles* que tivessem algum motivo para se sentir infelizes! Ele apoiou o rosto contra a porta, pressionando a janela com a bochecha. Desejando ter ali seu Relaxamento, levantou os dedos e batucou uma cadência tranquilizadora no vidro.

E foi assim que Homan perdeu o que aconteceu em seguida. Enquanto Rei e Rainha se afastavam de Xale e Tufo Índio, um rapaz que trabalhava numa escrivaninha dentro do prédio calhou de olhar para fora pela janela. Ele identificou um rosto conhecido no carro, consolando-se contra o vidro. O rapaz então saiu empurrando sua cadeira de rodas, desceu pelo corredor na maior velocidade, atrapalhando seus colegas de trabalho que entravam no prédio.

Naquela noite, Homan caiu na emboscada de um sonho.

Começava em um lugar isolado. A terra era inclinada como a rampa, com a areia cáqui e os arbustos secos de um deserto, e o céu não era nem noite nem dia. Na mão dele havia uma garrafa de vinho. Um homem aparecia ao longe, movendo-se lentamente, e Homan, sem ter o que fazer com o vinho, decidia oferecer sua garrafa como presente. Então Homan se deu conta de que aquele era o homem cego que vira do lado de fora do prédio. Homan bateu palmas para que o homem o encontrasse naquela terra deserta. O cego se virou para encarar Homan e fez sinais — e os sinais tinham um significado. *Você ainda não chegou ao fim. Você ainda tem um longo caminho pela frente.*

Subitamente Homan viu que estava rodeado por pessoas conhecidas, todas com diferenças. Lá estavam Baixote, Cabeça de Rodopio e Homem Como Uma Árvore. Sam. Os rapazes McClintocks. E lá estava Blue. Blue! Correndo na direção de Homan, no rosto seu amor de irmão mais velho. Ele chegou bem perto, as mãos dele falando com velocidade e emoção.

Conte para mim o que você andou fazendo, irmãozinho. Você esteve fora no mundo grande. Conte o que andou vendo.

Sinto tanta falta de você, sinalizou Homan, sentindo o rosto ficar molhado.

Eu também sinto sua falta. Mas só posso estar aí através de você. Você tem que fazer isso por nós dois. Ele fez um gesto que abarcava os outros. *Por todos nós.*

Fazer o quê?

Vencer.

O que você quer dizer com isso?

Você sabe o que é vencer.

Não sei! Diga o que é!

Blue chegou tão perto, não havia nada para ver exceto o rosto dele. *Não deixe que nada dobre você. Nem mesmo você mesmo.*

Homan acordou sobressaltado. Estava em sua casinha, na cama. Mas sua respiração estava ofegante, seu corpo, coberto de suor. Tinha sido muito delicioso ver seus antigos amigos. No entanto, as palavras de Blue haviam feito com que o sentimento que não tinha nome se apoderasse dele rugindo com violência. Ele ficou deitado ali, rígido e suado, tentando mandar aquilo embora. Ele tinha um teto sobre sua cabeça, comida na barriga, dinheiro na cadeira. Tinha patrões que eram gentis e respeitosos, mesmo depois daquele desastre de viagem da véspera. Mantinha seu cronograma de trabalho, plantava todo o Relaxamento que seu coração desejava e podia deixar aquele lugar no momento que quisesse. Assim, por que as palavras de Blue tinham despertado o sentimento que não tinha nome?

Então ele se deu conta de que havia dois rostos que não tinha visto.

Ele pôs as mãos na garganta. *Peh*, disse, lembrando-se do toque das mãos dela naquele dia no milharal. *Peh nah*. Ele podia sentir as vibrações, de modo que sabia que estava emitindo sons. Mas tinha passado vinte anos no esquecimento. Era como trazer de volta um sonho desaparecido.

Homan baixou as mãos e afinal compreendeu o sentimento que não tinha nome. Ele havia abandonado o que estivera determinado a ser. Tinha falhado em ser o que ela esperava que ele fosse. Por anos não tinha nem tentado desenhar o próprio desenho. O nome daquele sentimento era vergonha.

Quando a alvorada se anunciou, Homan encontrava-se num humor medonho. Tratou de se levantar rapidamente, deixou passar seu Relaxamento, não ligou a TV. Vestiu-se com pressa. Jogou água no rosto na pia e fez a barba apressadamente — mas ainda assim teve tempo de ver seu rosto no espelho.

Os cabelos estavam salpicados de branco, e sua pele tinha se enrugado ao redor dos olhos e dos lábios. Ainda era magro, mesmo aos 58 anos, que eram muito mais do que o que Blue vivera nessa terra. Mas, afinal de contas, o que tinha Homan *ganhado* com todo aquele tempo a mais de vida? Sim, ele tinha um teto. Mas não sabia ler, usar dinheiro, compreender ou ser compreendido. Seu rosto lhe parecia velho, só que não era a idade o que Homan via. Era que tanto tempo tinha se passado e ele não estava mais perto da Garota Bonita do que estivera depois que o rio o arrastara.

Homan vestiu o casaco. Estava farto de começar coisas que não terminava.

Então saiu para cuidar do trabalho com o vigor renovado. Não se tratava de limpar melhor os pisos. Homan apenas estava tão cansado de si mesmo que queria fazer tudo com mais intensidade e rapidez. Trabalhar era quase tão bom quanto chutar árvores.

Homan acabou as tarefas da casa muito mais cedo do que de costume, então foi cuidar do lado de fora sem pausa para descanso. Varreu os caminhos e passagens com mais energia do que nunca. Arrancou ervas com mais ferocidade. Apanhou o limpador de calhas no depósito de ferramentas. Ocorreu-lhe que talvez estivesse sendo bruto demais ao usá-lo e que podia arrancar a dobradiça, mas e daí? Teria apenas que subir na escada e fazer o trabalho duro com as próprias mãos. Talvez caísse do telhado. Talvez *devesse* cair do telhado.

Parado no pátio do lado de fora da sala das refeições, ergueu sua invenção com irritação. Era uma haste comprida que se projetava para cima como o telescópio de um capitão de navio. Ele se esticou o suficiente para alcançar a calha. Segurou o apetrecho diante de si como se fosse uma vara, desatarraxou o fundo e enfiou os dedos pelos anéis que acionavam a garra na outra ponta.

Estava tão profundamente mergulhado em sua fúria que não registrou as luzes piscando na sala de refeições. Estava concentrado demais em seus dedos, movendo-os para cima e para baixo, fazendo a garra colher as folhas de carvalho, tirá-las da calha e deixá-las cair no chão.

Sua invenção funcionava, agora sabia. Embora saber disso não lhe desse nenhum prazer. E de qualquer maneira não funcionava com perfeição — da primeira vez só recolhera três folhas. Mas não era a engenhoca que precisava de ajustes. Era ele que precisava usar melhor suas mãos.

Homan respirou fundo e se dedicou seriamente a aprender o funcionamento de sua invenção. *Mova seus dedos para cima e para baixo com mais delicadeza. E inclinados. Agora feche os dedos. Exato. Isso parece um monte bem grande de folhas. Talvez finalmente você consiga fazer essa coisa funcionar. Talvez você não seja um zé-ninguém tão burro. Olhe: Você está tirando um um bloco de folhas do teto. Você está movendo as folhas como um guindaste que transporta a carga para o lado. Você está abrindo a garra. Está vendo quantas folhas estão caindo agora?*

Ele baixou o olhar para a pilha de folhas.

Será que era possível?

Não. Ele devia estar imaginando que atrás da chuva de folhas havia um homem de cabelo escuro sentado em uma cadeira, sorrindo, todo satisfeito. Ele devia estar tão cheio de si que começara a ter pesadelos acordado.

O rosto continuou sorrindo.

Pareceu demorar para sempre enquanto ele soltava os anéis, mas levou apenas um instante para que Sam empurrasse a cadeira até ele.

Homan não poderia imaginar que haveria mais. Sam estar ali, e não apenas ali, mas com duas barras de chocolate — sua preferida, a barra circular na embalagem azul e prateada. Já era bom demais. Claro, saber por que o homem tinha fechado a porta na cara de Homan anos atrás seria bom. Como também saber o que havia acontecido com Sam durante todo aquele tempo e como ele tinha descoberto que Homan estava aqui. Contudo era simplesmente de fazer o coração disparar ver Sam — e indescritível estar desembrulhando os chocolates para ambos. Homan apenas ria, e Sam estava rindo também, e enquanto o amigo entregava a barra de chocolate desembrulhada para o amigo, pondo-a entre o polegar e o indicador, uma lembrança o tomou de assalto: noites sob as estrelas, Homan ensinando Sam a fazer uma fogueira, Sam comprando revistas de garotas nuas, os dois vendo o saco plástico sair voando para o alto e para longe.

Como ele encontrou você? Como ele chegou aqui? Não importa. Ele está aqui.

Sam levou o chocolate à boca e deu uma pequena mordida. Homan abocanhou quase tudo, fechou os olhos e mastigou. O chocolate era bom como se lembrava, e Sam era o mesmo Sam. Homan engoliu e abriu os olhos.

Sam não tinha acabado de comer seu chocolate. O olhar dele estava em alguma coisa acima do ombro de Homan.

Homan olhou para trás.

Tufo Índio estava parado ali, Rei e Rainha também. E com eles havia uma garota de vestido amarelo.

Homan se virou de volta para Sam. Sam estava olhando para ele com uma expressão leve, mas ao mesmo tempo também dizia alguma coisa para as pessoas atrás de Homan. Então Tufo Índio e a garota vieram e se posicionaram ao lado de Sam.

Homan olhou para um e para outro, e o sentimento de Incorreção o tomou como o Relaxamento mais forte que podia existir, rasgando-lhe os pulmões, fritando-lhe o peito. Ele queria engoli-lo, fazer com que desaparecesse. Queria fugir. *Mas Sam está aqui! Mesmo se ele é amigo dessas pessoas — e tem de ser, senão como saberia de você? —, ainda é Sam!*

Sam levantou seu chocolate. Então, de maneira espantosa, levantou as mãos e, como tinha feito tantas vezes naquela viagem, disse a Homan: *Mostre-me o seu sinal.*

Sam sabia o sinal para chocolate, a menos que tivesse esquecido. É claro que tinha esquecido. Eles não se viam há muito tempo. Mas o que Tufo Índio e Vestido Amarelo tinham a ver com isso? Por que Rei e Rainha estavam ali fora também? O que ele era, uma atração de circo?

Mostre-me o seu sinal.

Homan se lembrou de como tinham se divertido. Tudo o que Sam queria fazer, Homan fazia — apesar de no fim ter acabado chorando no posto de gasolina. Mas Sam não desejara que o homem naquela casa fechasse a porta, Sam teria convidado Homan para entrar, ido com ele até a van, *ficado com ele*, se pudesse. Sam não tivera nenhuma escolha naquele dia terrível.

Homan tinha uma escolha agora.

Apesar de não entender nada do que estava acontecendo, e de estar tonto, suando, com queimação e se sentindo tremenda e horrivelmente sozinho, Homan podia escolher duvidar — ou podia escolher confiar.

Homan apertou os dedos juntos como o bico de pássaro, depois os levou aos lábios, fez um movimento de mastigação e estalou os lábios.

Então, Sam fez a mais estranha das coisas. Ele olhou para Tufo Índio e pediu: *Mostre-me o seu sinal.*

Tufo Índio assentiu.

Tufo Índio se virou para Sam. Colocou um indicador no canto da boca e virou o dedo, levemente sorrindo. Homan prendeu a respiração e olhou para Sam. Sam, olhando para Tufo Índio, apontou para a barra de chocolate com uma expressão interrogativa.

E então Tufo Índio ficou bem de frente para Homan. Ele estendeu a mão, pegou a barra de chocolate de Sam, deu uma mordida, sorrindo. Enquanto mastigava, levantou a mão como Homan tinha feito, levou a mão em forma semelhante a um bico aos lábios e fez um movimento como se estivesse mastigando, depois lambeu os lábios.

Homan olhou para o que restava do chocolate em sua mão e alguma coisa o sacudiu por dentro como um choque.

Tufo Índio estava dizendo a mesma palavra, mas com um sinal diferente!

O sentimento de Incorreção desapareceu. É claro! Se pessoas que ouviam falavam inglês e chinês, então pessoas surdas também deviam fazer sinais em línguas de sinais diferentes! Tufo Índio não estivera zombando dele. As mãos dele falavam outras palavras!

Homan colocou o dedo indicador na bochecha e o torceu, da maneira como Tufo Índio tinha feito.

Então Homan girou e apontou para uma árvore e fez o sinal de *árvore*.

O braço de Tufo Índio se tornou uma árvore, o antebraço o tronco, seus dedos os galhos, o outro braço a terra. Ele girou, levantou o punho e balançou os dedos junto de sua cabeça, como folhas ao vento.

Homan olhou para o gramado ao lado do pátio e fez seu sinal para *grama*.

Tufo Índio levantou a mão com a palma para cima, a colocou debaixo do queixo com os dedos abertos e separados. Então, a mão dele fez um ligeiro círculo, para cima e ao redor, antes de voltar para logo debaixo do queixo. Como a grama tocando seu rosto sob uma brisa.

Homan não conseguia se conter. *Céu. Casa. Montanha* — e Tufo Índio respondia com seus sinais.

O sol se moveu pelo céu naquela tarde e Homan apenas continuava. Finalmente compreendia: não estava sozinho. Não era um zé-ninguém.

Era uma pessoa capaz de fazer um Rei e uma Rainha ficarem radiantes. Era uma pessoa que podia fazer seu melhor amigo chorar de felicidade. Era um homem capaz de fazer Tufo Índio bater as mãos no ar, um aplauso que o mundo inteiro podia ver.

Confissão

1993

— Com licença, Kate?

Kate tinha acabado de atirar no ar uma moeda de dez centavos, e sua mão esquerda ainda estava sobre o punho direito, cobrindo o resultado. Ela ergueu a cabeça, olhou para a claridade de fora do solário, além do tabuleiro de xadrez que acabara de pôr diante do sr. Todd e do sr. Eskridge — que sempre insistiam em um cara ou coroa para determinar quem jogaria com as pretas e quem jogaria com as vermelhas. Lá encontrou os olhos de Tawana, uma das auxiliares mais jovens que trabalhavam na Casa de Repouso para Idosos Westbrook.

— Sim?

— Desculpe-me por interromper, mas tem uma pessoa aqui que quer ver você.

O sr. Todd e o sr. Eskridge olharam para Tawana.

— Homem ou mulher? — perguntou o sr. Todd. Ele usava um casaco esportivo e tinha um sotaque do Texas.

— Homem — respondeu Tawana. — Na verdade...

— Deve ser Scott. — O sr. Eskridge ainda usava o jaleco branco do laboratório, mesmo aposentado há anos.

— Scott nunca vem aqui — disse o sr. Todd. — Talvez seja o seu filho fazendo uma visita surpresa.

— Não é nem um nem outro — disse Tawana. — Esse homem está vestido com um belo terno. Disse que o nome dele era Ken e que conhecia você de muitos anos. Pelo menos foi isso que Geraldine me disse. — Geraldine era a responsável pelo balcão da recepção. Do mesmo modo que Irwin, o segurança, cuja responsabilidade geralmente se resumia a cumprimentar netos em visita. — Geraldine me pediu para vir avisar.

— *Ken?* Não consigo me lembrar de ninguém chamado Ken. Como ele é?

— Tipo alto e magro. Mais velho.

— Geraldine disse a ele que estou trabalhando?

— Ele disse que esperaria.

Kate olhou de volta para o tabuleiro. Tinha que arrumar as peças nas casas; e sua mão ainda cobria a moeda.

Nos dez anos desde que Kate viera trabalhar ali ninguém nunca tinha aparecido para vê-la. Durante algum tempo, poderia ter atribuído isso ao fato de não conhecer ninguém exceto os colegas de Scott na Indianápolis Tech. Agora que eles haviam se adaptado à vida de casal, era simplesmente porque os amigos dela sabiam que não deveriam aparecer sem aviso. Kate trabalhava com pacientes que sofriam de demência. Isso significava que ela poderia estar acalmando o sr. Flint, cujo filho tinha acabado de "corrigi-lo" com relação ao fato de que não, a sra. Flint não havia saído para fazer compras; ela estava morta há 22 anos. Ou poderia estar ajudando a srta. Sunder a vestir meias de náilon e um belo vestido porque ainda gostava de andar bonita e bem-arrumada.

Isso não queria dizer que visitantes *não podiam* aparecer — aquele lugar não era trancado a sete chaves, fechado para o mundo externo como a Escola. E, ao contrário da Escola, existia ali um clima geral de respeito aos residentes. No início, Kate fazia esse tipo de comparação o tempo todo, mas depois acabou parando. A Escola não existia mais, e ela não havia nem sequer ido à Pensilvânia nos últimos nove anos. Se não trocasse cartões com Lynnie nas datas comemorativas, nunca nem pensaria na Escola.

— Pode ir — disse o sr. Todd, cutucando-a com a mão.

— Mas primeiro mostre-nos a moeda — pediu o sr. Eskridge.

Ela olhou de volta para suas mãos e levantou a esquerda.

— Cara.

— Sou eu — disse o sr. Eskridge — e escolho as pretas.

— Como se fosse fazer alguma diferença — disse o sr. Todd.

Kate se levantou dizendo:

— Não vou demorar.

— Leve o tempo que precisar — respondeu o sr. Eskridge, arrumando suas peças no tabuleiro. — Tudo está sob controle. — Ele sorriu. — Uma das vantagens de ter a prerrogativa.

Tawana disse:

— Ele está no saguão da recepção.

Kate saiu apressada e, enquanto deixava o solário, ouviu o sr. Todd dizer:

— Posso não ter ganhado no cara ou coroa, mas não significa que eu vá perder o jogo.

Kate não viu o visitante logo que entrou no saguão. Só depois que ultrapassou a área das cadeiras foi que avistou um homem alto perto da porta principal, de costas para a mesa de Geraldine. Ele parecia estar contemplando a fonte de três níveis do jardim. O céu estava azul e a luz do sol, forte, o que impediu Kate de ver muito além da silhueta magra e careca, os braços diante do corpo, como se tivesse as mãos cruzadas.

Kate olhou para Geraldine e Irwin. Geraldine deu de ombros.

Kate prosseguiu até a porta da frente e parou ao lado dele para ficar em seu campo de visão.

Um rosto barbado olhou de volta para ela. Kate teve apenas tempo suficiente para perceber uma familiaridade por trás dos óculos antes que a formalidade desaparecesse da expressão do homem.

— Kate? — perguntou ele. Sua voz era rouca e baixa.

Ela examinou os lábios e o rosto buscando uma pista de quem ele era. Examinou as mãos, agora ao lado do corpo. Os dedos eram finos, e havia uma aliança de casamento. O terno não era caro, mas estava bem-cuidado, os sapatos simples e engraxados.

— Agora você é Kate Catanese, certo?

— Quem é o senhor?

Ele mordeu o lábio superior. Então disse:

— Você me conhecia como Clarence.

Ela sentiu a raiva lhe subir pela garganta, mas se controlou. Se tirasse parte da barba, os óculos e apagasse as marcas do tempo, poderia ver o auxiliar de cavanhaque que tinha trazido Lynnie de volta naquela noite.

— Por que está aqui? — perguntou.

— Sei que deve parecer muito estranho eu aparecer, vindo de tão longe...

— A Escola está fechada, Clarence. Não sei o que pode querer de mim, mas não tenho mais nada a ver com aquele lugar.

Ela reparou que Geraldine e Irwin estavam observando e se deu conta de que tinha levantado a voz.

— Não quero nada de você.

— Então por que está aqui? Você nunca foi meu amigo. Não tínhamos nenhum tipo de relacionamento. E não quero nenhum agora.

— Sei que isso parece...

— Bizarro. E suspeito.

— E, provavelmente, muitas outras coisas. Mas tenho um bom motivo para estar aqui.

— Onde está o seu colega?

— Smokes? O último endereço que tenho dele é perto de Harrisburg.

— Ele sabe que você está aqui?

— Eu moro em Baltimore. Agora tenho uma vida nova. Nós não nos falamos há anos.

— Você e eu também não. Mas ainda assim você aparece sem avisar...

— Eu sabia que se avisasse antes você se recusaria a me receber.

— Então preferiu me pegar de surpresa no trabalho?

Ele olhou para o balcão da recepção. Irwin agora estava se levantando.

— Podemos conversar em um lugar mais reservado?

— Por que eu faria isso?

Ele olhou para os próprios sapatos e disse:

— Porque você sabe a importância da confissão.

Ela o encarou. Então olhou para o balcão da recepção.

— Vamos conversar ali fora.

— Muito bem — disse Kate, sentando-se no parapeito da fonte. — Vá direto ao ponto.

Ele se sentou ao lado dela. Agora reconhecia seus traços com facilidade, mas, se tivesse passado por ele na rua, não teria olhado duas vezes. Por um segundo, Kate se lembrou de ter sabido que alguns dos idosos com quem trabalhava tinham passados pouco dignos — um homem que mantivera uma amante, uma mulher que obrigara a filha a se casar com um homem rico, mas arrogante. O sr. Eskridge em certa ocasião se vingara de um colega brilhante ao dar o voto de minerva que lhe negaria um cargo vitalício. Kate tinha perdoado essas transgressões; as provações por que passavam atualmente eclipsavam a visão de suas histórias, e, além disso, quem era ela para atirar a primeira pedra? Tinha desejado mal ao ex-marido durante anos.

E Clarence dirigira centenas de quilômetros para dizer o que viera dizer. Ela não era obrigada a aceitá-lo, mas devia ouvi-lo.

Ele olhou fixamente para a fonte. Apesar de ser um dia quente de outubro, Kate não sentia a presença do sol.

— Estive tentando descobrir a melhor maneira de começar — disse ele, esfregando as palmas das mãos contra as calças, deixando marcas de suor no tecido. Então se virou para ela. — Deixe-me começar dizendo que compreenderei se você se levantar e for embora enquanto eu lhe conto o que vim contar. Você tem todo o direito de fazer isso. Eu fazia coisas naquela época inacreditáveis para mim hoje.

Ele respirou fundo, e as palavras vieram em um fluxo irregular, mas rápido. Ele tinha começado a vida como um malandro. Detestava estudar e abandonara os estudos na nona série para ficar com os amigos. Arrumava dinheiro aqui e ali, fazendo trabalhos de construção ou cortando grama de jardins, mas nem pensava em carreira; sua única prioridade era beber à noite com os amigos. O tempo passou, e um por um os outros sujeitos engravidaram suas namoradas e encontraram empregos, ou mesmo se alistaram nas forças armadas. Finalmente, tinham restado ele e Smokes, a quem nunca dera muita atenção. Smokes era um rapaz que morava na Escola, de modo que não era muito presente. Ele também não falava muito e tinha um temperamento azedo. Mesmo assim, dava duro para moderar seu mau humor com uísque, e isso para Clarence era bom. Então, quando Clarence completara dezenove anos, seus pais disseram que estavam fartos dele. O que iria fazer, sem nenhum talento nem interesses, com apenas a necessidade de ter um teto sobre a cabeça para continuar se divertindo com os amigos? A escolha se resumira a se tornar operário de fábrica ou motorista de caminhão, e ele quase fora à entrevista para ser caminhoneiro. Então, na noite antes da entrevista, Smokes, sentado em um bar perto da Escola, dissera a ele para ir trabalhar lá. Clarence teria casa e comida, o salário era melhor que em outros empregos, e eles se divertiriam juntos. Clarence não estava muito interessado em trabalhar com gente que era, como Smokes descrevia, "um bando de idiotas", embora Smokes dissesse que era mamão com açúcar, desde que se fizesse com que eles soubessem quem mandava, o que era fácil. Eles não eram capazes de pensar nem sentir, dissera Smokes, e eram obedientes, e você podia se divertir um bocado às custas deles. Além disso, como o irmão dele era o diretor, "ninguém nunca reclamaria".

E fora fantástico por muito tempo. Clarence e Smokes não tinham ninguém supervisionando-os. Podiam ir e vir quando bem entendiam, criar novas regras a cada dia se lhes desse vontade. Podiam beber tanto quanto quisessem, e bebiam mesmo. Clarence na verdade não gostava tanto de beber nem de mascar tabaco, mas gostava de estar na companhia de Smokes, que terminava tudo que Clarence deixava sobrar. Smokes também tinha um andar imponente que Clarence invejava e um jeito de olhar furioso para os funcionários da equipe que os deixava nervosos. Às vezes fazia isso porque tinha sido contrariado, outras só porque podia.

— Fazer coisas de modo a inspirar medo nos outros — disse Clarence para Kate, ainda olhando para os sapatos — fazia com que eu me sentisse bem. Não consigo acreditar que esteja dizendo isso, mas é verdade.

— Você nunca fez nada comigo — disse Kate.

— Você sempre ficou longe de nós.

Ela teve vontade de dizer a ele como tinha se esforçado para evitá-los e que muitas vezes, depois de tê-los visto humilhar outros funcionários ou desconfiar de que tinham batido num interno, tivera vontade de confrontá-los. Mas mesmo assim tinha segurado a língua, e com frequência ia para casa desesperada por causa do pouco que podia fazer se quisesse manter seu emprego.

— Os cachorros de seu amigo me assustavam — disse ela.

— E não assustavam só você. — Ele respirou fundo de novo. — Smokes também não me poupava. Ele costumava me chamar de... Ele dizia que eu me comportava como uma mocinha, que eu era um maricas. Ele me xingava e então atiçava os cachorros para avançar em mim e me morder, segurando as correntes bem ali no limite em que ficavam sufocados, recuando alguns centímetros antes de me cravar os dentes. Se eu me encolhia, ele dizia que tinha a prova e que contaria a todo mundo. E eu não tinha uma namorada que pudesse mostrar a ele e dizer "Está vendo? Você está enganado". De modo que aprendi a me manter firme ali com aqueles dentes arreganhados avançando contra mim.

Um pavor havia surgido dentro de Kate. Ele não ia dizer...

— Ainda não compreendo por que você está me contando isso.

— Porque... — Ele esfregou os olhos e a encarou. — Porque você gostava dela.

— Quem?

— Daquela que chamávamos de Não-não.

— Lynnie.

— Eu tinha me esquecido do nome dela.

— Você veio aqui para descobrir o nome dela? — Kate se levantou. — Então vou sair daqui agora, porque você está certo. Eu gostava dela, e ainda gosto. — Ela deu meia-volta e se afastou.

— Espere.

Ela parou, mas não se virou.

— Não vim aqui para encontrá-la. Não quero tornar a vida dela mais difícil do que já tornei.

Kate ficou onde estava. Podia ver Irwin observando-a através da vidraça.

— É por isso que estou aqui — prosseguiu Clarence apressadamente. — Ela não falava, logo você nunca soube. Venho carregando isso comigo todo esse tempo e preciso contar.

Kate hesitou. Lynnie nunca tinha contado o que acontecera, mesmo quando recuperou a fala. Ela tinha dado a Kate a impressão de que aquilo fora o resultado de um ataque em uma noite de caos. Uma noite que ninguém nunca compreendera.

Kate se virou de volta, mas não se sentou.

Um dia, disse ele, tio Luke o chamara junto com Smokes para irem a seu escritório e dito a eles que esperava se candidatar a governador dentro de alguns anos, ou talvez senador. Dissera isso de uma maneira que só fazia ressaltar como ele e Smokes eram diferentes — um irmão que tinha se formado na escola de medicina, o outro que não fizera nada da vida. Smokes poderia acompanhá-lo se seus planos dessem certo, disse tio Luke. Eles provavelmente poderiam encontrar um lugar para o irmão.

— Vai me trazer problemas, é claro — dissera tio Luke fumando seu cigarro. — Você estaria na sarjeta se não fosse por mim.

Smokes estava furioso quando saíram do escritório. Voltaram para os chalés dos funcionários e beberam durante horas, e começaram a apresentar ideias, uma atrás da outra, que arruinariam os planos de Luke. Quando afinal ficaram prontos para assumir o turno da noite, Smokes estava completamente bêbado.

A primeira coisa que fizeram foi arrebanhar os garotos mais agressivos do chalé deles batendo nas camas de metal, arrastando-os para fora e berrando que jogariam um jogo. Então, armaram os garotos com porretes e varas e disseram a eles para verem quanto poderiam quebrar, e que se não cumprissem a parte deles, os cachorros poderiam até reagir. Os garotos partiram para a ação, quebrando as janelas do chalé, batendo uns nos outros. Smokes abriu a porta e os incitou a sair, e eles assim o fizeram, em bando, gritando, dando porretadas em todas as árvores e postes por que passavam, até que Smokes subitamente decidiu, quando chegaram ao A-3, que deveriam entrar. Os funcionários assistiram a tudo sem fazer nada enquanto Smokes, Clarence, os cachorros e um bando de garotos invadiram o chalé. Como tiveram seus carros arranhados com chaves antes, não iriam interferir naquele momento. Mas o barulho acordara as internas porque, quando o bando entrou na sala de recreação, muitas tinham tentado se esconder debaixo das camas ou no banheiro. Os garotos em sua maioria se limitaram a ficar na sala de recreação, atirando a mobília pelos ares, se divertindo para valer, e no meio do pandemônio Smokes viu Lynnie correr e se esconder em um grande almoxarifado. Ele sabia que Clarence tinha birra com ela — agressiva, fizera uma cicatriz na mão de Clarence — e era de longe a interna mais bonita. De modo que quando Smokes deu uma risada maliciosa, disse "Segure os cachorros" e estendeu a mão para abrir o almoxarifado, Clarence não se opôs. Ele tinha fingido que não via quando Smokes bolinava outras internas ou mandava os garotos mais retardados fazerem coisas indecentes entre si. Afinal, Clarence tinha que provar sua masculinidade — e que importavam aquelas pessoas para ele? Por isso ficou apenas olhando enquanto Smokes abriu a porta e Clarence a viu, recuando para o fundo do quartinho escuro. Então a porta se fechou. E embora ele a ouvisse gritar, eram apenas "Não, não, não, não!", até a voz dela ser abafada. *Isso vai ensiná-la a não morder*, pensou Clarence em meio à barulheira dos latidos dos cachorros, dos gritos das garotas, da destruição dos garotos. O caos estava tão completo que um rato saiu correndo do banheiro. Foi naquele momento que Smokes abriu a porta do almoxarifado, fechando o zíper da calça. Ele lançou um olhar para o roedor, o agarrou e o atirou para os cachorros, que o estraçalharam. Então se virou de volta para onde a garota estava e disse:

— E vai ser assim com você se contar a alguém.

Kate ficou parada de pé diante de Clarence, com as mãos em punho diante da boca. Até que baixou as mãos e disse:

— Como você pôde viver consigo mesmo depois disso?

Ele sacudiu a cabeça.

— Não existe nada que eu possa dizer que faça algum sentido.

— Tente.

— Eu disse a mim mesmo que ela merecia.

Kate se sentiu ficar nauseada.

— Você é realmente nojento.

— Sou. — Ele assentiu. — Poderia atribuir a culpa à bebida, ou a como era comum as pessoas se aproveitarem dos internos. Eu poderia culpar a minha necessidade de ser querido por... meu amigo...

— *Amigo*.

— Eu não quero dar desculpas. É indefensável.

— Por que você não denunciou Smokes na época?

— Como poderia? Tudo que eu conhecia estava lá. Dizer qualquer coisa significaria perder minha vida inteira.

— E não incomodava saber o que tinha acontecido?

— Gostaria de dizer que sim. A pessoa que sou agora ficaria atormentada imediatamente e não se importaria de perder um emprego, um amigo, nada. Não teria nem participado daquilo.

— Então você apenas deixou para lá?

— Por muito tempo.

— Não teve nenhuma dor de consciência?

— Infelizmente, não.

— Nem mesmo quando ela fugiu com o Número 42?

Ele suspirou e sacudiu a cabeça.

— Como pôde não sentir? — disse Kate, quase gritando.

— Foi uma fuga. Não eram frequentes, mas... não me fez pensar.

— Não mesmo.

— Por favor, Kate.

— Por que você acha que ela fugiu?

— Porque ela encontrou uma pessoa que podia levá-la para o outro lado do muro. Quero dizer, eu me dei conta de que ela devia estar assustada...

— Você acha que ela fugiu porque estava *assustada*?

— Bem... acho.

— Você não considerou nenhum outro motivo?

Ele a encarou.

— O que está insinuando?

— Por que aquelas páginas estavam faltando da ficha do arquivo dela?

— Você foi ver a ficha?

— É claro que fui. Você pode ter violado as regras para se divertir e aprontar, mas alguns de nós tinham motivos mais nobres. E as páginas daquele episódio inteiro — a fuga e o retorno dela — estavam faltando. Você as tirou?

Ele levantou a cabeça e assentiu.

— Por quê?

— Porque se houvesse algum registro de que tínhamos perdido um interno...

— *Perdido?* Vocês encontraram Lynnie. Vocês a trouxeram de volta.

— Certo. Mas nós perdemos o 42 naquela noite.

— Por que você não sumiu com a ficha *dele*?

— Eu sumi.

Ela não sabia disso. Nunca tinha pensado em procurar a ficha dele. Só a de Lynnie.

— Você *deu sumiço* na ficha dele?

— Sim.

— Não consigo acreditar. Então não existe registro de que ele sequer tenha existido?

— Olhe, se viesse a público que tínhamos deixado um interno fugir e ele nunca mais foi encontrado, não haveria meio de Luke manter seu cargo. Nós não queríamos que ele ficasse mais de cabeça quente do que já estava, e nossa noite de caos tinha conseguido fazer com que ele abandonasse suas ambições políticas. Mas quando afinal o Número 42 desapareceu, nos demos conta de que se Luke caísse e fosse demitido do cargo de chefe da Escola as coisas estariam acabadas para nós também.

— E o que vocês fizeram com a ficha dele?

— Eu a conservei comigo enquanto tentava encontrá-lo.

— *Encontrá-lo*?

— É tão estranho assim?

— O que vocês fizeram para encontrá-lo?

— Na ficha de Lynnie, consegui o nome daquela senhora. Eu queria que ela me dissesse onde ele estava, mas quando afinal fui até a fazenda dela, ela tinha desaparecido. Então pensei que ele poderia ter se escondido no celeiro ou na floresta, ou sei lá, só que não consegui encontrá-lo. Percebi que o lugar estava entregue aos cuidados de um garoto da cidade, de modo que tentei arrancar alguma coisa dele. Era o filho dos Hansberry, que moravam na farmácia. Não consegui nada.

— Então o que fez?

— Well's Bottom era um lugar pequeno naquela época. Depois que Luke descobriu que a senhora estava vendendo a propriedade, e que o filho dos Hansberry estava cuidando do lugar, pediu ao chefe dos correios que o informasse de quaisquer cartas enviadas por ela para os Hansberry.

— Vocês *espionaram* a correspondência?

— Eu não. Àquela altura, a coisa já tinha atingido outros níveis. Luke estava cuidando disso. Ele até mandou aquele motorista, Edgar, ir a um endereço de remetente.

— Tudo isso para encontrar o 42?

— Apenas pareceu estranho a velha senhora desaparecer na manhã depois que o 42 fugiu. Pensamos que ele poderia tê-la sequestrado.

— Você sabe que ele não teria feito isso.

— Ou que ela o estivesse protegendo. De qualquer maneira, eles estavam ligados de alguma forma, e se nós a encontrássemos, poderíamos encontrá-lo.

— E — ela fez um grande esforço para fazer sua voz soar sincera — encontraram?

— A única vez que Edgar chegou perto, em um hotel no estado de Nova York, ela fugiu.

— E depois?

— E depois não houve mais endereços de remetente enviados por ela. Nós desistimos.

— O que acha que aconteceu?

— Com o 42?

Ela assentiu.

— Penso muito nisso. Provavelmente morreu de frio na floresta naquele inverno.

— É isso que você acha?

— Pensei muita coisa depois que me tornei um homem sério e capaz de ver as coisas com clareza. Não sei o que aconteceu com ele. Seja lá o que for, não foi bom.

— Ele não merecia o que aconteceu. Ele era um homem maravilhoso. — Ela sacudiu a cabeça, lembrando-se de como organizava os encontros secretos com Lynnie em seu escritório. — Ele gostava de Lynnie. Dava-lhe buquês de penas.

Clarence ficou em silêncio. Kate disse:

— Isso é tudo?

— Esse é o motivo por que vim aqui, sim. Queria me desculpar com alguém pelo que fiz.

— Por que não procurar Lynnie?

— Eu... eu fui à Escola no dia em que fechou. Pensei em dizer alguma coisa, mas ainda não estava bem. Não estava pronto.

— Por que não procurá-la agora?

Ele se remexeu.

— Já passou muito tempo. Não quero deixá-la confusa.

— Por que não ir à polícia?

— Polícia?

— Foi um crime, Clarence. Você ajudou uma pessoa a cometer um crime.

— Foi há 25 anos.

— Então não vai procurar a polícia?

Ele pareceu abalado.

— Estou numa nova vida agora. Eu apenas... Kate, você não tem ideia de como é viver sabendo que deixou uma coisa dessas acontecer.

— Isso é verdade.

— Talvez eu não devesse ter contado a você.

— Não, mas estou contente por saber a história inteira.

O rosto dele relaxou um pouco.

— Então isso é tudo? — perguntou ela, sentindo seu cenho se contrair ainda mais.

Ele assentiu e depois disse:
— Tenho mais uma pergunta.
— Eu também.
— Você tem?
— Clarence — disse ela, e olhou para ele com o olhar duro —, quero que seja absolutamente sincero comigo. Você não acha que houve um motivo para Lynnie fugir?
Ele olhou para ela chocado.
— O que está dizendo?
— Faça as contas. Volte no tempo. Ela fugiu em novembro.
Os olhos dele lampejaram.
— Não!
— Clarence — Ela estava cheia de raiva dele e de culpa por tudo o que não tinha feito, e de tristeza por todo mundo —, faça as contas.
— Você não pode estar me dizendo...
— É a verdade.
— Vinte e cinco anos!
— Isso mesmo.
— Onde está? Ele... ela? Onde?
— Ela.
— Ah, meu Deus. Onde ela está? Com o 42?
— O 42 está morto. Ele se afogou naquela noite.
— Santo Deus.
— Meus amigos fizeram uma homenagem religiosa para ele, mas o corpo nunca foi encontrado.
— Então onde está ela?
— Não sei.
— *Você não sabe?*
— Soube durante muito tempo. Ela estava com a senhora. Martha. E Martha sempre mandava notícias a Eva Hansberry. E por muito, muito tempo, elas viveram em fuga... de vocês. Ela deixou de incluir o endereço de remetente nos envelopes, mas continuou a escrever cartas até a garota fazer quatorze anos.
— Você está brincando comigo?
— Não, Clarence.
— Você não sabe de mais nada sobre a garota depois disso?

— A última notícia que eu tive foi de que havia uma possibilidade de ela se mudar para algum lugar perto de Denver. Seja lá onde esteja, ofereceram-lhe uma vida confortável. Uma vida melhor do que a da mãe dela.

Clarence agora se inclinava para a frente, como se sentisse dor. Segurava a cabeça entre as mãos.

Kate sentiu seu corpo inteiro tremer e se virou de novo na direção da porta. Geraldine e Irwin agora estavam de pé do lado de fora, olhando, atentos. Estivera ali fora por tanto tempo que se esquecera de que estava no trabalho. O sr. Todd e o sr. Eskridge àquela altura já deviam ter jogado várias partidas. Já tinha passado e muito da hora de a sra. Ilana fazer seu passeio pelo jardim. Kate estava 25 anos atrasada.

— Clarence — disse ela se virando de volta para olhar para o topo de sua cabeça calva, os dedos abertos sobre o couro cabeludo —, você ia me fazer uma pergunta?

Ele deixou as mãos caírem no colo. Então, levantou a cabeça.

— Não preciso fazer.

— Duvido que voltemos a nos ver, então é melhor perguntar agora.

Ele desviou o olhar. Ela viu o olhar dele viajar de volta no tempo, onde sem dúvida encontrou uma pessoa que outrora se parecia com ele. Então ele empalideceu e disse:

— Eu ia perguntar se você me odeia.

Kate baixou o olhar para ele.

— Não sou a pessoa com quem você deveria se preocupar. — Então, deu meia-volta e se afastou.

Voltando para o prédio, Kate passou rapidamente por Geraldine e Irwin, levantando a mão para que não perguntassem nada. Continuou andando, desceu o corredor em direção ao solário, seu corpo rígido de fúria. Pobre Lynnie! Todo aquele tempo vivera com uma experiência tão terrível! Por isso que havia precisado esconder o bebê. E fora por isso que o 42 tinha fugido com ela — e morrido!

Kate chegou ao aposento ensolarado e o encontrou vazio. Ela consultou o relógio. Tinha perdido a noção do tempo; os residentes da Westbrook tinham voltado para o refeitório para almoçar, e ela precisava retomar suas tarefas. Mas, possuída por uma raiva tão imensa que a paralisava, ela olhou para a luz do meio-dia entrando pelas janelas e perguntou a si mesma: *O que devo fazer agora?* E em resposta sentiu aquele impulso interior já conhecido: a força que ela dizia aos outros que era sua intuição, mas que sabia ser a vontade de Deus. Contudo, o impulso não lhe disse como resolver. Disse apenas que ela precisava se confessar.

Kate cambaleou, horrorizada. Pôs a mão sobre o peito desejando que não fosse verdade. Então levantou a cabeça com um grito saído do fundo da alma, contido por muitos anos. Ela tinha sido cúmplice de um mundo onde estapear, cuspir, xingar, coagir e bolinar aconteciam todo santo dia, mês após mês, interno após interno. Embora Kate nunca tivesse cometido um único ato de crueldade, e embora tivesse se dedicado a proteger e dar apoio a todas as pessoas a quem servia, não tinha feito nada para impedir o que estava acontecendo. Quantas internas além de Lynnie haviam sido vítimas de violência e abusos de maneiras indescritíveis? Quantas pessoas além de Kate tinham feito calar a consciência? Quantas bocas ficaram fechadas por todo esse tempo — enquanto as mais pequeninas dentre elas sofriam de maneira incomensurável?

Kate caiu de joelhos e rezou pedindo perdão.

Ela não precisou falar sobre o assunto com Scott. Ela nem sequer precisava ir para casa.

Assim que o expediente acabou, Kate dirigiu até o telefone público mais próximo. Enquanto saltava do carro no estacionamento do 7-Eleven e se apressava em direção ao telefone, lembrou que havia começado a trabalhar na Escola como um ato de penitência. Agora faria outro.

O telefone tocou cinco vezes antes de ser atendido.

— Alô? — disse uma voz de mulher do outro lado.

Uma televisão soava alta ao fundo.

— Queria falar com Lynnie — disse Kate. — Por favor, diga a ela que Kate está ligando.

A pessoa se afastou. Não era mais Doreen. Lynnie tinha se mudado duas vezes para outras residências coletivas, e as companheiras viviam mudando.

— Kate! — disse Lynnie quando atendeu o telefone.

— Lynnie — disse Kate, tão aliviada ao ouvir a alegria em sua voz. — Faz tanto tempo que não vejo você.

— Nove anos — disse Lynnie.

— Isso mesmo. E adivinhe só? Tenho que ir à Pensilvânia. Talvez na semana que vem. Tudo bem se eu aparecer para uma visita?

Falando por si mesma

1993

— Olhe para o alto, Kate — disse Lynnie.

As duas estavam dentro do edifício da Câmara em Harrisburg, no enorme salão com teto em domo cujo nome Lynnie ainda tinha dificuldade de pronunciar: "rotunda".

Lynnie vira a rotunda pela primeira vez, também em outubro, cinco anos antes, quando havia assistido a uma conferência ali naquele prédio e aprendido sobre como se tornar uma autorrepresentante. Desde então, como voltara a cada ano para a conferência de autorrepresentação, passara a conhecer bem aquele grande saguão e seu piso de mármore, os murais pintados, a escadaria imponente, os vitrais coloridos e o teto com um pé-direito alto de cair o queixo. Naquele dia ela finalmente teria sua chance de entrar nos recônditos do prédio para discursar para os legisladores — uma outra palavra que Lynnie achava difícil dizer — durante a audiência das três horas.

Agora, no entanto, eram apenas 9h30. Lynnie estava ali com Kate sem os papéis do discurso porque as duas tinham algo a fazer antes da audiência.

— Não é lindíssimo? — perguntou Lynnie a Kate, as duas paradas no saguão, inclinando a cabeça para trás para olhar para cima.

— É. Entendo por que você quis vir aqui primeiro.

"Lindíssimo" outrora fora a palavra mais longa que Lynnie conseguia dizer. Andrea, sua fonoaudióloga, tinha dito a ela: "Depois que você dominar essa, o céu é o limite." Ela não estava totalmente certa — Lynnie não cruzou nenhum limiar linguístico com a palavra "lindíssimo". Ainda estava longe de conhecer todas as palavras que podiam expressar suas observações e intuições, mesmo que só em pensamento, e quando conseguia dizer as palavras que cabiam em seu modesto vocabulário, sua boca ainda tinha que lutar com dificuldade. No entanto, Andrea estava certa no sentido de que depois que Lynnie conseguiu dizer "lindíssimo", ela adquiriu uma nova confiança. Desde então, aprimorara sua enunciação e ritmo, tornara-se mais ousada com relação ao comprimento e à quantidade de suas frases e adquirira mais controle do volume de voz. Tinha aprendido até algumas "combinações adicionais", como Andrea chamava, como se manter a distância apropriada das pessoas quando se está numa conversa. Com tudo isso, Lynnie conseguira um emprego que exigia falar — ela era recepcionista na BridgeWays, a agência que administrava a residência coletiva onde morava.

Kate disse:

— Este lugar é incrível, Lynnie.

— Também tem um som lindíssimo.

— Como assim?

— Feche os olhos. — Kate lançou-lhe um olhar curioso, e Lynnie apenas apertou a mão dela.

Ela adorava fechar os olhos sob a rotunda e ouvir o estalar de sapatos, o farfalhar de roupas, o tinir de joias e o zumbido de vozes se expandindo pelo enorme saguão, o que fazia com que ela tomasse consciência daquele mundo tão maior do que ela.

— Tem ecos — disse Kate.

— E se você estiver no lugar certo é ainda melhor — Lynnie abriu os olhos e acrescentou: — Fique de olhos fechados que vou mostrar a você.

Então ela guiou Kate até o ponto que havia descoberto por acaso, na primeira vez que estivera ali. Ela estava com Doreen e, bem debaixo do ponto mais alto do domo, no centro da rotunda, enquanto a amiga falava, ela descobriu...

— Fale alguma coisa — sussurrou Lynnie para Kate.

Kate fez uma careta, como se examinando todas as suas palavras e tentando escolher uma. Lynnie acrescentou:

— E fale em voz alta.

Kate assentiu.

— Estou muito orgulhosa de você, Lynnie.

Lynnie sorriu e quase desejou que Kate estivesse olhando para ela. Mas preferiu dizer:

— Mais alto.

— Estou tão orgulhosa de você.

— Mais alto! — Lynnie estava se desmanchando em risos, mais alto do que Andrea teria chamado de "apropriado".

— Lynnie me deixa orgulhosa! — gritou Kate.

E foi o que bastou. A voz de Kate se tornou ressonante, como vozes ficavam sob o domo, tornando-se tão forte que parecia passar sob os pés de Kate e de Lynnie e levantá-las no ar.

Kate deu uma risada e apertou as mãos de Lynnie. As pessoas olharam, mas por que Lynnie haveria de se importar? Ela estava com uma de suas pessoas favoritas, em um de seus lugares favoritos, ensinando uma coisa que tinha descoberto sozinha. O que poderia ser melhor do que isso?

Na verdade, algumas coisas poderiam ser melhores do que aquilo.

Naquele momento, por exemplo, Lynnie poderia estar com Kate na conferência, em vez de estar sentada no carro da amiga, enquanto dirigiam para o interior. Kate nunca fora a uma conferência de autorrepresentação e ficara muito entusiasmada no banquete da noite anterior. Ela acenava para as pessoas no salão, reconhecendo internos e funcionários da Escola. Antes de o DJ começar a tocar, Kate conversou bastante tempo com Doreen. Alguns anos antes, Doreen contara a Kate, o carteiro viera à residência coletiva com uma carta que exigia a assinatura dela. Quando Doreen abriu o envelope, descobriram que seu pai tinha morrido e deixado para ela muito dinheiro. "Uuu-huu!", Doreen tinha gritado, pulando pela sala. "Disneylândia, aqui vou eu!" Havia apenas um problema, Doreen não tinha permissão de manter o benefício do governo depois de receber sua herança inesperada, e também perderia o direito à ajuda da BridgeWays. Mesmo assim, tudo tinha dado certo, como Doreen, que ficou gritando mais alto que a música "Everybody Dance Now", contou a Kate: "Eu tenho a minha casa e contrato meus auxiliares. Agora, não tenho mais que respeitar regras burras nem gente metida a importante." Ao que Kate completara: "Isso é realmente maravilhoso", e então Doreen, num vestido de lamê prateado, puxara Kate e Lynnie para a pista de dança. Quando afinal voltaram para seus quartos, rindo e suadas, Lynnie quase desejou que não tivesse o compromisso durante a conferência no dia seguinte.

Quando Kate ligara na semana anterior e dissera que queria vir à Pensilvânia o mais rápido possível, contara a Lynnie sobre a confissão de Clarence.

— Sei que foi há muito tempo — disse Kate —, mas Smokes devia ser levado a julgamento.

Havia se passado muito tempo desde que o rosnar de um cachorro levara Lynnie de volta àquela noite, e Kate explicara que a Justiça iria exigir que ela relatasse tudo aquilo de que se lembrasse. Lynnie dissera a Kate que não podia suportar a ideia de fazer aquilo, e embora Kate a princípio tivesse ficado aborrecida, finalmente tinha dito que no mínimo queria localizar o endereço de Smokes nos arredores de Harrisburg e dizer na cara dele que sabia o que ele tinha feito.

— Também quero fazer isso — dissera Lynnie. Ela podia até se encontrar com Kate em Harrisburg, porque iria para lá de qualquer maneira para a conferência. Foi por isso que Kate tinha esperado para ir só naquele dia e essa era a razão de estarem dirigindo para o interior da Pensilvânia.

Só havia uma coisa melhor a fazer hoje.

Na verdade, havia uma segunda coisa que também teria sido melhor, mas Lynnie não queria ficar pensando nisso. Ajudou muito que Kate tivesse pedido para ela trazer fitas com músicas de que ela gostava, que Lynnie estava ouvindo naquele momento no aparelho que tinha comprado com o próprio dinheiro: Gloria Estefan, Jon Bon Jovi, Phil Collins, Bangles. Kate também tinha uma fita, e propôs que ouvissem no caminho de volta, se Lynnie quisesse.

— Posso decidir depois? Não sei se vou estar chateada.

— Claro. Mas lembre-se: você ainda pode mudar de ideia. Posso parar e voltar agora mesmo.

— Eu quero fazer isso.

— Por quê?

— Porque o que ele fez foi mau, e quero dizer isso a ele.

Elas seguiram no carro e uma música inteira tocou antes que uma das duas falasse. Então Kate se virou para Lynnie.

— Buddy ficaria orgulhoso de você.

Lynnie sorriu. Quando um sujeito de barriga mole chamado Dave, da oficina da BridgeWays, a tinha convidado para ir à casa dele certa noite, ela tinha ficado entediada com o fato de ele só querer assistir ao futebol. Então houvera Miguel, que usava camisas estampadas com *tie-dye* e fazia parte do grupo de boliche das Olimpíadas Especiais com quem ela saía todas as terças-feiras à noite. Ele a tinha levado para tomar sorvete três vezes e não parava de falar de si mesmo. Depois dessas tentativas frustradas, Lynnie disse a Doreen que não havia ninguém como Buddy.

— Você está esperando por uma pessoa que abandonou você — respondera Doreen. E Lynnie, magoada, havia retrucado:

— Buddy não me abandonou.

— Do que mais você pode chamar depois de 25 anos? — dissera Doreen. — Desista. Sinceramente, eu estaria furiosa se fosse você.

Na noite anterior, no quarto do hotel, Kate perguntou a Lynnie se ela queria descobrir o que acontecera com o bebê, e Lynnie assentiu com entusiasmo. Kate disse que estava muito feliz por ouvir aquilo, depois pegou o telefone e ligou para uma pessoa chamada Eva. Mas Kate não mencionou Buddy.

E isso era a outra coisa que poderia ser melhor naquele dia. Se Lynnie descobrisse que o bebê estava bem — e que Doreen não poderia estar mais enganada.

— Esse não pode ser o endereço certo — disse Kate parando junto ao meio-fio.

Elas estavam na frente de uma casa baixa, caindo aos pedaços, no meio de uma fileira de outras casas semelhantes, em um beco sem saída e estreito. Outras ruas subiam em terraços acima daquela, com casas que pareciam menos maltratadas. Ali, um riacho imundo, cheio de sacos plásticos, garrafas de refrigerante e carrinhos de compras, cercado por raízes de árvores expostas, serpenteava ao longo da lateral do carro. As outras casas naquele quarteirão não pareciam muito melhores. Ficavam atrás de grades de malha de ferro corrugado ou de arbustos malcuidados. Algumas até tinham janelas cobertas por ripas de madeira, e o mofo cobria várias paredes.

Kate olhou para o pedaço de papel na mão, então para cima, para a casa.

— O número está certo — disse. — Mas a família dele era muito rica. Não consigo acreditar que permita que ele viva assim.

— Talvez esteja errado.

— Era o endereço que Clarence tinha.

— Vamos lá ver.

— Você está preparada?

Lynnie olhou para a casa. Será que estava? Será que precisava mesmo daquilo? E se o simples fato de vê-lo a silenciasse de novo?

Ela tinha que fazer aquilo. Tinha que dizer. *Você fez uma coisa terrível comigo*. Kate dissera que Clarence tinha se arrependido. "Algumas pessoas", dissera ela com um brilho diferente nos olhos, "afinal realmente veem seus erros". Lynnie tinha que fazer o possível para que Smokes finalmente visse os dele.

Contudo, o simples fato de estar ali fazia com que ela se lembrasse do fedor de seu hálito. Quem era ela para pensar que podia despertar a consciência dele, especialmente se com tanta frequência ficava encabulada, com dificuldade de falar? Às vezes, no boliche, garotos que passavam por seu grupo zombavam, e embora Lynnie ficasse furiosa era Doreen quem gritava: "Ei, seu bando de burros, vocês querem levar uma porrada com essa bola de boliche na cabeça?" Certa vez, quando uma assistente chamada Carmen estava treinando Lynnie e outros consumidores da BridgeWays a comprar verduras, uma senhora se aproximou e disse: "O que *eles* estão fazendo aqui?" Tudo que Lynnie tinha conseguido pensar para dizer fora: "Estamos fazendo compras." E um dos maiores motivos pelos quais os autorrepresentantes falavam com legisladores era que sempre que uma nova casa de residência coletiva para excepcionais estava programada para abrir, alguns vizinhos sempre lutavam contra, e Lynnie ficava sempre tímida demais para ir às reuniões. Era como se muitas pessoas quisessem que lugares como a Escola fossem reabertos para que pessoas como Lynnie fossem tiradas de circulação. Assim, o que fazia com que ela pensasse que podia dizer alguma coisa capaz de abalar a consciência de alguém?

Contudo, o que a fazia pensar que não podia?

A rua tinha fedor de esgoto não tratado, o que a fazia lembrar a Escola. Kate se aproximou.

— Deve ser terrivelmente desagradável morar aqui.

Juntas, subiram pela curta passagem cheia de lama. Poças também salpicavam o pátio, cobertas por uma iridescência que parecia óleo. A varanda era deformada, curva, e quando entraram nela Lynnie viu um grande buraco sob os beirais no qual havia um ninho de passarinho.

Lynnie tocou a campainha.

— Você quer que eu segure sua mão? — sussurrou Kate.

Lynnie sacudiu a cabeça em negativa.

Ouviram-se passos lentos e arrastados vindo na direção da porta, mas a pessoa não abriu.

— Quem é? — Era a voz de um velho e não havia nenhum tom de paciência.

— Quero falar com Smokes — disse Lynnie.

— *Quem?*

— Glen Collins — disse Kate.

— Ele não está.

— Disseram-nos que ele morava nesse endereço — disse Kate.

— Ele mora em todos os bares da região.

Kate olhou para Lynnie.

Lynnie perguntou:

— O tempo todo?

— Ele volta quando lhe dá na telha.

— Deveríamos esperar? — perguntou Kate.

Uma gargalhada.

— Por que vocês esperariam por ele?

Lynnie disse:

— Porque ele nos deve uma coisa.

Kate olhou para ela impressionada.

— Não há muita chance de que vocês algum dia irão receber.

— Quando ele volta? — perguntou Kate.

— A qualquer momento entre agora e amanhã. Se quiserem esperar, fiquem à vontade.

— Podemos esperar aí? — perguntou Kate. — Está frio aqui fora.

— Já basta eu ter que aturá-lo. Tratem de me deixar em paz.

Elas ouviram os passos arrastados se afastarem da porta, seguidos pelo som da televisão.

— Vamos esperar no carro — disse Kate. — Temos algumas horas antes de voltar.

Elas ficaram sentadas no banco da frente com o aquecimento ligado, Kate sugeriu ligar o som, mas Lynnie não queria ouvir música naquele momento.

— Vamos apenas conversar — disse.

— Tudo bem — respondeu Kate, sorrindo. — Conte-me como você passa seus dias.

Lynnie contou a ela, não se preocupando, dessa vez, com o ritmo ou a pronúncia. Falou sobre um motorista de ônibus simpático, Dale, que dirigia na linha que a levava de casa, nos arredores de Sunbury, até a cidade, onde ficava a BridgeWays, em um prédio de tijolos vermelhos numa travessa da rua principal. Falou sobre as pessoas que dirigiam o escritório, Sarah e Dustin, que eles moravam em casas com suas famílias. Falou sobre as chamadas recebidas no escritório e os visitantes que ela encaminhava a uma sala de reuniões. Falou sobre jogar boliche todas as noites de terça-feira, e sobre como aos sábados tomava o ônibus de Vince para ir para o apartamento de Doreen, assistir a vídeos.

— E quando você fica em casa? Você gosta?

— Mais ou menos. Fico no quarto e faço os meus desenhos. Às vezes meus companheiros de casa não são muito legais. E os cuidadores mudam o tempo todo. Você se acostuma com alguém e a pessoa vai embora.

Kate suspirou.

— Você não está mais na Escola, mas podia ser melhor.

— É melhor do que na Escola.

— Concordo.

— E você envia cartões.

— Vou mandar com mais frequência.

— Eu adoraria.

— E, você sabe, algumas pessoas moram sozinhas. A BridgeWays tem algum programa de vida independente?

— Não quero morar sozinha. A Doreen se sente solitária.

— É mesmo? Ela não disse isso.

— Ela não quer que você saiba. Ela passa o dia inteiro indo a lojas e fica conversando com as pessoas até elas terem que trabalhar. Então começa a comprar. Tem tantos vídeos, pôsteres, bijuterias reluzentes e bugigangas que a casa é toda cheia. Então ela fica lá sentada à noite, comendo e olhando para as coisas que comprou e ligando para mim.

— É bom que vocês joguem boliche juntas, e que você a visite aos sábados.

— Mas não é o bastante. Ela fica muito sozinha. Eu não quero isso.

— O que você quer?

Lynnie baixou o olhar.

— Quero estar com Buddy e com minha filha.

Kate assentiu.

— Nós vamos descobrir o que aconteceu com ela, certo?

— Sim. Aquela mulher chamada Eva virá se encontrar conosco em Harrisburg esta noite. Mas eu já sei de alguma coisa.

O coração de Lynnie se contraiu.

— O que você sabe?

Kate deu um sorriso triste.

— Aquela senhora fez o que você pediu. Ela a escondeu.

O coração de Lynnie se alargou, tomando conta de seu peito.

— Ela queria fazer o que você tinha pedido, Lynnie. Ela levou o bebê embora no dia seguinte e elas... se mudaram muitas vezes, de um lugar para outro, para não serem encontradas.

— A velha senhora fez isso?

— Durante anos. Ela achou que era a coisa certa a fazer.

Lynnie brincou com os dedos no colo.

— Algumas pessoas sabem mesmo o que é certo e o que é errado.

— Não creio que sempre seja assim tão simples, Lynnie. Mas para ela foi.

— Qual é o nome do bebê?

— Julia.

— Julia. — Lynnie baixou o olhar para o colar com a pena. — É um nome bonito.

— Por muito tempo elas moraram em Massachusetts. Julia estava na escola... uma escola comum. Elas viviam uma vida normal.

Lynnie olhou para fora pelo para-brisa. O céu estava cinzento e as casas quebradas. Havia tanta coisa feia nesse mundo. Porém, olhe. Um gaio azul estava voando em direção à casa. Ele mergulhou sob o teto da varanda e se enfiou no ninho.

— Foi realmente muito decente o que a velha senhora fez.

— Ainda não consigo acreditar, Lynnie.

— E Buddy?

Kate olhou para cima, para o teto do carro, os olhos virando de um lado para outro, enquanto mordia os lábios. Então ela tomou as mãos de

Lynnie nas suas, como se fosse dizer alguma coisa. Finalmente apertou os lábios e sacudiu a cabeça.

Lynnie disse:

— Doreen diz que devo esquecê-lo. Mas ele está tentando voltar para mim.

— É isso que você acha?

— Eu tenho certeza. Ele vai voltar — e estas palavras ela teve que se esforçar para dizer — *por fim*.

Kate assentiu e mexeu no fecho de sua bolsa.

— Então também tenho certeza.

— Ei — disse Lynnie, seu olhar capturando um movimento no espelho lateral. — Tem alguém vindo.

Um homem dobrou a esquina no final do quarteirão. Lynnie se virou e olhou pelo vidro traseiro do carro. Estava com uma jaqueta com capuz marrom e calça de moletom azul-marinho e cambaleava tanto que, volta e meia, se apoiava agarrando as árvores mirradas e as cercas de malha de ferro que separavam as casas da rua. Lynnie o reconheceu não de vista, mas pelo sentimento apressado que sentiu por dentro, como se tivesse que respirar depressa para conseguir ar suficiente, e imaginou em seu peito uma centena de maxilares se abrindo e fechando, os dentes mordendo enquanto vozes gritavam. Ela se sentiu da maneira que costumava se sentir quando alguém perto chorava, só que pior. Sabia que não podia se atirar no chão e berrar. Em vez disso, sua respiração se tornou ofegante e depois parou. Ela teve a sensação de estar sufocando com um pano enfiado na cara.

Lynnie pôs as mãos no pescoço.

— Essa foi uma péssima ideia — disse Kate, pondo o carro em marcha.

Lynnie puxou a gola do casaco.

— Você está bem? — perguntou Kate enquanto rapidamente dava meia-volta com o carro.

Lynnie apertou o peito com a mão, tentando fazer o ar preso sair.

— Isso foi uma burrice — disse Kate, manobrando o carro. — Vou tirar você daqui agora mesmo.

Elas agora estavam de frente para ele. Ele estava muitas casas mais abaixo, e não parecia vê-las, apoiado num poste telefônico, curvado para a frente e tossindo.

Lynnie tentou puxar o ar. Não conseguiu. Ela tentou e tentou. Nada.

— Você não deveria ver isso — disse Kate dirigindo na direção do corpo curvado. Ela estendeu o braço para o lado. — Não olhe. — E cobriu os olhos de Lynnie com a mão.

— Não! — disse Lynnie. E todo o ar que não conseguia sair saiu. Ela inspirou mais ar fresco. — Eu quero ver!

— Mas está fazendo mal a você.

— Não — disse Lynnie de novo. — Olhe para ele. Diminua a velocidade. Olhe.

Com horror e choque em seu rosto, Kate reduziu a marcha do carro. No instante em que fez isso, a quatro casas de distância daquele homem trôpego, largou o poste, deu um passo a frente e desabou de cara no chão numa poça de lama.

— Pare — disse Lynnie para Kate.

— Você tem certeza...

— Tenho.

Kate parou o carro e elas olharam pelo vidro do para-brisa. Estavam bem diante dele agora, mas ele não as via. Estava deitado de lado, com metade do rosto na lama.

— Ele está acabado.

— Está mesmo.

— Ele está bêbado.

— Você provavelmente também está certa quanto a isso.

— Céus.

— Você está bem?

A sensação de sufocamento havia desaparecido. A respiração vinha com facilidade. Lynnie tocou no peito e sentiu o colar.

— O que quer fazer, Lynnie?

Ela pensou nas coisas que tinha visto as pessoas fazerem. Assistira a um programa de televisão em que um bando de garotos encontrava um sem-teto em um parque e derramava bebidas em cima dele, e o chutava e ria. Tinha visto uma mulher ter uma briga com um motorista de ônibus e xingá-lo e cuspir em seus pés. Tinha visto o próprio Smokes agredir um dos garotos negros que trabalhavam na Escola e quebrar o cabo de uma vassoura na cabeça dele.

Lynnie queria fazer tudo aquilo com ele. Queria pular para fora do carro e mordê-lo. Mas ela agora não mordia mais, e não queria chutar uma pessoa, nem mesmo aquela. Não tinha certeza se ainda tinha medo dele ou se apenas não queria se dar ao trabalho.

— Vamos — disse.

Kate pisou no acelerador.

— Podemos ir direto para a polícia. Sabemos onde ele mora.

— Não.

— Por favor, Lynnie. Você pode identificá-lo. O certo é ele pagar pelo que fez.

— Não quero ir à polícia.

— Por que não?

— Porque...

— Porque o quê?

Passando por ele, elas se aproximaram da curva.

— Você pode me ajudar a dizer uma palavra? — pediu Lynnie.

Kate se virou para ela.

— Claro. Você começa e eu termino.

— Porque ele é pa... pat... patético.

Kate sorriu.

— Você não precisa de minha ajuda.

Lynnie disse:

— E sabe de uma coisa, Kate? Eu não sou.

— Isso mesmo. — disse Kate. — Você não é.

Lynnie pensou em se virar em seu assento para vê-lo uma última vez. Mas era muito bom estar olhando para a frente.

Às três horas, de volta ao prédio da Câmara, Lynnie sentou-se no grande salão onde a audiência seria realizada, e um homem na frente se levantou.

— Nossa audiência hoje tratará do potencial fechamento das instituições residenciais que ainda restam na Commonwealth, pelo estado da Pensilvânia. Ouviremos os comentários de membros da comunidade.

Um por um, os amigos de Lynnie se dirigiram para um banco na frente do salão e apresentaram seu argumento. Lynnie mal conseguia ouvir. Ela ficava enrolando seus desenhos nas mãos. Finalmente:

— Lynnie Goldberg.

Ela se levantou, deu um sorriso rápido para Kate e foi para a frente da sala. Lá se sentou na grande cadeira e encarou os legisladores.

— Eu sou Lynnie Goldberg — disse, tomando cuidado com cada palavra. — De 1957 a 1980, vivi na Escola da Pensilvânia. Quero contar a vocês a minha história, e trouxe uma coisa para me ajudar. — Ela desenrolou os desenhos e levantou o primeiro. — Este mostra como a Escola me pareceu quando meus pais me levaram para lá. Eu estava assustada. Não sabia o que era. Coisas ruins aconteceram, não vou contar todas aos senhores. Mas contarei algumas.

E ela lhes mostrou através de suas obras de arte. Seu encontro com Tonette. Passar o esfregão na sala de recreação. Comer a papa. Dobrar roupas na lavanderia. Pisar em poças no chão para usar o lavatório. Esconder seus desenhos num armário. Ter medo de auxiliares com cachorros.

Ela não mencionou Buddy nem... Julia. Ela não disse que, mesmo agora, ainda olhava pela janela à noite, imaginando onde, sob as estrelas da Xícara e da Pena, seu marido e sua filha poderiam estar.

Os legisladores ouviram com expressões sérias. Uma mulher ficou de olhos marejados. Um homem apertou o punho contra o queixo.

— É por isso que precisamos fechar todas as instituições — disse Lynnie quando concluiu.

Ela se levantou e se deu conta de que os outros defensores da autorrepresentação a estavam aplaudindo. Ela sorriu para eles, aliviada por ter encontrado coragem de falar por si mesma — e também por tantos outros.

— Eu consegui, Kate! — exclamou Lynnie enquanto saíam do elevador para a rotunda. Ela agarrou a mão de Kate e andou depressa.

— Você conseguiu — disse Kate, permitindo-se ser arrastada. — Você falou em público, Lynnie. E seu trabalho ficou *muito bom*! Estou muito contente por você ter-me convidado para estar aqui.

Lynnie abriu caminho em meio às pessoas que circulavam pela rotunda até que chegaram ao centro.

— Foi um dia e tanto — disse Kate com a voz suave embora desse para notar que estava nas alturas.

— Um dos melhores da minha vida — disse Lynnie mais alto, e sua voz voava mais alto.

Então ela atirou a cabeça para trás e olhou para cima, para dentro do domo, muito alto acima de sua cabeça, e sussurrou a palavra em que havia pensado durante horas, a palavra que a havia ajudado a ser forte durante a audiência.

— Julia. — A palavra abriu asas e voou no momento em que deixou sua boca e subiu no ar. Circulou alto, cada vez mais alto e finalmente desapareceu através do vidro. Com certeza voaria invisível nas alturas atravessando o estado, atravessando o mundo, e olharia para baixo, para a Terra, e a encontraria.

Pó

1995

— De acordo com o mapa — disse Sam, reduzindo a velocidade da van —, estamos na Escola.

Mas Homan já tinha avistado os muros de pedras. Ele não precisou se virar para Jean, sentada a seu lado no banco de trás, enquanto ela traduzia para a língua de sinais o que Sam dissera. Ele não se deixara enganar pelas mudanças na paisagem — todas aquelas casas novas do outro lado da estrada, agora muito movimentada — nem pelas muitas mudanças que aconteceram em seu íntimo depois que dera o salto para a Língua Americana de Sinais, fizera amizade com as pessoas que trabalhavam no Centro de Vida Independente com Sam e estudara. Tinha aprendido muita coisa nos últimos dois anos: como transformar aqueles rabiscos de rastros de pássaros em letras, depois palavras, então rebanhos que o arrastavam através de páginas de livros; como entender mapas, dinheiro, as leis de direção. Mesmo que tudo agora estivesse diferente, ele reconheceu aqueles muros imediatamente.

E lá estava o portão, preto e alto, com as pontas como lanças. Além dele, bem alta na colina, estava a torre, sem o relógio, que fora substituído pelas palavras Centro Médico de Veteranos. Sam — cujo nome, Homan agora sabia, era Terence, embora para ele sempre seria Sam — tinha estacionado a van no acostamento, e apesar de Homan ser interrompido por 4X4's e caminhões que passavam, aquilo que via imediatamente bombeou repulsa — e anseio — em suas veias.

Ele tinha imaginado o que aconteceria. Logo depois que a janela para a comunicação se abrira, ele perdera o interesse pelo Relaxamento, e, à medida que lia e aprendia, ficava enojado com a facilidade com que a Escola o fizera desaparecer. Embora estivesse satisfeito por ter acertado um bom acordo com o Rei e a Rainha (um salário decente *mais* casa e comida que ele já tinha no retiro budista), Homan estava cada vez mais seguro de seus talentos (abrindo um negócio, nas horas vagas, de adaptação de camas e vans e criando melhorias para as cadeiras de rodas de amigos), e apostara alto (tinha acabado de conseguir uma matrícula para estudar engenharia), ainda desejando poder dar o troco nos chefões que tinham feito pouco dele e nos guardas que tinham cantado de galo. Contudo, ao mesmo tempo, começara a se perguntar o que teria acontecido com a Escola — e com Garota Bonita e a Pequenina. A primeira pergunta exigira muita pesquisa. A outra ele não tinha como responder. Como poderia, sem saber seus nomes?

E você?, perguntara Sam um belo dia, enquanto Jean, com audição e fluente em língua de sinais, traduzia. Jean era Vestido Amarelo, mas agora ela usava saias e blazers, e ela e Sam eram casados.

Como assim?

Deve existir um arquivo a respeito de você em algum lugar. Poderia ter informação suficiente da Ruiva, ou de alguém, para fazer com que você consiga o nome de Garota Bonita.

Eles nunca souberam quem eu era.

Como eles chamavam você?

Como eu poderia saber?

Por muito tempo, Homan tinha se permitido sofrer por querer saber o que acontecera com elas. Vinte e sete anos haviam passado. Garota Bonita poderia ter morrido, e, se não tinha, que direito ele tinha de estar pensando nela? Ou na Pequenina? Elas deviam ter suas vidas, teriam formado suas famílias, com amigos e empregos. Com certeza, há muito tempo não estava mais no pensamento delas.

É curiosidade básica, disse-lhe um amigo, *todos nós sentimos isso com relação a nosso primeiro amor*. Um outro observou: *É culpa*.

Nós temos uma teoria diferente, sinalizou Jean certa noite, antes de ela e Sam se casarem. *Você fica pensando nela porque você ainda a ama...*

Homan lhe deu as costas e se afastou sem querer ver o final da frase.

Então, há um mês, Sam e Jean lhe fizeram um convite. Ambos tinham entrevistas de trabalho em Washington, D.C., e decidiram atravessar o país de carro. Queriam ver o parque Yosemite, o monte Rushmore, talvez até lugares onde tinham estado quando eram mais jovens. Homan poderia vir também.

Tenho um emprego.

Não existe nenhum lugar que você gostaria de ver?

Não.

Não vai ser uma verdadeira viagem de carro sem você.

Que parte de não *você não compreende?*

Entretanto, quando Homan voltou para casa naquela noite e se deitou em seu futon, Garota Bonita lhe apareceu pela primeira vez depois de muito, muito tempo. Sua imagem de sonho — não uma forma borrada, e sim detalhada, plena e deliciosa — deitou-se na cama ao lado dele. Ele se virou em sua direção, e lá estava ela, contemplando-o à luz do luar. O corpo dela, contudo, não tocava o dele, sua expressão era indecifrável, e, a despeito da enorme vontade que tinha de tocar com os dedos sua pele cálida, ele se conteve. Ela era um sonho, apenas um sonho. Em vez disso, Homan levantou as mãos e perguntou a ela o que estivera fazendo durante todos aqueles anos. Ela apontou para uma parede, que subitamente se revelou coberta por desenhos. Ele olhou para os desenhos, mas, antes que pudesse reconhecer qualquer um, os desenhos se apagaram diante de seus olhos, se tornando folhas em branco. Quando afinal olhou de volta para ela, ela tinha ido embora.

No dia seguinte, ele disse ao Rei e à Rainha que queria uns dias de folga. Na semana seguinte, cuidou de todos os serviços de manutenção de que precisariam enquanto estivesse fora. E, pouco antes de partir, cortou o fundo de sua poltrona amarela, retirou o dinheiro, e, finalmente, depois de todo aquele tempo, depositou-o em um banco.

Eles viajaram na van de Sam e Jean. Ele e Sam se revezaram na direção, com Jean servindo de intérprete.

E agora estavam ali, e o portão estava aberto.

Vamos entrar, sinalizou ele.

O que ele não conseguiu acreditar foi no cheiro, à medida que a van avançava depois de passar pelo portão. Não o fedor, que não era perceptível, mas o cheiro dos campos da Pensilvânia. Homan baixou sua janela e respirou fundo. O perfume era exatamente o mesmo que costumava ser quando se estava a esta distância dos chalés: de grama, de terra e era limpo. Garota Bonita adorava esses cheiros, embora nunca tivesse sido livre para descer até a entrada lá embaixo.

Era ele quem costumava ir até ali quando a guarita de segurança precisava de reparos, dando a seus pulmões uma folga dos odores dos chalés. Agora a guarita não existia mais, e a grama estava alguns centímetros mais alta do que antes era permitido. Será que alguém passando por aquele portão adivinharia o que aquele lugar outrora havia sido?

O primeiro prédio que surgiu na subida da entrada para carros foi o de um hospital reluzente de cinco andares. Feito de pedra vermelha polida com jato de areia, tinha bandeiras hasteadas em mastros, um pórtico na entrada e fileiras de janelas de vidro fumê, sem nenhuma grade entre elas.

Homan se perguntou o que aquilo substituíra. O caminho de entrada havia sido refeito e agora tinha curvas em novas direções e ele não conseguiu se situar muito bem.

Olhou para fora pela janela do passageiro. Jean estava de frente para ele, mas os olhos dele foram atraídos para algo além dela que era — ele se deu conta — o prédio administrativo com a torre. Embora fosse antiquíssimo, parecia estar melhor que nunca, recém-pintado, a escada de mármore intacta, o corrimão de metal reluzente.

Ele se inclinou por cima de Jean e abriu a porta da van.

Diante da escada, Homan contemplou a torre. A pedra era cinzenta, como se lembrava, os cantos pontiagudos, e à medida que seu olhar foi subindo ele se lembrou da primeira vez em que estivera parado ali. Estava furioso e apavorado, algemado, sem ter nenhuma ideia de onde estava. Tinha entrado na cidade de Well's Bottom à procura de nada mais que um lugar para passar a noite.

Homan ficou pensando naquela noite. Tinha pulado de um trem e encontrado a pé o vilarejo, procurando por comida e um lugar seguro para dormir. Nas vielas secundárias, achara uma jaqueta largada em um quintal, e então roubara uma bisnaga de uma padaria na qual entrara pelos fundos. Satisfeito, tinha se deitado e se enroscado numa viela atrás de um bar e dormido. E isso teria sido tudo.

Homan acordou justo quando o sol estava nascendo. Perto de onde estava, reparou em uma lata de lixo com a tampa virada ao contrário. Água havia se acumulado na tampa, e quando ele se levantou e olhou para a superfície espelhada, viu o reflexo de seu rosto. Estava sujo, e sua barba de adolescente espetava mais do que parecia ao toque. Com um pouco de sabão e uma lâmina de barbear, poderia ficar com bom aspecto, até parecer respeitável. Talvez até parecer alguém que poderia entrar numa estação de trem e ser tratado como um ser humano.

O mah. Ele tentou dizer seu nome em voz alta, seu primeiro esforço para formar uma palavra em muitos anos. Uma sensação vibrante surgiu em sua garganta, e como não tinha nenhuma maneira de saber como soava, Homan pôs a mão diante dos lábios para sentir o ar. *O mah.* Então sorriu. Era uma pessoa que poderia ser alguma coisa. Não sabia dirigir um carro? Não havia sobrevivido vivendo a céu aberto?

Meh noh O mah. Meu nome Homan. Ele bateu na tampa da lata. *Meh noh O mah.*

A luz veio forte de trás.

Ele deu meia-volta.

Polícia! Homan não tinha percebido que a polícia estava lá! Estava interessado demais na própria voz!

Ele lutou como um louco para fugir. Mas foi agarrado, algemado e levado para uma cadeia, depois para um tribunal, onde um juiz decidira que ele era um ladrão, bronco e tapado demais para compreendê-lo, um perigo para os outros, e o enviara para a Escola. Homan se lembrava de ter sido arrastado para fora do carro bem diante daquela escada, aterrorizado e confuso. E dizendo a si mesmo, enquanto levantava o olhar para o relógio: *Vai ser um dia frio no inferno antes de você usar de novo a sua voz.*

Homan desviou os olhos da torre e observou as janelas, uma de cada vez. Escura. Escura. Escura. Até mesmo a que ficava à esquerda da escadaria, a do escritório do chefão — não, a da secretária de Luke Collins. Homan subiu a escada para observar melhor. Um pequeno aviso estava preso na porta de carvalho: PRÉDIO FECHADO. Ele espiou por cima da cerca viva e olhou para dentro da janela.

A sala não era nada mais do que as paredes e o piso. Não havia ninguém a quem pedir satisfações agora.

Ele se virou para a van.

Você vê alguma placa que proíba dar uma volta de carro pela propriedade?

Você quer fazer isso?

Não. Mas tenho que fazer.

Todos os chalés continuavam ali, e enquanto Sam dirigia bem devagar Homan viu avisos de PRÉDIO FECHADO afixados em todas as portas. Lá estava o chalé onde ele havia conhecido Baixote e Cabeça de Rodopio. O chalé do refeitório, onde tinha roubado cubos de açúcar. A lavanderia, onde tinha dado a ela os buquês de penas.

E ali estava o caminho onde ele às vezes encontrava os outros surdos presos, um negro que adorava uniformes e usava sinais que Homan acreditava não ter sentido, embora talvez tivessem. Homan sabia agora que os sinais que usava antes eram de um dialeto que o pai dos McClintocks havia aprendido numa escola de surdos, um dialeto negro da Língua de Sinais Americana. Os brancos não o conheciam, lá em suas escolas no sul. Aparentemente, alguns negros também não.

Como Homan tivera que ir longe para saber disso. Se ao menos ele tivesse sabido um bocadinho naquela época.

Vire na direção dos campos.

O celeiro estava num estado deplorável, com trepadeiras cobrindo-o por todos os lados e uma árvore passando pelo meio do telhado. Homan havia guardado o desenho do mar naquele celeiro. Tinha levado o desenho aos olhos muitas manhãs, fascinado com a água de um azul profundo batendo nos rochedos e espumando ao longo da base da torre na lateral. Homan agora não podia entrar no celeiro, mas que importância tinha? Os campos de milho tinham se tornado canteiros de flores silvestres, e os chalés dos funcionários haviam sido apagados do mapa, aquele desenho com certeza tinha se tornado poeira.

Eu não compreendo, fez Homan para Jean enquanto se aproximavam do cemitério, agora quase totalmente tomado pelo mato. *Por que eles deixaram tudo isso aqui?*

Talvez seja apenas terra demais e eles não conseguiram encontrar alguém que quisesse assumi-la.

A estrada os levou de volta em direção ao prédio principal, e Homan pensou: *Talvez ninguém queira lidar com fantasmas.*

Depois de voltar ao prédio do novo hospital, passaram por uma sucessão de escritórios até que encontraram a pessoa encarregada.

— Receio que não saibamos de muita coisa — disse a sra. Raja depois de empurrar a cadeira com rodinhas para se sentar em um círculo com eles e Jean servir de intérprete. — Sei que todo mundo que vivia aqui foi transferido para morar com suas famílias ou em instalações menores. Algumas ficam aqui nas vizinhanças, outras não. Eu poderia dar a vocês uma lista das agências.

Não temos o nome dela, fez Homan.

— Ela não é parente de vocês?

Ele fez uma pausa, então teve uma visão da imagem do rosto dela vindo em sua direção na noite anterior, o vestido da velha senhora caindo de seus ombros, o anel de faz de conta que ele pusera em seu dedo. *É*.

— Mas não sabe o nome dela?

Ele sentiu seu rosto desmoronar. *Não*.

— Serei honesta com o senhor. Nós de vez em quando temos pessoas como o senhor que passam aqui. Geralmente elas descobriram tarde na vida que tinham um parente interno aqui, ou decidiram encontrar um filho ou uma irmã há muito tempo perdidos. Dou a elas uma lista de agências, mas a busca quase sempre acaba por ser infrutífera. A instituição fechou antes da era dos computadores, e muitos arquivos eram incompletos. Algumas famílias davam apenas o nome de batismo, ou usavam nomes falsos. Alguns internos nem sequer tinham nomes.

Sam, olhando para Homan, perguntou:

— Eles não tinham nomes?

— Ninguém sabia quem eram. Eles apenas acabaram aqui de uma maneira ou de outra, e se chegavam sem documentos e não tinham habilidades verbais, não tinham nenhuma identidade.

Homan sinalizou:

Como eram chamados nos arquivos?

— Eles recebiam um número de acordo com a ordem de entrada no sistema. João da Silva Número Um, João da Silva Número Dois. E assim por diante.

Homan olhou pela janela para um bordo altaneiro. Garota Bonita também não soubera qual era o nome dele. Homan se lembrava do sinal que ela dera a ele. Tinha certeza de que não era um número.

Um esquilo correu sobre um galho e, com um sobressalto, Homan se deu conta de que conhecia aquela vista, sabia que já estivera exatamente naquele lugar. O escritório da sra. Raja ficava onde antes era o escritório da Ruiva Gordinha. Este prédio tinha substituído o chalé dos funcionários. Garota Bonita tinha feito seus desenhos bem ali.

Ele se virou de volta. A sra. Raja já estava se levantando.

— Eu gostaria de poder ajudar mais — disse ela.

Sentimos muito, fez Jean quando Homan girou a chave na ignição e olhou para ela.

Ele saiu com a van do estacionamento. Com as mãos na direção, Homan pelo menos estava no controle de alguma coisa. Dessa maneira, podia esquecer qualquer impulso de chutar árvores e podia em vez disso chutar a si mesmo. *Você sabia que nada de bom poderia resultar disso*, censurou a si mesmo, lembrando-se da pessoa que fora naquela época. *Por que você precisa encontrá-la de qualquer maneira? Na época ela aceitou você exatamente do jeito que você era. Aquilo foi ótimo. Sam agora também faz isso. E Jean, Rei e Rainha e todos os outros são novos amigos. Isso não basta, não está bom para você? Sua culpa é tão grande que não pode ficar em paz com isso?*

Sam bateu de leve em seu braço com a vareta.

A rampa de saída acabou de passar, fez Jean.

Homan sacudiu a cabeça para voltar a atenção para a estrada. Não deu outra, havia perdido a saída. A estrada se tornara um desvio, cortando uma área de colinas. Ele olhou para o outro lado e não viu nada, exceto grandes lojas de vendas a varejo e franquias de cadeias de restaurantes onde outrora houvera árvores. *Bem. O mundo não é exatamente assim mesmo? Tudo chega a um fim, quer você queira ou não. Toda aquela natureza que havia por aqui: acabou-se. A Armadilha: morta e enterrada. Até um amor que deixava um homem zonzo e romântico, que dava a ele uma esperança e felicidade que ele nunca tinha conhecido, que levou aquele homem a tentar ser catapultado para o impossível e que o dominou quase completamente — mesmo um amor como aquele chegou ao fim. A vida é só das cinzas para as cinzas e do pó para o pó. E também não há nada que você possa fazer para mudar isso.*

Jean bateu no volante.

Eu sei que você está se sentindo péssimo, mas nós temos que voltar.

Você tem razão, fez Homan.

Ele precisava se controlar. Tinha que ficar de olho em qualquer placa na estrada que indicasse um retorno. Mas agora estavam numa ponte, e não dava para fazer uma curva em U. Só em filmes se podia fazer uma coisa dessas — e ele não era nenhum herói. Era apenas um homem que um dia amara. Um homem que se sentira tão querido por uma garota bonita que se tornara mais do que imaginara que poderia ser. Um homem que, sim, tinha conquistado montanhas de aceitação e respeito de amigos e de empregadores, mas — *Diga a verdade a si mesmo* — nunca mais tinha voltado a se sentir querido daquela maneira.

Depois da ponte, a estrada se estreitou em duas pistas, com fazendas e bosques de ambos os lados. Foram precisos alguns quilômetros até que ele finalmente visse um lugar para fazer a volta, uma clareira entre as árvores. Ele ligou o pisca-pisca para sinalizar a manobra e, à medida que se aproximava da clareira, viu uma estrada de terra batida, ao lado da qual havia uma placa: ACAMPAMENTO DE ESCOTEIROS RIVERSIDE. E ele sentiu como se algo estivesse fazendo sentido dentro dele.

Era o lugar por onde fugira naquela noite. Onde mergulhara da plataforma de madeira para atravessar o rio.

Ele estava na estrada. A mesma estrada.

Homan sinalizou antes que Sam e Jean pudessem reagir: *Sei onde estou. Tenho mais uma coisa para ver.* Desligou o pisca-pisca e acelerou.

Sim, era ridículo, pensou, atingindo 80km/h, depois 90km/h, ultrapassando carros velhos, fazendas, matas. Ele não a encontraria ali. Não podia imaginar que a Doadora de Teto ainda estivesse viva. E era impossível que a Pequenina morasse na fazenda.

No entanto, tinha que fazer aquilo. Se não fizesse, sua busca nunca seria completa.

Ele chegou à saída para a outra estrada mais depressa do que naquela noite. Agora podia ler as placas, embora soubesse que devia continuar onde estava, na estrada Old Creamery. Naquela noite eles não tinham sabido o que fazer. Havia sido uma escolha aleatória seguir reto. *De que mais você precisa para saber que não existe nenhum desenho maior? Você seguiu reto por uma estrada só porque seguiu. Você pegou uma tampa de lata de lixo com água só porque pegou.*

A floresta passou voando. Ele perguntou-se se a reconheceria. Tinha certeza de que a reconheceria.

Lá estava a casa branca à qual eles quase tinham ido. Mas ela sacudira a cabeça, fazendo que não, e eles seguiram adiante.

Lá estavam outras casas por que tinham passado, mais velhas e mais marcadas pelo tempo. Talvez, contra todas as probabilidades, a senhora *estivesse* lá. Talvez tivesse as respostas que estava procurando.

Homan chegou à curva na estrada e soube que estava quase lá. Veria a casa logo à esquerda, depois que a estrada ficasse reta, a uma distância de apenas algumas centenas de metros.

A estrada ficou reta, e as árvores que ladeavam o asfalto cederam lugar a casas. Centenas delas, todas em dois níveis, espalhando-se pela encosta à esquerda, marchando em direção ao horizonte à direita.

Ele reduziu a velocidade, olhando fixamente para a esquerda. Ele lembrava que o terreno inclinava. Tinha subido correndo com Garota Bonita. Tinha descido correndo em meio à floresta.

A entrada para o conjunto de casas era fácil de ver um pouco mais adiante, flanqueada como antes por dois muros baixos de tijolos. Na frente de um dos muros, Homan viu, à medida que a van se aproximava, arbustos bem-aparados e relvas ornamentais, o jardim da esquerda igual ao da direita. A única diferença era que o lado direito também tinha uma placa escrita com letras douradas: CONDOMÍNIO DAS RESIDÊNCIAS DE MEADOW HILLS.

Ele entrou no condomínio. A estrada principal era larga, com ruas mais estreitas serpenteando em direção às colinas. Estacionou junto ao meio-fio. Então abriu a porta e saltou.

O ar cheirava a grama cortada, serragem e máquinas de jardinagem a gasolina. Alguns moradores passavam seus cortadores de grama ou lavavam seus carros no jardim. Mas ele reparou principalmente nas casas, nenhuma das quais se parecia com a da velha senhora. A dela era localizada exatamente no alto dessa mesma colina, e agora a casa — como o escritório onde Garota Bonita tinha enfiado um rádio no bolso dele, depois o tinha abraçado, e eles tinham se movido juntos numa dança lenta — não existia mais.

Ninguém jamais conheceria a alegria e a dor de estar ali.

Ele queria ficar onde estava por muito tempo, mas logo se deu conta de que tinha feito o que havia planejado fazer e também o que não havia planejado fazer. E tudo dera em nada.

Homan entrou de volta na van e se virou para os dois amigos.

Perdoem-me pelo desvio. Agora estou pronto para ir embora.

O que é esse lugar?, perguntou Jean.

É... era o lugar onde eu a vi pela última vez. Em que eu as vi.

Foi aqui?, perguntou Sam com a ajuda de Jean.

Aqui, nesse lugar exato.

Como você pode ter certeza?, perguntou Sam.

Eu conheço este lugar.

Pensei que fosse uma fazenda.

E era.

Nós ouvimos aquela história tantas vezes, fez Jean. *É completamente diferente estar aqui.*

Exceto por vocês não estarem realmente no lugar, respondeu Homan. *A fazenda não existe mais.*

Quando você conta a história daquela noite, continuou Jean, *parece que a Garota Bonita sabia exatamente para onde ir.*

Ela não sabia. Ela apenas decidiu que aqui seria seguro, e estava certa.

Até que vocês foram apanhados pela polícia, acrescentou Sam.

Não, ela estava certa. Aquela velha senhora nos tratou com muita gentileza. Quantas pessoas teriam feito aquilo?

Por que você acha que ela escolheu esse lugar?, sinalizou Jean. *Por que esse?*

Homan olhou de um rosto para o outro, e as lembranças daquela noite vieram mais uma vez. Abraçados um no outro sob a chuva torrencial. Entrando na curva na estrada. Vendo a caixa de correspondência mais adiante.

A caixa de correspondência.

Com o homem do farol.

O farol no desenho que ela fez do mar.

Ele abriu a porta da van e correu para a entrada do condomínio.

Não havia nada ali exceto plantas bem-cuidadas e muros baixos decorativos. Ele lançou um olhar para mais acima na rua, de volta na direção das casas. Cada uma tinha uma caixa de correspondência simples numa estaca junto ao meio-fio. Já se fora, há muito, muito tempo, se fora. Mas a memória é mais forte do que o pó.

Homan abriu bem os braços para os lados e começou a rodar, jogando a cabeça para trás, rindo e rindo, olhando para o céu. Ele sabia por que havia precisado vir até ali — e agora sabia o que teria que fazer!

Talvez aquele Grande Artista, pensou, enquanto o céu rodopiava acima, *precise tanto de mim quanto eu preciso dele.*

O segundo tipo de esperança

2000

Doreen se fora muito rápido. Lynnie, ouvindo o pastor durante o funeral, não conseguia acreditar na rapidez com que a amiga partira.

O problema tinha começado apenas há um ano. Certo sábado, quando Lynnie aparecera para a visita habitual, esperando apenas assistir aos novos vídeos de Doreen, ouviu a amiga dizer:

— Você sabe onde eles estão? — Elas procuraram por toda parte e quando os encontraram no armário junto com o papel higiênico Doreen dissera: — Que palhaçada! — E riram até não poder mais. Mas então ela tinha começado a esquecer o vale-transporte, e um dia, quando estava saindo do Wal-Mart, não conseguia lembrar onde estava.

Apenas uma semana depois, Doreen telefonou para Lynnie em prantos: a atendente no banco havia dito que só lhe restavam vinte dólares em sua conta. Lynnie e Carmen foram até a casa de Doreen, que contou que sua cuidadora não aparecia há "não sei nem quanto tempo". Carmen deu uns telefonemas e descobriu que a mulher havia limpado a conta de Doreen.

— Infelizmente, isso acontece mais do que vocês imaginam — dissera o delegado a elas quando foram registrar a queixa.

— E o meu aluguel? — disse Doreen. — E o aquecimento?

Carmen dissera:

— Deixe-me ver se consigo furar a fila da lista de espera e botar você de volta na BridgeWays.

Ela conseguiu, e Doreen foi morar numa casa em frente à de Lynnie. Daí em diante, o declínio foi vertiginoso. Doreen deixara de sair porque "eles têm tornado as ruas confusas demais". Também não conseguia fazer uma refeição sem puxar briga com alguém. Depois se levantava e ficava olhando para fora, pela janela, dizendo: "Sabe, tem diamantes naquelas colinas."

Lynnie chorava depois de cada visita, mas não deixou de ir vê-la. Carmen dizia:

— Isso é muito gentil. Você é a melhor amiga que uma pessoa poderia ter.

O funeral não foi o primeiro a que Lynnie assistiu. O primeiro fora de seu avô, nos tempos antes da Escola, e muitas pessoas tinham ido se despedir. No cemitério, vira pequenas pedras sobre algumas das lápides, e Hannah dissera a ela: "Mamãe disse que quando você visita gente que está enterrada e de quem você gosta, você põe uma pedra no túmulo. Assim todo mundo sabe que a pessoa foi lembrada." O segundo funeral a que Lynnie assistiu foi o de Tonette. Só um punhado de pessoas compareceu, e Lynnie queria que Tonette soubesse que era lembrada, de modo que encontrou uma pequena pedra e a colocou na sepultura.

Ali, no funeral de Doreen, a maioria dos assentos estava vazia. As únicas pessoas que tinham vindo eram Lynnie, Carmen, duas vizinhas de Doreen do antigo apartamento, os motoristas de ônibus Vince e Dale, e três das vendedoras que Doreen havia visitado durante anos.

O pastor falou educadamente sobre Doreen, chamando-a de "pura de coração" e "um sopro de ar fresco para todos os que a conheceram", em vez de engraçada, franca, teimosa ou, como Lynnie tão bem sabia, "furiosa" pelo fato de sua família nunca ter ido visitá-la. Mas o pastor só conhecera Doreen no final, e quando ele começou a falar sobre ela ter encontrado a felicidade eterna agora que estava na casa do Senhor Lynnie parou de ouvir. Doreen nunca tinha falado uma palavra sobre Deus, e Lynnie estava longe de ter certeza de que ela mesma acreditasse em Deus. As pessoas que falavam a esse respeito, como Kate, diziam que sentiam a presença Dele no coração. Em seu coração Lynnie não sentia nada. Se existia um Deus, por que Doreen tivera que morrer e ir para casa? Se havia um Deus, por que o pai de Doreen deu dinheiro a ela mas nunca a visitou? Se havia um Deus, por que Lynnie mal conseguia imaginar Buddy e Julia?

Quando o pastor terminou de falar, Lynnie não sentiu quaisquer novos sentimentos com relação a Deus, mas havia compreendido uma outra coisa. Por tanto tempo ela acreditara que Buddy voltaria. Tinha até dito a Kate que isso aconteceria — por fim. Havia aprendido essa expressão quando era pequena, quando ela e Hannah brincavam a versão delas de esconde-esconde, em que ninguém tapava os olhos para contar e nenhum ponto era o "ponto de partida". Em vez disso, as duas se escondiam da mãe, do pai e de si próprias, testando para ver quanto tempo podiam ficar escondidas sem sentir falta demais uma da outra. Então tentavam se encontrar e quando se encontravam Hannah gritava: "Viva!" E a brincadeira *por fim* acabava.

Agora, enquanto o caixão de Doreen era carregado até o carro fúnebre e o pequeno grupo seguia atrás, Lynnie se deu conta de que era possível que não fosse haver um *por fim* para ela e Buddy. Veja só Doreen. Se Deus existisse, os pais dela um dia teriam vindo — por fim. Mas eles nunca tinham vindo para começar.

Ao longo das semanas seguintes, sempre que Lynnie se vestia de manhã, perguntava-se se deveria parar de usar o colar da pena vermelha. Ela o havia usado todos os dias desde que Hannah lhe dera, e quando colocava o cordão de manhã e o círculo de vidro vinha repousar sobre seu peito, tinha a sensação de que Buddy estava colocando a mão direita dele bem ali, sentindo as vibrações dela enquanto falava; e sempre que sentia sua respiração fazendo o colar subir e descer, Lynnie pensava que, em algum lugar sob o céu, Julia também estava respirando. Contudo, agora questionava se aquilo apenas fazia com que ficasse mais triste. Ela ouvia as pessoas conversando no escritório da BridgeWays, dizendo que uma colega precisava "superar aquilo" quando o namorado rompia o relacionamento. Em casa ela via pessoas em programas de televisão dizerem: "Você tem que seguir adiante", ou "Encare a verdade, ela se foi, acabou".

Doreen estava certa: ele nunca voltaria. Depois de 32 anos de esperanças, já estava mais do que na hora de seguir adiante.

Assim, uma noite alguns meses depois da morte de Doreen, Lynnie abriu o armário e tirou de baixo do cobertor dobrado a caixa de madeira entalhada que Eva e Don Hansberry lhe deram anos antes. Ela tinha examinado o conteúdo da caixa com Kate naquela mesma noite. Tinham sentado no quarto de hotel suspirando diante das fotografias de Julia, que era realmente linda. Kate perguntara se Lynnie queria que ela desamarrasse a fita amarela que envolvia a pilha de cartas que a senhora tinha escrito e que as lesse em voz alta, e durante os dois dias seguintes ficaram no hotel, descobrindo coisas sobre Julia e Martha. A maravilhosa Martha. Que era a mãe que Lynnie desejava ter tido e desejava ter podido ser. A carta final na pilha era do homem com quem Martha havia se casado, Pete. Ele escreveu sobre como Martha havia morrido certa noite enquanto dormia, quando Julia tinha quatorze anos. Ele escreveu sobre quanto amava as duas, e prometia criar Julia exatamente como Martha queria. Que homem bom — igualzinho a Buddy. Kate então reamarrara a fita e Lynnie pusera tudo de volta na caixa, depois a trouxera para sua casa e a guardara.

Era o lugar perfeito para guardar seu colar. Ela o colocou dentro da caixa e fechou a porta do armário.

O inverno se foi. As flores da primavera desabrocharam. O verão chegou com seu bafo quente e fez a relva ficar marrom. Então, certa manhã, quando o vento começava mais uma vez a sacudir as folhas e arrancá-las das árvores, num dia em que Hannah viria fazer uma visita, Lynnie acordou com um novo pensamento. Hannah e seu marido John tentaram muito ter um bebê, mas não conseguiram. Lynnie sabia que isso deixava Hannah triste; ela desviava o olhar a cada vez que via uma mulher grávida. Mas telefonava para Lynnie sempre com uma voz alegre para chamá-la para um vernissage na galeria, que era sempre um sucesso. Então havia Kate. Kate quisera que seu primeiro casamento durasse, embora seu marido tivesse ideias diferentes. Mas Kate tinha conhecido Scott e quando se casara dissera: "Scott valeu todas as dificuldades por que passei antes de encontrá-lo." E não se esqueça de Doreen. Embora Doreen nunca tivesse tido seus pais, ela teve a melhor amiga que uma pessoa podia ter.

E Lynnie compreendeu. Havia dois tipos de esperança: a do tipo que você não podia fazer nada a respeito e a do tipo que você podia fazer alguma coisa a respeito. E mesmo se essa segunda não fosse a que você inicialmente quisesse, ainda valia a pena fazer. Um dia de chuva é melhor do que dia nenhum. Uma pequena alegria podia fazer uma grande tristeza menos triste.

Assim, enquanto Lynnie se vestia para a visita — na verdade uma reunião entre Hannah e todos os cuidadores de Lynnie, que acontecia uma vez por ano — tomou uma decisão. Sabia que surpreenderia todo mundo na sala, entretanto era aquilo que queria. Na verdade, vinha querendo isso há muito tempo.

Lynnie abriu o armário, tirou a caixa de madeira e colocou de novo o colar no pescoço.

— Como vão as coisas, Lynnie? — perguntou Carmen.

Todos tinham acabado de se acomodar em suas cadeiras na sala de conferência: Carmen, Sharona, Antoine, Hannah e Lynnie. Todo mundo estava usando um dos casacos de moletom que Hannah havia acabado de distribuir, cada um estampado com um desenho de Lynnie.

— Melhor — respondeu Lynnie.

Carmen disse:

— Você está ficando mais habituada ao fato de Doreen não estar mais aqui?

Lynnie sabia que Carmen conhecia a resposta e estava apenas pedindo que ela respondesse para os outros.

— Estou. E vai ficar melhor.

— Esta é uma boa atitude — disse Antoine, com um sorriso no rosto redondo. Ele fez uma anotação no papel que tinha diante de si. Ele era o responsável pelo caso de Lynnie, Carmen era a coordenadora de equipe e Sharona, a profissional de apoio direto.

Hannah perguntou:

— E sua equipe de boliche não acabou de vencer pela terceira vez seguida?

— É, nós vencemos.

— Não é maravilhoso? — perguntou Carmen ao grupo. Carmen era de Porto Rico, onde havia praias com areia e palmeiras; e a voz dela, Lynnie pensou, perecia as ondas do oceano.

Então começou a reunião oficial. Doreen detestava aquelas reuniões quando estivera sob os cuidados da BridgeWays. Lynnie não se incomodava, apesar de ser sempre a mesma coisa todo ano: sentar ao redor da mesa com os cuidadores e responder perguntas sobre coisas que eles já sabiam. Doreen tinha dito: "Pessoas normais não têm que fazer isso", mas Lynnie gostava do fato de que podia convidar quem quisesse. Kate morava longe demais, porém Hannah sempre vinha, e toda vez trazia canecas, chaveiros ou papéis de carta decorados com os trabalhos de Lynnie, e distribuía para todo mundo. Nesse sentido, era como uma festa. Lynnie não se incomodava de contar a eles quanto dinheiro recebia por mês da Previdência Social, e quando tinha ido ao dentista, e se ela se lembrava do que fazer quando havia uma simulação de incêndio. "Não é nada de mais", dissera Lynnie a Doreen, apesar de, tinha que admitir, as reuniões fazerem com que ela se sentisse como uma criança.

Antoine era o encarregado de preencher os formulários, e por isso fazia muitas perguntas.

— Você ainda está trabalhando no escritório da BridgeWays?

— Estou.

— Você gosta de lá?

— Gosto.

— Você quer experimentar trabalhar em outro lugar?

— Não.

— Você ainda mora da avenida Dowdall, 210?

— Moro.

— Você gosta de morar lá?

— Patricia monopoliza a televisão e Lois não deixa ninguém andar no tapete depois que passa o aspirador de pó.

— Você gostaria de morar em outro lugar?

— Gostaria de morar sozinha.

— Quando o programa receber verbas, poderemos conversar a respeito disso. Agora, o que você faz em seu tempo livre?

E assim continuou. Lynnie respondeu exatamente como sempre fazia, mas dessa vez mal podia esperar pela última pergunta. Demorava uma hora para chegarem à pergunta — a que ela respondera para si mesma naquela manhã.

Finalmente:

— Você tem uma meta para este ano?

Por muito tempo, houvera apenas uma meta. Mas só Kate sabia de Buddy e Julia, e essa era a meta a respeito da qual Lynnie não podia fazer nada, de modo que sempre respondera que não. Antoine devia estar esperando a mesma resposta agora, pois sua mão estava sobre o lado da pasta de Lynnie, preparando-se para fechá-la e encerrar a reunião.

— Tenho — respondeu Lynnie.

Antoine ergueu as sobrancelhas.

— Muito bem, garota — disse Carmen. — A mudança é o tempero da vida.

Lynnie continuou:

— Quero sair para uma viagem de férias.

Sharona comentou:

— Nunca soube disso.

— Quero levar Hannah e Kate. E quero pagar as despesas de todo mundo.

— Isso é muito generoso — disse Hannah, tocando no braço de Lynnie.

— É possível que custe mais do que você possa pagar — disse Antoine. — Para onde quer ir?

Lynnie disse para Hannah:

— Você sabe, Hannah, aquele lugar para onde fomos quando éramos pequenas?

— Você quer voltar lá?

— Onde? — perguntou Carmen.

— Fica na costa de Jersey — disse Hannah. — Foi a única viagem de férias que minha família fez com... antes de Lynnie ir para a Escola. — Ela olhou com curiosidade para Lynnie. — Por que você quer ir para lá?

Ela queria contar a Hannah o motivo. Mas era tanto tempo sem Hannah saber que Lynnie não conseguia imaginar como começar a contar. De modo que deu um motivo parcial.

— Para me divertir.

Antoine disse:

— Cobrir os custos de uma viagem de férias para três, mesmo sendo apenas para ir uma praia...

— Nós poderíamos ir em baixa temporada — disse Hannah.

— Vai levar algum tempo para juntar dinheiro suficiente.

Lynnie disse:

— Quero fazer eu mesma.

— Como, Lynnie? — perguntou Hannah.

— Você poderia vender meus trabalhos de arte.

— Está falando sério? — perguntou Hannah.

— Estou.

— Mas você sempre disse que, já que não tinha podido ficar com nada por tanto tempo, agora queria ficar com tudo.

— Quero vender meus desenhos para podermos viajar.

— Tem certeza?

Lynnie assentiu.

— Como você quer fazer isso? — perguntou Carmen. — Em casacos de moletom?

— Não — disse Lynnie. — Tenho uma ideia melhor.

No dia do vernissage na galeria em Ithaca, apareceu uma multidão de gente.

— Adoro seu trabalho — disse uma mulher com brincos triangulares.

— Eu estava esperando primitivismo — acrescentou um homem com um lenço no bolso do paletó. — Mas os trabalhos me fazem lembrar Howard Pyle, N.C. Wyeth, Frank E. Schoonover.

— A escola de pintores de Brandywine — disse um homem de cabeça raspada, balançando a cabeça com ar de entendido. — Os grandes mestres ilustradores narrativistas.

Hannah ofereceu um prato de torradinhas e queijos a Lynnie e disse para os que estavam em volta:

— Foi um grande desenvolvimento ao longo dos anos.

— Eu pensava que *outsider art* fosse trabalho de amador — disse o homem com o lenço. — Isso para mim é uma mudança de paradigma.

Lynnie não conseguia compreender nem uma única coisa do que estavam dizendo. Tudo o que sabia era que ela e Hannah haviam trabalhado meses para fazer com que a exposição acontecesse. Primeiro tentaram escolher os desenhos que Lynnie estava disposta a vender, mas quando Hannah assinalara que a maioria vinha em conjuntos que contavam histórias e que detestaria interromper as histórias, Lynnie lhe dera todos os desenhos — exceto os que contavam uma história que Hannah não conhecia. Então Hannah tomara providências para que as vendas de Lynnie não afetassem o auxílio que ela recebia do governo. Marcaram uma data e Hannah convidara todo mundo que conhecia. As semanas se reduziram a dias, Lynnie viu suas obras emolduradas e montadas em paredes, e artigos escritos a respeito dela foram publicados em jornais. Agora ali estavam as duas.

Lynnie se sentia encabulada na companhia daqueles desconhecidos, e preferiu ficar apenas observando-os circular pela galeria, admirando seus desenhos, dizendo coisas como:

— Imagine só, Hannah esteve escondendo esse tesouro por todo esse tempo!

— Com vão as coisas? — perguntou Hannah, aproximando-se de Lynnie e afastando-se do burburinho dos convidados. Ela estava com um copo de vinho na mão.

— Estão indo bem.

— Bem é pouco. Você está praticamente no topo do mundo.

— Mais ou menos.

— Ei, como poderia ser melhor que isso?

Lynnie sabia, mas não iria contar.

— É um grande dia — disse.

— Bem, estou contente por você pensar assim, porque tenho uma pergunta para você.

Lynnie não podia imaginar o que ela perguntaria então ficou olhando o prato de queijo.

— Você está fazendo tudo isso para nos dar um belo presente. Mas você sabe que eu sempre levo você para almoçar fora quando vou visitá-la. Deve saber que John e eu teríamos prazer em convidar *você* para uma viagem de férias, e mais quem você quisesse. Você poderia ter ficado com seus desenhos e feito essa viagem. Então, por que, Lynnie? É um gesto tão generoso, mas não compreendo o motivo.

— Porque… — começou Lynnie. E ela continuou para si mesma: *Você não pode dizer que existem dois tipos de esperança, Hannah vai perguntar qual é o outro tipo. Você não pode dizer que quer se sentir segura, Hannah já se sente muito culpada pela maneira como você foi mantida escondida. Mas existe outro motivo.* — Porque você voltou — disse Lynnie. — E continuou voltando. E Kate também.

— Lynnie — disse Hannah, largando o copo de vinho e abraçando a irmã —, essa é a coisa mais bonita que alguém já me disse.

Lynnie olhou por cima do ombro de Hannah, pela grande vitrine da galeria. O céu estava chorando lá fora e enquanto ela observava as gotas caírem, pensou: *Um dia chuvoso na verdade pode ser um dia muito importante. E uma pequena esperança não é realmente pequena se ela torna menos triste uma esperança perdida.*

Para a luz

2001

Kate avistou Lynnie imediatamente no estacionamento.

Imaginara que estaria cansada demais depois do voo de manhã bem cedo de Indianápolis, seguido pela viagem de trem descendo pela costa de Jersey até a cidade à beira mar de Poseidon. Também pensara que poderia não conseguir encontrá-las no enorme estacionamento, que já conseguia ver de seu assento de janela à medida que o trem reduzia a velocidade até parar. Mas assim que tinha saltado para a plataforma, respirado fundo o ar salgado e olhado para o estacionamento, vira a porta do passageiro de um Volvo verde se abrir de repelão e uma mulher alta de cabelos cor de prata saltar. Se Kate não estivesse procurando por Lynnie, não a teria reconhecido, com o cabelo curto, usando óculos e seu físico tendo se tornado ligeira mas graciosamente mais cheinho. Contudo, mesmo aos cinquenta anos, Lynnie estava claramente animada por ver Kate, como demonstrava com seu efusivo aceno enquanto corria em sua direção. Kate acenou de volta e ajeitou a alça da mala no ombro. Lynnie corria como um jato pela plataforma antes mesmo que Kate desse o primeiro passo.

— Você está aqui! — exclamou Lynnie abraçando-a.

— Para passar o fim de semana inteiro — disse Kate. — Como você queria.

Era divino vê-la tão feliz, pensou Kate enquanto Lynnie lhe dava o braço e elas saíam caminhando para a escada. A visita delas a Harrisburg todos aqueles anos antes comovera Kate até o fundo da alma e ainda provocava lágrimas de orgulho e admiração sempre que recordava. A partir de cartas e de telefonemas entre elas desde então, Kate sabia que Lynnie tinha se tornado mais segura de seus desejos e mais independente. Agora, enquanto atravessavam o estacionamento em direção a Hannah, e Kate podia ver a confiança de Lynnie bem diante de seus olhos, sentiu uma pontada de pesar por não estar mais trabalhando com Lynnie. *Mas o tempo passa*, consolou-se enquanto abraçava Hannah. *Minha vida me levou para longe*. Os colegas de trabalho de Kate com frequência caçoavam dela por sempre fazer coisas além de sua obrigação, embora tivessem ficado impressionados quando Kate lhes contara sobre aquela viagem. "E não é dever", corrigira Kate. "Lynnie para mim é como uma velha amiga." Uma velha amiga, ela acrescentara para si, com uma história muito triste — redimida por um bebezinho, uma senhora com bom coração e décadas de esforços de Lynnie.

— Espero que você não se importe — disse Hannah, pondo a mala de Kate na parte de trás do carro —, mas decidimos mudar nossos planos para hoje à tarde.

— O homem do tempo disse que há uma tempestade a caminho — disse Lynnie.

Kate olhou para o céu. No trem, havia ficado maravilhada com o azul de final de maio, pensando em como o tempo estava perfeito para uma partida de minigolfe, um passeio de roda-gigante e algumas balas de caramelo — tudo que Lynnie tinha falado que fariam juntas. O céu ainda parecia calmo.

— E não apenas uma tempestade qualquer — acrescentou Hannah. — Uma de nordeste. Não são muito comuns nessa época do ano. Mas você já deve ter ouvido falar que podem ser violentas.

Naquele momento, Kate viu a primeira sugestão de mau tempo, uma nuvem baixa na linha do horizonte, a leste.

— Por isso decidimos fazer nosso *tour* hoje em vez de amanhã — disse Hannah.

— Que *tour*?

Lynnie respondeu:

— Você sabe. Dar uma volta com um guia para nos mostrar as coisas.

Hannah disse:

— Pareceu ser uma boa ideia rever pontos turísticos interessantes.

Enquanto todas entravam no carro, Kate reparou no lixo que começava a se mexer no asfalto, nas folhas começando a tremer.

— Felizmente, conseguimos transferir nosso *tour* para essa tarde — disse Hannah enquanto se acomodava no banco do motorista.

— A tempestade vai chegar logo?

— Não vale a pena correr riscos — disse Hannah, dando partida no carro.

Kate olhou para o banco do passageiro à sua frente, e apesar de só poder ver Lynnie de perfil, enxergou seu largo sorriso, sem dúvida por ter conseguido concretizar aquela viagem.

— Não me importo se chover o fim de semana inteiro — disse Kate. — É realmente muito bom estar aqui.

Gotinhas de chuva começaram a cair antes de estacionarem diante da loja de suvenires na avenida Ocean, onde o guia, parado debaixo de uma marquise, vestindo uma capa de chuva com capuz, acenou para elas. Era um homem de seus sessenta anos, com rugas profundas na pele e olhos azuis brilhantes. Ele foi até a janela de Hannah e se apresentou como Tom, acrescentando que ele teria que dirigir. Elas se rearrumaram no carro — Hannah à direita de Kate e Lynnie no banco do carona — e ele entrou.

— Talvez precisemos fazer uma versão reduzida do *tour* habitual — disse ele, virando-se para falar com todas. — Geralmente nós podemos entrar nos locais históricos, mas as pessoas estão se preparando para a tempestade, então é possível que acabemos ficando dentro do carro em muitos lugares.

— Temos que ficar? — perguntou Lynnie.

Ele deu de ombros.

— Em dias como esse, as pessoas em geral me avisam cada uma a seu modo. Acho que teremos que ver.

Ele entrou no tráfego da avenida Ocean.

— Eu me lembro daquilo — disse Hannah, passando por uma lanchonete de hambúrgueres com uma sereia gigante de pele de metal na frente.

— É a Ackerman's. Está aqui desde 1925.

— Nós comemos ali — disse Hannah. — Você deve se lembrar, Lynnie. Você fez a sereia em um de seus desenhos.

— Eu me lembro.

— E estão vendo ali? — Tom apontou para uma praça pública com um carrossel no centro.

— Ah, Lynnie! Olhe!

Tom disse:

— Antigamente, tínhamos um enorme parque de diversões na extremidade da cidade. Era uma das principais atrações de South Jersey, tão famoso quanto o elefante de latão em Margate ou o calçadão da orla de Atlantic City, e um dos motivos era aquele carrossel. Tivemos muita sorte, porque quando o parque se incendiou, em 1956, o carrossel foi salvo e, alguns anos atrás, conseguimos permissão para montá-lo na praça no centro da cidade. Ele ainda funciona.

Tom contornou a praça. O carrossel estava balançando sob o vento que se tornava mais forte, e havia uma corda estendida na entrada.

— Bem, acho que não vamos poder andar de carrossel — disse Tom. — Pelo menos podem dar uma olhada.

Cavalos, zebras, tigres e leões, com selas muito ornamentadas e adereços de cabeça, cada animal pintado de cores fantásticas que nunca se encontraria na natureza — estavam suspensos em seus postes.

— Os cavalos são os melhores — disse Lynnie.

— São — concordou Hannah. — São iguais àquele que mamãe e papai compraram para mim numa lojinha.

— Você deu para mim.

— É aquele cavalo que você guardou no saquinho? — perguntou Kate. — O cavalo azul e verde?

Lynnie se virou para trás e assentiu.

Tom ia contando sobre a história da cidade à medida que dirigia. Uma das mais antigas comunidades da costa, Poseidon tinha expulsado uma pequena invasão dos britânicos durante a Guerra de Independência. No princípio do século XIX, tornou-se um porto movimentado de mercadorias, o que levou ricos armadores a construírem casas para morar ali durante o ano inteiro. Então prosperou ainda mais quando uma fábrica de vidro se instalou ali. Na virada do século, já era um balneário muito apreciado por trabalhadores tanto do sul de Jersey quanto por filadelfianos ricos. As casas mais imponentes ainda estavam lá, algumas construídas na própria praia.

— E temos a Poseidon Inn — disse Tom. — O presidente Woodrow Wilson veio certa ocasião para aproveitar a brisa fresca da varanda. Dizem que Thomas Edison passou uma noite lá, e quando acordou finalmente descobriu como fazer sua luz elétrica. Agora tenho apenas que fazer uma pequena curva. — Ele virou para a direita, desceu por uma rua pequena, então virou à esquerda e entrou num largo bulevar ladeado de árvores. — Agora estamos na famosa Mansion Row.

O nome não era um exagero. Casas magníficas, meticulosamente bem-cuidadas, enfeitavam ambos os lados do bulevar. Tom dirigiu bem devagar, indicando quem tinha morado em cada uma. Kate perguntou-se se Lynnie realmente estaria interessada em toda aquela história, mas a amiga parecia tão encantada pela visão das casas quanto ela e Hannah. Foi preciso alguns quarteirões para que Kate entendesse por quê.

— Acho que foi naquela que nos hospedamos. — Hannah apontou para uma casa moderna de telhado plano.

— É esta? — perguntou Lynnie.

— Tenho certeza.

— Eles tinham sorvete roxo.

— É. De framboesa preta. E uma fonte no vestíbulo de entrada.

As duas irmãs riram juntas. Tom perguntou:

— Vocês estavam na casa de Paulsen?

Hannah explicou:

— Meus pais conheciam alguém que os tinha convidado para uma festa. Eles não conheciam o sr. Paulsen. Apenas acharam que seria gostoso irmos a uma festa na praia. A casa tem um grande pátio nos fundos, que fica de frente para o mar.

— Poderemos ver do outro lado — disse Tom. — Estamos indo para a praia.

Ele dobrou numa ruazinha lateral que acabava nas dunas. A chuva agora caía com força, e Kate quase sugeriu que elas encerrassem o *tour* e seguissem para a estalagem onde estavam hospedadas. Então ouviu Lynnie exclamar algo.

Kate seguiu o olhar de Lynnie pelo para-brisa. Não viu nada até que se abaixou para ter uma visão melhor, acima dos sargaços e dos topos das dunas e para o mar que escurecia.

Era um farol. Um farol com o rosto de um homem.

— Vamos! — exclamou Lynnie, e abriu a porta e saltou do carro.

— O que você está fazendo? — gritou Kate.

Hannah estava às gargalhadas enquanto saltava do carro.

— Ela apenas quer ver o farol novamente. Nós entramos nele uma vez quando éramos meninas.

— Vocês *entraram*? — perguntou Kate.

Hannah gritou de volta:

— Numa tempestade. Corremos para o farol. Eu disse a ela que estaríamos seguras lá, e era seguro.

— Está aberto? — perguntou Kate a Tom.

— Está sempre aberto — respondeu Tom.

Kate abriu a porta do carro e gritou:

— Lynnie, não é igual ao farol na caixa de correspondência?

Mas Lynnie tinha desaparecido no caminho em meio às dunas, e Hannah estava logo atrás dela.

Lynnie e Hannah estavam a meio caminho na descida para a praia quando Kate e Tom atravessaram as dunas. O vento vinha com força do mar, levantando as ondas revoltas, chicoteando e balançando as jaquetas das irmãs como se fossem asas, mas lá seguiam elas, Lynnie correndo mais depressa que Hannah, Hannah se apressando em seu encalço, ambas seguindo na direção do farol que se erguia da areia.

— Você já viu um farol com um rosto? — perguntou Tom, levantando a voz para ser ouvido acima do vento.

— Na verdade, já — respondeu Kate, igualando o volume dele enquanto amarrava um lenço sobre o cabelo.

— Já esteve aqui antes?

— Não.

— Bem, este é o único no mundo.

— É mesmo?

— É o Farol Poseidon.

— E está sempre aberto? Foi assim que elas entraram quando eram crianças?

— Está sempre aberto *agora*. Na época em que aquelas duas eram crianças, estava abandonado. Mas imagino que tenham apenas entrado.

— Hannah disse a ela que seria seguro — disse Kate, repetindo o que tinha acabado de ouvir. — Houve uma tempestade, e elas entraram e acharam que estavam seguras.

Tom disse:

— Certo. É para isso que servem os faróis.

Subitamente, Kate compreendeu. *Foi por isso que Lynnie pensou que estariam seguros naquela noite.*

E estavam.

E depois não estavam mais.

Ela viu Hannah alcançar Lynnie naquele momento, muito mais à frente deles, na base do alto cone branco. De um lado do farol ficava o bangalô do faroleiro, a janela às escuras. Do outro, naquele momento, ela viu que havia um molhe, com ondas quebrando altas contra a pedra negra.

Lynnie estendeu o braço e abriu porta do farol.

— Não está abandonado agora? — gritou Kate para Tom.

— Foi restaurado.

Hannah entrou logo atrás de Lynnie.

— Como você sabe que não tem problema? — gritou Kate para Tom. — Alguém poderia estar lá.

— Acho que não — respondeu Tom.

— Bem, vou atrás delas.

Então ela e Tom lutaram contra o vento em direção à porta do farol.

Lá dentro estava frio, e quando Tom fechou a porta, a pancada reverberou. Kate ouviu o som de passos ecoando e olhou para cima. Uma escada de metal preta em caracol subia para o alto e para o alto e mais alto. O metal era perfurado, de modo que podia ver Lynnie e Hannah já quase chegando ao topo. Também ouvia suas risadas.

Ela agarrou o corrimão.

— Estou logo atrás de vocês — gritou para elas. Sua voz teve a mesma ressonância o domo do edifício da Câmara em Harrisburg provocava. Lynnie respondeu:

— Siga-nos, Kate. — E Kate desejou que Lynnie também tivesse percebido isso.

Tom contou-lhe a história do farol enquanto subiam. O farol fora construído em 1838 e em seus dias de glória salvara muitos navios do desastre. O rosto era feito de uma grade de metal posta sobre as janelas; e quando a lâmpada era acesa, o singular desenho podia ser visto a quilômetros de distância. O farol tinha dezoito metros de altura, e diziam que o arquiteto havia construído um outro, igual, em algum lugar na costa leste. Embora muitos tivessem saído à sua procura, nunca fora encontrado, e ninguém jamais soubera com certeza se haviam inventado aquela história ou se a estrutura havia sido destruída pelas intempéries. Em todo caso, aquele farol tinha se tornado inoperante em 1947, deteriorando-se ao longo de décadas. Finalmente, tornara-se tão esquecido que deixara de aparecer nos mapas.

Kate viu Lynnie e Hannah desaparecerem no topo — na "sala da lanterna", como dizia Tom. Ela ouviu Hannah gritar:

— Estamos aqui de novo!

Ao que Lynnie respondeu:

— É tão legal!

— Agora que foi restaurado — prosseguiu Tom — é meu lugar favorito para trazer turistas. As pessoas vêm em bandos para cá, não importa se o tempo está ruim. Todo mundo ama esse farol.

Kate chegou enfim ao alto da escada e entrou num aposento todo envidraçado com uma lâmpada enorme no centro. Mais alta do que Kate, mais larga do que três pessoas juntas lado a lado, era feita de anéis concêntricos de prismas de vidro. Felizmente, não estava acesa, de modo que não havia competição para as janelas — e que vista! Kate, Lynnie e Hannah só conseguiam olhar boquiabertas em todas as direções, sem o empecilho de reflexos. Kate andou na direção das irmãs, e juntas admiraram a paisagem. Para um lado, estendia-se a vasta praia de areia, cercada por mansões. Kate se moveu pelo perímetro da torre. Para o outro lado, estendia-se o oceano revolto. O céu parecia próximo, com nuvens baixas, escuras e chuva caindo torrencialmente. A tempestade rugia por toda parte.

— Vocês vieram aqui quando crianças? — perguntou Tom, a voz alta o suficiente para ser ouvida.

Hannah e Lynnie não tinham se movido do ponto onde estavam na janela, mas Hannah se virou.

— Estávamos na festa na casa dos Paulsen, eu tinha saído com Lynnie para uma caminhada pela praia, e uma tempestade se abateu de repente. Este pareceu um lugar onde poderíamos esperar que passasse, e foi o que fizemos.

— Aposto que não estava bem-cuidado como agora.

— Pode ter certeza.

— Essa lâmpada estava aqui em cima?

— Acho que era uma diferente. Parecia uma colmeia de vidro, mas boa parte estava quebrada.

— *Era* esta aqui. Foi reparada como parte da restauração. É uma lente multiprismática chamada lente de Fresnel. Essa aqui é uma lente de Fresnel de terceira ordem. Costumavam fazer a querosene, mas essa agora é elétrica. — Ele prosseguiu, e, à medida que Hannah se aproximava para examinar a lâmpada, Kate se encaminhou para junto de Lynnie.

Ela estava de pé diante da vidraça de frente para a linha da costa, uma posição que oferecia a vista tanto da terra quanto do mar. As casas ao longo da areia tinham luzes acesas nas janelas. Embora a praia estivesse quase engolida pelo céu tempestuoso, Kate podia ver que estava vazia.

Kate pôs o braço ao redor dos ombros de Lynnie e se inclinou para junto dela até que suas faces estivessem quase coladas. Numa voz baixa demais para qualquer outra pessoa ouvir, disse:

— Era por isso que você queria fazer essa viagem, não era?

Lynnie, de olhos fixos para fora, assentiu.

— Você queria estar de novo neste lugar com sua irmã.

— Isso.

— Você a deixou muito feliz.

— Que bom.

— Você também me deixou muito feliz. Sabe como foi que fez isso?

— Por trazer você aqui?

— Sim, Lynnie. Por me trazer aqui.

Lynnie olhou para ela, e Kate teve a sensação de quase poder ver a vulnerabilidade na alma de Lynnie. A criança que não pudera ficar com a família. A mãe que não pudera ficar com a filha. A mulher que havia esperado toda uma vida por um homem que não voltaria.

— Você ainda está triste com o que aconteceu? — perguntou Kate.

— Estou. — E então alguma coisa mudou nos olhos de Lynnie. A fragilidade deu lugar a uma certeza. O sofrimento cedeu lugar a uma paz. — Mas escolhi a casa certa.

— Escolheu — disse Kate.

Lynnie se virou de volta para a janela. Ela estendeu a mão e pegou a mão de Kate, e enquanto contemplavam a tempestade que se torcia e se retorcia, Kate apertou as palmas das mãos delas.

Ao fundo, Kate ouviu o som de passos subindo apressados pela escada. Não havia lhe ocorrido que outros turistas poderiam lutar para abrir caminho pela praia no meio daquela tempestade.

Mas quando Kate se virou para dar as boas-vindas aos desconhecidos na luz fraca da sala da lanterna, não foi um grupo que ela viu. Era uma pessoa solitária. Um homem negro, alto e magro com a cabeça branca e um rosto muito gentil.

— Lynnie — disse Kate, mas Lynnie estava virada para a janela.

Tom estendeu a mão e apertou a mão do homem calorosamente, como se fosse um velho amigo. O homem levantou a mão numa saudação para Hannah e abriu os braços para a lente de Fresnel, como se estivesse apresentando o objeto a ela. Claramente, aquilo era uma rotina que ele e Tom já tinham encenado muitas vezes.

O homem girou uma alavanca e acendeu a luz.

Quando a luz inundou a sala, o brilho extremamente forte fez Kate apertar os olhos... e fez Lynnie se virar.

Naquele momento, Lynnie viu o homem e ele a viu. Banhados na luz radiante, eles se olharam.

Seus rostos exibiam a mesma expressão perplexa. Lentamente, o homem se virou para Hannah e depois para Kate. E então se voltou para Lynnie. Os olhos dele desceram para o colar em seu peito.

O homem deu um grito, um grito muito além de palavras.

Os olhos dele estava marejados de lágrimas. Seus lábios começaram a se mover e ele ficou ofegante. Então abriu a boca e soltou um som.

— Peh.

Lynnie o encarou.

— Peh — repetiu o homem. E então acrescentou: — Nah.

As lágrimas transbordaram dos olhos de Lynnie enquanto seus dedos voavam até o peito. Ela levantou as mãos e fez um sinal.

— Pena — disse.

Eles ousaram cada um dar um passo adiante. A idade desapareceu de seus rostos e eles caíram nos braços um do outro.

Quantas outras estarão aí pelo mundo?, Kate perguntou a si mesma. *Quantas outras vidas estarão escondidas, e corações à procura? Quantos dariam qualquer coisa no mundo para ser abraçados pela pessoa que amam?*

No bangalô do faroleiro, enquanto a tempestade rugia lá fora, ela sacudiu a cabeça e voltou a atenção para Tom e Hannah. Eles três estavam sentados na sala de visita, o rosto de Hannah alternando-se entre expressões de choque e de felicidade.

— Então há seis, sete anos — Tom estava dizendo —, este sujeito apareceu saído de lugar nenhum e entrou no escritório do mais proeminente corretor da cidade. Ele escreveu num pedaço de papel que era surdo. E escreveu que estivera procurando o farol com o rosto há muito tempo e que agora queria comprá-lo. A maioria dos faróis não está a venda, e quem teria dinheiro suficiente? Mas o corretor pegou o telefone e ligou para a Guarda Costeira, e quando souberam o que ele queria, acharam que poderiam economizar o dinheiro de derrubar o farol. Deram o preço, e antes que o corretor desligasse, o sujeito tinha feito o cheque e, num piscar de olhos, já estava morando aqui.

— Como é o nome dele? — perguntou Kate.

— Homan. Homan Wilson. Ele diz que é como um pássaro sem ninho.

— Homan — repetiu ela, lenta e docemente.

— Ele passa a maior parte do tempo na oficina, nos fundos da casa. Ele faz coisas. Fez uma cadeira de rodas que consegue rodar na areia da praia. Consertou tudo aqui e eu logo vi que seria bom para atrair turistas. Então perguntei a ele se podia trazer as pessoas aqui. "Sempre que quiser", ele escreveu, e também que a porta sempre estaria aberta. Apenas pediu que eu tocasse a campainha para que ele soubesse que estava subindo com alguém...

— Campainha?

— Essas luzes. — Ele apontou para as luzes ao redor do teto. — Eu toquei a campainha antes de subirmos. Você não viu?

— Não — respondeu Kate. — Estava tão compenetrada em entrar no farol que não reparei.

— Bem, ele tem duas regras. Uma é tocar a campainha, a qualquer hora do dia ou da noite.

— E a outra? — perguntou Hannah.

— Tenho que fazer com que todo mundo que vem aqui assine o livro de visitas.

— Ah é? E onde está o livro?

— Na sala da lanterna — disse Tom. — Todo mundo tem que assinar antes de ir embora, não importa quem seja ou a que horas apareça. Um dia perguntei: "Para que isso?" Nem mesmo o dono da Poseidon Inn dá tanta bola para o livro de visitas. E você sabe o que ele disse?

Tom olhou para fora e para o alto para a sala da lanterna. A luz de Fresnel estava brilhando. O contorno dos dois corpos formavam uma silhueta atrás das vidraças, protegidos da tempestade. Estavam abraçados, o queixo dela apoiado no peito dele, a cabeça dele encaixada no pescoço dela, movendo-se para lá e para cá, como se dançassem ao som do próprio compasso.

Tom sacudiu a cabeça.

— Ele disse: "Estou esperando por uma pessoa." Pois é. "Estou esperando por uma pessoa" foi o que ele disse.

Parte Quatro

Em segurança

Sonhos de um lar

2011

As crianças da escola irromperam pelo lobby do prédio comercial em Washington e, como sempre, o guarda no balcão se perguntou por que não ficavam mais deslumbradas com o mosaico de vidro luminoso na parede diante delas. Ele ainda achava, passados sete anos que a enorme obra de arte havia sido instalada ali, que as crianças não conseguiriam resistir à maneira como as luzes por trás do vidro faziam com que cada peça do mosaico de quinze metros brilhasse à medida que o visitante se movia de um lado para o outro. E desejou que o professor e os pais as fizessem desviar a atenção dos chaveiros com o Monumento a Washington e das camisetas do Lincoln Memorial que tinham acabado de comprar no parque nacional, e de todas as mensagens de texto e risadinhas, por tempo suficiente para apreciar.

Mas aquele dia não foi diferente dos outros: o grupo — sessenta mais ou menos, provavelmente de alunos do sexto ano — apenas tagarelou, brincou e riu enquanto os adultos os arrebanhavam para dentro do elegante lobby. Algumas crianças de fato repararam que estavam sendo levadas por um recinto de piso de mármore em direção a mais um local importante. E um garoto em particular, com uma massa de cabelos louros cacheados na cabeça, até se deteve diante dele. Fora isso, eram apenas mais um grupo barulhento de crianças.

— Olhem para a frente, meninos, temos só alguns minutos! — gritou um dos acompanhantes.

Como de hábito, os outros enfileiraram as crianças de modo que o mosaico — assinalado com frequência nas buscas no Google como um maravilhoso fundo para fotografias de grupo — ficasse atrás deles.

A garotada ainda levou alguns momentos para sossegar. Finalmente, todos estavam devidamente sorridentes, menos o garoto de cabelos cacheados. De altura mediana, numa das pontas da fila do meio, ele a todo instante se virava de volta para o mosaico. Somente o grito "Você também, Ryan!" fez com que se virasse para a frente.

As câmeras registraram os sessenta sorrisos.

— Ok. Vamos sair! — berrou um professor.

Os alunos imediatamente desataram a falar e avançaram de volta em direção às portas do lobby. Dois adultos caçavam os retardatários.

— O que houve com você, Ryan? — perguntou uma das acompanhantes.

— Olhe para esse mural — respondeu Ryan, ainda capturado pelo encantamento à medida que o lobby se esvaziava. — Nunca vi nada igual. É tão legal.

— Sim, é uma bela obra de arte — concordou a acompanhante, a voz tão macia e prática quanto seu cabelo curto na altura do queixo. Usando um terninho feito sob medida, era a única que não vestia o casaco de moletom com os dizeres MELHOR ESCOLA DE CHAPEL HILL. Ela parecia tão impecável quanto uma apresentadora de televisão.

— Temos que nos ater ao programa — disse ela.

— Eu sei, mas mãe...

— Nada de fazer os outros se atrasarem.

Ele deixou escapar um resmungo de exasperação pré-adolescente, mas permitiu que ela o empurrasse adiante. O guarda observou o sorriso da mãe enquanto passava com o filho, seu rosto passando de severo para carinhoso. As portas automáticas se abriram e os dois saíram.

O guarda voltou a atenção para os monitores de segurança na mesa. Não havia nada na garagem. Tampouco nos elevadores.

Só quando ouviu o estalar de saltos altos foi que levantou o olhar de novo. Era a mesma mulher, dessa vez sem o filho.

Nunca vira ninguém voltar depois que o grupo tirava as últimas fotografias. Contudo, lá estava ela, passando direto por ele, e caminhando mais devagar à medida que se aproximava da cena gigante do mosaico. Ela parecia atraída pelo centro do mosaico, uma paisagem complexa de mar e terra opalescentes, estendendo-se profundamente na distância, cheia de casas vitorianas e trens poderosos, cavalos de carrossel e florestas contorcidas, além de uma fazenda ensolarada. Então a mulher andou devagar para a esquerda, para o lado que era colorido com o crepúsculo. O lado com o molhe prateado e o farol que tinha um rosto de homem.

Ela examinou o brilho lançado pelo homem-farol, sacudindo a cabeça.

— Exatamente igual ao que minha avó sempre falava tanto... — o guarda a ouviu dizer baixinho.

Então ela olhou para o lado, aparentemente em busca da placa ornamental. Em vez disso, o que encontrou foi uma tela de computador, e, à medida que ela se aproximava, apareceu a imagem de um homem com uma narração em *off* — porque o homem estava usando língua de sinais. A obra se chamava *Sonhos de um lar*, explicava, uma colaboração entre artistas com muitas habilidades e deficiências que tinham criado uma arte para ser apreciada por todas as pessoas.

— Transcrições visuais — dizia a voz em *off* — estão disponíveis para visitantes, basta que se alinhem com a tira texturizada no chão. É possível segui-la movendo-se de um lado para o outro da obra.

A mulher olhou para os entalhes cortados no piso de mármore. Então olhou para o guarda e perguntou:

— Há alguém aqui que possa me dar mais informações sobre essa obra?

— Deixe-me ligar para o pessoal do setor de Relações Públicas para a senhora.

— Não — disse a mulher. — Isso não. Eu gostaria de falar com a pessoa encarregada de trazer isso para cá.

Ah, pensou o guarda, *ela é uma dessas pessoas que gostam de ir direto ao topo*.

— A senhora quer dizer o curador? — perguntou. Ele então escreveu um nome e um endereço, atravessou o piso e pôs o papel nas mãos dela.

Enquanto Ryan Campbell olhava para foguetes no Museu Nacional do Ar e do Espaço, Julia Campbell ligou para o celular dele e disse que ele deveria continuar vendo a exposição com o resto da turma. Ela o encontraria dentro de uma hora, assim que acabasse de fazer uma visita rápida a uma academia de arte que precisava ver do outro lado do Passeio Nacional.

A curadora, Edith, era uma mulher magra mas musculosa, de cabelos curtos e espetados, que usava modernos óculos vermelhos. Ela cumprimentou Julia calorosamente. A academia, explicou Edith enquanto estavam na área de recepção, apresentava obras de *outsider art* algumas vezes por ano. O mosaico era uma de suas aquisições mais importantes, mas era grande demais para a galeria. Era por isso que estava naquele lobby.

— Ele conta uma história, não é? — perguntou Julia.

— Ah, sim. — Os olhos de Edith se iluminaram. — Uma história e tanto.

— E é uma história verdadeira?

— É.

— Quer dizer que o farol também é real?

— Muito.

— Ah! Ah, puxa vida. Eu nunca teria imaginado... — Julia pigarreou. — Poderia me contar a história?

— É longa. E para contar direito preciso levar você ao meu escritório. Lá tenho uma coisa que é parte da história mas que não está em exibição.

— Mas preciso encontrar meu grupo.

Edith sorriu.

— Talvez seja bom você avisar que vai demorar um pouco.

O escritório em que Julia entrou era cheio de obras de arte. Retratos, paisagens, pinturas abstratas, esculturas, tecidos, tapeçarias, peças de mobília, cerâmicas. No centro da sala, havia uma grande escrivaninha de carvalho, e sua superfície estava completamente coberta por figuras de origami, objetos artísticos em arame e instrumentos musicais entalhados a mão.

Julia entrou devagar. Sempre adorara arte e fazia até parte do conselho do Nasher Museum of Art, em Duke, embora seu marido não tivesse muita paciência para isso. De fato, andava considerando a possibilidade de um envolvimento maior depois que o divórcio estivesse resolvido, talvez concluir seu curso de bacharel em história da arte. Mas nunca tinha visto arte assim.

Tentando absorver tudo, ficou surpreendida quando seus olhos se detiveram sobre um objeto que reconheceu. Atrás de uma aglomeração de abajures em forma de guindaste, sob uma variedade de globos de papel machê, ela viu uma caixa com flores, animais e plantas entalhados.

— O que é aquilo?

— Ora, aquilo é exatamente o que eu ia mostrar a você — disse Edith, surpresa. — Quando o mosaico nos foi doado, a coleção incluía essa caixa para que conservássemos em nossos arquivos. Ela contém uma porção de documentos e outros materiais que oferecem um registro interessante para a história que o mosaico conta.

— Posso pegar?

Julia afastou os globos de papel machê de cima da caixa para levantar a tampa.

E lá estava tudo. A coleira de Rodney. Os galhos que formavam as letras A, M e R. As fotos de Ivamae e Betty. O envelope com seu cabelo de bebê. A boina de lã marrom, aquela que vovó dizia ter pertencido ao pai de Julia. Era só o que ela sabia a respeito dele, isso e que ele era um belo homem.

E lá, debaixo de todos os objetos, estava uma pilha de cartas amarradas com uma fita amarela.

Naquela mesma tarde, sentada no chão ao lado da caixa, Julia começou a ler as cartas e descobriu que o mundo a que sempre acreditara pertencer — o mundo que tanto a confundira e frustrara — era apenas uma parte de um quadro muito maior. Ao mergulhar cada vez mais fundo nas lembranças e nas informações, descobria uma história que nunca teria adivinhado, e começou a sentir uma admiração que nunca teria imaginado. Julia nunca antes tinha visto sua avó como uma heroína. Mas ali ela descobria que em uma noite foi exatamente isso que a avó tinha se tornado. Ela assumira um compromisso do qual jamais se afastara, mesmo quando Julia crescera e se tornara uma moça suscetível. Sua avó sempre a ouvira por mais angustiada ou egocêntrica que Julia se mostrasse. Tinha dado a mão a ela e consolado quando amigas a fizeram se meter em encrencas ou quando um garoto de quem gostava nem sabia que ela existia. E quando sua avó morrera, Pete continuara, dando-lhe conselhos paternais, advertindo-a para não se casar com Brian Campbell, mas mesmo assim levando-a ao altar, antes de ele também morrer.

Ela leu avidamente cada carta, tão tomada pelas emoções que nem se movia. Enquanto punha de volta a última carta na pilha, viu, no fundo da caixa, uma pasta. Julia a abriu e encontrou recortes de revistas que sua avó deveria ter colecionado ao longo dos anos. Lá estavam os artigos sobre a matéria especial de John-Michael Malone e a batalha para fechar a Escola. Havia uma fotografia de revista de um desfile no dia em que a Escola fechou, com duas jovens internas sorrindo e levantando uma bandeira bem alto no ar. E o último item era o obituário da avó.

Julia mordeu os lábios. Pegou a folha amarelada de jornal, pensando em quantas coisas as palavras não diziam. Passou o dedo pela fotografia granulada, e então colocou o obituário de volta na pasta.

Havia mais um item: um pequeno envelope lacrado. Do lado de fora estavam escritas as palavras: "Para minha adorada Julia." Era a letra conhecida da avó, mas com o traço mais desigual que adquirira no final da vida. Julia abriu o envelope com as mãos trêmulas, e o perfume da loção da avó encheu o ar.

"Minha doce Juju", começava a carta. E Julia se ouviu suspirar ao ver o apelido que sua avó lhe dera. "Certa noite, dois desconhecidos me deram uma criança que eu amo de todo coração, e nossa vida juntas tem me ensinado tanta coisa que nunca imaginei aprender. Agora me dou conta de que nosso laço deu mais um passo adiante: embora por muito tempo eu tenha apenas me chamado de sua avó, agora compreendo que, em minha alma, sou verdadeiramente, e sempre serei, sua avó. Mesmo depois de minha morte você terá apenas que olhar para o rosto de qualquer pessoa que você amar e você me verá. Estarei sempre presente para você."

Julia conteve as lágrimas. Finalmente, quando levantou os olhos, viu Edith do outro lado do escritório.

— Quem fez o mosaico? — foi a única coisa que Julia conseguiu pensar em perguntar.

— Uma artista projetou — disse Edith — e o marido dela fez a tecnologia acústica. Então o grupo o executou numa obra coletiva.

— E esta mulher e o marido dela... como se chamam?

Edith baixou os olhos para a caixa.

— O nome do homem era Homan Wilson. E a artista era Lynnie Goldberg.

— Ela era minha mãe — disse Julia com um soluço que não conseguiu conter. — Então Homan deve ter sido meu pai.

— Na verdade, eles *ainda* são sua mãe e seu pai — disse Edith. — Quer que eu lhe dê o endereço deles?

Lynnie acordou naquela manhã, inalando o ar salgado do oceano, sentindo o calor do corpo de Homan, que dormia a seu lado. Eles com frequência comentavam um com o outro como adoravam aqueles momentos de despertar, quando se aninhavam debaixo dos lençóis macios, decidindo se comeriam ovos ou cereal no café da manhã, observando os reflexos da luz do sol refletida pelo mar formando diamantes no teto. Mas ele ainda não havia acordado, de modo que Lynnie passou os olhos pelo quarto, enquanto esperava que despertasse. A visão de cada coisa lhe deu prazer. As cômodas que ele tinha feito e ela pintado. Os desenhos dela emoldurados nas paredes, o computador dele sobre a escrivaninha. E a janela, com as cortinas esvoaçando ao vento e sua vista da torre do farol.

Mais tarde, naquele mesmo dia, quando ela olhar pelas janelas da frente, verá uma mulher e um garoto emergirem das dunas. Eles virão caminhando pela areia na direção da casa do faroleiro, os cabelos cacheados capturando os raios do sol. Eles tocarão a campainha e as luzes coloridas acenderão.

Mas o dia começou exatamente como a mais comum das manhãs.

Lynnie sentiu o marido descansar o braço em sua cintura, informando-a que estava acordado. Sorrindo, ela se virou para encará-lo. *Oi*, disse em sinais.

Os lábios dele se abriram em um largo sorriso. *Bom dia, Garota Bonita*, fez ele em resposta. Então, estendeu a mão e tocou no que outrora fora a pessoa de seus sonhos, mas que agora era sólida e real diante dele. Homan sacudiu a cabeça, ainda admirado com o fato de estarem juntos, e afastou o cabelo do rosto dela. Ao que acrescentou, como sempre fazia: *Você pode imaginar um dia melhor do que esse?*

Nota da Autora e Agradecimentos

Como muitos parentes de pessoas com deficiências, a primeira vez que ouvi falar sobre instituições eu era uma criança pequena. Minha irmã, Beth, tinha uma deficiência intelectual, e meus pais às vezes falavam sobre como algumas crianças como ela eram "internadas" em instituições. Eles não entravam em detalhes, mas eram enfáticos ao dizer que Beth nunca viveria numa instituição. Os motivos eram pessoais: quando meu pai era criança, durante a Grande Depressão, seu pai, que era viúvo, ficou pobre demais para sustentar os filhos, e meu pai e o irmão foram postos em um orfanato. Embora fossem razoavelmente bem-tratados, meu pai nos disse, repetidas vezes: "Quando você vive numa instituição, você sabe no fundo de seu coração que você realmente não é amado."

Então minha irmã foi criada em casa, e eu nunca tomei muito conhecimento dessa outra opção.

Minhas primeiras informações vieram quando Beth e eu estávamos entrando na adolescência. Era 1972, e um dia, enquanto assistíamos à televisão, começou o noticiário, e vimos uma matéria especial feita pelo então jovem Geraldo Rivera. Com a ajuda de uma chave roubada e uma câmera oculta, ele tinha entrado na Willowbrook State School. As imagens que tirou de lá nos horrorizaram — bem como à nação inteira.

Vinte e sete anos depois, enquanto eu escrevia um livro sobre minha vida com Beth, soube que denúncias semelhantes à de Rivera feitas pela imprensa tinham resultado no fechamento de muitas instituições, o que por sua vez resultou em um movimento para criar uma sociedade inclusiva. Também tinham resultado num grande movimento de direitos civis conhecido como autodeterminação: a ideia de que pessoas com deficiências têm o direito de fazer escolhas sobre suas vidas. Só depois que meu livro *Riding the Bus with My Sister* foi lançado, e fui convidada a dar palestras pelo país, foi que comecei a conhecer mais essas instituições. Em quase toda palestra, vinham falar comigo pessoas que tinham vivido nelas, trabalhado nelas ou eram parentes de alguém que estivera internado numa instituição, ou que tinham lutado para fechar uma instituição. Fiquei profundamente comovida com suas histórias que, com frequência, eram de luta, sofrimento e frustração, e comecei a sentir remorso pelo fato de que as tragédias institucionais tivessem se desdobrado em um universo paralelo que até mesmo eu, irmã de uma deficiente, desconhecia por completo. Finalmente, compreendendo que havia uma história secreta em nosso país por tanto tempo mantida longe dos olhos de todos e que ficara, essencialmente, longe do pensamento, comecei a ler tudo o que podia encontrar sobre o tema, embora, para minha decepção, encontrasse muito pouco.

Então, um dia, depois de uma palestra em Itasca, Illinois, enquanto folheava livros em um balcão de livraria, encontrei um com um título atraente: *God Knows His Name: The True Story of John Doe No. 24*, (Só Deus sabe seu nome: A verdadeira história de Zé-Ninguém n° 24, em tradução livre), escrito pelo jornalista Dave Bakke. A capa tinha a foto de um jovem negro que parecia assustado; a descrição dizia que era uma história verdadeira, recriada a partir de pesquisas e entrevistas. Comprei o livro e acabei de lê-lo antes mesmo de embarcar no avião.

A história que Dave Bakke contava era a seguinte: Certa manhã, em 1945, a polícia encontrou um jovem surdo, de aproximadamente quinze anos, andando por uma viela em Illinois. Ninguém compreendia sua língua de sinais, e ele parecia ser analfabeto. Em vez de encaminhá-lo a alguma escola para surdos próxima ou mandar imprimir avisos no jornal de que um adolescente perdido havia sido encontrado, ele foi considerado retardado e enviado para uma instituição, onde lhe deram um número como nome. Depois de um período de revolta e raiva, ele passou agir de maneira que denotava certo senso de responsabilidade. Os funcionários acabaram por se afeiçoar a ele, muitos acreditando que não tinha nenhuma deficiência mental. Então fizeram esforços para se comunicar com ele na Língua de Sinais Americana, mas o garoto não respondeu. Seriam os sinais dele de uma língua diferente? Será que nunca havia recebido instrução, um destino que era comum para muitos negros naquela época? Ninguém nunca soube; e ele permaneceu indo de uma instituição para outra até sua morte quase cinquenta anos depois.

Fiquei com o coração partido quando acabei de ler o livro, e não conseguia parar de pensar naquele homem. Quem era ele? Quem tinha amado, e quem o amara, antes de ser capturado? Por que ninguém viera procurá-lo? O que poderia ter acontecido se tivesse acabado por se apaixonar por outra interna? E se tivesse fugido? Será que finalmente teria encontrado uma língua, um lar e uma consciência de seus direitos? Será que poderia ter sido feliz?

Eu não podia mudar a história, mas queria dar a Zé-Ninguém Nº 24 a vida que ele nunca tivera.

Por algum tempo, contudo, adiei começar a escrever este livro. Eu sabia que, na qualidade de pessoa com audição, poderia ter apenas uma vaga ideia da maneira como alguém como Homan (bem como Lynnie) veria o mundo e expressaria seus pensamentos. Também sabia que as vozes de pessoas com deficiências têm sido suprimidas ao longo da história, e que, se suas histórias por acaso eram contadas, isso era feito por outras pessoas, como profissionais da área médica, funcionários de instituições ou membros da família. Entretanto, Zé-Ninguém Nº 24 não me saía da cabeça; a história dele tinha se tornado importante demais para mim. Por fim, a importância de lhe prestar uma homenagem, e a todos aqueles que foram internados em instituições, me fizeram ter a esperança de que com pesquisa, entrevistas, e, quando necessário, imaginação, eu poderia chegar perto de fazer justiça a ele e a Lynnie.

Este livro, portanto, incorpora detalhes de muitas pessoas que conheci, inclusive ex-internos e funcionários de instituições; residentes e profissionais de apoio direto em residências coletivas e casas de saúde para idosos; amigos, conhecidos e parentes de pessoas com deficiências; pesquisadores de deficiências; e minha irmã, Beth, e seu namorado, Jesse. Também se baseia em numerosas matérias jornalísticas e livros e em uma visita à instituição fechada de Pennhurst State School.

Minhas entrevistas com autorrepresentantes e pessoas que outrora viviam em instituições tenderam a ser informais e de improviso, e nem sempre registrei nomes, assim estenderei aqui meus agradecimentos a algumas das conferências em que pude ter conversas que me ajudaram muito: Everyday Lives, em Hershey, PA; The New Jersey Self-Determination Initiative, em Edison, NJ; PEAK Parent Conference, em Denver, CO; Indiana's Conference for People with Disabilities, em Indianápolis, IN; e a Community Residential Support Association, em Yakima, WA. Também aprendi muita coisa com indivíduos que recebem apoio do Keystone Human Services na Pensilvânia. Outros que ofereceram *insights* sobre a vida na qualidade de pessoa portadora de deficiência, de membro da família, amigo ou ativista, incluem Katharine Beals, Susan Burch, Allison C. Carey, Vicki Forman, Dan Gottlieb, Kathleen McCool, Jim Moseley, Nick Pentzell e membros do Sibling Support Project e do Sibling Leadership Network. Minha amizade com a falecida Bethany Broadwell também foi profundamente esclarecedora, de tantas maneiras que seria possível listar. Sinto muitíssimo sua falta.

Minhas entrevistas com os seguintes profissionais foram de valor inestimável: Nancy Grebe e Robin Pancura, que trabalhavam em Pennhurst; Frederika Ebel, Michael McClure, Tracey Schaeffer, Bill Gingrich, Nancy Greenway e Wade Hosteder, que são ou foram profissionais de apoio direto; Lillian Middleton, que é assistente de cuidados pessoais; a equipe do estabelecimento de vida assistida onde fui voluntária no lar de idosos; Dennis Felty, Charles Hooker, Ann Moffitt, Janet Kelley, Michael Powanda, Joanna Wagner e Patti Sipe, da Keystone Human Services, que me permitiram visitar as residências de grupo; dr. Paul Nyirjesy do Drexel University College of Medicine, que me explicou em detalhes a gravidez de Lynnie; Karl Williams, que dividiu comigo suas lembranças de trabalhar numa instituição e também auxiliou o famoso autorrepresentante Roland Johnson em sua autobiografia, *Lost in a Desert World*; Beth Mineo do University of Delaware Center for Disability Studies, que conversou comigo sobre mutismo seletivo e aspectos físicos da fala; e William Gaventa, do Elizabeth M. Boggs Center on Developmental Disabilities, que ofereceu *insights* sobre a teologia da deficiência.

Tive muita sorte de ter tido guias que me assistiram com detalhes geográficos: David Hoag, Susan Hoag, Joey Lonjers, Cece Motz, Julie Hiromi Nishimura, Rob Spongberg e Harriet Stein. Minhas visitas a Ginny e Eliza Hyde e minhas conversas com Laureen Lee ajudaram-me a enriquecer os capítulos sobre Martha e Julia. Wil e Sylvia Cesanek me forneceram vários livros sobre faróis e réplicas de faróis.

Entre os recursos que se demonstraram imensamente úteis estavam os filmes documentários *Without Apology*, de minha amiga, companheira e também irmã Susan Hamovitch, e *Through Deaf Eyes*, de Diane Garey e Lawrence R. Hott; e os seguintes livros: *Inventing the Feeble Mind: A History of Mental Retardation in the United States*, de James W. Trent Jr.; *Minds Made Feeble: The Myth and Legacy of the Kallikaks*, de J. David Smith; *Raymond's Room: Ending the Segregation of People with Disabilities*, de Dale DiLeo; e *Unspeakable: The Story of Junius Wilson*, de Susan Burch e Hannah Joyner.

Escrevi o primeiro capítulo deste livro para o aniversário de Bonnie Neubauer, e sua fé neste projeto desde aquele dia me acompanhou durante os anos que se seguiram. Beth Conroy e Mark Bernstein me ofereceram encorajamento e informações desde o início. À medida que a escrita progredia, Anne Dubuisson Anderson me tranquilizava, fazia leituras atentas e me dava o apoio de que precisava. Mary McHugh ofereceu sugestões carinhosas e incentivo. Marc Goldman assegurou que eu nunca perdesse de vista o valor do que eu estava fazendo. Um grande número de ex-alunos meus também ofereceram inspiração ao me convidarem para seus casamentos, ao me apresentarem a seus filhos, ao contarem sobre suas publicações, por dividirem comigo as dificuldades e conquistas de suas carreiras, pedindo meus conselhos sobre seus escritos e a vida, e por simplesmente — não, por maravilhosamente — manterem contato.

Aqui envio meu apreço infinito à minha agente Anne Edelstein, por seus conhecimentos editoriais, entusiasmo esfusiante, carinho natural e amizade simples, à moda antiga; e à assistente de Anne, Krista Ingebretson, por sua alegria e apoio generoso. Vocês são a equipe que me faz continuar; não poderia ter escalado aquelas montanhas do ofício de escrever sem vocês.

Sinto-me abençoada por este livro ter ido parar na Grand Central Publishing. Minha editora Deb Futter imediatamente o abraçou com o tipo de entusiasmo sincero com que todos os escritores sonham. Depois deu sugestões editoriais incisivas que fortaleceram a história em todos os sentidos. Dianne Choie, sua assistente, cuidou de centenas de detalhes com eficiência, competência e a mais agradável das personalidades. Anne Twomey desenhou uma capa misteriosa e inesquecível. Leah

Tracosas e Sona Vogel me orientaram graciosamente pelo processo de edição de texto. E a equipe de vendas — verdadeiros amantes da palavra escrita e defensores dos livros — deu a meus personagens, e àqueles que os inspiraram, a esperança pela qual sempre ansiaram: de que sua história finalmente fosse ser conhecida pelo mundo.

Como sempre, o meu maior agradecimento vai para Hal. Meu Blue, meu Buddy, meu homem do farol.

Coordenação editorial
Izabel Aleixo

Produção editorial
Mariana Elia

Revisão de tradução
Ana Kronemberger
Maria Beatriz Branquinho

Revisão
Eni Valentim Torres
Ricardo Freitas

Projeto gráfico
Priscila Cardoso

Diagramação
Filigrana

Este livro foi impresso em novembro de 2011, pela EGB, Editora Gráfica Bernardi. A fonte usada no miolo é Dante 12/14,5. O papel do miolo é pólen soft 70g/m², e o da capa é cartão 250g/m².